JULIA
DIBBERN

UNTER
WASSER
IST ES
STILL

JULIA
DIBBERN

UNTER WASSER IST ES STILL

ROMAN

LIMES

1. Auflage 2024

in der Penguin Random House Verlagsgruppe GmbH,
Neumarkter Straße 28, 81673 München
Redaktion: Catherine Beck
Umschlaggestaltung: Sabine Kwauka
Umschlagmotiv: © plainpicture/mia takahara
Bildnachweis Widmung: Adobe Stock/Illustrator ad_stock
BSt · Herstellung: DiMo
Satz: satz-bau Leingärtner, Nabburg
Druck und Bindung: Friedrich Pustet GmbH & Co. KG, Regensburg
Printed in Germany
ISBN 978-3-8090-2777-5

www.limes-verlag.de

Wale, so heißt es, sind die Hüter der Erinnerung.
Vielleicht haben die Menschen sie deswegen
seit Jahrhunderten erbarmungslos gejagt,
weil Vergessen manchmal leichter ist als Erinnern –
wo man herkommt, wer man einmal war
und auch, wer man sein könnte.

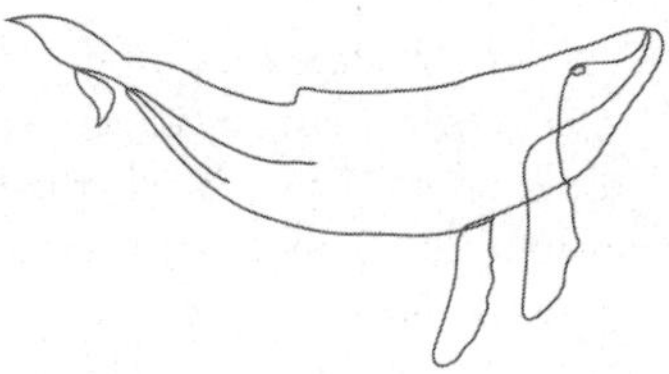

Soeterhoop, vor 17 Jahren und acht Monaten

In späteren Jahren sollte Maira diesen Tag als den in Erinnerung behalten, von dem an sie allein war in der Welt.

Dabei hatte er begonnen wie jeder andere: mit dem Wischen des Fußbodens (heute im Flur) und dem vergeblichen Versuch, Mama den nassen Schlafanzug ohne Gegenwehr auszuziehen. Es war Oktober, unter den langen Ärmeln würde niemand die blauen Flecke an Mairas Armen und Schultern sehen. Wie jeden Tag hatte sie die Sicherung für den Herd ausgeschaltet und darauf geachtet, dass alle Türen abgeschlossen waren.

Der Schulweg führte am Bodden entlang, durch kühle, neblige Dämmerung. Gegen den Wind. Gefühlt verlief ihr ganzes Leben gegen den Wind, das war nicht weiter bemerkenswert. Auch daran, dass sie zu spät kam, hatten sich alle mit Ausnahme von Herrn Bartelsen gewöhnt. Maira störte sich nicht mehr an seinem tadelnden Hochziehen der Augenbrauen, sondern schob sich an solchen Tagen einfach auf ihren Platz in der Nähe des Fensters neben Jasper und zog ihre Mathesachen aus dem Rucksack, während Herr Bartelsen den Gauß-Algorithmus erklärte oder was auch immer sonst gerade auf dem Lehrplan stand. Herr Bartelsen hielt sich immer an den Lehrplan, Maira konnte sich nicht vorstellen, dass er jemals etwas Spontanes getan hatte.

Auch nach der Schule war der Tag weitergegangen wie jeder andere.

Mama versorgen.

Mittagessen.

Rausgehen, abschließen.

Aber irgendwann zwischendurch war er zerbrochen.

Und jetzt war nichts von ihm übrig als das Brennen von Mairas zerschrammten Händen, das Stechen in ihrer Lunge bei jedem keuchenden Atemzug und der Nachhall von Jaspers Stimme. »Hör auf, Maira, du kannst bei dem Wetter nicht ins Wasser gehen. Hör auf!«

Seine Worte warfen Echos in ihrem Kopf, seine Weigerung, ihr beim Retten des Wals zu helfen, in ihren müden Armen. Also hatte sie das alte Surfbrett ohne ihn zum Wasser gezerrt, war ohne ihn hinausgepaddelt, hatte sich ohne ihn dem Sturm und dem Geisternetz gestellt.

Jetzt war die Welt in Aufruhr, die Baumwipfel über ihr bogen sich im Sturm, rauschten, brausten, ließen Äste und Blätter auf den schmalen Weg niederprasseln, der mitten am Tag dunkel geworden war wie der Himmel. Donner grollte, hallte wider im Geäst und in den Farnen, über dem Meer gingen krachend Blitze nieder, während sie über den Lenker geduckt gegen den Wind anstrampelte und kaum merkte, wie ihre Lunge und ihre Muskeln brannten, wie das Blut ihrer aufgeschrammten Haut den Regen rosa färbte.

Wieder blitzte es in der Ferne. Sie hatte die Sicherung nicht ausgeschaltet.

Ihre Hände waren kalt vom Meer, von der Hilflosigkeit, vom Regen, die Kleidung klebte ihr wie die Haare am Körper, das Rad holperte über Wurzeln und Steinchen, einer der hüfthohen Farne lag quer über dem Weg, verfing sich in den Speichen, riss, als Maira ihm ihre Wut und Angst entgegenschleuderte und weiterfuhr und fuhr und fuhr, Jasper irgendwo hinter ihr.

Die Sicherung. Die Pfanne mit dem Bratöl.

Sekunden und Minuten donnerten unisono mit dem Unwetter, verfingen sich in ihrem keuchenden Atem, zerrannen schneller als die Sturzbäche von Schlamm und Wasser auf dem Waldweg. Dann kam endlich die Waldkate in Sicht, die Bank mit dem Papierkorb, das Stromhäuschen. Gleich, nur ein Stück noch, nur ein … Lichter.

Blaue, flackernde Lichter hinter der Faulbaumhecke, die ihr Grundstück umgab.

Sie spiegelten sich in den tief hängenden Wolken, färbten das gelbe Gewitterlicht geisterhaft blau. »Nein!«, krächzte Maira. Und dann noch einmal »Nein!«, als sie um die Ecke bog und das Rad auf den nassen Sandsteinen schlitterte.

Menschen in Uniform, Nachbarn, Herr Bartelsen. Warum war Herr Bartelsen hier? Feuerwehrautos, ein Rettungswagen. Der Hof war voll davon, irgendwo weit hinten registrierte Maira, dass sie die Wiese zerfahren hatten. Sie durften nicht hier sein, sie durften das nicht. Maira sprang ab und warf das Rad zur Seite, es schepperte, und sie rannte, obwohl sie doch wusste, dass sie zu spät kam. Es roch nach Rauch.

Sie wollte ins Haus, aber jemand stellte sich ihr in den Weg. Eine Uniformjacke, ein Namensschild, eine Brust, gegen die sie hämmerte, sie sollten sie durchlassen. »Maira, du kannst da jetzt nicht reingehen.«

Sie hämmerte weiter, versuchte, die Uniformjacke wegzuschubsen und sich vorbeizudrängeln. Hände hielten ihre Arme, Männerhände. »Maira, wir kümmern uns um deine Mutter, alles wird gut.«

Aber nichts war gut. Erneut versuchte sie, sich loszureißen und doch noch irgendwie ins Haus zu kommen, um die Sicherung auszuschalten, die Blaulichter und die Menschen zum Verschwinden zu bringen. Und dann noch einmal. Die fremde Hand hielt sie fest.

Jemand legte ihr eine Decke um die Schultern. »Du bist ganz nass, Kleine.« Eine Frau. Maira kannte die Stimme. Jaspers Mutter. »Komm, du musst erst mal wieder warm werden, du holst dir ja sonst was weg. Wo warst du denn nur?«

Und dann hatte sie keine Kraft mehr. Sie rutschte einfach zusammen, bis sie auf dem Boden saß, im Regen, mit der Decke um die Schultern zwischen den flackernden Lichtern.

»Maira, Kind. Komm.«

Jaspers Mutter hockte sich vor sie und verstellte ihr den Blick, aber sie konnte trotzdem alles sehen. Die Tür und die Trage und den Krankenwagen.

Frankfurt,
23. Mai

Am 23. Mai wäre meine Mutter fünfundfünfzig geworden. Meistens ist das Mädchen, das ich war, weit weg. Aber an diesem Tag sind die Schleier zwischen den Zeiten dünn.

Mein Rad quietscht. Viel langsamer als sonst fahre ich zur Arbeit, einmal überholt mich sogar ein Jogger. Die Welt um mich herum scheint nicht zu mir zu gehören – oder ich nicht zu ihr. Ich bewege mich lediglich durch sie hindurch, während Frankfurt schwülwarm erwacht.

Sonst genügen die Geräusche, um die Maira von damals fernzuhalten. Rauschen, Brummen, Kreischen, Summen, Sägen, Singen – je bunter die Kakofonie der Stadt, desto sicherer steht der Damm zwischen dem Alltag und dem, was im Schlick meines Unterbewusstseins schwelt. An dem Tag, der der Geburtstag meiner Mutter gewesen wäre, genügen sie nicht.

»Schlecht geträumt?«, fragt Ingmar, als ich ihn vor der Tür zur Werkstatt treffe.

Auch ohne zu träumen kann man üble Nächte haben. Ich weiß nur, dass ich schwitzend und in meine Decke verheddert aufgewacht bin. Nichts, was ich mit meinem Boss diskutiere.

»Hast du einen Plan für heute?«

Ich nicke. Ich habe vor, an dem Gründerzeitstuhl weiterzuarbeiten, den ich derzeit restauriere. Bis heute Abend muss er fertig sein, morgen spätestens soll Oleg ihn ausliefern.

Prüfend sieht Ingmar mich an. Er ist ein feingliedriger Mann mit Goldrandbrille, kaum größer als ich, der Schnauzbart ebenso weiß wie seine Haare. »Sicher, dass wir dich allein lassen können? Siehst aus, als würdest du gleich zusammenklappen.«

»Geht schon.«

Im Inneren des Transporters rumpelt es, Olegs Kopf erscheint hinter einer Kiste. »Irgendwann kriegst du ein T-Shirt mit *Geht schon* drauf.«

»Morgen, Oleg.«

»Morgen, Maira.«

Kurz überlege ich, das schwere, hölzerne Rolltor zur Werkstatt zu öffnen, aber die Sonne brennt jetzt schon. Im Gebäude will ich es so lange wie möglich kühl lassen, also nehme ich die schmale Tür, die in das Tor eingelassen ist, und schließe sie sofort hinter mir.

Durch das Band aus Sprossenfenstern über dem Tor fällt Streiflicht und lässt Staubkörnchen in der Luft tanzen. Die Möbelstücke, Hölzer, Stoffe und Füllmaterialien, die sich bis zur Decke stapeln, bilden dadurch eine malerische Kulisse. Auf der Werkbank steht der Stuhl, den die Maira von gestern Abend dort zurückgelassen hat.

Während auf dem Hof die Türen des Transporters klappen, schalte ich das Radio ein, das von seinem zu schmalen Regalbrett an der Wand beständig abzustürzen droht. Der alte Diesel knattert vom Hof. Ich stelle den Sender von Ingmars Schlagersender auf *Radio FFH*.

Immer noch hängt mir die Nacht nach, jeden Handgriff führe ich langsam aus, als wäre er neu und fremd. Mit den Fingerspitzen berühre ich das gewachste Holz des Möbelstücks vor mir. Ich habe es feingeschliffen und poliert, bis mir beinahe der Arm abgefallen ist. Nun schimmert es sanft.

Nussbaum. Ich liebe die edle Farbe und die Struktur des Holzes. Bezogen mit dem blau-weiß gemusterten Gobelin, den die Kundin ausgesucht hat, wird das Möbelstück prächtig aussehen. Die Unterkonstruktion der Sitzfläche ist bereits so gut wie fertig. Nur zwei der Kupferfedern muss ich noch schnüren, dann ein letztes Mal die Höhen kontrollieren; danach kann ich das Polster füllen und beziehen.

Ich lasse mich von der Musik und der Arbeit tragen. Die Minuten und Stunden fließen dahin, und nach einer Weile ist dieser Tag, der der Geburtstag meiner Mutter gewesen wäre, beinahe ein gewöhnlicher. Ich muss mich nur konsequent auf die Arbeit konzentrieren.

Wie viel Zeit vergangen sein muss, fällt mir erst auf, als Ingmar und Oleg zurückkommen. Sie reißen meine friedliche Blase aus Polstern, Musik und treibenden Gedankenfetzen auf, indem sie das große Rolltor öffnen. Sonne und Hitze fluten den Raum, einen Moment lang kann ich durch die plötzliche Helligkeit die monströse kanariengelbe Couchgarnitur kaum erkennen, die die beiden Männer auf Rollbrettern hereinbringen.

Ich lege die Zange beiseite, mit der ich eben Draht stramm gezogen habe, und wische mir die schwitzigen Hände an der Hose ab. »Was ist das denn?«

Oleg zieht bedeutungsvoll die Augenbrauen hoch. Sich sichtlich ein Grinsen verkneifend, macht er sich daran, den Transporter neu zu beladen.

Ingmar jedoch bleibt neben dem Sofa stehen. Er klopft mit der flachen Hand auf den gelben Stoff der Lehne, als sei es ein Pferd, dem er den Hals tätschelt. »Schick, oder?«

»Sehr.«

Ingmar lacht. »Immerhin wird es uns eine Weile beschäftigen.«

»Mich, meinst du.«

»Stefan ist nächste Woche ja aus dem Urlaub zurück. Sonst alles klar hier?«

»Klar.«

Oleg kommt herein, um die nächste Ladung zu holen. Gemeinsam tragen wir Gardinenstoffe, ein halbes Dutzend neu bezogene Hocker und vier schwere Spiegelrahmen für einen Frisörsalon zum Transporter. Dann schwingt sich Oleg wieder auf den Fahrersitz und Ingmar steigt auf der anderen Seite ein.

»Vergiss die Pause nicht.«

»Aye, Chef.«

Ein Blick auf das Display meines Smartphones sagt mir, dass die Frühstückszeit längst vorbei ist. Und Konstantin hat versucht, mich zu erreichen. Ich melde mich später bei ihm. Vielleicht. Es ist nicht so, als hätten wir noch irgendwas zu besprechen.

Die Arbeit hat die Nacht ein wenig aus meinem Herzen und meinen Knochen vertrieben. Trotzdem fühle ich mich seltsam matt, als ich mich mit meinem Frühstücksbrot im Innenhof an die Wand neben dem Rolltor lehne. Eine tapfere alte Ulme spendet dort wenigstens ein bisschen Schatten.

Ein einsamer Windhauch streicht mir über die Wangen, vereinzelte Wolken treiben vorbei, und am Himmel lachen mich tatsächlich ein paar Möwen aus. In Frankfurt am Main sollten keine Möwen kreischen.

Aus einer der oberen Wohnungen des Nachbarhauses klingt Streit. Eigentlich mag ich diese zu warme Stadt, ich mag den Hinterhof mit seinen Ziegelmauern unter abblätterndem Putz, und ich mag die Gerüche, die sich darin fangen. Lack, Holz und Harze aus der offen stehenden Werkstatt. Knoblauch und Gebratenes aus Deniz' Döner. Gute, sichere Gerüche. Doch heute ist mein emotionaler Deich brüchig.

In der Nacht hat es geregnet, die Luft ist noch feucht, und der Frühsommerwind trägt Düfte von der Gärtnerei auf der anderen Seite der Hinterhofmauer mit sich. Eine Ahnung nur von Erde und nassem Sand, Faulbaum und Heckenrosen. Sie haben mein Innerstes erreicht, bevor ich feststellen kann, dass sie nicht hierher gehören, nicht mitten in die Stadt, Hunderte Kilometer von der Ostsee entfernt. Ich versuche, nicht hinzuriechen, konzentriere mich stattdessen auf Reste von Diesel, die noch zwischen den Häusern hängen.

Als das nicht genügt, sortiere ich die Reihenfolge der anstehenden Arbeiten im Kopf, aber es ist zu spät.

Längst hat die Vergangenheit ihren Weg durch meine Barrieren gefunden, eine helle, heile Vergangenheit zum Glück. Zwischen die Stadtklänge der Gegenwart mischt sich das Trommeln nackter Kinderfüße auf dem Sandweg, der vom Strand nach Hause führt. Drei Paar, schmutzig, zerkratzt und sonnengebräunt.

Zwei Frauen, Touristinnen, stehen im Weg; Anne rennt links um sie herum, Jasper und ich rechts. Sie schimpfen hinter uns her, ich nehme es kaum wahr.

»Mama!«, rufe ich stattdessen, »Mama!«, und sie muss mich gehört haben, noch bevor wir um die Faulbaumhecke gebogen sind, denn sie steht schon in der geöffneten Haustür unserer Rohrdachkate. Wind trägt Seeluft herüber und über uns fliegt eine Silbermöwe.

Eine Momentaufnahme. Mamas Lachen, das wie immer um ihren Mund liegt. Wie meiner ist er ein wenig zu breit. Sonne auf ihrem Gesicht, die sie die Augen zusammenkneifen lässt. Der neu gestrichene, taubenblaue Rahmen der Tür. So klar, als erlebte ich es jetzt. Als sei ich zehn Jahre alt und meine Welt noch ganz.

»Mama, wir haben einen Wal gesehen!«

»Ehrlich?«

»Ja!« Mir fehlen die Worte, um ihr zu beschreiben, wie die Flosse aus dem Meer tauchte, schwarz und glänzend einen Bogen zog, verschwand, wieder auftauchte, und wie ich lachen musste vor Glück, weil es den Wal gab. Wie die Freude darüber immer noch in mir sprudelt.

»Wie lang war er? Von hier bis zum Gartenhaus?«

»Haha. Frank hat gesagt, das war ein Schweinswal, du weißt doch, wie groß die sind.«

»Mein kluges Kind.« Sie nimmt mich in den Arm, und ich winde mich kichernd, als sie mir den Hals küsst. Sie riecht nach frischen Pfannkuchen.

Etwas an dieser Sequenz kann nicht stimmen, ich war eben noch an der Hecke neben dem Tor und Mama an der Haustür. Während ich darüber nachdenke, wie viel meiner Kindheit ich mir aus Fotos zusammengebaut habe und was wirklich passiert ist, poltert eine andere Erinnerung gegen meinen geistigen Damm, ein anderer Tag, ein anderer Wal.

Ich lege das halb gegessene Brot wieder in die Box, gehe zurück in die Werkstatt und schließe die Tür zu dem Wind und den Möwen, die hier nicht hergehören.

Nach der grellen Hitze draußen ist es im Inneren dunkel und kühl. Das kanariengelbe Ungetüm nimmt beinahe die Hälfte des Raums ein. Ich muss mich an ihm vorbeischlängeln, um zu meinem Stuhl zu gelangen, neben dem das Afrique für die Polsterung schon bereitliegt. Die Gerüche sind draußen geblieben, das Kreischen der Möwen ebenfalls.

Im Radio läuft Werbung für Fischfilet zu eins neunundneunzig.

Ich wechsle den Sender zurück zu Ingmars Schlagerprogramm. Kaffee. Arbeit. Sinneseindrücke, um das Loch im Deich zu kitten. In der Regel hilft das. Der Kaffee ist so heiß, dass ich mir fast die Zunge verbrenne, und die beschwingte Musik kurz vor der Lautstärke, bei der die Nachbarn die Polizei holen, statt miteinander zu streiten. Am frühen Nachmittag rufe ich sogar Konstantin zurück.

»Hallo?«, meldet er sich, als würde mein Name nicht angezeigt.

»Hi.«

Pause.

Dann sage ich: »Du hast vorhin angerufen.«

»Ja, ich … na ja. Es ist der 23. Mai. Ich wollte nur hören, wie es dir geht.«

»Gut geht es mir.«

»Gut.«

Pause.

»Wenn du was brauchst …«

»Nein, alles gut. Geht schon.«

»Na, dann … man sieht sich.«

»Ja.« Mein Finger schwebt schon über dem roten Button. »Konstantin?«

»Ja?«

»Danke. Fürs Nachfragen, meine ich.«

»Kein Ding.«

Er legt auf, und ich bin wieder allein mit dem Afrique und den Geisterbildern im Kopf. Dazu hat sich jetzt noch das schlechte Gewissen gesellt, dass ich Konstantin gegenüber nicht zugänglicher sein kann.

Irgendwann, nach Ewigkeiten, fällt ein Lichtreflex auf die Werkbank, ein Sonnenstrahl wohl, der sich im Lack oder im Spiegel des Transporters gefangen hat, als dieser wieder vorgefahren ist. Ich regele die Lautstärke auf ein gesellschaftsverträgliches Maß hinunter, Ingmar soll nicht denken, ich würde hier eine Party feiern.

Kurz darauf betritt er die Werkstatt. Nach einem Blick auf das, was ich heute geschafft habe, nickt er. »Sieht gut aus.«

»Ja, ich bin ganz zufrieden. Muss nur hier und da noch ein bisschen ausgleichen.«

»Hast du vor, irgendwann Feierabend zu machen?«

»Wenn ich fertig bin.«

»Du solltest dein junges Leben nicht nur mit Arbeit verbringen, sondern auch mit Spaß.«

»So jung bin ich nicht.« Ich lege das Messer zur Seite. »Und die Arbeit macht mir Spaß.«

»Wenn du wüsstest, wie jung du bist.« Er reibt sich den Schnauzbart, wie er es immer tut, wenn ihn etwas beschäftigt. Dann sieht er mich an. »Mach Schluss, Befehl vom Chef.«

Ich salutiere. »Du aber auch.«

»Selbst und ständig.«

»Und irgendwann kaputt.«

»So schnell nicht.« Er lacht kurz. »Sag mal, wie spontan bist du? Hast du morgen Abend was vor?«

Ich verneine. Lesen gilt nicht als *etwas vorhaben.*

»Hast du Lust, mal wieder zum Abendessen zu uns zu kommen? Du müsstest dann natürlich mal zu einer sinnvollen Zeit Feierabend machen.«

Dabei verlassen Ingmar und Gabi selbst selten vor sieben oder acht Uhr abends die Firma. Ich weiß es, weil ich oft genug abends noch arbeite. Vor Monaten hat Ingmar mir die offizielle Erlaubnis erteilt, die Werkstatt auch privat zu nutzen. Manchmal möbele ich Erbstücke für Leute aus dem Freundeskreis auf – wobei der seit der Trennung von Konstantin als nicht existent bezeichnet werden kann – oder baue aus Resten und Abfällen etwas Neues. Die besonders gelungenen Stücke bieten Ingmar und Gabi vorn im Laden als Unikate an. Derzeit steht eine schmale Zweisitzerbank dort, bezogen mit Samt in schrillem Magenta. Ich glaube nicht, dass sie jemals ein Zuhause findet, aber sie ist auf jeden Fall ein Blickfang.

Auch heute werde ich bleiben. Jetzt nach Hause zu gehen, in meine Wohnung, allein mit Netflix oder einem Buch, dem Staublappen und den Erinnerungen, die so gefährlich nah unter der Oberfläche lauern … nein.

Jeder Stuhl auf dem Bürgersteig vor *Klaras Streuobstwirtschaft* ist besetzt. Ich scanne die Stehtischfässer und entdecke eins, an dem nur drei Leute stehen: ein Mann Anfang dreißig, Werber, würde ich tippen. Eine Frau um die fünfzig, vermutlich Bankerin. Und eine Frau im Alter irgendwo dazwischen, bei der ich amerikanische Touristin raten würde. Mit der Zeit habe ich einen Blick für festgefügte Gruppen bekommen. Diese drei stehen zufällig zusammen. Vereinzelte wie ich, die sich einfach nur eine Ablage für ihre Teller und Gläser teilen.

Ich drängle mich zu den dreien durch. Die beiden Frauen unterhalten sich inzwischen.

»Ist hier noch frei?«

Der Typ sieht von seinem Smartphone auf und blickt kurz in die Runde, bevor er die Schultern zuckt. »Sicher.«

Die Frauen stimmen zu, ich bitte sie, meinen Platz freizuhalten, während ich mir einen Sauergespritzten und etwas zu essen hole. Mit Konstantin war ich nur wenige Male hier, er fand *Klara* zu touristisch. Mir gefällt das Durcheinander aus Ur-Frankfurtern, Zugereisten und Gästen. Ich mag es, den Bankerjungs zuzuhören, die im tiefsten Hessisch von ihren neuesten Deals erzählen, ebenso wie mich die bunten Sprachen ringsum beglücken. Niemand interessiert sich dafür, wer oder was ich bin. Ob ich hierhergehöre oder nicht.

Während der nächsten Stunden lasse ich den fast subtropischen Frankfurter Frühsommerabend über mich hinwegwaschen, tauche ein in die Kulisse eines Lebens, das sich beinahe richtig anfühlt. Ich bleibe, als sie gehen, und ich bleibe, als die Nächsten gehen, die sich zu mir gesellt haben. Ich bleibe, bis mein Kopf sich dreht von zu viel Äppler und mir die Müdigkeit so weit in die Knochen gekrochen ist, dass ich sicher bin: Ich werde schlafen. Heute Nacht werde ich schlafen. Trotz der Hitze und trotz der Tatsache, dass es der 23. Mai ist.

Kurz vor Mitternacht komme ich nach Hause. Die Luft in der Wohnung kommt wir vor wie ein dichter, warmer Block, obwohl ich morgens sämtliche Vorhänge geschlossen habe und die Dachfenster schon seit Tagen mit Handtüchern verhängt sind. Ich schaffe es nicht mehr unter die Dusche, sondern öffne nur noch das Schlafzimmerfenster und falle ins Bett.

Liebe Maira

Weißt du noch, Maira? Erinnerst du dich an den Tag, als wir ans Meer gezogen sind? Als wir das erste Mal das verwitterte Schild *Sperlingskate* am Tor des Resthofs sahen?

Wahrscheinlich nicht, du warst drei Jahre alt und fandest vor allem spannend, in einem großen Umzugswagen zu fahren.

Das erste Foto von dir, das nicht mehr in der Wohnung deiner Oma, sondern hier entstanden ist, zeigt dich schlammverkrustet und lachend auf einem Erdhaufen im Garten. Ich habe mir viel vorgenommen, als wir herzogen. Einen Gemüsegarten wollte ich anlegen, um uns beide selbst zu versorgen. Am Ende hat es nur zum Hochbeet für Salat und Küchenkräuter gereicht, aber in diesem ersten Frühjahr war ich ungeheuer motiviert. Ein wenig zu motiviert vielleicht. Ich habe unterschätzt, wie viel Arbeit es machen würde, den Garten zu pflegen und das Haus nach und nach in Schuss zu bringen, obwohl am Anfang eigentlich ständig Leute aus meiner Hamburger Clique hier waren, um uns zu helfen.

Übrigens war kurz nach dem Umzug auch bisher das einzige Mal, dass deine Großmutter uns hier besucht hat. Nur falls du dich irgendwann wunderst, warum wir so wenig Kontakt miteinander haben. Wer weiß, ob sie sich überhaupt dazu herabgelassen hätte, hätte dein Onkel sie nicht überredet. Mischa glaubt ja immer noch, man müsste nur Verständnis für ihre Marotten haben, dann könnte man mit ihr auskommen. Er ist halt auch nicht mit einem unehelichen Kind angekommen. Jedenfalls gab es bei diesem Besuch einigermaßen viel verständnisloses Naserümpfen ihrerseits und genervtes Rumschreien meinerseits, aber wenigstens hat das niemand im Ort mitbekommen. Wäre keine besonders gute Einführung in die neue Nachbarschaft gewesen.

Ich hatte sowieso anfangs genug Angst vor Anfeindungen, immerhin war es viele Jahre her, dass die Familie deiner Großmutter nach Hamburg gezogen war. Und dann kam ich hier an, viel jünger als die anderen Mütter, mit dir, meinem vaterlosen Kind. Wir waren fremd und ganz bestimmt nicht alle im Ort waren glücklich über die Rückübereignung nach der Wende.

Aber sie gewöhnten sich an uns. So schwierig es manchmal war, ich liebte den Hof von der ersten Sekunde an, und ich wollte für dich, dass du frei und mit viel Natur aufwachsen kannst. Ich mochte nicht mehr mit dir auf Spielplätzen rumsitzen. Also wagte ich den Sprung, auch wenn fast alle meine Freunde prophezeiten, ich wäre spätestens nach einem halben Jahr wieder zurück.

Aber ich komme vom Hundertsten ins Tausendste. Am Einzugstag jedenfalls, Mischa und Phil waren gerade dabei, dein Bett von der Ladefläche zu holen, und ich schleppte eine Bücherkiste ins Haus, stand plötzlich ein kleines Mädchen im Hof, nur ein wenig älter als du. »Wohnt ihr jetzt hier?«, hat sie mich gefragt (Kinder sprechen witzigerweise oft eher mit Erwachsenen als mit anderen Kindern), und ich bejahte es. Vielleicht kannst du dir denken, dass das Anne war. Von dem Tag an wart ihr Freundinnen.

Mit derselben Selbstverständlichkeit, mit der sie auf den Hof spaziert ist, kam sie in unser Leben. Sie tat dir gut. Ihr beide tatet euch gut. Da, wo du verträumt warst, war sie lebenspraktisch und patent. Und wo sie ein wenig ruppig war, brachtest du ihr Sanftmut bei.

Kurz darauf schleppte sie Jasper an, und fortan saßen eigentlich immer drei Kinder an unserem Küchentisch oder in unserem Garten. Ich glaube, für Annes und Jaspers Eltern war es sehr praktisch, dass ich von zu Hause aus arbeitete, und ich mochte es, euch drei um mich zu haben. So war immer Leben im Haus, und mein schlechtes Gewissen, weil du weder Vater noch Geschwister hattest, konnte beruhigt schweigen.

So viel Zeit ist seither vergangen. Du bist groß geworden, elf Jahre alt schon. Ich bedaure, dass ich nicht von Anfang an die Idee hatte, unser Leben für dich aufzuschreiben. Texte, finde ich, erzählen noch mal anders als Fotos. Aber nun, immerhin mache ich seit ein paar Jahren immer mal Notizen, und ich werde auch weiter aufschreiben, was mir einfällt, sei es eine Erinnerung oder etwas aus der Gegenwart.

Diese Zeilen hier schreibe ich an einem Tag im Herbst, es ist grau und ungemütlich draußen. Aber du bist mit Anne losgezogen, um auf der Wiese hinter dem Deich Lenkdrachen fliegen zu lassen, nun, da nicht mehr so viele Touristen da sind. Es macht mich froh, zu sehen, wie selbstständig du inzwischen bist. Nachher wirst du zurückkehren, mein wildes Kind, mit roten Wangen und verknoteten Haaren, weil du wieder keine Mütze aufsetzen wolltest.

Wenn ich zurücksehe, bist du damals wirklich schnell hier angekommen, als gehörte deine Seele genau an diesen Ort, in dieses Haus, als hättet ihr nur aufeinander gewartet. Ich habe länger gebraucht, um kein Heimweh mehr zu haben. So viele Momente, in denen ich gezweifelt habe, ob wir es in der Stadt nicht besser gehabt hätten, wo es Musikunterricht und reichlich andere Angebote für dich gegeben hätte. Doch gestern beim Frühstück hast du unvermittelt gesagt: »Die armen Leute, die hier nicht wohnen können, oder, Mama?« Und ich konnte dir aus ganzem Herzen zustimmen. Die letzten Jahre waren nicht immer leicht, mehr als einmal hatte ich Angst, dass ich die Reparaturen am Haus nicht bezahlen kann. Aber irgendwie ging es immer weiter. Es wird auch in Zukunft weitergehen. Wir haben Freunde gewonnen, du deine und ich meine. Heute Abend werden wir mit einigen von ihnen am Feuer sitzen. Vielleicht bringt Andrea ihre Gitarre mit.

Ich bin so dankbar für unser Leben. Wir sind hier zu Hause, Maira. Du und ich.

Ich habe dich sehr lieb.

Deine Mama

Frankfurt, 24. Mai

Ingmar wartet bereits auf mich, als ich vorfahre. Das ist selten. Normalerweise gehe ich kurz vorn ins Büro, um ihn und Gabi zu begrüßen, wenn er nicht sowieso auf dem Hof oder in der Werkstatt zu tun hat. Dass er explizit auf mich wartet, ist in unseren nun fast zehn gemeinsamen Jahren vielleicht dreimal vorgekommen.

Ich springe vom Rad. »Morgen, Chef.«

»Gut, dass du kommst.«

»Was ist los?«

»Kleine Planänderung heute. Gabi ist krank, ich brauche dich im Laden.«

»Was Schlimmes?«

»Ach, bisschen Magenschmerzen. Wird schon wieder. Unkraut vergeht nicht, weißt du doch.«

Sähe ich nicht jeden Tag, wie sehr er seine Frau liebt, fände ich diesen Satz abfällig. So schiebe ich ihn auf Ingmars spezielle Art – er ist nicht für sein Geschick mit Worten bekannt – und nehme mir vor, Gabi eine Textnachricht zu schicken, in der ich ihr gute und schnelle Besserung wünsche. »Was ist mit dir?«

»Hab einen Termin. Große Sache, erzähle ich dir nachher.« Er sieht auf die altmodische Uhr an seinem Handgelenk.

»Ich …« Ich schlucke meinen Protest hinunter, obwohl mir schon bei dem Gedanken eng im Brustkorb wird. »Du weißt, dass ich vorn nicht besonders tauge.«

»Und du übertreibst maßlos, Küken.«

»Ganz passend ist meine Kleidung auch nicht«, unternehme ich nun doch noch einen Versuch, aus der Sache rauszukommen. »Was ist mit Thao?« Thao arbeitet zwar nur Teilzeit, aber heute wäre doch ein guter Tag für sie. Finde ich.

»Hat noch Urlaub. Also: Keine Widerrede.«

Ich habe gelernt zu erkennen, wann ich verloren habe. Also lasse ich mir von Ingmar zeigen, was im Büro zu tun ist, und nicke nur, als er mich daran erinnert, pünktlich um neun den Laden aufzuschließen. »Wenn du dich nützlich machen willst, kannst du die Stoffmuster, die gestern gekommen sind, noch sortieren und das Schaufenster mal aufräumen.«

Er weiß, womit er mich kriegt.

Das Ladengeschäft ist ein einziger großer Raum mit tiefen Schaufenstern zur Lorscher Straße, in denen die Leute Stoffe und ein paar Möbel betrachten können, die eher unmotiviert hineingestellt wirken und gefühlt seit Jahren nicht verändert wurden. Das Büro selbst ist lediglich durch einen Raumteiler abgetrennt. Ich habe schon öfter gedacht, dass man wesentlich mehr daraus machen könnte.

Wir trinken noch einen schweigsamen Kaffee, dann verabschiedet sich Ingmar, und ich bin allein mit den Rechnungen, Bestellungen und Werbesendungen, die sortiert werden wollen. Doch zuerst erkundige ich mich bei Gabi per Textnachricht, ob ich irgendwas für sie tun kann. Ihr Smartphone scheint ausgeschaltet zu sein; ich mache mich an die Büroarbeit. Glücklicherweise ist noch nicht viel angefallen, sodass ich mich schon eine Stunde später dem Schaufenster zuwenden kann.

Meine erste Tätigkeit besteht darin, die Markise auszufahren, bevor die Sonne herumkommt. Dann sperre ich potenzielle Zuschauer aus, indem ich das Fenster mit Packpapier verhänge, auf das ich in fetten Lettern geschrieben habe: *Wir dekorieren für Sie um*. Und schließlich mache ich mich daran, genau das zu tun.

Meine kleine Bank dient derzeit nicht als Blickfang, wie ich feststelle, sondern als Ablage für Stoffmusterkataloge. Ich hieve die Dinger herunter, als mir ein Ballen Panama-Canvas mit schwarz-weißen Blockstreifen ins Auge fällt und meine Kreativität endgültig aufweckt. Ingmar hat mir die Anweisung gegeben, das Schaufenster aufzuräumen, oder etwa nicht?

Gabi schreibt, sie sei bestimmt in ein oder zwei Tagen wieder fit, ich schicke ihr ein Bild von dem schwarz-weißen Stoff und frage sie, ob ich ihn zum Dekorieren nutzen kann. **Nur keine Hemmungen**, antwortet sie.

Also belade ich einen Rollwagen mit dem Stuhl, den Stoffen und den Kissen, die seit mindestens zwei Jahren das Schaufenster zieren, entferne Staub und Spinnweben und überlege dann, welcher Teppich zu dem schwarz-weißen Baumwollstoff passen könnte.

Ab und zu berate ich Menschen, die sich neu einrichten wollen, verkaufe Auslegwaren, nehme Reparaturen an. Aber im Wesentlichen bin ich den Tag über allein im Laden.

»Oh, schön kühl hier drin«, sagen die Leute beim Reinkommen. Oder »Endlich ein bisschen Abkühlung.«

Ich will lieber nicht wissen, wie hoch die Temperaturen inzwischen draußen sind, wenn man es hier als *kühl* empfinden kann.

Nachmittags bin ich so weit.

Meine Bank steht auf goldenen Damastwellen, dahinter schirmt der grobe schwarz-weiße Canvas den Blick in den Laden gerade so weit ab, dass sich von draußen erahnen lässt, welche Schätze hier schlummern. Ich richte die Deckenspots so aus, dass der magentafarbene Samt und die glänzenden, geschwungenen Kastanienholzbeine der Sitzbank besonders zum Tragen kommen. In der anderen Ecke, auf einem Pouf, den ich vor Wochen mit orangefarbenem Cord bezogen habe, sitzt Gabis Lieblingsstofftier, ein Kaiserpinguin. Es ist grandios schrill.

Ich nicke mir selbst Mut zu, dann entferne ich das Packpapier vom Fenster.

Ingmars Fahrrad klappert auf den Hinterhof. Kurz darauf betritt er den Laden – aus vollem Hals lachend. »Ab sofort machst du immer die Deko.«

»Keine Chance.« Ich wische mir die Hände an der Hose ab. »Da komme ich ja zu nichts anderem mehr. Gefällt es dir?«

»Es ist schauderhaft.«

Während ich noch darüber nachdenke, was ich mit dieser Aussage anfange, sagt er: »Kleb noch einen … wie heißen die Dinger? So einen Code an die Scheibe, der die Leute zu unserer Homepage führt. Allein in den paar Minuten, in denen ich den Schreck verdaut habe, sind drei Mädels stehen geblieben und haben Fotos gemacht.«

»Okay.« Ich entspanne mich. »Wird gemacht, Boss.«

Ein bisschen eingestaubt steht in der hintersten Ecke des Büros ein Folienplotter. Ich drucke den QR-Code aus und dann noch die Adresse der Website (wir müssen dringend den Instagram-Kanal aktualisieren). Gemeinsam mit Ingmar, der von außen kontrolliert, und Oleg, der mir innen hilft, klebe ich beides an die Scheibe.

Ingmar bringt gleich drei neue Kundinnen mit in den Laden, von denen zwei glücklicherweise nur schauen wollen. Die dritte bedient er.

Bevor ich mich in die Werkstatt verdrücken kann, sagt er: »Warte noch. Ich brauch dich gleich.«

Vor lauter Dekorieren hatte ich verdrängt, dass heute jemand kommt, um sich als Auszubildende zu bewerben. Ingmar hat bereits ein Gespräch mit der Frau geführt, aber da ich hauptsächlich mit ihr arbeiten werde, will er meine Meinung hören.

Er wendet sich wieder der Kundin zu und ich … warte. Um die Zeit sinnvoll zu nutzen, fotografiere ich das neue Schaufenster von außen und stelle es auf den Instagram-Account von *Ingmar Prigge Raumausstattung*. Auch der benötigt ein paar Aufräumarbeiten.

Das Mädchen, das eine Weile später den Laden betritt, ist schmächtig und wirkt wie höchstens fünfzehn. Ihre Haare sind blau gefärbt, die Augen wirken durch das Make-up riesig. In der rechten Augenbraue blitzt ein Piercing. Unschlüssig bleibt sie in der Nähe der Tür stehen, als bereue sie, überhaupt hereingekommen zu sein. Und ich weiß auf einmal sehr genau, warum Ingmar wollte, dass ich sie kennenlerne.

Sie merkt, dass ich sie ansehe, schielt kurz zu mir und hebt ein wenig das Kinn.

»Maira?«, brummt Ingmar aus dem Büro.

Ich löse mich aus meiner Lähmung. Mit ein paar schnellen Schritten bin ich an der Tür. »Hallo. Kommen Sie doch herein.«

Sie hält sich an den Gurten ihres Rucksacks fest, lächelt aber verhalten.

»Immer man rein in die gute Stube.« Ingmar kommt nun aus der Büroecke.

Ich atme verstohlen aus.

»Wie gefällt Ihnen die Neugestaltung?«, fragt Ingmar.

»Gut. Ich finde die Kontraste in den Materialen schön.« Ihre Stimme ist rau und viel tiefer, als ich bei ihrem Anblick angenommen hätte.

Ingmar nickt zufrieden. »Hat Maira heute gemacht. Maira ist die da.«

»Hallo«, sage ich zum zweiten Mal. »Maira Jakobs.«

»Emily«, sagte sie. »Schmidt.«

Ingmar bittet das Mädchen an den runden Tisch, an dem wir auch Gespräche mit Kundinnen und Kunden führen. Ich biete Mineralwasser, Schorle und Besprechungskekse an und setze mich dann dazu.

Emily hat Fotos und Zeichnungen auf einem Tablet dabei. Die Fotos zeigen ein hellblau angepinseltes Tischchen, das sie restauriert habe. Die Zeichnungen sind computergerenderte Entwürfe für verschiedene Räume. Ingmar ist ein guter Zuhörer; mit jedem Bild taut sie weiter auf. Nichts von dem, was sie uns zeigt, ist in irgendeiner Form ausgereift, aber ihr Eifer rührt mich.

»Hast du … haben Sie schon mal was gepolstert?«, frage ich.

Sie schüttelt den Kopf.

»Ist nicht schlimm. Ich wollte es nur wissen.«

Kann ich mir vorstellen, mit ihr zu arbeiten? Sie anzuleiten? Sie auf den Baustellen vor blöden Sprüchen zu schützen? Will ich diese Art von Verantwortung?

Nachdem sie sich mit ihrem schüchternen Lächeln verabschiedet hat, schließt Ingmar die Tür. »Und?«

»Sie wirkt wie ein Kind.«

»Sie ist achtzehn.«

»Im Leben nicht.«

»Ich denke, sie hat eine Chance verdient. Hatte bisher nicht so viel Glück im Leben, die Kleine. Denkst du, du kannst mit ihr arbeiten?«

Ich weiß, er will, dass ich sage, ›natürlich‹. Er will mich als guten Menschen sehen. Aber alles, was ich über die Lippen bringe, ist: »Solange sie nicht vorher davonrennt.«

»Das wird schon. Wir sind hier gut darin, kleine Kratzbürsten zu zähmen.«

»Kann mir nicht vorstellen, wen du meinst.«

Ingmar holt zwei Flaschen alkoholfreies Bier aus dem Kühlschrank, öffnet beide und reicht mir eine.

Wir stoßen an, ein bisschen asymmetrisch, weil ich sitze und er an der Tischkante lehnt. Mit dem Bier in der Hand macht er eine Geste, die den Raum und die Werkstatt im Hinterhof einschließt. »Das hier ist nur ein bescheidener kleiner Laden. Aber ich find's gut, dass wir damit auch so 'n bisschen unseren Teil zu einer besseren Welt leisten können. Klingt das kitschig?«

»Ja«, sage ich. »Aber das macht nichts.«

»Bin schon stolz auf das alles hier, so aus dem Nichts aufgebaut.«

»Kannst du auch sein.«

Ich kenne die Geschichte. Früher war hier ein Schmied, dann stand die Werkstatt lange leer, bevor Ingmar sie für einen Spottpreis gemietet und später gekauft hat. »Seit meine Knie nicht mehr so wollen wie früher, habe ich immer öfter übers Aufhören nachgedacht. Aber ich kann doch nicht alles, was ich aufgebaut habe, einfach wieder vergehen lassen.«

Das ist das Problem, wenn man etwas für sich selbst erschafft. Räume, Dinge. Beziehungen. Sie besitzen einen genauso, wie man meint, sie zu besitzen. Ich drehe die Flasche in meiner Hand und betrachte den schwarz-weißen Stoff im Schaufenster.

»Na ja, was soll's.« Er sieht auf die Uhr. »Oh, Shit, so spät schon. Ich muss los, hab heute Abend Besuch zum Abendessen.«

Synchron stürzen wir unsere Getränke hinunter.

»Wir sehen uns in zwei Stunden.«

»Ich werde da sein.«

Ingmar und Gabi wohnen in einem kleinen Einfamilienhaus in Rödelheim. Mit dem Rad brauche ich von meiner Wohnung aus zwanzig Minuten. Wieder einmal verfluche ich die Frankfurter Hitze, aber dank des dünnen Kleids, das ich trage, komme ich nur wenig verschwitzt an.

Gabi hockt vor der Tür und pflanzt Stiefmütterchen in den großen Topf, der über das Jahr immer wieder andere Pflanzen beherbergt. Als mein Rad quietschend am Gartenzaun hält, sieht sie auf, blinzelt gegen die Sonne und wischt sich mit dem Unterarm die grauen Locken aus der Stirn. »Da bist du ja schon.«

»Da bin ich.« Ich schließe mein Rad ab. »Soll ich dir helfen?«

»Lass mal. Bin so weit fertig.«

»Sieht schön aus. Tolles Blau.«

Einen Moment sinnieren wir darüber, wie sehr die Farbe der Blumen mit dem warmen Grau des frisch gestrichenen Holzhauses harmoniert, dann winkt sie mich ins Haus, die Gartenhandschuhe immer noch an den Händen. »Ingmar hat sein Spezialrezept für Grüne Soße gemacht.«

»Ich liebe Grüne Soße.«

»Sag bloß.«

Wir lächeln uns an, und ich frage mich – nicht zum ersten Mal –, womit ich es damals verdient hatte, ausgerechnet diesen beiden Menschen über den Weg zu stolpern.

Gabi bietet mir Pantoffeln an wie immer; ich lehne ab … wie immer.

»Dass du keine kalten Füße bekommst.«

Aber ich kann mit Schlappen nicht laufen und das Thermometer zeigt immer noch achtundzwanzig Grad. »Passt schon so«, sage ich. »Danke.«

Im Haus riecht es nach frisch gekochten Kartoffeln und irgendwie kräuterig.

»Ist Maira schon da?«, ruft Ingmar aus der Küche.

»Bin ich.«

Er trägt eine geblümte Schürze über Jeans und weißem T-Shirt, was ihn im Vergleich zu seiner Arbeitsuniform ganz verändert aussehen lässt. »Sehr schön. Dann können wir ja loslegen.«

Der Terrassentisch unter der Markise ist gedeckt, festlicher, als für einen simplen Wochentags-Feierabend angemessen wäre. Hat jemand Geburtstag und ich habe es vergessen? Ich kann nicht den Finger drauflegen, aber irgendetwas an dieser Einladung ist eigenartig.

Ratlos betrachte ich die drei Gedecke auf geschmackvollen Tischsets, das blank polierte Besteck, die makellosen Sektgläser.

»Setz dich doch.« Gabi tritt neben mich.

Also setze ich mich mit Blick auf den Garten.

Sie nimmt ebenfalls Platz. Ihr Lächeln erinnert mich an das meiner Mutter früher am Weihnachtsabend. Was geht hier vor?

Ingmar kommt mit der Soße, ich springe auf. »Kann ich was helfen?«

»Quatsch, bleib sitzen. Sind nur noch die Kartoffeln.«

Eine Weile essen wir schweigend, nachdem ich dreimal verkündet habe, wie wunderbar die Soße schmeckt, und mich für die Einladung bedankt habe. Eine Amsel planscht in der Vogeltränke am Rand der Terrasse. Ingmar und Gabi sehen sich an, sie nickt ihm zu, und ich gebe vor, es nicht zu bemerken.

Ingmar räuspert sich. »Also.«

Erneut nickt Gabi ihm zu, ich warte.

»Wir haben viel nachgedacht, Gabi und ich.«

Pause.

»Ich hab dir ja vorhin schon gesagt, dass ich übers Aufhören nachdenke. Wir übers Aufhören nachdenken. Werden ja nicht jünger. Aber der Laden ist unser Lebenswerk.«

Am Nachmittag habe ich, warum auch immer, nicht wirklich begriffen, was es für mich bedeuten würde, sollten Ingmar und Gabi den Laden schließen. Jetzt muss ich schlucken. Ich mag mir keinen neuen Job suchen. »Kann ich ein Glas Wasser haben?«

Gabi reicht mir die Karaffe. Sie lächelt, ich lese daraus kein *Tut uns leid, Maira, du bist gefeuert*. Dafür hätten sie mich wohl auch nicht zum Essen eingeladen. Oder?

»Wie ich schon sagte, so ein Lebenswerk kann man nicht einfach so hinwerfen«, sagt Ingmar. »Ach, was rede ich um den heißen Brei: Willst du das Geschäft übernehmen, Maira?«

»Ich?«

Seine Augen hinter der Goldrandbrille sind so freundlich. Und hoffnungsvoll.

Ich muss das erst verarbeiten. »Nicht dass ich mich nicht geehrt fühlen würde, aber … warum ich?«

»Warum nicht du?«

Ich hebe die Schultern. Wie kann er ausgerechnet mir etwas anvertrauen wollen, das ihm so wichtig ist?

Gabi tätschelt mir die Hand. »Du bist eine hervorragende Handwerkerin, die Mannschaft mag dich, die Kunden vertrauen dir.«

Vielleicht hätte ich es wissen können. Ingmar hat nicht erst seit gestern graue Haare und ich bin die Einzige im Team mit Meisterbrief. Er hat sogar immer mal Sätze gesagt wie: »Wenn du dann Chefin bist« oder »Warte mit dem Neuen, bis zu den Laden führst«. Aber ich habe es nicht ernst genommen, obwohl ich ab und zu mit dem Gedanken an ein eigenes Geschäft gespielt habe. Aber am Ende kam ich jedes

Mal zu der Erkenntnis zurück, dass mir meine Freiheit wichtiger ist. Ich möchte wegkönnen, immer. Man weiß nie, wann es nötig wird.

»Und du bist wie eine Tochter für uns.«

Damit hat er mich.

»Gabi würde es das Herz brechen, wenn wir an einen Fremden verkaufen müssten.«

»Nicht nur mir, alter Mann.« Sie stupst ihn liebevoll an. »Dir ja wohl auch.«

Die beiden haben keine Kinder, und ich kenne sie gut genug, um zu wissen, dass sie lange brauchten, um damit ihren Frieden zu schließen. Vielleicht sogar bis zu dem Tag, an dem ich mit schwarzer Kapuze in ihren Hinterhof schlich und das Drahtgeflecht klaute, das in der Ecke stand.

»Das …«, krächze ich, räuspere mich. »Ich weiß, was dir das alles bedeutet. Und ich fühle mich sehr, sehr geehrt.« Mein Name an der Tür. Guten Tag, mein Name ist Maira Jakobs, ich bin die Inhaberin dieses Betriebs. Lassen Sie mich Ihnen unsere schönsten Stoffe zeigen. Ich bin die Inhaberin. Ich bin … jemand, der dann ganz und gar an einen Ort gehören würde. Eine Heimat hätte. Etwas flattert in mir. Etwas flüstert: Du hast das nicht verdient. »Aber ich bin Handwerkerin. Du arbeitest kaum noch mit den Händen, Ingmar. Du bist fast nur mit Angeboten und Verwaltung beschäftigt und …«

Ich unterbreche mich selbst, lache überdreht und atemlos, weil ich anfange zu begreifen, es gibt jemanden, der mich so gernhat, dass er mir sein Lebenswerk vermachen will. Mir, Maira. Diese beiden Menschen hier, die mich so abwartend ansehen. Das ist … überwältigend. Ich brauche einen Rettungsring aus Sachlichkeit, also frage ich Ingmar, an welche Ablösesumme er gedacht hat. Es ist viel, aber selbst ich, die ich mich selten ernsthaft mit dem Thema befasst habe, erkenne, dass er auf dem freien Markt mehr für den Betrieb bekommen könnte. Sehr viel mehr.

Ich schlafe schlecht, weil in meinem Kopf zu viele Fürs und Widers miteinander streiten. Den ganzen nächsten Tag denke ich über Ingmars und Gabis Angebot nach. Beim Frühstück, beim Wäschelegen und sogar im Bad.

Maira Jakobs Raumausstattung. Nein. *Maira Jakobs Interior Design*. Albern, das ist albern. Ich sinniere über Firmennamen, als sei ich zwölf und probierte aus, wie mein Vorname mit dem Nachnamen von Ole aus der Neunten zusammenpasst. *Jakobs Räume*. Das könnte funktionieren.

Jakobs Räume.

Ich flüstere den Namen vor mich hin, als könne mich jemand hören. Als könne mich jemand bei etwas Verbotenem ertappen, wenn ich ihn zu laut sage. Viel zu lange seife ich mir die Hände ein. »Jakobs Räume.« Meine Stimme ist heiser, doch mein Spiegelbild grinst. Ein bisschen unentschlossen zwar, aber immerhin. Ich habe Ingmar versprochen, mir Gedanken zu machen – »Über eine solche Entscheidung muss man mindestens sieben Nächte schlafen«, hat er gesagt, »eher mehr« – und ihm noch einmal versichert, wie dankbar ich für sein Vertrauen bin. Und jetzt müsste ich mich verflucht noch mal einfach nur freuen, hundertprozentig und nicht so zittrig.

»Angst vor Erfolg«, diagnostiziert Caroline zwei Stunden später, während wir nebeneinander in gemächlichem Tempo an der Nidda entlangjoggen. Wir haben uns kennengelernt, als ich kurz nach der Meisterschule eine Récamiere ihrer Großmutter restaurierte. Seither unternehmen wir ab und zu etwas zusammen.

»Ist klar«, kommentiere ich ihre steile These. »Wie kann man Angst vor Erfolg haben?«

»Du wärst erstaunt, wie viele Menschen darunter leiden. Gerade neulich wieder in einem Workshop gehört.«

»Ich jedenfalls nicht.«

»Dann bedank dich bei Ingmar für die einmalige Chance und sag Ja. Gerade wenn das Angebot so gut ist, wie du sagst. Weißt du, was erfolgreiche Leute von unerfolgreichen unterscheidet?«

Vor mir watschelt eine Ente über den Weg, ich laufe einen Bogen. »Auch eine Erkenntnis aus dem Workshop?«

»War eine gute Veranstaltung. Also, weil du eh nicht nachfragen wirst: Erfolgreiche Leute unterscheiden sich unter anderem darin von unerfolgreichen, dass sie sich bietende Chancen wahrnehmen«, sie springt über einen auf den Weg rollenden Ball, »und dass sie zugreifen, statt hundert Jahre zu grübeln, selbst auf die Gefahr hin, Fehler zu machen.«

Als hätte ich die größten Fehler meines Lebens nicht schon hinter mir. Schlimmer kann es kaum werden. »Definiere Erfolg«, sage ich.

»Du weißt, was ich meine. Manchmal muss man sich einfach nur entscheiden.«

»Ich wäre für fünf Gehälter verantwortlich.« Und würde ich versagen, Ingmar enttäuschen, könnte ich nicht mehr in den Spiegel sehen. Ich bin schon einmal jemandem nicht gerecht geworden.

»Hattet ihr in der Meisterschule kein BWL?«

»Außerdem müsste man den Laden ziemlich umkrempeln, um ihn zeitgemäß zu halten. Vielleicht auch eine Architektin einstellen oder so.«

»Ich vernehme mit Freude, du hast dir bereits Gedanken gemacht.«

»Ach, hör auf.« Ich sprinte los.

Mit einem Lachen folgt mir Caroline.

Nach ein paar Hundert Metern haben wir die Bank erreicht, an der wir immer Pause machen. Keuchend stütze ich die Hände auf die Oberschenkel, bis ich wieder zu Atem gekommen bin.

»Außerdem«, ich japse immer noch, »wäre ich vollkommen angebunden. Ich könnte kaum Urlaub machen und all das. Nie aus Frankfurt weg, was für ein Albtraum.«

»Jetzt hör mal auf, immer Frankfurt schlechtzumachen.«

»Tu ich doch gar nicht. Aber vielleicht will ich irgendwann woanders wohnen.«

»Wer träumt seit Pinterest nicht vom Tinyhouse in der Karibik? Am Ende macht es doch niemand, weil es nämlich auch bedeutet, seine Freunde und alles andere Vertraute zurückzulassen.«

»Ich hab ja nicht so viele Freunde. Außer dir, meine ich natürlich.«

»Gott, Maira! Gleich werf ich dich in die Nidda.«

»Gibt es da nicht inzwischen Piranhas?«

Ich schüttele die Beine aus, bevor ich die Arme quer vor der Brust dehne. »Danke jedenfalls fürs Zuhören.«

»Hat's geholfen?«

»Ich muss einfach noch eine Weile drauf rumdenken, glaube ich. Freiwillig irgendwo sein ist schon noch was anderes, als nicht wegzukönnen.« Während ich mir selbst zuhöre, merke ich, wie negativ das klingt. Dabei sammle ich vielleicht bloß Gegenargumente, um sie vor mir selbst zu entkräften. Entscheidungsfindung. Und vielleicht rede ich mir nur ein, niemanden außer Caroline zu haben, weil ich vor mir selbst nicht zugeben will, wie wichtig mir Ingmar und Gabi geworden sind?

»Wenn der Gedanke dir solche Angst macht, ist es vielleicht wirklich nicht das Richtige.«

»Angst nicht. Doch. Ich weiß nicht.« Ich ziehe den rechten Oberarm hinter den Kopf.

Ein wenig bereue ich, Caroline von der Sache erzählt zu haben. Es geschah nur aus einem Impuls heraus, weil sie immer wieder sagt, ich solle mehr von mir erzählen und sie sei schließlich meine Freundin und würde mir auch alles erzählen. Anders als ich ist Caroline eingewoben in ein buntes soziales Netz, das in einem Dorf irgendwo im Taunus seinen Ursprung hat und in dem für ihre Eltern und Geschwister ebenso Platz ist wie für eine ganze Reihe von Freundinnen und Freunden. Wir dehnen uns eine Weile schweigend, dann traben wir zurück. Meine Gedanken ziehen sinnlose Kreise, die zu keinem Ergebnis kommen.

»Schon irgendwie lustig«, sagt sie, als wir beinahe wieder bei den Fahrrädern sind. »Du verbringst deine gesamte Arbeitszeit damit, anderen Leuten ein schönes Zuhause zu schaffen, und weigerst dich, selbst irgendwo wirklich anzukommen.«

»Ich wohne seit zehn Jahren hier, das kann man kaum als unstet bezeichnen.«

»Du weißt, was ich meine. Innerlich bist du ständig auf dem Sprung.«

»Quatsch, ich bin gern in Frankfurt. Abgesehen von der Sommerhitze. Und der stehenden Luft und dem Gestank natürlich.«

»Schön warm ist es hier.«

»Und dem Hessisch, jetzt, wo du es sagst.«

Dafür pufft sie mich scherzhaft in die Seite.

»Ernsthaft. Frankfurt ist schon okay. Aber ich interessiere mich halt für die Welt.«

»Was immer du dir einredest.«

Die letzten Meter gehen wir, um abzukühlen.

»Was wirst du Ingmar sagen?«

Ich sehe Ingmars erwartungsfrohes Lächeln vor mir, die Fältchen um seine Augen hinter der Goldrandbrille. »Dass ich Bedenkzeit brauche. Und wohl auch mit der Bank sprechen muss.«

»Für ein etabliertes Geschäft wie das solltest du doch ohne Weiteres einen Kredit bekommen.«

Auch sonst sollte ich das. Ich habe Sicherheiten, von denen Caroline nichts weiß. Nicht mal Konstantin habe ich davon erzählt.

Liebe Maira

Jedes Mal, wenn mein Leben zu groß für mich wird, wenn ich mich nach Hamburg und meinen Freundinnen dort sehne, wenn ich zu zweifeln beginne, ob Soeterhoop der richtige Ort für uns ist, jedes Mal sehe ich dann dich an, Maira.

Das Meer und der Wind haben Wurzeln in deiner Seele geschlagen, und das ist jede Telefonkonferenz und auch jedes bisschen Einsamkeit wert, das mich manchmal überfällt. »Wie kann man hier einsam sein?«, würdest du fragen, würde ich mit dir darüber sprechen. »Wie kann man einsam sein, wenn man doch umhüllt ist von Freundschaft und Abenteuer und Wildnis?«

Du weißt nicht, wie viel schwieriger es als Erwachsene sein kann, dazuzugehören – und das ist gut so. Ich erinnere mich nicht mal mehr, wann wir das letzte Mal zu zweit am Strand waren, nur du und ich. Überhaupt gelingt es mir viel zu selten, Zeit dafür freizuschaufeln.

Aber jetzt, Maira, jetzt sind wir am Strand.

Die Sonne scheint, die Luft ist bereits warm. Wir haben eine Sandburg gebaut und sie mit Steinen dekoriert, doch dann hast du verkündet, das sei langweilig, und du würdest jetzt das Meer erforschen gehen. Ich als deine Forschungsassistentin hätte die einzige Aufgabe, hier zu warten und deine Experimente zu dokumentieren. Ich muss immer lachen, wenn du mit deinen acht Jahren wie eine Fünfundzwanzigjährige sprichst, aber ich habe ernst genickt und mich brav mit meinem Notizbuch in den Schatten eines freien Strandkorbs gesetzt. »Soll ich dir nicht vielleicht im Wasser assistieren?« Ich gebe zu, ich hab das nur pro forma gefragt. Eigentlich tut es mir gut, hier einfach mal zu sitzen und nichts zu tun außer meine Gedanken laufen zu lassen und dir zuzusehen, kleines Meermädchen, das du bist.

Mit nassen Haaren und Sand auf Rücken und Schultern liegst du im seichten Wasser auf dem Bauch. Kurz holst du Luft – dein Gesicht verschwindet beinahe hinter der Taucherbrille, die Mischa dir zu Ostern mitgebracht hat –, dann bist du schon wieder unter Wasser. Was siehst du? Stichlinge? Kleine Krebse?

»Mama, unter Wasser knistert es!«

Ich konnte kaum antworten, da warst du schon wieder abgetaucht.

»Warum knistert es unter Wasser? Sind das Delfine?«

Das Gute daran, wenn man als Übersetzerin arbeitet, ist: Man bekommt allerhand hochinteressante Texte auf den Tisch. Zufällig habe ich erst vor ein paar Wochen etwas übersetzt, worin es genau darum ging. Also konnte ich dir sagen, dass es hier zwar Schweinswale gibt, aber keine Delfine, und dass das Knistern höchstwahrscheinlich von Tausenden kleinen Schalentiere kommt.

»Unterhalten die sich so?« Taucherbrille auf die Stirn geschoben, ein Auge gegen die Sonne zusammengekniffen.

Und mir ist fast das Herz geplatzt vor Stolz und vor Liebe.

Frankfurt, Ende Mai

Ingmar spricht das Thema bis zum Wochenende nicht an, aber etwas ist zwischen uns anders geworden. Ein Abwarten hängt in der Luft, das mich tags nicht konzentrieren und nachts nicht zur Ruhe kommen lässt. Sonst denke ich zum Einschlafen über Möbel nach, manchmal auch über Raumkonzepte. Jetzt entstehen Szenen vor meinem geistigen Auge. Ich, wie ich mit Oleg den Tagesplan bespreche. Wie Thao mir die Abrechnungen erklärt, weil ich keine Ahnung habe von Buchhaltung. Wie wir gemeinsam lachen. Fremde Menschen, die sich von mir beraten lassen. Ich beim Messebesuch mit Oleg. Ingmar, der mir auf die Schulter klopft und mir zunickt. Irgendwann drifte ich doch in einen unruhigen Schlaf, nur um gefühlte Minuten später wieder hochzuschrecken. Ich habe vergessen, die Gehälter zu überweisen. Und das Sofa, das Steven Spielberg bestellt hat, sollte in Gold und Blau bezogen werden, nicht in Orange. Durch die Rollladenschlitze dringt Tageslicht, das Display meines Smartphones zeigt Viertel vor sechs. Ich drehe mich auf die andere Seite und ziehe die Decke wieder hoch.

Eine halbe Stunde später gebe ich auf. Mein Körper ist an das frühe Aufstehen gewöhnt. Die zergrübelten Nächte sind es, die mich Kraft kosten. Mit einem Besuch im Architekturmuseum und ein paar Ebbelwoikneipen bringe ich den Sonntag herum. Frankfurt at its best. Kurz denke ich darüber nach, auch noch ins Kino zu gehen. Stattdessen finde ich mich am Sonntagabend doch wieder auf dem Bett liegend. Erst suche ich allgemein nach Existenzgründungsseminaren und lese mich dann auf den Seiten der Handwerkskammer fest, während das Teewasser zu sieden beginnt. Es gibt viele Möglichkeiten. Seminare, Beratungen, Kredite. Niemand von ihnen wird ohne Eigenkapital finanzieren.

Genau weiß ich nicht, wie ich auf der Website von *Earth-Rebels* lande, ich habe ewig nicht mehr nachgesehen, was die Leute, mit denen ich damals abhing, so treiben. Viele der Aktionen kommen mir aus der Ferne naiv und fast kindisch vor. Ich verstehe sogar, warum manche Leute verbrecherisch fanden, was wir taten. Trotzdem spende ich spontan einen mittelgroßen Betrag. Eine Stunde später, als mein Tee längst kalt ist, klicke ich mich immer noch durch ein Video nach dem anderen. Wann habe ich aufgehört zu glauben, dass man mit solchen Protesten die Welt retten kann? Und wo sind meine Ziele geblieben?

Irgendwann nachts wache ich auf mit Bildern von Wellen und Winden im Kopf. Und von großen Walen, die majestätisch ihre Bahnen ziehen. Das Handy neben meinem Kopfkissen strahlt blau. Ich schalte es aus und lege es zur Seite. In drei Stunden ist die Nacht vorbei. Ich muss Ingmar endlich eine Antwort geben.

Nur welche?

Was will ich?

Während ich den Morgenkaffee trinke, stelle ich mir wieder vor, wie ich durch den Laden gehe, der meiner ist; ich sehe, wie ich eine Kundin berate und mit Oleg die Arbeit des Tages bespreche. Die Vorstellung gefällt mir auch mit wachem Bewusstsein. Also ist es nicht so, dass ich die Chance nicht erkennen würde, die Ingmar und Gabi mir schenken.

Warme Luft schwappt durchs Fenster, von der Straße hupt es.

Wie oft denkt man, eine Nacht – oder in meinem Fall mehrere Nächte – über einem Problem zu schlafen, würde magisch Klarheit bringen. In meinem Fall trifft das jedenfalls nicht zu. Andere Entscheidungen habe ich in Sekunden getroffen. Warum nicht auch diese?

Als ich die Tasse spüle, fragt Caroline per Textnachricht, was ich Ingmar heute sagen werde. Ich schreibe ihr, ich weiß es nicht. Vielleicht fehlt mir wirklich irgendeine Entwicklungsstufe, die Leute mit normalen Lebensläufen während der Pubertät durchlaufen. Kann doch nicht sein, dass es so schwierig ist.

Wieder blinkt mein Telefon. **Denk dran, du kannst den Laden zur Not nach ein paar Jahren weiterverkaufen.**

Aber würde ich das wirklich über mich bringen? Und Ingmar das Herz brechen?

Es gibt nur wenige Entscheidungen auf Leben und Tod.

Aber es gibt sie, antworte ich.

Dies ist keine.

Bloß kennt mein Hirn den Unterschied zwischen beidem nicht. **Was würdest du an meiner Stelle antworten?**

Dieses Mal braucht Caroline länger. Während die drei Punkte auf dem Display auf und ab tanzen, packe ich meinen Rucksack für den Tag. Als ich meine Jacke vom Haken nehme, kommt ihre Nachricht. **Schwierig, weil ich ja nicht du bin. Ich habe deinen ewigen Drang nach Veränderung nicht. Zum Beispiel begreife ich bis heute nicht, warum du Konstantin gehen lassen hast. Insofern kann ich nur anbieten, dass ich dir Fragen stelle, die dir weiterhelfen ... Die Klassiker. Wo siehst du dich in fünf Jahren? So was. Ernsthaft: Wo siehst du dich? Hast du einen neuen Partner? Hast du Kinder?**

Über die letzte Frage jedenfalls brauche ich nicht lange nachzudenken. **Nein.**

Kurz und ungebeten flackert ein Bild vor meinem geistigen Auge auf. Weihnachten, Kerzen brennen. Mama und ich sitzen nebeneinander auf dem Sofa. Sie liest mir etwas vor. Mischa ist zu Besuch. Er hat Süßigkeiten aus Malawi mitgebracht.

Wo wohnst du? In deiner jetzigen Wohnung oder woanders?

Keine Antwort in meinem Kopf. Kein Gefühl. Das ist das Problem, wenn man gleichzeitig einen ewigen Fluchtinstinkt und Angst vor Veränderungen mit sich rumschleppt. Ich sollte Ingmars Angebot einfach als Wink des Schicksals sehen.

Mit wem arbeitest du? Wie sieht deine Arbeitsumgebung aus? Was tust du?

Wieder so ein Blitzbild. Die Kapuze meiner Regenjacke hochgeschlagen, stapfe ich gegen den Wind. Mein Gesicht ist klitschnass, Tropfen rinnen mir in den Kragen. Ich spüre sie fast körperlich.

Inzwischen trage ich Schuhe. Ich schwinge den Rucksack über die Schulter und greife nach dem Schlüssel. Im Flur vor meiner Wohnung riecht es absurderweise nach Pizza. Vielleicht hatte Mina, die unter mir wohnt, Nachtschicht und danach Hunger.

Auf dem Weg zur S-Bahn rufe ich Caroline an. Sie findet Sprachnachrichten anstrengend, deswegen ist unsere Kommunikation auf Texte und Telefonate beschränkt.

»Kann eigentlich irgendjemand diese Personaler-Psycho-Fragen sinnvoll beantworten?«, erkundige ich mich statt einer Begrüßung.

»Du würdest dich wundern.« Im Hintergrund höre ich das Rauschen der Stadt. Wahrscheinlich sitzt Caroline mit Smartphone, Kaffee und Zeitung auf ihrer Dachterrasse und blickt andächtig über das Bankenviertel. »Manche ziehen zu den Vorstellungsgesprächen ganze vorfabrizierte Geschichten hervor. Andere sind wirklich so durchgeplant.«

»Muss schön sein.« Aus der Ferne sehe ich die S-Bahn kommen. Wenn ich die rote Ampel missachte und renne, könnte ich … »Ich muss los, Caroline. Danke.«

»Kein Problem. Die Fragen sollten dir Antworten bringen, nicht mir.«

Die Ampel wird gerade rechtzeitig grün, ich laufe los und springe außer Atem in den Wagen voller morgenmüder Menschen.

Ich werde Ingmar zusagen.

Mit diesem Entschluss spüre ich, wie sehr das gedankliche Hin und Her der letzten Tage, das Was-aber-wenn-aber, wie ein Stein auf meine Brust gedrückt hat. Nun ist es vorbei, und mein Kopf frei und klar und froh. Ich kann an die praktischen Dinge gehen, ich will an die praktischen Dinge gehen. Mir überlegen, was ich lassen und was ich ändern werde. Mir Gedanken machen, wo zukünftig die Schwerpunkte des Geschäfts sein werden. Mit jedem Meter, den ich mich der Firma nähere, wächst mein Tatendrang. Einen Kredit bekomme ich locker und bei den Verwaltungsdingen lasse ich mir helfen. Ingmar und Gabi werden sicherlich nicht sofort aufhören. Und Thao wird hoffentlich bleiben wollen.

Als ich in der Firma ankomme, fehlt auf dem Hof bereits der größere der Transporter. Ingmar und Oleg sind unterwegs, um ein Sofa zu seinen Besitzern jenseits von Bad Homburg zurückzubringen. Vielleicht werde ich eines Tages Kunden haben, die so weite Anfahrtswege bezahlen, nur damit ausgerechnet meine Firma ihre Polster bezieht.

Ich muss Textil- und Farbproben für eine Pension im Odenwald zusammenstellen. Später werde ich mit Ingmar dort hinfahren, um dem Investor und der Innenarchitektin zu zeigen, wie wir ihr Konzept umsetzen wollen. So gut ich kann, halte ich meine Konzentration darauf gerichtet, um keine neuen Zweifel hochkommen zu lassen. Noch habe ich niemandem zugesagt. Noch kann ich mich gegen den Laden entscheiden.

Als Ingmar kurz nach zehn endlich wieder da ist, atme ich auf. Doch statt in die Werkstatt zu kommen wie Oleg, geht er direkt ins Ladengeschäft.

Ich finde ihn im Büro, wo er sich nach einem Ordner im Regal streckt.

»Hi.«

»Guten Morgen.« Einen Moment wirkt er irritiert. »Unser Termin ist aber erst in einer Stunde, das weißt du schon?«

Möglichst unauffällig wische ich meine feuchten Handflächen an der Hose ab. »Deswegen bin ich nicht hier. Sondern wegen der Nachfolge.«

Er lässt den Ordner sinken, und ich denke, dass der auf Dauer schwer sein muss in einer Hand.

Es gibt nur wenige Entscheidungen auf Leben und Tod, klingt Carolines Stimme in meinem Kopf. Ich sehe Ingmar an. »Ich mach's.«

Ein Strahlen breitet sich auf seinem Gesicht aus. »Ich wusste es, Küken! Ich wusste es. Gabi! Maira sagt Ja!« Er breitet die Arme aus und ich stolpere ungelenk gegen seine Brust. Vielleicht würde es sich so anfühlen, von einem Vater umarmt zu werden. Geruch nach Zwiebeln und Zigaretten. Bartstoppeln. Kurz drückt er mich an sich, dann merkt er wohl, dass wir das normalerweise nicht tun, und lässt abrupt wieder los. »Entschuldige. Das … ich freue mich nur wirklich, weißt du? Meine Nachfolge zu regeln, das lag mir ganz schön im Magen.«

In diesem Moment fange ich an zu begreifen, dass auch ich ihm ein Geschenk mache. »Ich weiß.« Dieses Mal umarme ich ihn. Ganz kurz nur. »Ich freue mich auch.«

Denn das tue ich.

»Und das hast du mir nie erzählt?« Caroline betrachtet mich, als sähe sie mich zum ersten Mal. Und vielleicht tut sie das in gewisser Weise sogar.

Statt wie geplant durch die Clubs zu ziehen, hat sie sich bereit erklärt, mir beim Zusammenstellen der Unterlagen zu helfen, die ich brauchen werde, um Ingmars Firma zu übernehmen. Vor ihr auf meinem wackeligen Küchentisch liegt eine Liste offener Fragen. Die Spitze des Kugelschreibers steht immer noch bewegungslos auf dem Doppelpunkt hinter Finanzierung, seit ich widerwillig gestanden habe, dass mir das wenig Sorgen macht.

»Ich denke in der Regel selbst nicht dran«, sage ich. »Es war … das Haus gehört zu einer anderen Zeit in meinem Leben. Keiner guten.« Schon in dem Moment, in dem ich das sage, fühle ich mich unfair. Meiner Mutter gegenüber, meinem jüngeren Ich gegenüber. Irgendwie sogar dem Haus gegenüber.

»Trotzdem. Weißt du, was Grundstücke und Häuser in der Gegend wert sind? Das kann man doch nicht einfach verkommen lassen.«

Entschuldigend hebe ich die Schultern.

»Achtzehn Jahre hat sich niemand darum gekümmert, sagst du?«

Es so ausgesprochen zu hören, so ungläubig, lässt mich selbst über mich den Kopf schütteln. »Umbeirum.«

»Was?«

»Umbeirum«, wiederhole ich. »Sagt man in Hamburg. Glaube ich. Jedenfalls sagte mein Onkel es immer.«

In Zeitlupe schreibt Caroline *Haus an der Ostsee* neben den Doppelpunkt. Dann sieht sie auf. »Weißt du, was mir gerade auffällt? Du hast noch nie von deiner Familie erzählt. Bis eben wusste ich nicht mal, dass du einen Onkel hast.«

»Ich habe ihn Ewigkeiten nicht gesehen.« Seit damals. Warum fällt mir das jetzt erst auf? »Was sind Häuser in der Gegend denn wert?«

»Auf jeden Fall eine Menge. Allerdings ist es vermutlich eher eine Ruine, wenn wirklich achtzehn Jahre lang niemand was daran gemacht hat, wie du sagst. Hoffentlich hast du überhaupt noch irgendwas zu verkaufen außer Bauland.«

»Im Zweifelsfall ein verwildertes Grundstück. Wenn du recht hast, sollte das der Bank genügen.«

Auch nachdem Caroline längst gegangen ist und die Dunkelheit sich warm und dicht über die Stadt gelegt hat, denke ich noch über das Haus nach. Ohnehin werde ich nicht schlafen können – zu stickig die Wohnung, zu voll der Kopf –, also öffne ich das Dachfenster, steige auf den von meinem Vormieter übernommenen Ikea-Küchentisch und stemme mich nach oben. Einen Meter vor dem Fenster verläuft ein Stieg für den Schornsteinfeger. Ich angle nach einer der Stufen, halte mich daran fest und krabbele hinüber.

Dann sitze ich mit angezogenen Knien auf der schmalen Metallstufe, das Gitter schneidet mir in den Hintern, und schaue über das mich umgebende Meer aus Steinen, Stahl und Beton. Von der Straße schweben Motorengeräusche empor, Hupen, ein vereinzeltes Martinshorn. Das ewige Lied der Stadt, das die Erinnerungen fernhält. Und doch richte ich den Blick wie automatisch nach Nordosten, wo weit jenseits der Häuser und Straßen die echte See liegt.

Ich könnte hinfahren. Aber mit Glück muss ich das nicht. Mit Glück genügt ein Anruf bei einem beliebigen Makler oder sogar schlicht bei der Gemeindeverwaltung. Morgen in der Frühstückspause. »Überweisen Sie mir einfach eine halbe Million und reißen Sie den Kasten ab«, könnte ich sagen. »Tun Sie damit, was Sie wollen.«

Kurz fühle ich in mich hinein, was ich bei diesem Gedanken empfinde. Ob ich überhaupt etwas empfinde. Am Ende ist es weniger irgendein sentimentales Gefühl als der Gedanke an Carolines Blick, der mich dazu bringt, zurück in die Wohnung zu klettern, um nach dem alten Schlüsselbund mit dem Walanhänger zu suchen.

Ich bin mir sicher, er ist in der Krimskramskiste, die ich seit Jahren mit mir herumschleppe, ohne je hineinzusehen. Sie ist nicht, wie ich dachte, ganz hinten im Schrank. Bevor ich anfangen kann, darüber nachzudenken, schlüpfe ich in meine Crocs und gehe in den Keller. Es mag mitten in der Nacht sein, aber wenn ich jetzt nicht diese Kiste finde und öffne, werde ich es vielleicht nie tun.

Eine halbe Stunde später habe ich jeden Gegenstand im Keller in der Hand gehabt. Es gibt nur noch eine Möglichkeit, wo die Kiste sein kann.

Anders als ich es inzwischen von Großstadtbehörden jeder Art kenne, wird mein Anruf bei der Gemeindeverwaltung sofort entgegengenommen. Ich frage, an wen ich mich wenden muss, wenn ich ein Grundstück in Soeterhoop zu verkaufen habe, und werde zu einer Frau Alberti durchgestellt. Ich bringe mein Anliegen vor; sie stellt Fragen, klappert auf der Tastatur, blättert in Akten und erzählt mir von einem fünf Jahre alten Bebauungsplan und einem interessierten Investor. Während ich zuhöre, umwebt mich ihr norddeutscher Tonfall mit Vertrautheit. Mir war nicht klar, wie sehr ich ihn vermisst habe.

Ich beende das Telefonat mit den Kontaktdaten einer Investmentfirma, die vor Jahren Interesse an meinem Haus angemeldet hat. Kurz frage ich mich, warum dieses Interesse nie bei mir ankam, aber es ist nicht ausgeschlossen, dass ich den Brief, falls es denn einer war, ungelesen weggeworfen habe.

True Baltic Living nennt der Laden sich, sehr modern.

Wenn ich nicht sofort anrufe, werde ich es tagelang vor mir herschieben, und das kann ich Ingmar nicht antun. Mir selbst wohl auch nicht.

Dieses Mal stellt man mich zu einem Herrn Großkreutz durch, mit tz.

»Maira Jakobs. Mir …« Ich kneife mich selbst ins Handgelenk, damit meine Stimme nicht zittert. »Mir gehört die Sperlingskate in Soeterhoop. Ich habe gehört, Sie haben Interesse. Besteht das noch?«

Er ist erfreut und entzückt und bietet mir mehr Geld, als ich für Ingmars Geschäft benötigen werde. Wir machen noch ein wenig Small Talk und verabreden einen Notartermin in vier Wochen. »Sie machen mich sehr glücklich, liebe Frau Jakobs. Kommen Sie bitte vorbei, wenn Sie in der Nähe sind, um sich unseren Entwurf anzusehen.«

»Gern«, lüge ich.

Nächster Schritt: der Schlüssel.

Das Klingelschild ist neu. Meinen Nachnamen hat Konstantin bereits an dem Tag getilgt, an dem ich auszog. Jetzt steht dort neben seinem: *L. Herbert*. Luise? Laura? Linn? Es sollte mir egal sein. Es war nicht Konstantins Fehler, dass es mit uns nicht funktioniert hat. Möglicherweise hat Luiselinnlaura einen weniger stark ausgeprägten Fluchtinstinkt als ich. Vielleicht wünscht sie sich sogar Kinder.

»Hi.« Mit ausgestreckten Armen hält Konstantin mir den kleinen Schuhkarton entgegen.

»Danke.«

Ich könnte jetzt nach Hause fahren, sehr laut Musik anschalten und die Schachtel öffnen. Fürs Erste nehme ich sie einfach entgegen.

Ratlos stehen wir voreinander, ich die Krimskramskiste im Arm wie ein Stofftier, an dem ich mich festhalte, Konstantin anscheinend frisch aus dem Bad. Seine Haare sind kürzer als früher, dunkel vor kaum herausgerubbelter Feuchtigkeit. Er ist rasiert und riecht nach Duschgel. Ich mochte diesen Duft einmal. »Willst du kurz reinkommen?«

Ich zögere, dann gebe ich mir einen Ruck. »Sicher, wieso nicht?«

Ein wenig ungeschickt sortiere ich den Karton um; wir umarmen uns einseitig, unsere Hintern stehen spitz voneinander ab.

»Du kennst dich ja aus.« Konstantin grinst unbeholfen und ich lache pflichtschuldig ein bisschen.

Die Wohnung wirkt fremd. Nein, korrigiere ich mich. Nur leerer. Meine Gegenstände sind aus-, aber kaum neue eingezogen. Statt des Bilds von Konstantin und mir auf dem Eiffelturm hängt an der Küchenwand ein Poster, ein Foto aus der Atacama-Wüste – was ich deswegen erkenne, weil es in klaren weißen Lettern darauf steht.

»Wein?«

Ich nicke. Mit Sicherheit ist es nicht verkehrt, mich wenigstens etwas zu betrinken, bevor ich die Kiste öffne. Atacama. »Ist Luise Südamerika-Fan?«

»Wer?« Die Hand am Kühlschrank, dreht Konstantin sich halb zu mir um.

»L. Herbert. Könnte Luise heißen.«

Konstantin betrachtet mich nachdenklich und ein bisschen mitleidig. Ich mag diesen Ausdruck nicht. »Lukas ist Chemiedoktorand. Netter Typ, eher ruhig.«

»Ganz anders als ich, meinst du.«

»Ich schlafe auch nicht mit ihm.«

»Tut mir leid. Ich dachte, du hättest vielleicht eine neue Freundin.«

»Hab ich schon verstanden.« Schleicht sich da Bitterkeit in seine Stimme? »Käme dir ganz gelegen, wenn ich schnell mit einer anderen Frau zusammengezogen wäre, oder? Dein Beweis, dass es mit uns ja nichts Tiefes gewesen sein kann.«

»Ich …« Er hat recht. Zu hören, dass ihm die Trennung ebenso wenig ausgemacht hat wie mir, würde mein Gewissen entlasten. Eine Schuld weniger. »Vielleicht sollte ich doch lieber gehen.«

»Ich habe dich geliebt, Maira. Ich wollte mit dir eine Familie gründen.«

Bevor ich die Flucht antrete, fällt mir der Schuhkarton ein. Allein auf dem Sofa würde keine Serie der Welt ihn daran hindern, immer größer und bedrohlicher zu werden, bis er mich zerquetscht. Also bleibe ich.

Wir trinken Wein.

Konstantin erzählt mir, er habe viel Arbeit, was gut sei, weil es ihn von mir ablenke. Ich erzähle ihm nicht, dass ich mich mit Oleg von ihm abgelenkt habe und ab und zu Typen aus dem Club mit nach Hause nehme. Ich sage, ich habe auch viel Arbeit.

Wir öffnen eine neue Flasche, weil ich nicht mit dem Karton allein sein will. Und obwohl ich mir bewusst bin, wie unanständig es ist, fange ich irgendwann an, Konstantin zu küssen.

Als ich aufwache, ist es dunkel in dem Schlafzimmer, das nicht mehr meins ist. Konstantin liegt auf dem Rücken und schnarcht leise. Einige Atemzüge lang betrachte ich das Wenige, was ich erkennen kann, und denke darüber nach, wie schnell jemand Vergangenheit werden kann. Ich habe nicht einmal das Bedürfnis, ihn zum Abschied zu küssen.

Im Licht meiner Handytaschenlampe suche ich mein Kleid und die Unterwäsche zusammen und schleiche aus dem Raum. In der Wohnküche finde ich die Strickjacke. Die Straßenlaterne vor dem Haus taucht das Zimmer in eine geisterhafte Dämmerung, gerade ausreichend, um mich anzuziehen.

Mein Rucksack steht zusammen mit dem Karton neben der Wohnungstür. Früher haben wir uns Post-its an den Spiegel geklebt. Kurz denke ich darüber nach, einfach zu verschwinden, denn was sollte ich schreiben? Zwischen uns ist alles gesagt. Aber Konstantin kann nichts dafür, dass es mit uns nicht funktioniert hat. Am Spiegel hängt bereits ein Post-it in Konstantins Schrift: Kehrwoche. Du bist dran. Nach kurzem Überlegen entscheide ich mich für Guten Morgen mit einer Sonne dahinter. Wird schon passen.

Ich nehme die Stiefel in die Hand, gehe auf Zehenspitzen in den Flur hinaus und schließe die Tür hinter mir. Erst im Treppenhaus zwänge ich die Kiste in den Rucksack.

Vier Uhr morgens, endlich ist es kühl. Einige wenige Nachtschwärmer sind unterwegs. Leute auf dem Weg zur Frühschicht. Und ich, im Niemandsland irgendwo dazwischen. Mein Rucksack drückt auf die Schultern, als sei der Karton darin zentnerschwer.

In meiner Wohnung koche ich Kaffee und setze mich mit der Tasse an den Küchentisch, die Strickjacke eng um den Oberkörper gezogen. Müdigkeit und Morgenkühle hängen mir in den Knochen; die Kiste steht vor mir neben der Toastbrotpackung, die ich nie wegräume, weil es niemanden außer mir interessieren könnte.

Meine Kehle ist eng und meine Hände sind kalt.

Ich könnte duschen gehen.

Genau, Maira, zischelt meine innere Stimme, *geh ruhig duschen. Feigling.*

Oder vielleicht erst eine Stunde schlafen.

Ich verbiete mir selbst, weiter herumzulamentieren, und öffne mit hämmerndem Herzen den Deckel. Obenauf ein Teddy, ein paar vereinzelte Fotos. Playmobilmännchen, an die ich mich kaum erinnere. Muscheln, ein paar andere Kleinteile. Ganz unten schimmert der Schlüssel. Meine Hand taucht zwischen all das Zeug wie eine Möwe in die Wellen.

Schnell schließe ich den Deckel wieder. Der Schlüsselbund landet klappernd auf der Tischplatte, er trägt noch immer den Anhänger mit der abgeschabten Walfluke aus Holz, den Jasper mir einmal geschenkt hat. Außer dem Schlüssel für das Haupthaus hängen zwei weitere daran: der zum Gartenhäuschen und der meines alten Fahrradschlosses, das ich auf dem Heimweg von einer Party im Wald verloren und nie wiedergefunden habe.

Ich stelle die Kiste hinter das Sofa und schenke mir noch einen Kaffee ein. Heiß und bitter läuft er mir die Kehle hinunter, aber die Tasse wärmt meine Finger. Eine Weile sitze ich da und betrachte die Schlüssel.

Auf einmal weiß ich, dass ich hinfahren werde. Ein letztes Mal will ich die Sperlingskate sehen, und wenn auch nur, um einschätzen zu können, ob der Preis in Ordnung ist. Haus, Gartenhäuschen, Obstbaumwiese. Einmal noch und dann endlich endgültig gehen lassen.

Auf der Bank im Schatten der Kastanie

Jemand hat ihr Schnittblumen gebracht. So einen eng gebundenen Strauß, wie sie ihn eigentlich nicht mag. Andrea Hansen vielleicht. Bannig ordentlich geworden auf ihre alten Tage, die Andrea. Aber wer ist er schon, sich da aus dem Fenster zu lehnen. Fragt sich, worüber man mehr tuscheln kann. Über einen altrosa Schnittblumenstrauß, den Kathi grässlich gefunden hätte, oder über ihn alten Knacker, weil er immer noch herkommt und mit ihr redet. Er ist ja nicht blöd. Er weiß, dass sie ihn nicht hört. Spielt aber keine Rolle. Tut ihm einfach gut, hier ein bisschen bei ihr zu sitzen.

Und Andrea, falls sie das war, tut's vielleicht gut, ihr Blumen zu bringen. Kathi wird sich kaum dran stören, dass sie zu eng gebunden sind.

Er hört sie förmlich protestieren, so alt sei er ja nicht. Leicht für sie, die sie immer jung bleiben wird, während seine Knochen ihn jeden Morgen dran erinnern, dass mehr Leben hinter als vor ihm liegt.

Aber eigentlich will er ihr etwas erzählen. Er hat jemanden kennengelernt. Heike heißt sie. Sie hat ganz warme braune Augen. Und einen klugen Humor, Kathi weiß, wie sehr er das mag. Vielleicht ist es allmählich Zeit, sie gehen zu lassen. Nicht mehr herzukommen. Oder nicht mehr so oft. Und ihr Haus, auch das sollte er gehen lassen.

Kann sein, dass dann der Traum aufhört. Ist immer derselbe.

Er hatte ihn damals in den ersten Tagen, nachdem … na ja, sie weiß schon. Jetzt ist er zurück, immer derselbe Traum. Kathi lacht und ist lebendig. Sie gehen gemeinsam am Strand entlang, Hand in Hand. Ganz klar ist nicht, wie alt sie sind, aber vor ihnen laufen Kinder. In dem Traum, da weiß er: Das sind die Kinder von ihrer Lütten. Sie nennen ihn Opa. Und dann, wirklich jedes Mal, dann sind sie plötzlich wieder in ihrem Haus, und er sieht Kathi daliegen. Regelmäßig wacht er in dem Moment auf und meint, auch gleich zu sterben, weil sein Herz so poltert.

Ist kein Zustand so. Wär wahrscheinlich klug, mal mit wem darüber zu sprechen, sonst frisst ihn das irgendwann von innen auf, das ist mal klar. Aber mit wem? Heike gleich damit zu kommen, wär wohl nicht das Gelbe vom Ei.

»Aber lass uns von was Schönerem reden«, sagt er.

Ihr Garten ist inzwischen mächtig verwildert. Sie würde das mögen. Lebensraum, würde sie sagen. Trotzdem war er gestern mal wieder Rasen mähen, wenigstens den Weg zum Lagerfeuerplatz. Die Tage macht er vielleicht noch vorn auf dem Hof ein bisschen sauber. Hat er vor, seit der Winter vorbei ist. Aber dann hat er Heike kennengelernt und seither ist die Zeit ein bisschen knapper. Kathi wäre die Erste, die das versteht: Die Lebenden sind letztlich wichtiger als die Toten.

Er streicht über den Grabstein.

Draußen vor dem Friedhof ertönt eine Fahrradklingel. Das erinnert ihn an Klaas Schmitt. Um den muss er sich dringend kümmern. Dem geht's nicht gut, seit seine Frau tot ist. Hab ich dir das erzählt, Kathi? Paar Tage nach ihrer Silberhochzeit ist sie einfach umgefallen. Guter Tod, so gesehen. Aber Klaas hat 'ne Weile gebraucht, bis er wieder auf die Beine kam. Verständlich. Fünfundzwanzig Jahre sind 'ne lange Zeit.

Hätten Kathi und er nächstes Jahr, ist ihm die Tage aufgefallen. Also nicht Silberhochzeit, aber Fünfundzwanzigjähriges. Vor vierundzwanzig Jahren ist sie in sein Büro marschiert und hat ihm mitgeteilt, sie würde die Schulaufsicht einschalten, sollte er ihre Tochter noch einmal nachsitzen lassen. Was haben ihre Augen geblitzt! Aber er schweift ab.

Klaas Schmitt jedenfalls hat letztens beim Kartenspielen gefragt, ob sie mal zusammen eine Radtour machen wollen. Ausgerechnet der olle Klaas, der früher nie freiwillig auf ein Rad gestiegen wäre. Aber nun, wo Hedda tot ist … Hat sich ein E-Bike gekauft, seither ist er nicht mehr zu halten. Er wird das mit Heike besprechen. Könnte im Sommer mit Klaas nach Rügen fahren. Zwei alte Kerle auf dem Rad. Kann lustig werden.

Ostsee,
Anfang Juni

Man sieht die Ostsee lange Zeit nicht, obwohl man parallel zur Küstenlinie fährt. Überall ist der Deich zwischen Straße und Strand. Aber ich kenne die Gegend immer noch gut genug, um zu wissen, wo ich zum Ostseeufer komme. Kurz zögere ich, dann setze ich den Blinker und biege auf eine Schotterstraße ein, wenige Kilometer vor meinem eigentlichen Ziel. Sie endet in einem lieblos asphaltierten Rondell, das nirgends als offizieller Parkplatz ausgeschildert ist. Neben einem ausgebauten VW-Bus mit Berliner Kennzeichen bringe ich den Firmentransporter zum Stehen. Aus dem Autoradio dringen muntere Stimmen in einer Sprachmelodie, die wie neulich schon etwas in mir antickt. Die Scheibenwischer quietschen. Nieselregen färbt den Asphalt dunkel. Wurzeln von Sanddorn und Wildrosen haben die glatte Decke an mehreren Stellen angehoben. Vermutlich ist in einem der kälteren Winter Wasser in die Spalten gelaufen und das Eis hat die Kruste zu Löchern gesprengt. In anderen Rissen trotzen Löwenzahnpflänzchen dem Dauerangriff durch Autoreifen und Schuhsohlen. Und die Hunderte Radfahrer natürlich nicht zu vergessen.

Vielleicht betrachte ich den Parkplatz so genau, weil ich hinauszögern will, ans Wasser zu gehen. Ich müsste es nicht tun, niemand zwingt mich. Aber die Ostsee ist hier überall Teil des Lebens, zu nah, um sie während meines gesamten

Besuchs zu ignorieren. Lieber bringe ich es hinter mich. Stufe eins der Annäherung.

Ich ziehe den Schlüssel aus dem Zündschloss, das Radio verstummt, der Scheibenwischer bleibt auf halber Höhe stehen. Immer mehr Tröpfchen setzen sich auf die Windschutzscheibe. Einzelne rinnen in unregelmäßigen, eckigen Bahnen hinab. Dabei sammeln sie andere ein, werden von Tröpfchen zu Tropfen, fließen weiter, bilden einen See am oberen Rand des schrägen Wischerblatts, bevor sie auch von dort abfließen. Ich umfasse den Türgriff. Zwei weitere Rinnsale machen sich auf den Weg. Erst als sie unten angekommen sind, öffne ich die Fahrertür. Sofort treibt mir ein Schwall unverbrauchter Regenluft entgegen.

Salz.

Tang.

Strandrosen.

Sehnsucht.

Die Luft ist dieselbe geblieben.

Behutsam setze ich einen Fuß auf den Asphalt. Ich weiß nicht, was ich erwarte, aber es geschieht ... nichts. Weder wird das Zerren in mir erträglicher noch erlebe ich irgendeine Art von Offenbarung.

Ich drücke die Schultern zurück und schließe die Tür. Es ist, als würde der Boden unter mir leicht schwanken. So oft bin ich mit diesen Stiefeln über Asphalt gelaufen, auf dem Weg zu Kundengesprächen, eine Mappe mit Stoff- oder Tapetenmustern unter dem Arm. Hier sehen sie falsch aus. Dieser Platz verlangt ausgetretene Turnschuhe oder nackte Sommerfüße. Ich achte darauf, nicht auf Löwenzahnpflanzen oder Gänseblümchen zu treten.

Langsam gehe ich Richtung Steilküste. Vorsichtig annähern. Der Weg ist feucht, doch die pockennarbige Oberfläche reißt auf, sobald ich sie betrete, und gibt erdigen braunen Sand frei. Warmer, satter Sommerduft nach Salz, nass geregnetem Sand und Blüten hängt in der Luft. Heckenrosen. Durch eine Lücke in den Büschen führt ein schmaler Pfad. Dahinter wartet die Steilküste. Der Klang einer Fahrradklingel lässt mich zusammenzucken. Ich kann gerade noch zur Seite springen, als ein Mann auf einem E-Bike an mir vorbeirauscht. Nur deswegen schlägt mein Herz derart aufgeregt. Bevor die nächste Fahrradmeute sich nähert, schlüpfe ich durch die Büsche, und vor mir liegt das Meer.

Nun, nicht direkt vor mir. Dort befindet sich erst einmal eine von Gräsern und Heckenrosen bewachsene Abbruchkante, an deren unterem Ende ein schmaler, steiniger Strand das Meer säumt. Aber das genügt. Dieser Ort greift mit solcher Entschlossenheit nach meinen Sinnen und meiner Seele, dass ich die Fäuste balle. Ein klägliches Zusammenhalten von etwas, das sich in mir lösen möchte.

Vor der Abbruchkante jagen ein paar Schwalben vorbei, wohl im Anflug auf ihre höhlenartigen Nistplätze in der Steilwand. Meine Haare, meine Kleidung, meine Haut, alles ist inzwischen benetzt von dem feinen Regen.

Während das, was einmal mein Zuhause war, in mich hineinsickert, scanne ich automatisch die Meeresoberfläche. Nur Wellen sind dort, grau in grau, träge geworden durch den Nieselregen. Tief unter mir spült schaumiges Wasser über den Steinstrand und läuft gurgelnd wieder ab, wobei mitgerissene Steine aneinanderklackern. Und gerade als ich mir einbilde, in der Ferne etwas gesehen zu haben, ein schwarzes Auftauchen, ganz kurz nur, öffnet sich die Wolkendecke schüchtern und gibt den Blick auf ein kleines Stück Himmel frei. Zwei, drei verhaltene Sonnenstrahlen treffen das Meer, dann ist es vorüber. Ein Moment von vielen. Ein Zufallsmoment. Es ist weder das erste Mal, dass ein Regenhimmel unvermittelt blau wird, noch wird es das letzte Mal sein. Der Himmel schert sich keinen Deut darum, dass ich hier bin.

Mein Verstand weiß das.

Mein Herz sucht nach Zeichen.

Mein Verstand weiß auch, dass ich nur einen Schatten gesehen habe, ein Wellental. Ich bleibe stehen, bis ich wieder genügend Platz zum Luftholen in der Brust habe. Eine Möwe schießt so dicht über meinem Kopf vorbei, dass ich zusammenzucke. Früher hätte ich sie rechtzeitig bemerkt und ihre Größe hätte mir keinen Schreck eingejagt. Nachdem sich mein Herzschlag beruhigt hat, wende ich mich zum Gehen, zurück zum Auto.

Fünf Kilometer noch.

Fünf Kilometer, siebzehn Jahre und elf Monate.

Zurückfahren wäre einfacher.

Ich könnte am Montag wieder in der Werkstatt sein. Kurz überlege ich, Ingmar anzurufen, entscheide mich dann aber dagegen. Seit gestern wird sich nicht viel Neues ereignet haben. Ich steige ein und zünde den Motor, ohne noch einmal zum Wasser zu sehen.

Dieselben Birken säumen die Straße. Sogar die Stelle, an der dieser Typ aus Berlin sich damals um den Baum gewickelt hat, ist noch erkennbar, die Rinde ist dort rauer. Hinter mir hupt es, kurz darauf überholt mich ein alter Skoda, gefolgt von einem Caddy. Ich tuckere weiter. Selbst wenn ich es versuchte, könnte ich gerade nicht schneller fahren, so überladen sind meine Sinne. Es hat aufgehört zu nieseln, ich schalte den Scheibenwischer aus.

Am Ortseingangsschild zu Soeterhoop greife ich das Lenkrad fester. Noch kann ich umkehren. Aber Caroline hat recht, wenn sie sagt, ich würde mich dann mein Leben lang fragen, ob im Haus nicht doch noch etwas war, das ich hätte retten wollen, bevor die Bagger kommen. Also bringe ich es hinter mich. Es ist nur ein Haus.

Als ich wegging, gab es zwischen den großen Hofgrundstücken am Ortsrand Brachflächen, jetzt ist dort eine Neubausiedlung, die idyllisch, aber seltsam steril wirkt. Ferienhäuser vermutlich, Investitionsobjekte für reiche Hamburger oder Berliner. Das alte Kopfsteinpflaster ist einer glatten Asphaltdecke gewichen. Aber erstaunlich viele der alten Katen sind noch da, ganze Hofstellen oder einzelne Rohrdachhäuser. Schön zurechtgemacht mit weißem oder buntem Anstrich und farbenfrohen Türen. Viel Grün dazwischen, Eichen und Büsche aller Art. Die Bäckerei an der Hauptstraße gibt es nicht mehr, aber das »Ferienwohnung frei«-Schild hängt noch am Zaun. Wo mögen die Kinder heute bunte Tüten für einen Euro kaufen?

An allem Fremden reibe ich mich, das Vertraute erfüllt mich mit einer eigenartigen Mischung aus Schmerz und Freude. Ich hatte vergessen, wie sehr der Ort mit seinen hutzeligen, rohrdachgedeckten Krüppelwalmhäuschen, mit den wilden Wiesen hinter groben Holzzäunen, mit den Birken und Feldsteinen, mit den roten Mohnblumen und den rosa Heckenrosen wirkt, als hätte Astrid Lindgren ihn erfunden. Oder vielleicht ist es mir als Kind auch nicht aufgefallen, weil dies hier einfach mein Zuhause war und nicht etwas, das ich von außen betrachte.

Ich schleiche so langsam über den Marktplatz vor der Kurverwaltung, dass mich sogar ein Radfahrer überholt. Niemand, den ich kenne. Vor mir überquert eine sehr alte Frau am Arm einer jüngeren die Straße. Ich benötige einen Moment, um Stefanie und ihre Großmutter zu erkennen. Sie muss inzwischen fast hundert Jahre alt sein. Manche Menschen leben ewig.

Unwillkürlich habe ich mich hinter das Lenkrad geduckt, aber Stefanie sieht nicht zu mir. Ingmars Transporter ist bloß eins der unzähligen Autos mit fremden Kennzeichen, ich nur eine der unzähligen Touristinnen. Trotzdem wird mir in diesem Moment klar, wie illusorisch es war, anzunehmen, ich könne einfach ungesehen kommen und gehen. Früher oder später werde ich Leute treffen, mit denen ich mehr zu tun hatte als mit Stefanie. Anne. Oder Jasper. Oder – das fehlte noch – Herrn Bartelsen.

Wenigstens unterwegs einkaufen hätte ich sollen.

Der kleine Laden sieht aus wie damals, nur den Schriftzug *Frische-Schmitt* über dem Eingang kenne ich noch anders. Damals war er aus Leuchtbuchstaben zusammengesetzt, die untere Ecke des zweiten T abgebrochen. Jetzt besteht er aus Metallbuchstaben auf einer dunkeln Holzbohle, die wohl andeuten soll, wie natürlich und frisch das Angebot ist.

Entweder ich fahre ein ganzes Stück zurück, um beim Edeka im Nachbarort einzukaufen, oder ich schaffe es, zwischen den fünf Regalen von Frische-Schmitt unterzutauchen. Während ich mein auffälliges Gefährt am Straßenrand abstelle – einen Parkplatz hat der winzige Laden nicht –, entsteht eine Szene auf meiner inneren Leinwand. Getarnt mit Perücke und Sonnenbrille lege ich ein Bündel Mohrrüben in meinen Korb, als jemand neben mir sagt: »Maira? Bist du das?«

Ich drehe mich mit einem überzeugend erstaunten Auflachen um. »Jasper! So eine Überraschung! Was tust du denn hier?«

Woraufhin er eine Augenbraue hochzieht, wie wir es in den Sommerferien nach der vierten Klasse miteinander geübt haben. »Schlittschuh laufen«, sagt er. »Und du?«

In Wirklichkeit wäre alles, was ich sagen könnte, unbeholfen und falsch. Jasper weiß ebenso wie ich, wie wir auseinandergegangen sind.

Eine Perücke besitze ich nicht, die Sonnenbrille aber setze ich auf, sogar im Laden. Auch die Kapuze meines Sweaters schlage ich hoch. Doch ich treffe niemanden. Der Junge an der Kasse ist mir unbekannt, und wer mitten am Tag Zeit hat, Zahnpasta oder Fertignudelsoße zu kaufen, ist in der Regel kein Einheimischer. Was Jasper wohl arbeitet? Die Baufirma von seinem Vater wollte er nie übernehmen. Und Anne? Hat sie ihre Träume von einer Ökopension verwirklicht, oder war ihr die Konkurrenz durch die großen Hotels zu stark?

Wahrscheinlich werde ich es nie erfahren.

Ich stelle die Tasche mit den Einkäufen auf den Beifahrersitz und fahre die letzten Meter. Biege von der Hauptstraße ab, rumpele mit dem Transporter durch die schmale Gasse mit den niedrigen Feldsteinmauern und Hecken, hinter denen umgebaute Gehöfte liegen, die mir einmal vertraut waren, registriere nebenbei eine weitere Neubaustraße. Und dann bin ich da.

Die Büsche im Vorgarten – Heckenrosen, Seidelbast, Weigelie – scheinen als Einziges während der Jahre meiner Abwesenheit nicht geschrumpft zu sein. Dicht verzweigtes Blattwerk schirmt das Haus von der Straße ab. Liguster und Faulbaum wuchern wild und der Haselnussstrauch ist beinahe haushoch geworden.

Das Hoftor steht offen, rostig und eingewachsen zwischen hohen Grasbüscheln. In den Ritzen des groben Steinpflasters auf dem Hof sprießen Butterblumen, lauter kleine gelbe Sonnen, regenfeucht strahlend. Ich manövriere den Transporter durch die enge Einfahrt, holpere ein paar Meter aufs Grundstück und bringe ihn zum Stehen.

Für einen Moment sehe ich das Grundstück mit Carolines Augen: links das reetgedeckte Wohnhaus, gegenüber der Einfahrt das Gästehaus mit der kleinen Veranda davor. Rechts der überdachte Unterstand mit dem Schuppen, wo lange vor unserer Zeit Traktoren und Pferdewagen parkten. Ein Traum für jemanden, der sich kreativ austoben will. Wann immer ich mir ausgemalt habe, hierher zurückzukehren, habe ich sowohl das Haus als auch das Gartenhäuschen halb verwittert vor mir gesehen, zugewuchert wie ein trauriges, vergessenes Märchenschloss mit Gesindegebäude. Häuser verfallen, wenn man sie nicht nutzt, als betrübte es sie, allein zu sein. Aber hier ist kein Dach eingestürzt und kein Fenster geborsten. Heruntergekommen ist es, das ja. Der Putz leuchtet nicht mehr weiß, sondern ist undefinierbar beige mit seltsamen Ausblühungen an mehreren Stellen, und der taubenblaue Lack der Haustür ist abgeblättert. Auf den Steinstufen davor haben sich Sand, Laub und Zeitungsreste gesammelt und den Tonfrosch bedeckt. Nur ein Auge sieht noch heraus. Vor dem Gartenhäuschen sind die Mohnblumen, die ich in meinem letzten Sommer ausgesät habe, zu einer sattroten Mohnblumenwiese geworden.

Inzwischen haben sich die Regenwolken beinahe ganz verzogen, einzelne Sonnenstrahlen tauchen den Hof in ein dramatisches Licht. Wieder fällt es mir schwer, die Sicherheit des Autos zu verlassen. Dabei ist es nur ein Haus. In meinem Beruf habe ich mit Hunderten Häusern zu tun gehabt. Mit viel Fantasie könnte man sogar behaupten, dies hier sei mein Job. Mit sehr viel Fantasie.

Nachdem ich endlich geschafft habe auszusteigen, nehme ich ein Foto auf – Querformat, damit ich möglichst viel vom Gesamteindruck einfange – und schicke es Caroline. Dann finde ich beim besten Willen keinen Grund mehr, es noch länger aufzuschieben, und gehe mit behutsamen Schritten zu meinem alten Refugium, dem Gästehaus.

Jeden Stein kenne ich, jede Kante, jede Maserungslinie in der Tür. Auch hier ist der Lack abgeplatzt. Ich lege die flache

Hand auf die erstaunlich warme Holzoberfläche. Es fühlt sich an, als würde das Häuschen unter meiner Berührung zu atmen beginnen.

»Hi.« Meine Stimme ist ganz rau. »Ich bin wieder da.« Dabei stimmt das nicht einmal. Ich habe nur einige Dinge zu erledigen.

Und es ist lächerlich, mir einzubilden, ein paar Wände, ein Dach und ein Boden könnten sich von mir betrogen fühlen, weil ich sie verlassen habe.

Ganz unten in meiner Handtasche finde ich den Schlüsselbund.

Leise quietschend schwingt die Tür auf.

Alte, leere Luft empfängt mich. In den Ecken haben sich Spinnen breitgemacht und alles ist von einer Staubschicht bedeckt. Die geschmacklose Filztapete mit den kitschigen Möwen ist ausgeblichen, wo die Sonne sie trifft. Aber sonst ist der Raum so, wie ich ihn zurückgelassen habe. Auf dem Tisch steht die Tasse mit dem roten Werbeaufdruck von *Hansen Bauunternehmung und Meer*. Fast erwarte ich, einen Rest Tee darin vorzufinden, aber das ist natürlich Unsinn. Sogar meine Flossen, Brille und Schnorchel liegen noch in der Ecke neben dem durchgesessenen Zweisitzersofa, achtlos weggeworfen. Das Gummi ist über die Jahre hart geworden. Ich hocke mich hin und lasse die Fingerspitzen über eins der staubigen Flossenblätter wandern, vorsichtig, als sei es ein verletztes Tier. Die Brille wische ich sauber und setze sie probehalber auf, aber das Kopfband ist spröde und die Maske selbst unwillig, sich auch nur ein wenig an mein Gesicht anzupassen.

Einen Moment zögere ich, doch dann greife ich die gesamte Ausrüstung mit beiden Händen und trage sie nach draußen auf die Verandastufen.

Ich stelle einen Stuhl in die Tür, damit sie nicht zufällt, und öffne auch die beiden Fenster. Danach mache ich mich wie ferngesteuert daran, Ordnung zu schaffen. Immer wieder halte ich mir vor Augen, wie sinnlos das ist, was ich tue. Ich werde nur wenige Tage hier sein. Es würde vollkommen genügen, grob durchzufegen. In dem kleinen Spülbecken auf der Kommode, das gleichzeitig als Waschtisch dient, hat sich eine Kruste aus betoniertem, verkalktem Staub angesammelt. Automatisch drehe ich den Wasserhahn auf. Er röchelt hohl und schweigt dann. Wie konnte ich daran nicht denken? Natürlich fließt hier schon lange kein Wasser mehr, das sollte ich wohl wissen. Nach dem Tod meiner Großmutter wäre ich schließlich diejenige gewesen, die jährlich die Abrechnung bekommen hätte. Wahrscheinlich sind die Rohre längst zugesetzt, korrodiert, was weiß ich.

Zum zweiten Mal mache ich mich auf den Weg zu Frische-Schmitt, kaufe, getarnt unter Sonnenbrille und Kapuze, Geschirrtücher, ein paar Waschlappen, Allzweckreiniger und zwei Sechserpacks Wasser in großen PET-Flaschen. Ich habe mich immer gefragt, warum jemand so etwas kauft – jetzt weiß ich es. Zurück auf dem Hof, setze ich die Kopfhörer auf, drehe die Musik laut und putze wie besessen. Fege, wische Staub, spüle notdürftig mit Flaschenwasser. Lasse Sonne und Wind herein. Solange ich hier beschäftigt bin, muss ich nicht hinüber ins Haupthaus. In einer Ecke finde ich ein verlassenes Mäusenest, aber sonst ist alles zum Glück noch so weit nutzbar, dass ich ein paar Tage klarkommen werde. Sogar die billige Matratze scheint einigermaßen in Ordnung.

Es ist Spätnachmittag, als ich verschwitzt auf die Veranda trete und mir mit dem hochgeschobenen Ärmel den Staub von der Stirn wische. Caroline hat meine Bilder mit einem **Nice!** kommentiert und nach dem Marktwert gefragt. Ich habe ihr noch nicht erzählt, was ich für das Anwesen bekommen werde. Danach hat sie zweimal angerufen; ich werde mich später zurückmelden.

Aus dem Augenwinkel sehe ich etwas Felliges um die Ecke der Tenne huschen. Es ist eine dreifarbige Katze, braun, weiß und ein wenig schwarz. Sie ist mager und struppig und ihre Schwanzspitze steht seltsam zur Seite ab.

»Knickschwanz«, murmele ich, aber natürlich lebt meine Katze von damals seit Jahren nicht mehr. Sie war schon alt, als ich weggebracht wurde.

Liebe Maira

Weißt du noch, Maira? Erinnerst du dich an den Tag, als wir die Katzen bekamen?

Es war an einem Sonntag im Juni. Ich hatte einen dringenden Übersetzungsauftrag und musste am Wochenende arbeiten, aber das hat dich natürlich nicht gestört. Zu deinem neunten Geburtstag vor ein paar Wochen hatte Mischa dir Jonglierbälle geschenkt, und auch wenn du damit nicht viel anfangen konntest, hatte Anne doch Spaß daran. Sie war an dem Tag bei uns, wie meistens. Du, Anne und Jasper, ihr seid sowieso unzertrennlich. Alle im Ort kannten euch nur als Dreierpack, und wenn ich mit euch zu Schmitt ging, sagte Hedda immer: »Na, hast du deine sämtlichen Kinder mitgebracht?« Weißt du noch?

Ich wollte dir von den Katzen erzählen, entschuldige. Es gibt so viel anderes, das auch aufgeschrieben werden will. »Mama, mach doch mal Pause vom Arbeiten!«, hast du dich kürzlich beschwert. Ich habe dir nicht gesagt, dass ich nicht die ganze Zeit arbeite, sondern auch versuche, dein Leben festzuhalten. Am liebsten würde ich täglich hundert Fotos von uns beiden aufnehmen. Fotos erzählen Geschichten. Ich möchte, dass sie dir die Geschichte einer schönen Kindheit erzählen. Aber wenn ich mit der Kamera komme, verdrehst du inzwischen genervt die Augen, also mache ich heimlich Bilder.

An dem Tag, an dem ihr die Kätzchen fandet, hattet ihr Decken unter den alten Birnbaum hinterm Haus geschleppt und dann das ganze Wochenende damit verbracht, Zirkuskunststücke zu üben. Außer euch dreien war auch Dina dabei. Ich hatte mit dieser schwierigen Übersetzung voller Fachbegriffe und komplexer Sachverhalte zu tun. Jedes Mal, wenn ich eine Pause brauchte, habe ich euch aus dem Fenster zugesehen. Du hast so engagiert Flickflack geübt! Und Jasper ist auf Händen gelaufen. Anne hat mit deinen Bällen jongliert, daran erinnere ich mich auch. Der Höhepunkt eurer Show war, dass ihr nebeneinander in den Vierfüßlerstand gegangen seid, Jasper und du. Dina hat sich auf euren Rücken ausbalanciert und Anne hat ihr einen Ball zugeworfen.

Ich habe mich mit der Arbeit beeilt, weil mir klar war, dass ihr irgendwann die Eltern zusammentrommeln würdet, um zuzusehen. Entsprechend dachte ich, du würdest Papier und Stifte für Plakate oder Eintrittskarten brauchen, als du mich riefst. Doch dafür, das erkannte ich dann schnell, war deine Stimme viel zu aufgeregt.

Also bin ich ans Treppengeländer gegangen und habe zu dir hinuntergesehen. Du hattest dir für die Zirkusvorstellung einen Zopf gebunden, der in alle Richtungen abstand, als du den Kopf in den Nacken legtest. »Mama, da sind drei Katzenbabys!« Vor Aufregung klang deine Stimme ganz rau.

»Wo sind Katzen? Ich dachte, ihr spielt Zirkus.«

»Machen wir ja auch«, hast du gesagt und mich ungeduldig mitgezogen.

Jasper hatte sich hingehockt und eine Hand ausgestreckt. Er war immer schon gut mit Tieren, er hat mal eine junge Amsel gesund gepflegt, die bei seiner Oma gegen die Wohnzimmerscheibe geflogen ist. Tatsächlich stakste eine der kleinen Katzen jetzt neugierig auf ihn zu und die anderen folgten ihr.

Ehrlich gesagt, war ich mir nicht sicher, ob die abgemagerten Winzlinge die nächsten Stunden überleben würden. Aber das konnte ich euch natürlich nicht verraten. Wir hatten kein Katzenfutter da und schon gar keine Katzenbabynahrung. Also musste ich improvisieren. Ihr habt auf die drei aufgepasst, während ich den Tierarzt angerufen habe. Dann bin ich zum Laden gelaufen und habe Nassfutter gekauft, ohne zu wissen, ob die Kleinen es überhaupt schon fressen konnten.

Niemand vermisste sie, auch ihre Mutter war nicht aufzufinden. Also versorgten wir sie. Ich war es, die die verdreckten kleinen Dinger gebadet und entfloht hat, aber ihr habt ihnen Namen gegeben: Knickschwanz, Rotfell und Mikusch. (Mikusch zog später bei Jasper ein und stellte sich als weiblich heraus.)

Wir hatten Glück, dass sie alle überlebt haben. Überhaupt hatten wir sehr viel Glück im Leben.

Vergiss das nie, mein Kind.

Soeterhoop, Anfang Juni

Die Katze hat mich noch nicht bemerkt, also stecke ich das Telefon in Zeitlupe zurück in die Jeanstasche und bleibe dann regungslos stehen.

Doch sie huscht in die Dämmerung neben dem Schuppen und verschmilzt mit ihr, leise, wie sie gekommen ist – ein Teil dieses Orts, an dem ich nur noch ein Gast bin.

Inzwischen wirft die Sonne lange Schatten, aber das Licht ist noch weiß, und es wird noch einige Stunden hell sein. Der Lack des Transporters wirft mir die gespiegelten Strahlen direkt in die Augen, eine Erinnerung daran, was ich hier eigentlich will. Das ist nicht, ein winziges Haus zu putzen, das ohnehin in ein paar Wochen abgerissen werden wird.

Als ich mit meinen Gedanken an diesem Punkt angelangt bin, überfällt mich die Einsamkeit mit einer derartigen Wucht, dass ich am liebsten doch ins Auto springen und davonrasen würde. Irgendwohin, wo nicht die einzige Ablenkung aus einer halbwilden Katze, ziehenden Wolken und ein paar Schwalben besteht. Das Problem ist nur: Mich müsste ich mitnehmen, und das hat in den letzten Jahren nicht besonders gut funktioniert. Die Einsamkeit, denke ich beim Betrachten des Hofs, liegt nicht im Außen.

Was sagte Konstantin noch, als er mit mir Schluss machte? »Ich komme immer nur an einen Teil von dir ran, ich will aber eine Beziehung mit einer ganzen Person führen.«

Es ist unfair der Katze gegenüber, ich weiß. Schließlich werde ich bald nicht mehr hier sein und dann wird ihr Unterschlupf abgerissen. Dennoch mache ich mich noch einmal auf den Weg zum Laden, Katzenfutter kaufen. Und möglicherweise eine Flasche Wein, um die Geister der Vergangenheit zu betäuben, die in den Ecken lauern werden, wenn die Dämmerung kommt.

Zum dritten Mal an diesem Tag schiebe ich also suchend den Einkaufswagen durch die engen Gänge, die Tarnung habe ich mittlerweile aufgegeben. Wein. Chips. Das Schokoladenregal lasse ich links liegen, drehe eine Runde an Marmeladengläsern und Kaffeepulver vorbei und lege dann doch zwei Tafeln Zartbitter in den Wagen. Für Notfälle. Und Kekse und eine Einrichtungs-Zeitschrift, als mir einfällt, dass ich auf dem Hof kein WLAN habe und demzufolge heute Abend auch meine Serie nicht weiterschauen kann.

Nun das Katzenfutter.

»Entschuldigung?« Die Frau ist vielleicht fünfzehn oder zwanzig Jahre älter, als meine Mutter jetzt wäre, klein, rund und von oben bis unten in Outdoormode gehüllt. »Wissen Sie zufällig, wo ich das Salz finde?«

Früher war es dort vorn an der Säule. »Tut mir leid. Ich kenne mich nicht aus.«

Sie betrachtet die Einkäufe in meinem Wagen, und ich unterdrücke den absurden Impuls, dieser fremden Frau zu erklären, dass ich in einer Sondersituation stecke, sozusagen, und normalerweise nicht nur Wein und Junkfood kaufen würde. Aber sie interessiert sich nicht weiter dafür, sondern fragt: »Auch im Urlaub? Schön hier, oder?«

Ich nicke. Es ist schön. Objektiv gesehen.

»Und wo kommen Sie her?«

»Frankfurt. Am Main.«

»Ach, dann sind wir quasi Nachbarinnen.« Die Tatsache scheint sie zu begeistern. »Wir sind aus Heppenheim, mein Mann und ich.«

Höflich nicke ich wieder. »Ist ja eine ganz schön lange Fahrt.«

»Ach, der Günther fährt gern. Das ist mein Mann. Schon vorher mal hier gewesen?«

»Ist lange her. Ich war fast noch ein Kind.«

»Na, Hauptsache, Sie genießen es jetzt, nicht wahr? Wie heißt es noch so schön? ›Jetzt ist der einzige Moment, den es wirklich gibt‹.« Dozierend hebt sie den Zeigefinger. »Schließlich bestimmen nicht unsere Erinnerungen unser Leben, sondern nur das Jetzt, nicht wahr?«

Dass wir quasi Nachbarinnen sind, scheint ihr Grund genug zu sein, mich ungefragt mit Kalendersprüchen zu beglücken. Ich verspreche mir selbst, auch im Alter eine gesunde Distanz zu meinen Mitmenschen zu bewahren.

»Schon am Strand gewesen?«

»Noch nicht, nein.«

»Tun Sie das. Mein Mann und ich waren gleich heute Mittag dort. Wenn man ans Meer fährt, muss man als Allererstes an den Strand gehen, nicht wahr?«

Auf dem Regalbrett über der Spüle stehen die drei Schalen, die meine Mutter irgendwann ausrangiert und mir gegeben hat, damit meine Freunde und ich im Gästehaus ausgestattet sind. Vielleicht war das ihre Art, für mich zu sorgen. Eine der Schüsseln hole ich herunter. Damals war es mir nicht klar, aber als ich jetzt die schon lange rissige Porzellanoberfläche und den abgeplatzten Goldrand berühre, denke ich zum ersten Mal, meine Mutter ahnte wohl früher als ich, was ihr zustoßen würde. Es ist müßig, darüber nachzudenken. Ich werde es nie erfahren.

Das Besteck hat seit jeher seinen Platz in einem alten Blumenumtopf neben den Schüsseln. Ich hole eine Gabel heraus, an deren unterem Ende ein Klumpen undefinierbaren Zeugs klebt. Staub, Spinnweben, irgendetwas Braunes. Ich streife es draußen am Verandageländer ab, dann kleckse ich Katzenfutter in die Schüssel. Diese stelle ich an die Hausecke, an der ich die Katze gesehen habe.

Sie wird wiederkommen.

Zu Hause in Frankfurt würde ich an einem Freitagabend mit Caroline um die Häuser ziehen, tanzen, trinken, vielleicht ins Fitnessstudio gehen oder ins Kino. Heute wären wir zur Clubnacht verabredet gewesen. Jetzt bin ich allein an einem Ort, den ich nicht mehr kenne. Mit Chardonnay aus einem alten Senfglas und der Zeitschrift setze ich mich auf die Verandastufen in die Abendsonne und versuche, wenigstens für eine Weile so etwas wie Urlaubsfeeling aufkommen zu lassen. Andere Menschen bezahlen eine Menge Geld, um hier zu sein. Nicht hier auf dem Hof natürlich, aber hier im Dorf.

Die Dämmerung senkt sich langsam über die Welt, es wird kühl. Ich hole mir eine Decke und die Handytaschenlampe. Immer wieder werfe ich einen Blick in Richtung Futternapf. Als könnte eine fremde Katze die Einsamkeit in mir auch nur ein bisschen verscheuchen. Ich lese das Magazin dreimal von vorn bis hinten, sogar die Anzeigen, und trinke dazu eine halbe Flasche Wein. Dann ist es dunkel, so dunkel es eben zu dieser Jahreszeit wird, und es fühlt sich an, als sei es sicher, ins Bett zu gehen. Ich bin müde, nach allen Regeln der Logik sollte ich sofort einschlafen, ohne Albträume.

Doch als ich in der schmalen Klappkoje liege, die ich früher so behaglich fand, kriechen die Schatten aus der Vergangenheit. Ich habe das Fenster neben der Tür angekippt. Das Rauschen des Winds dringt zu mir, irgendwo pfeift er durch einen Spalt. Masten klappern in der Ferne. Sehr leise Musik, von der fast nur der Rhythmus zu hören ist. Stimmen auf der Straße, die lauter werden und dann wieder leiser.

Ich starre in die Nacht.

Wenn man ans Meer fährt, muss man als Allererstes an den Strand gehen, nicht wahr?

Die Frau werde ich wohl nie wiedersehen, aber sie hat recht. Und schlafen kann ich ohnehin nicht. Ich öffne den Schlafsack und stehe auf.

In Sneakers, Jeans und Hoodie laufe ich den schmalen Waldweg zwischen Liguster, Brombeeren, Kornelkirschen und Heckenrosen Richtung Deich und Touristenstrand. Er riecht noch wie damals und wie damals ist er ohne Mondschein um ein Uhr morgens sehr dunkel. Ich rutsche aus, fange mich und laufe weiter. Der Pfad ist zu Ende, der Boden sandig. Nur noch ein paar windzerzauste Kiefern säumen den Weg, Heckenrosen, Strandgras und Farne. Vor mir öffnet sich der Durchgang zum Strand. Zum Meer. Mein Lauf endet jäh. Die Ostsee rauscht aufdringlich. Es riecht nach Tang. Im Norden blitzt ein Leuchtfeuer auf. Am Horizont ziehen die Lichter von zwei großen Schiffen vorbei, Frachter wahrscheinlich. Und ich stehe nach Atem ringend am Strandweg, unfähig, die letzten Schritte zu tun.

Ich trete etwas zur Seite, sodass einer der höheren Farne meine Augen vor den Signalen dort draußen abschirmt, dann lege ich den Kopf in den Nacken. Über mir spannt sich tiefblau das Firmament, unterbrochen vom schüchternen Schillern und Glitzern einzelner Sterne. Und doch sind sie da, obwohl ich sie nicht sehen kann, ebenso wie das Leben unter der Meeresoberfläche. Tausende und Abertausende von Sternen. Sonnen, Planeten, Gaswirbeln. So groß, dass mir das Herz wehtut.

Eine ganze Weile bleibe ich stehen und halte es aus, doch schließlich schmerzt mein Nacken. Ich biege ihn ein paarmal hin und her, dann gehe ich einen Schritt in Richtung Wasser. Einen zweiten. Der Sand wird tiefer und weicher, ich sinke ein. Vor mir im Dunkeln das Meer, rollt an, zischt, schmatzt, zieht sich wieder zurück. Ab und zu erahne ich eine weiße Schaumkrone. Hinter mir in den Büschen und Bäumen spielt der Wind. Zwei Schritte schaffe ich noch, dann setze ich mich auf den fahlweißen Stamm einer vor Jahren gefallenen und durch Wind und Sonne abgeschmirgelten Buche. Solche Stämme liegen ein paar Kilometer weiter überall, hier nur wenige angeschwemmte. Der, auf dem ich Platz finde, ist wadenhoch und glatt. Ein winziges bisschen Restwärme vom Tag ist noch in ihm.

Ich lege die Handflächen darauf und gebe ihm ein wenig von meiner Wärme zurück. Zwanzig Meter vor mir, vielleicht fünfundzwanzig, beginnt die Ostsee. Unerreichbar für mich. Ich bin froh, sollte ich es schaffen, irgendwann wieder von diesem Baumstamm aufzustehen. Derzeit fühle ich mich wie festgewachsen. Also bleibe ich sitzen und höre dem Meer zu, weil ich nichts anderes tun kann. Zuerst nehme ich fast nur das ewige Rauschen wahr, aber je länger ich zuhöre, desto weniger drängt es sich in mein Bewusstsein. Es wird sanft, es gehört hierher wie die salzige Luft.

Auflaufen.

Gurgeln, ablaufen.

Auflaufen. Ablaufen.

Immer hat es das getan, immer wird es das tun, auch wenn wir Menschen längst verschwunden sind. Selbst wenn wir die Erde in Schutt und Asche legen und alles Lebendige auslöschen sollten, das Meer wird bleiben. Und irgendwann wird das Leben dort erneut beginnen. Das Leben geht immer weiter.

Am nächsten Morgen taucht die Sonne den Hof bereits in gleißendes Licht, als ich aufstehe. Sie scheint genau auf die hofzugewandte Seite des Hauses, sodass der Putz weiß leuchtet und das Blau der Tür und der Fensterrahmen strahlt. Beinahe sieht man dadurch nicht, wie heruntergekommen das Gebäude ist. Beinahe.

Ich wende den Blick ab und öffne eine Wasserflasche, um den Plastikwasserkocher zu füllen, der einmal knallrot war, jetzt bestenfalls noch als mattrosa durchgeht. Gerade rechtzeitig fällt mir ein, dass es keinen Strom gibt.

Nach einem Luxusfrühstück, bestehend aus herrlichem Quellwasser und Cornflakes mit Hafermilch, die ich erstaunlicherweise bei Frische-Schmitt gefunden habe, schaue ich nach der Katze.

Tatsächlich ist die Schale leer. Ich nehme sie mit, um sie zu säubern. Heute Abend werde ich wieder etwas Futter hinstellen. Doch bis dahin wartet Arbeit auf mich.

Noch einmal verirrt sich mein Blick zum Haus. Ob meine Jugendbücher noch im Regal stehen? Und meine CDs? Hängen meine Greenpeace-Poster und der Starschnitt von Will Smith noch an den Wänden? Aber wer sollte sie weggenommen haben?

Um nicht über mein altes Zimmer nachdenken zu müssen, wische ich die Katzenschale aus und stelle sie zum Trocknen auf die Verandatreppe. Gestern habe ich nicht bemerkt, wie morsch die zweite Stufe ist. Ich hatte Glück, nicht durchzubrechen. Jetzt trete ich gezielt in die Mitte. Die Stufe kracht, und mit ein bisschen Gewalt gelingt es mir, sie zu lösen. Das gesplitterte Brett in der Hand, stehe ich ratlos da.

Feindselig starrt das Haus mich an.

Ich starre zurück.

Dann sehe ich Risse im Putz, die abgeplatzte Farbe an den Holzfenstern. Wunden, die die Zeit gerissen und um die sich niemand gekümmert hat. Behutsam lege ich die Stufenhälfte neben die andere ins Gras. Armes Haus. Hier wird bald viel mehr abgerissen werden als diese Stufe.

Eine Bewegung lässt mich den Kopf wenden.

Die Katze ist zurück. Mit stolz erhobenem Haupt, den Schwanz mit der abgeknickten Spitze ebenfalls in die Höhe gereckt, stolziert sie über den Hof. Ich bin sicher, sie ist sich meiner Anwesenheit bewusst, aber sie würdigt mich keines Blicks. Dies ist ihr Revier.

Was tue ich hier? Ich dichte einem Haus Gefühle an und hoffe auf die Gunst einer fremden Katze, statt einfach zu erledigen, wofür ich gekommen bin. In Frankfurt wartet die Restaurierung mehrerer Gründerzeitsofas, für die Ingmar mich fest eingeplant hat, und ich vertrödele hier meine Tage.

Entschlossen hole ich das Schlüsselbund. Wollen wir doch mal sehen. Schließlich bestimmen nicht unsere Erinnerungen unser Leben, sondern nur das Jetzt, nicht wahr?

Mit zackigen und dann immer zögerlicheren Schritten gehe ich auf das Haus zu. Auch der Hof mit den unregelmäßig behauenen Sandsteinplatten und den Blumen und Gräsern in den groben Fugen wird bald weichen. Ich könnte einige der Steine vorher abtragen und mitnehmen. Sicher, lästert meine innere Stimme, und in der Kochnische deiner Einzimmerwohnung stapeln. Brillante Idee. Nun, wenigstens kann ich einen Passus zur Wiederverwendung der Materialien in den Kaufvertrag setzen lassen. Vielleicht ist das möglich.

Sicherlich ist es gut, mir erst einmal einen generellen Überblick zu verschaffen. Bisher bin ich nur auf dem Hof gewesen, dabei kann man um das Haus herum in den Garten mit der alten Streuobstwiese gehen. Ich vermeide einen weiteren Blick zur Eingangstür, aus der die Feuerwehrleute damals den leblosen Körper meiner Mutter getragen haben, und marschiere um das Haus herum. An der Ecke neben dem Wohnzimmerfenster ist der gepflasterte Teil des Hofs zu Ende. Kniehohes Gras empfängt mich, durchsetzt mit erstaunlich wenigen Brennnesseln und Himbeerranken. Und mitten darin: ein gemähter Weg, der hinter das Haus führt. Jemand hält das alles hier instand.

Unsere alte Feuerstelle ist noch da, umrandet von groben Steinen. Sie ist sauber und rings um sie herum eine kreisförmige Fläche mit kurzem Rasen. Zwei Klappstühle lehnen am Mauerwerk, einer steht neben dem Rund mit Blick nach Westen. Wer auch immer hierherkommt, er oder sie sitzt hier manchmal und lässt sich von der Abendsonne wärmen. Anne? Jasper? Und wem gehört der dritte Stuhl? Dina? Genauso gut kann jemand ganz anderes hier Zuflucht vor den Touristenströmen suchen. Jugendliche aus dem Dorf möglicherweise, die nicht mal geboren waren, als ich wegging.

Ohne zu wissen, warum, klappe ich den dritten Stuhl zusammen und lehne ihn an die Wand. Kurz berühren meine Fingerknöchel die Mauer.

Vielleicht sind Anne und Jasper gar nicht mehr hier. Ich traue Anne zu, dass sie tatsächlich eine Ökopension eröffnet hat. Aber sie verstand sich nicht gut mit ihren Eltern. Wer weiß, sie könnte ebenso gut inzwischen irgendwo in den Alpen wohnen und als Rechtsanwaltsgehilfin arbeiten. Und Jaspers großer Traum war eine Weltreise. Mag sein, dass er jetzt in New York lebt. Oder in Singapur. Oder in Nordfinnland oder Hannover. Es spielt keine Rolle für mein Leben.

Ich streife weiter durch das hohe Gras, folge einem Trampelpfad zur Streuobstwiese. Auch dort muss ich kurz stehen bleiben, um die Änderungen zu begreifen. Der Pflaumenbaum ist riesig, aber er sieht krank aus, viele Blätter sind von Ungeziefer befallen. Wo unser Birnbaum war, ist nur noch ein Stumpf, dafür ist die Buche noch größer geworden. Ich kneife die Augen zusammen. Tatsächlich. Auf einer der unteren Astgabeln thront eine wackelige Bretterkonstruktion, die mit viel gutem Willen ein Baumhaus sein könnte.

»War-te, Nikita!« Die Kinderstimme kommt vom entfernten Ende des Gartens.

Ich zucke zusammen und habe für einen Moment den irrationalen Impuls, mich zu verstecken.

»Dann komm doch endlich!« Eine zweite Stimme, ebenso hell.

»Zoe kann nicht so schnell, warte doch mal.«

Kurz darauf erscheint zwischen den Fliederbüschen ein Mädchen mit blonden Zöpfen in T-Shirt und abgeschnittener Jeans, acht oder neun Jahre alt, ich kann Kinder nicht besonders gut einschätzen. Sie kommt mir zu jung vor, um ein Baumhaus zu bauen, selbst ein so wackliges wie das auf der Buche. Ein Junge im selben Alter folgt ihr, weißes T-Shirt, schwarze Locken. Ein kleineres Mädchen, noch ein Junge. Sich immer wieder etwas zurufend, hüpfen und toben sie hintereinander durch das hohe Gras. Das kleinste Kind versinkt bis zum Bauch darin.

Es sollte mich nicht überraschen, dass sie hier sind. Dieses Grundstück ist ein perfekter Abenteuerspielplatz – noch. Nun, bald werden sie sich einen anderen Ort suchen müssen.

Wie angewachsen stehe ich da und sehe ihnen beim Näherkommen zu. Die Sonne scheint ihnen direkt in die lebenshungrigen Gesichter, sie bemerken mich erst, als uns nur noch wenige Meter trennen.

»Hallo«, sage ich lahm. In meinem Leben gibt es keine Kinder, ich habe keine Ahnung, wie man mit diesen Wesen aus einer fremden Galaxie umgeht.

Das größere Mädchen sieht den Jungen mit den schwarzen Locken fragend an. Kaum merklich schüttelt er den Kopf. Derweil baut sich das kleinere Mädchen, aus der Nähe kann ich die Zahnlücke in ihrem Oberkiefer sehen, vor mir auf und stemmt die Hände in die Hüften. »Das ist unser Garten. Was willst du hier?«

»Ich bin hier zu Besuch.«

»Und warum?«

»Früher habe ich hier gewohnt.«

Das größere Mädchen legt prüfend den Kopf schief. Sie hat ein fein gezeichnetes Gesicht mit großen wasserblauen Augen und geschwungenen Brauen. »Bist du Maira?«

Ich brauche einen Moment, um die Frage zu verarbeiten. »Warum fragst du?«

Sie zuckt die Schultern. »Bloß so. Hier hat früher eine Maira gewohnt.«

Ich bin eine Dorflegende. Die Erkenntnis, dass andere Menschen über mich reden, immer noch über mich reden, macht mir die Knie weich. Was erzählt man sich im Ort? Wisst ihr noch, das irre Mädchen, das seine arme Mutter umgebracht hat?

Ich zwinge mich zum Lächeln. »Ja, ich bin Maira. Und wie heißt ihr?«

»Die Kleine ist Zoe«, sagt das Mädchen. »Der da«, sie deutet auf den schwarzhaarigen Jungen, »ist Linus. Das ist Marlon und ich bin Nikita.«

Linus und Marlon nicken mir skeptisch zu.

Der Ausdruck in ihren Gesichtern gibt ungefähr das Ausmaß der Ratlosigkeit wieder, das ich ebenfalls empfinde. Entfernt zieht der Gedanke vorbei, dass *Nikita* doch eigentlich ein Jungenname ist. »Können wir hier trotzdem spielen?«, fragt sie.

»Tut einfach so, als sei ich nicht da.« Und ich meinerseits werde so tun, als seien diese Kinder nicht hier. Ich mache mir bewusst, dass es einfach nur kleinere Menschen sind. Wahrscheinlich muss man sie gar nicht wesentlich anders behandeln als die, mit denen ich sonst zu tun habe. Sie könnten Kunden sein, stelle ich mir vor. Leute, die ich zufällig auf der Straße treffe. Oder eben in einem Garten, der vor langer Zeit mein Garten war. »Ich geh mal wieder nach vorn«, sage ich. »Lasst euch nicht stören.«

»Okay.«

In einer eckigen Bewegung hebe ich die Hand zum Gruß und flüchte. Wie hätte meine Mutter reagiert? Ich weiß es nicht mehr.

Abends füttere ich wie am Tag zuvor die Katze, bevor ich mich mit dem Krimi auf die Verandatreppe setze. Chips und Gurke müssen als Abendessen reichen. Für heute lohnt es sich nicht mehr, im Haus drüben mit Aussortieren anzufangen.

Morgen.

Morgen werde ich es tun.

Als sich die Dämmerung dichter um mich zusammenzieht und die Silhouette des Hauses immer schwärzer und größer gegen den Abendhimmel aufzuragen scheint, klappe ich das Buch zu. Mich fröstelt; über der Obstbaumwiese zieht sogar ein wenig Nebel auf.

Der Pfad zum Strand kommt mir wärmer vor als gestern, die Büsche halten die Kälte noch fern. Zielstrebig gehe ich zu dem Stamm, auf dem ich am Vorabend schon saß, und lasse mich darauf nieder, ohne auch nur eine Sekunde zu zögern. Ein Anflug von Stolz lässt mich grinsen. Ein vollkommen unbedeutender Schritt für die Menschheit, ein Sprung über einen gigantischen Schatten für mich. Ich sollte tagsüber hierherkommen, wenn die Sonne scheint. Vielleicht gelingt mir das morgen.

Wieder ziehen Lichter von Schiffen am Horizont vorbei. Frachter. Passagierschiffe von Rostock nach Gdynia oder Trelleborg, vielleicht von Riga nach Lübeck. Ein Pärchen flaniert Arm in Arm an der Wasserkante entlang, kurz darauf noch eins. Von irgendwo schweben Lachen und Gesang durch den Wind. Mit einem Mal fühle ich mich unsagbar isoliert von allem.

Ich träume wirres Zeug von Feuer am Strand und explodierendem Glück und mir unbekannten Menschen, die verblassen, noch bevor ich ganz wach bin. Das Bett knarzt unter mir, ich ziehe den Schlafsack enger um mich. Durch das Fenster sehe ich zum Haus hinüber. Unnahbar und kühl steht es wieder da.

Ich zeige ihm den Mittelfinger.

Mein kaffeeloses Cornflakes-Frühstück hängt mir schon am zweiten Tag zum Hals raus. Ich esse eine Banane hinterher und gehe dann zum Auto, um mein Smartphone zu holen, das zusammen mit dem Kopfhörer über Nacht dort geladen hat. Irgendwo muss ich versuchen, Strom aufzutreiben.

Caroline hat Fotos geschickt, auf denen sie am Tresen in einem unserer Lieblingsclubs neben einem Typen sitzt und der Kamera zuprostet. **Wir haben Spaß**, schreibt sie. **Miss you.**

In Frankfurt geht das Leben weiter, und ich scheitere daran, eine simple Tür zu öffnen. Wie Wellen schwappen die Vorwürfe vom Haus auf mich zu, ein Magnetfeld reiner Abstoßung.

Ich bin nicht dumm; natürlich ist mir klar, dass ich mir das einbilde. Doch ebenso sicher bin ich, dass ich es nicht schaffen werde, die Haustür zu öffnen. Denn es ist eben nicht nur eine Haustür, sondern auch die Tür zu meiner Vergangenheit. »Weißt du was?«, sage ich laut. »Du kannst mich mal. Ich bin jahrelang ohne dich ausgekommen. Soll die Abrissbirne doch Spaß mit dir haben.«

Ohne noch einmal hinüberzusehen, marschiere ich zurück in den kleinen Raum, in dem meine Kleidung und sonstigen Gegenstände inzwischen verteilt sind. Ich stopfe den Schlafsack zurück in seinen Beutel und meine T-Shirts, Unterwäsche, Bikini (sicher doch) und Kleid (warum habe ich mein Kleid mitgenommen?) in den Rucksack. Nach gerade zwanzig Minuten habe ich sämtliche Gegenstände zusammengesammelt. Es ist keine Schande, die Vergangenheit ziehen zu lassen und sich um die Zukunft zu kümmern. So.

Ich hebe den Rucksack an, um ihn zum Auto zu bringen, als die Kinder von gestern durch das Hoftor spazieren, hintereinander und jeweils an einem Eis lutschend.

»Hallo, Maira.« Als seien wir alte Freunde.

»Hi«, sage ich.

Der Junge, der Linus heißt, begreift zuerst, was ich tue. »Fährst du wieder weg?«

»Ja.«

»Findest du es hier nicht schön?« Das ist das kleine Mädchen. Zoe, oder?

»Doch.«

»Warum willst du dann wegfahren?«

»Ich habe zu Hause was zu tun.«

Nikita sieht mich prüfend an. »Willst du Eis?« Sie streckt mir ein noch eingepacktes Dolomiti entgegen.

»Ihr habt mir ein Eis mitgebracht? Wieso?«

»Willst du es?«

Wie lange habe ich kein Dolomiti mehr gegessen? Zögernd nehme ich die Packung entgegen. »Danke. Wie komme ich zu der Ehre?«

»Meine Mama hat gesagt, wir sollen dir eins mitbringen, weil wir hier zu Besuch sein dürfen.«

Ich sehe den Jungen an. »Marlon heißt du, oder?«

Er nickt.

Eine Ahnung kitzelt mich. Ich suche im Gesicht des Jungen nach Ähnlichkeiten zu Anne. »Und deine Mutter, wie heißt die?«

»Nora.«

Kenne ich eine Nora? Vergeblich versuche ich mich an den Namen eines Mädchens aus dem Jahrgang über meinem zu erinnern. Alles ist so weit weg.

Die Kinder zockeln Eisschleckend an meinem kleinen Reich auf der morschen Veranda vorbei.

Nikita deutet auf meine mitleiderregende Schnorchelausrüstung, die ich noch nicht wieder angerührt habe, seit ich sie aus dem Haus getragen habe. »Sind das deine?«

»Ja.«

»Ich hab auch Flossen. Hat mein Papa mir geschenkt.« Erwartungsvoll sieht sie mich an.

»Das ist nett von deinem Papa.«

»Und er hat ein Fischerboot.«

»Toll«, sage ich.

»Es heißt …«

»Nikita, kommst du?« Die anderen Kinder sind schon beim Baumhaus.

Ohne sich noch weiter mit mir aufzuhalten, springt sie hinterher und hinterlässt ein irrationales Gefühl von Verlassenheit bei mir.

Was tat meine Mutter, wenn Kinder bei uns auf dem Hof waren? Verschwommen tauchen Obstteller und Pfannkuchen aus den Tiefen meines Bewusstseins auf. Käsebrotstückchen mit Tomatenmark-Smileys. Nichts von dem kann ich anbieten. Aber der gleiche Impuls, der mich in den Laden getrieben hat, um Katzenfutter zu kaufen, lässt mich nun die Kekspackung vom Bord über der Spüle holen.

»Wollt ihr Kekse?«

Marlon bemerkt mich zuerst, nach und nach halten sie inne.

Ich hebe die Packung hoch. »Möchte jemand von euch einen Keks haben?«

Sie sehen sich an.

Auf einmal komme ich mir seltsam vor, mich auf diese Weise anzubiedern, nur um mir einbilden zu können, ich hätte Gesellschaft. Wir kennen uns nicht, diese Kinder und ich. »Ihr habt mir Eis mitgebracht«, fühle ich mich zu einer Erklärung genötigt. »Ich revanchiere mich hiermit.«

Erneute Blicke. Wortlose Diskussion, Schulterzucken. Dann: »Was für welche?«

»Haferkekse mit Schokolade. Ich lege sie einfach hier auf den Stein, falls ihr welche essen möchtet.«

»Danke!«, ruft mir eins der Kinder nach, als ich schon wieder am Häuschen bin.

Bevor ich gleich nach Frankfurt zurückfahre, werde ich an den Strand gehen, einmal wenigstens bei Tageslicht. Früher war ich jeden Tag dort.

Auch im Hellen betrachtet, hat der Weg sich kaum verändert. Hier ein anderer Busch, die Brombeeren waren früher weniger dicht, dort die Erle ist größer geworden. Doch als ich ihn hinter mir lasse, nimmt es mir für einen Moment beinahe den Atem. Ich bin schon hier gewesen, erinnere ich mich. Es ist nicht anders als in der Nacht, nur dass ich jetzt alles sehen kann. Mir verengt es die Kehle, aber ich erkenne natürlich den Zauber dieses Orts. Links und rechts erstreckt sich der Strand, die letzten Strandkörbe des Orts bilden rote Farbtupfer. Der Himmel wölbt sich leuchtend blau über dem türkisfarbenen Meer mit den vereinzelten weißen Schaumkronen.

Dann gehe ich einfach los, Schritt für Schritt zu meinem Stamm und an ihm vorbei. Meine Füße sinken ein, es ist anstrengend, im Sand zu gehen. Ich achte nicht darauf, ich gehe weiter, den Blick stur auf den Boden gerichtet. Ich steige über ein wenig angespülten Tang, Seegras und Muscheln, sammele automatisch ein paar Plastikfetzen heraus, und dann stehe ich am Ostseesaum. Der Geruch macht mich beinahe schwindelig, aber ich bleibe, und irgendwann wage ich, aufs Meer hinauszusehen.

Zu meinem eigenen Erstaunen kann ich es noch. Ich lasse den Blick weich und weit werden, schaue nicht konzentriert auf einen Fleck, sondern nehme ohne Filter wahr. Wellen glitzern, werfen Schatten, Lichtreflexe, eine einsame Möwe. Noch eine Möwe, Wellenkämme, silbernes Glitzern. Doch das Leben unter der schillernden Wasserhaut bleibt mir verborgen. Kein schwarzer Rücken wölbt sich darüber, niemand zeigt sich. Ich bleibe außen vor. Und vielleicht ist dort auch niemand mehr. Schon damals gab es nur noch wenige Schweinswale in der Ostsee. Warum sollten sie ausgerechnet hierherkommen? Sich ausgerechnet mir zeigen, die ich doch versagt habe?

Ich habe keine Ahnung, wie lange ich so stehe und einfach aushalte, hier zu sein. Zwei Minuten, vielleicht zehn oder viel mehr. Wellen laufen auf, laufen ab, Luftblasen glitzern und knistern im Sand. Vereinzelte Wolken ziehen vorüber, manchmal verdunkeln sie die Sonne. Hinter mir geht eine Familie mit einem Hund vorbei.

Bis zum Horizont reicht das Meer.

Auflaufen, ablaufen.

Irgendwann merke ich, dass ich weine.

Auf der Bank
im Schatten der Kastanie

Kathis Lütte ist wieder da.

Er hat sie gesehen, als er am Hof vorbeigefahren ist. Ist erwachsen geworden. Sie saß da und kraulte die Katze, die dort immer rumstreunt, und sah ganz zufrieden aus. Zufriedener als der zornige Teenager, der sie damals war. Sie sieht aus wie Kathi.

Manchmal denkt er, er hätte der Lütten sagen sollen, was zwischen ihnen war. Hilfe anbieten, statt den strengen Mathelehrer zu spielen, damit bloß niemand was merkt. Wenigstens mit den Kollegen und Kolleginnen sprechen hätt' er können. Hat viele Fehler gemacht damals.

Aber letztlich war's Kathis Geheimnis. Sie beide waren ihr Geheimnis, dachte er jedenfalls. Nicht sein Recht, das auszuplaudern. Auch über ihre Krankheit zu reden, stand ihm nicht an, das war Mairas Ding. Konnte ja Kathis Vertrauen nicht missbrauchen und so. Es war offensichtlich, dass Maira bleiben wollte. Was hätte er denn tun sollen? Ein Wort zu irgendwem und das Jugendamt hätte vor der Tür gestanden. Dabei war er bloß ein Feigling. Dachte, die Lütte kommt schon klar. Und Andrea kümmert sich. Womit man sich halt so schönredet, selbst zu feige zu sein.

Die ganzen Jahre über konnte er die Schuld gut verdrängen. Jetzt ist sie zurück. Kathis letzter Tag ist wieder da, der Moment, in dem sie da lag und nicht mehr atmete. Die Bilder halten ihn nachts wach. Gestern fragte Heike, was los ist. Aber was sollte er sagen?

Wenn überhaupt, muss er mit Maira sprechen. Wie sie dasaß und die Katze streichelte, wirkte sie nicht, als bräuchte sie einen Schuldigen oder jemanden, auf den sie wütend sein kann. Aber sieht man den Leuten natürlich nicht an. Er wüsste schon gern, wie es ihr in all den Jahren ergangen ist. Absurd, klar, aber er fühlt sich verantwortlich.

Soeterhoop, Anfang Juni

Weich und schutzlos wie ein frisch geschlüpftes Küken komme ich mir vor, als ich zurückgehe. Aber ich habe es geschafft. Ich bin am Meer gewesen.

Ich bin am Meer gewesen.

Ebenso unkontrolliert, wie mir zuvor die Tränen kamen, steigt jetzt Lachen in mir auf. Ein Radfahrer, der mir auf dem Sandweg entgegenkommt, sieht mich irritiert an. Es ist mir egal. Ich bin am Meer gewesen, direkt am Wasser, und jetzt ist mein Herz so leicht, dass ich einfach lachen muss.

Zur Feier des Tages setze ich mich in einem der überteuerten Touristencafés an einen Katzentisch in die Sonne und trinke einen Cappuccino. Er schmeckt gut. Caroline bekommt ein Foto der Tasse, zufällig fliegt im Hintergrund eine Möwe vorbei.

Die Kinder sind noch auf dem Hof.

Ich winke zum Baumhaus hinüber, bevor ich zum Häuschen gehe, vor dem der Transporter darauf wartet, mich zurück in mein Frankfurter Leben zu bringen. Doch etwas ist jetzt anders als heute Morgen. Ich bin am Meer gewesen. Ich kann es, ganz eventuell, auch schaffen, die Tür zu den Geistern der Vergangenheit zu öffnen.

Bis morgen, beschließe ich. Ich gebe mir bis morgen Abend. Sollte ich bis dahin nicht geschafft haben, die Tür zu öffnen, lasse ich das Haus Haus sein und komme nur noch einmal zum Notartermin. Doch für meinen neuen Versuch brauche ich keine Zeugen, also gestatte ich mir, in meinem Krimi zu versinken, solange die Kinder noch hier sind.

Kaum zehn Seiten später lässt eine Bewegung am Hoftor neben der Faulbaumhecke mich aufblicken.

Jasper.

Früher, als ich ihn und Anne noch vermisste, habe ich oft darüber nachgedacht, wie ich mich fühlen würde, sollte ich ihn je wiedersehen. Ob die Wut noch da wäre. Über die Zeit wurde diese Frage unwichtig, Jasper wurde unwichtig. Und jetzt ist er hier.

Sein Teenagerkörper ist erwachsen geworden, mit kurzem Bart und hellbraunen, nicht ganz kurzen Haaren. Er trägt Jeans, Sneakers und ein sehr weißes T-Shirt, das den Blick auf braun gebrannte Unterarme mit einem Tattoo freigibt.

Einen Moment, einen winzigen Moment lang, erkenne ich ihn. Und er wohl mich, denn er lächelt. In diesem Augenblick ist er wieder mein bester Freund, mein Bruder. Wir knien nebeneinander im Bug eines Motorboots, das über die glitzernden Wellen hüpft. Die Außenkanten unserer Kinderhände berühren sich, um die Handgelenke liegen Freundschaftsbänder, die Anne geknüpft hat. Wir lächeln uns an, verbunden in der Seligkeit dieses Augenblicks, Jaspers Augen leuchten. Er hatte unfassbar lange Wimpern.

Dann ziehen sich die Jahre vor alles Vergangene; übrig bleiben zwei Fremde, die zufällig die Namen voneinander kennen. Ruhig lege ich das Buch neben mich auf die Stufe und stehe auf, während er näher kommt. »Jasper.«

Ganz leicht spannen sich seine Muskeln, als er ansetzt, die Arme auszubreiten, und es dann ebenso wenig tut wie ich. »Es stimmt also. Du bist wieder da.« Seine Stimme ist dunkel und rau.

»Nur ein paar Tage.«

Er mustert mich. Nein, wir vermessen uns gegenseitig.

Ich frage mich, was er sieht. Auch für ihn sind achtzehn Jahre vergangen. Mehr als unser halbes Leben kannten wir uns nicht.

»Dein Auto?« Kopfbewegung in Richtung des Transporters.

»Geliehen. Von meinem Chef.«

»Du bist Raumausstatterin?«

»Restauratorin.«

Pause. Dann: »Und sonst?«

Wie fasst man Jahre von Verlorenheit, Heimweh und Schuld zusammen? »Ich werde die Firma von meinem Chef übernehmen.«

»Macht Spaß?«

»Ja.« Mein Hirn ist eindeutig überlastet. Es gibt so vieles, was ich sagen, fragen, ihm entgegenschleudern könnte, ich bringe nicht mal ein paar nichtssagende Worte zustande.

»Was gefällt dir daran?«

Die Frage, so unerwartet, so konkret und persönlich, bringt mich derart aus dem Konzept, dass ich sie auch beantworte. »Der Beruf ist total abwechslungsreich und kreativ. Jeden Tag hat man neue Herausforderungen und Aufgaben. Und wenn die Leute dann in ihren Wohnzimmern stehen und sich über die neuen Vorhänge freuen, ist das eigentlich schon Lohn genug. Aber vor allem …« Ich breche ab, weil ich Jaspers Blick bemerke.

Etwas wie Irritation liegt darin. Und ein Hauch von Lächeln?

Mir wird bewusst, dass ich reflexartig mein Programm für Ausbildungsmessen abgespult habe. »Ich finde es schön, wenn alte Gegenstände nicht weggeworfen werden müssen. Gerade alte Möbel, da kommt unter der Schicht von abgeblättertem

Lack oder hässlichen Bezügen oft so was Besonderes zum Vorschein. Es gefällt mir, das wieder vorzuholen.«

»Bist du deswegen hier? Um das Haus herzurichten?«

»Was? Nein. Ich hole nur ein paar Sachen raus, dann wird das Ding verkauft.«

Er setzt erneut an, als hinter mir ein begeistertes »Papa!« ertönt.

Nikita zischt an mir vorbei und springt an Jasper hoch.

Jasper hat ein Kind.

»Hey, Zwerg.« Er schließt sie in die Arme, bevor er sie wieder auf den Boden entlässt. »Hast du unsere Verabredung vergessen?«

»Nein.« Sie zappelt sich frei, bis ihre Zehenspitzen wieder den Boden erreichen. »Aber wir hatten noch zu tun.«

»Komm zum Ende, ja? Sonst wird es zu spät. Und Oma macht extra für dich Nudeln mit deiner Lieblingssoße.«

»Eigentlich will ich nicht zu Oma.«

»Wir haben das besprochen, weißt du noch?« Ich mag es, wie er sich jetzt vor das Kind hockt, auf Augenhöhe geht. Er war immer schon gut mit kleinen Wesen. Nikitas blonde Haare sind vom Wind und vom Klettern verstrubbelt. In einer tausendmal ausgeführten Bewegung streicht Jasper ihr eine Strähne hinter das Ohr.

Nikita schüttelt sie wieder hervor. »Ich hab eh keinen Hunger. Ich will lieber noch spielen.«

»Drei Minuten. Dann keine Diskussionen mehr.«

»Fünf.«

»Vier.«

»Maira hat uns Kekse gegeben, ich hab keinen Hunger.«

Jasper verkneift sich so deutlich ein Grinsen, dass ich sicher bin, Nikita sieht es. »Dreieinhalb.«

Sie läuft los.

»Und du sollst nichts von Fremden annehmen.«

»Das ist Maira«, ruft sie im Laufen. »Hast du nicht zugehört?«

»Doch.« Aber er sieht nicht ihr hinterher, sondern mich an, dieser neue Jasper mit dem Bart und den breiten Schultern. Er besitzt ein Fischerboot. Er wohnt noch hier und er hat eine Tochter. Sein Leben ist weitergegangen, als meins zum Stillstand kam. Wieder suche ich nach der Wut von damals. Aber sie hat kaum etwas mit dem Unbekannten vor mir zu tun.

»Wie ist Frankfurt so?«

»Städtisch«, sage ich automatisch. Ich habe die Tatsache, dass er ein Kind hat – mindestens ein Kind –, noch nicht verarbeitet. Angenommen, die Kleine ist neun, dann war Jasper fünfundzwanzig, als sie geboren wurde. Ungefähr zu der Zeit, als Ingmar mich unter seine Fittiche nahm und ich gerade wieder anfing, mein Leben in den Griff zu bekommen, hat Jasper eine Familie gegründet.

»Städtisch dürfte im Vergleich zu hier so ziemlich auf jeden Ort zutreffen.«

»Stimmt«, sage ich.

Pause.

»Ich kannte Nikita nur als männlichen Namen.« Ein Zufallssatz, um das unbeholfene Schweigen zu füllen, das zwischen uns hängt. Natürlich könnte ich fragen: Wer ist ihre Mutter? Bist du glücklich? Wie lebst du? Denkst du manchmal an den Wal? Hält die Erinnerung dich nachts wach, wie sie mich schlaflos lässt?

Aber welchem Zweck sollten solche Fragen dienen? Wir knüpfen keine neuen Bande; wir werden uns nicht versprechen, in Kontakt zu bleiben, und keine Telefonnummern tauschen.

»In Indien ist es ein Frauenname«, sagt Jasper. »Bei Elton John auch.« Er summt einige Takte aus *Nikita*.

»Elton John steht auf Männer, das ist dir schon klar, oder?«

»In dem Lied geht es um eine Frau.« Seine Augen blitzen, ganz kurz nur flackert die alte Vertrautheit zwischen uns auf. Dann wendet er sich in die Richtung, in der seine Tochter verschwunden ist. »Eine Minute!«

»Zwei!«

»Dreißig Sekunden. Los jetzt.«

Theatralisch schmollend kommt sie heran. »Immer musst du arbeiten.«

»Ab ins Auto.« Aber er sagt es freundlich.

Sie trottet zum Hoftor, während Jasper und ich schweigend hinterhersehen. Zwischen uns schwillt die Vergangenheit wieder an, wunderbar und schrecklich, und mir fehlen die Worte, um sie zu verscheuchen.

Nikita ist an der Faulbaumhecke stehen geblieben. »Kommst du jetzt, Papa? Ich denke, es ist so eilig.«

Jasper kreist die Schultern, als würde er dieselbe dichte Vergangenheit abschütteln wollen, die ich gespürt habe. »Sag Bescheid, wenn du Hilfe brauchst oder so.«

Er besitzt ein Fischerboot, denke ich. »Das ist nett, danke. Aber ich komme klar.«

»Na, dann.«

Wir nicken uns zu. Wir setzen nicht zu einer Umarmung an, er nicht und ich nicht.

Er dreht sich um und geht zum Hoftor hinaus. Das Letzte, was ich von ihm sehe, ist, wie er sein Kind an die Hand nimmt.

Ein Auto fährt an. Reifen auf Sand, dann Stille. Auch aus dem Garten kommen keine Stimmen mehr, wahrscheinlich sind die anderen Kinder wieder durch die Büsche geschlüpft, als Jasper seine Tochter abholte.

Würde ich Filme drehen, wüsste ich, wie ich diesen Moment darzustellen hätte. Drohnenflug von oben über den Hof, der leer ist, bis auf eine kleine, einsame Figur in der Mitte. Mich. Die Farben wohl ein wenig untersättigt, damit der Frühsommer nicht allzu präsent ist. Dazu Musik in Moll.

Aber ich drehe keinen Film, und über mir wölbt sich ein tiefblauer Himmel, und in den Büschen und Bäumen zwitschern Scharen von Meisen, Rotkehlchen und Grünfinken. Das Haus schläft friedlich in der Sonne.

Ich werde nun tun, wofür ich all die Kilometer hierhergefahren bin. Ohne Jaspers Hilfe. Bei dem Gedanken schnaube ich innerlich. Als wäre Jaspers Hilfe je zu etwas gut gewesen.

Bevor ich mich anders besinnen kann, gehe ich auf das Haus zu. Vorbei an den Feuerwehrautos und dem Rettungswagen, die meine Erinnerung auf den Hof projiziert, durch die transparenten Gestalten von Sanitätern und Feuerwehrleuten hindurch. Sie verwirbeln, verwehen, als ich ihnen keine Beachtung schenke und stattdessen die beiden Stufen hinaufsteige. Auf dem Eingangspodest muss ich mich an dem rostigen Geländer festhalten. Ich atme schwer, als hätte ich den Altkönig erklommen. Und genauso breitet sich jetzt langsam ein Triumphgefühl in mir aus. Von außen mag es albern erscheinen. Ich habe nicht mal die Tür geöffnet. Trotzdem glaube ich in diesem Moment das erste Mal, seit ich angekommen bin, wirklich daran, dies hier möglicherweise zu schaffen. Vielleicht kann ich wirklich die Vergangenheit sortieren, ohne mich von ihr verschlingen zu lassen.

»So, Haus.« Die Trugbilder sind jetzt ganz verschwunden. Hier bin nur noch ich. Ich werde ruhig. »Dann wollen wir mal.«

Sanft berühre ich den Türknauf. Meine Finger kennen immer noch jede Kerbe und jede Wölbung in dem glatten Messing. Doch natürlich habe ich keinen Schlüssel dabei. Er liegt im Refugium auf dem Tisch. Ich könnte ihn holen, aber etwas sagt mir, dass ich den Aufstieg auf das Podest heute kein zweites Mal schaffen werde, nicht einmal, um Jasper etwas zu beweisen. Wenn ich durch meinen Beruf etwas gelernt habe, dann ist es, dass manches einfach seine Zeit braucht.

Also beginne ich, erst einmal den Dreck vor der Tür beiseitezuräumen. Zunächst schiebe ich Laub und Müllfetzen mit dem Fuß weg, aber als mir weder eine Ratte entgegenspringt noch ein aufgescheuchter Igel die Flucht ergreift, fasse ich beherzt hinein. Keine Insektenstiche, keine an meinem Arm emporkrabbelnden Ameisen. Fürs Erste landet alles, wonach ich greife, einfach neben dem Podest auf dem Hof. Nach Kompost und Müll sortieren kann ich es später … oder gar nicht. Immer wieder muss ich mich daran erinnern, dass es keine Rolle spielt. Den Kompost wird es in einigen Wochen nicht mehr geben.

Es dauert nur ein paar Minuten, bis ich die von Tausenden Schuhen glatt getretene Steinfläche freigelegt habe, auf der ich als Kind so gern in der Sonne saß. Zuletzt ziehe ich eine vergilbte, auseinanderfallende Werbebeilage aus dem Spalt zwischen Podest und dem Hintern des kitschigen Tonfroschs. Dann sehe ich auf den Frosch hinunter. Von oben sieht er noch unproportionierter aus, als wenn man ihn von vorn betrachtet. Ich nehme ihn mit beiden Händen hoch, halte ihn vor mich und sehe ihm ins Gesicht mit dem breiten, lachenden Maul. »Kannst du mir sagen, was ich an dir so toll fand?« Denn dass ich das tat, daran erinnere ich mich. Dieses unförmige Ding war mir unglaublich wichtig, wenn ich auch nicht mehr sagen kann, warum. Die Arme mit dem Frosch vor mir ausgestreckt, trage ich ihn über den Hof und stelle ihn mit leisem Kratzen auf die Veranda meines Häuschens.

Der wilde Strand, vor 21 Jahren

Es gab zwei Wege an den Strand. Der kürzere von beiden war eher ein wenig benutzter Sandpfad, gesäumt von Büschen und kleinen Bäumen. Er führte über den Deich und durch einen schmalen Waldstreifen aus Buchen und Kiefern hindurch, hinter denen das Meer glitzerte.

Maira kannte diesen Weg bei Sommer und Winter, bei Tag und in der Dämmerung. Früher war sie manchmal mit ihrer Mutter zum Sonnenuntergang hier gewesen und hatte im Windschutz eines unbenutzten Strandkorbs zugesehen, wie der Himmel immer mehr Farbe verlor, um dann doch noch einmal orange aufzuflammen, wenn die Sonne hinter den Horizont sank. Danach mussten sie sich beeilen, bevor die Dämmerung zur Dunkelheit wurde. Ihre Mutter legte die Picknickdecke zusammen und stopfte sie in den Rucksack, erinnerte Maira daran, den Reißverschluss ihrer Jacke zuzuziehen, und erneuerte das Mückenspray. Sie ließ nicht mit sich handeln, auch wenn Maira sich jedes Mal beschwerte, weil sie doch ohnehin gleich auf dem Deich waren und sie tagsüber schließlich auch nicht gestochen wurde. Oder nur selten. Und wenn, dann kratzte sie den Stich auf.

Aber es gab auch den langen Weg, der am Ende des Dorfs hinter dem Fahrradverleih von Eddy Stepanek begann und den kaum jemand kannte. Er war auf den offiziellen Radkarten eingezeichnet, aber die meisten Leute warfen nur einen

Blick auf die holprige, schmale Strecke, die sich durch kniehohe Farne und zwischen Buchen hindurchschlängelte, und wandten sich wieder ab. Der lange Weg führte durch den Urwald an den wilden, einsamen Teil des Strands weiter im Norden.

Zweimal nur hatte Maira in ihrem ganzen dreizehnjährigen Leben diesen Teil des Strands besucht. Einmal, als sie noch ziemlich klein gewesen war. Das Einzige, woran sie sich erinnerte, war die elend lange, anstrengende Fahrt durch den Wald. Und ihre Mutter hatte versprochen, sie würde ein Eis bekommen, wenn sie durchhielt. Aber als sie zurück im Dorf waren, hatte die Eisdiele schon geschlossen, und Pommes wollte Maira nicht. Das zweite Mal war noch gar nicht lange her, zwei oder drei Jahre vielleicht. Ihr Onkel Mischa aus Hamburg war zu Besuch gewesen und wollte unbedingt an den wilden Strand. »Kommst du mit, Maira?«

Maira hatte wohl wahrgenommen, wie ihre Mutter zum Protest ansetzte, aber schließlich war sie nicht mehr fünf gewesen, und sie hatte ein neues Fahrrad, also hatte sie zugestimmt. Mit Mischa zusammen war die Strecke immer noch lang, doch er erzählte die ganze Zeit lustige Geschichten, sodass sie beinahe traurig war, als die Sperlingskate wieder in Sicht kam.

Ihre letzte Erinnerung an den langen Weg durch den Wald war also wirklich nicht schlimm. Trotzdem flatterte es jetzt in ihr, als Jasper zielstrebig vor ihr in die holprige Gasse hinter dem Fahrradverleih einbog, den Schuppen mit der abgeblätterten Farbe hinter sich ließ und am Anfang des Waldwegs anhielt. »Anne ist noch nicht da.«

»Kommt bestimmt gleich.«

Doch es dauerte bestimmt zehn Minuten – in denen Jasper wieder einmal erfolglos versuchte, auf einem Grashalm zu pfeifen, in denen Maira ihr Rad sicherheitshalber noch einmal aufpumpte und dann den Ventildeckel eine ganze Weile lang nicht fand, in denen Jasper auf den Hochsitz neben dem Schuppen kletterte, obwohl das verboten war, in denen Maira einfach hinterherkletterte –, bis Annes magere Gestalt an der Ecke auftauchte. Die Sonne schien ihr direkt ins Gesicht, sie blinzelte.

Maira stieg vier Stufen hinunter und sprang den Rest. »Da bist du ja.«

»Ich kann nicht mit.«

»Wie, du kannst nicht mit?«, fragte Jasper und hüpfte ebenfalls zurück auf den Weg. »Du bist doch hier.«

»Nur, um euch Bescheid zu sagen. Ich hab Stubenarrest, und wenn ich nicht in fünfzehn Minuten zurück bin, wird er verlängert, sagt mein Vater.«

»In welchem Jahrhundert lebt der denn?« Das war etwas, das Mairas Mutter gern sagte, und in diesem Moment war es definitiv angebracht.

Anne sah unglücklich aus. »Tut mir leid.«

»Kannst du ja nichts dafür«, sagte Jasper. Seine Stimme kippte in letzter Zeit manchmal zwischen Kinder- und Erwachsenenstimme hin und her. Gerade klang sie fast wie eine Männerstimme. »Wollen wir das an einem anderen Tag machen?«

In Annes Augen lag ein deutliches Ja. Ja, bitte lasst mich bei dem Abenteuer nicht außen vor. Doch sie schüttelte den Kopf. »Und die ganzen Lügen waren umsonst? Nee, nee. Glauben doch eh alle, ihr würdet bei mir übernachten. Vielleicht ist es ganz gut, wenn ich wenigstens zu Hause bin. Falls eine von euren Müttern anruft, behaupte ich, ihr seid auf dem Klo.«

»Das ist ja auch nicht fair, wenn wir allein fahren«, sagte Maira, und ein bisschen atmete sie auf. Wer wusste schon, ob nicht vielleicht doch Wildschweine in den Wäldern herumliefen. Andererseits waren Jasper und sie immer noch zu zweit. »Wir haben das zu dritt geplant.«

»Nein, ihr zieht das jetzt durch, und nächstes Mal komme ich mit«, sagte Anne resolut und drehte sich auch schon um. »Ich muss los, sonst krieg ich richtig Ärger.«

Maira sah ihrer Freundin nach, während Jasper schon den Ständer seines Fahrrads hochklappte. »Und? Wollen wir?«

»Ja«, sagte Maira schnell, bevor sie Nein sagen konnte.

Der Ort war voller Touristen, Familien mit kleinen Kindern in Bollerwagen, alte Leute auf Fahrrädern, Eisschleckende Menschengruppen, die selbstvergessen über die Straßen schlenderten. Doch im Wald war ... niemand. Niemand außer ihnen.

Die Sonne stand tief am Himmel, aber es war noch hell. Von sehr weit weg hörte Maira menschliche Stimmen.

»Meinst du, es gibt hier Wildschweine?«

»Glaub ich nicht.« Jasper fuhr vor ihr. Ab und zu schwang ein Farnwedel zurück, den er mit sich gezogen hatte, und klatschte ihr gegen den Arm.

»Glaubst du oder weißt du?«

»Weiß ich.« Er drehte sich um, grinste über die Schulter und wäre beinahe gegen einen Baum gefahren.

»Lügner.«

»Mein Opa hat neulich einen Biber gesehen.«

Was natürlich streng genommen nichts mit Wildschweinen zu tun hatte, die hier möglicherweise herumliefen. Aber sich laut mit Jasper zu unterhalten, war dennoch beruhigend. »Echt?«, fragte sie deswegen. »Wo?«

»Irgendwo dahinten, wo nicht so viele Leute sind. Ganz frühmorgens.«

»Hier sind auch keine Leute.«

Je länger sie fuhren, desto dunkler kam Maira der Wald vor, als hätten sich Licht und Farben schon zum Schlafen zurückgezogen. Kühler wurde es auch. Doch dann bogen sie um die Ecke und fuhren nun geradewegs auf den Strand zu, durch eine unwirkliche Dämmerallee, an deren Ende die Bäume ein Tor bildeten. Es wirkte, als führte es in eine andere, strahlend helle Welt. Erst beim Näherkommen wurde das Meer sichtbar, im Abendsonnenschein schillernd und ruhig wie ein Spiegel.

Maira hatte sich vorgestellt, dass sie allein sein würden. Aber so war es nicht. Überall waren Erwachsene, sie lagen herum oder saßen in Gruppen und lachten. Es dauerte, bis Jasper und sie eine freie Sandmulde fanden, um Matten und Schlafsäcke abzulegen.

Sie gingen schwimmen, dann aßen sie die mitgebrachten Brote, und dabei wurden die glitzernden Tropfen auf ihrer Haut zu weißen Flecken. Der Himmel verfärbte sich feuerorange. Einmal war Maira sich ganz sicher, einen Schweinswal auftauchen zu sehen.

»Papa ist erst zum Frühstück nach Hause gekommen«, sagte Jasper unvermittelt.

Sie kniff die Augen auf der Suche nach dem Wal zusammen, aber er kam nicht wieder. Aber er war dort draußen, mit all seinen Schwestern und Brüdern. »Warum?«

»Er war die ganze Nacht löschen. Im Altdorf ist ein Haus abgebrannt. Hat man das bei euch nicht mehr gerochen?«

»Ich dachte, das wäre ein Lagerfeuer irgendwo.«

»War das Bauernhaus am Bodden.« Pause. »Die alte Frau ist gestorben.«

Maira wusste, dass sie jetzt wohl betroffen sein sollte, aber sie hatte die Frau nur einmal gesehen, und da hatte sie geschimpft, weil Maira angeblich über ihr Grundstück gelaufen war.

»Papa musste sie rausholen. Stell ich mir heftig vor.«

»Ich auch. War sie … verbrannt oder so?« Übellaunig oder nicht, aber das wünschte Maira ihr nicht. Hoffentlich war sie schnell gestorben.

»Wohl eher erstickt, sagt Papa. Ich hab gelauscht, als er das Mama erzählt hat.«

Maira hielt die Luft an und versuchte, sich vorzustellen, wie es war, wenn man erstickte. Lange hielt sie nicht aus, bevor sie nach Luft schnappen musste.

»Papa sagte, bestimmt ist die Frau erst eingeschlafen von dem ganzen Kohlenmonoxid. Dass sie gestorben ist, hat sie gar nicht mehr mitbekommen.«

Maira angelte nach ihrem Pullover. »Wollen wir noch ein bisschen rumlaufen?«

»Okay.«

Sie sah den Wal nicht noch einmal, obwohl sie Ausschau hielt, bis der Himmel tiefdunkelblau war und das Meer schwarz.

Nach und nach verließen die anderen Menschen den wilden Strand, und am Ende waren nur noch Jasper und sie übrig, und das Meer, das sanft und stetig ans Land schwappte, und das sich über ihnen wölbende Firmament, an dem schüchtern einige Sterne zwinkerten.

»Ob Anne schon schläft?«, fragte sie, während sie in ihren eigenen Schlafsack kroch.

»Bestimmt. Zu Hause ist ja nichts los.«

»Ich glaub, ich kann nicht schlafen.«

»Warum nicht?«

»Was, wenn ein Wildschwein kommt?«

»Gibt hier keine.« Jasper gähnte.

»Und wenn doch?«

Er richtete sich auf. »Dann grunzt es herum und schnüffelt an dir. So.« Mit der Nase rüsselte er über ihren Schlafsack, bis er an ihrem Kinn angekommen war. Sein Gesicht war direkt über ihrem. Einen Moment lang sahen sie sich direkt in die Augen, dann grinste Jasper. »Vielleicht frisst es dich auch.«

»Hör auf.« Sie schubste ihn von sich.

Er lachte und legte sich wieder hin.

»Ein bisschen unheimlich ist es trotzdem.«

»Finde ich auch. Aber wir müssen wohl hierbleiben. Oder willst du jetzt durch den Wald zurückfahren, wo die ganzen Wildschweine rumlaufen?«

»Blödmann.«

»Soll ich deine Hand halten?«

»Das wäre schön.«

Maira hörte Jaspers Atem zu, der immer tiefer und ruhiger wurde. Erst als sie sicher war, er würde schlafen, zog sie ihre Hand aus seiner und rollte sich auf der Seite zusammen. Irgendwo da draußen im Meer schliefen jetzt auch die Schweinswale.

Soeterhoop, Anfang Juni

Am Sonntag laufe ich zum Strand hinunter, noch bevor die Welt verschlafen geblinzelt hat. Morgenmüde wiegt sich das Meer in der Sonne, die Luft ist unverbraucht und kalt. Inzwischen sind meine Schritte im Sand sicher. Ich setze mich auf meinen Stein, aber nur kurz, um Sneakers und Socken abzustreifen und die enge Jeans so gut hochzukrempeln, wie es eben geht.

Kühler Sand zwischen den Zehen. Unter den Fußsohlen. Weich und gleichzeitig fest. Kleine scharfe Muschelkanten, vereinzelte Steinchen. Schleifpapier, das mir die Stadt von der Seele schmirgelt, wie ich Lack von alten Möbeln entferne. Vorsichtig setze ich die Füße auf, einen nach dem anderen. Grabe die Zehen in den Sand. Ziehe sie bei jedem Schritt hindurch, das Sandmeer wirbelt auf und fließt um sie herum. Und so gehe ich auf das Wasser zu, barfuß, ohne Schutz zwischen meiner Haut und dieser Umgebung, die da war, bevor ich kam, und sein wird, wenn ich gehe, die seit Ewigkeiten Leben auftauchen und verlöschen sieht. Das Luftholen wird schwer, aber ich gehe weiter, über die Linie aus zerbrochenen Muscheln, angespültem Tang und Resten von Luftballonschnüren, bis dahin, wo der Sand dunkel und hart wird.

Ich atme.

Ich stehe am Meer und atme.

Eine Welle, eine kleine, sanfte Welle fließt auf mich zu. Ich atme.

Schaum streichelt meine Füße, dann Wasser. Ich laufe nicht weg, ich ertrage die Umarmung, atme weiter und lasse meine Füße von den Wellen eingraben, Zentimeter um Zentimeter, mit jedem Auflaufen ein Stück mehr.

Vor mir liegt die schillernde, ewig wogende Meeresoberfläche. »Sie ist nur die Haut des Ozeans«, habe ich irgendwo gelesen. Sie gibt nicht preis, was für ein vielfältiges, magisches, eigenartiges Leben sich darunter verbirgt, selbst hier, fernab von bunten Korallenriffen, Tangwäldern und Clownfischen in Anemonen. Ich weiß das.

Ich weiß auch, wie zerbrechlich dieses Leben ist.

Die Füße sandverkrustet, Sneakers in der Hand, kehre ich zurück auf den Hof. Meine Füße erinnern sich an jeden Stein, jede Fuge, jede Kante. Die Erkenntnis, wie sehr hier alles in meine Zellen eingeschrieben ist, erschüttert mich immer wieder neu. Bis vor einigen Tagen wusste ich nicht, dass Körpererinnerungen so tief gehen.

Auf der Treppe vor dem Häuschen sitzt jemand und blinzelt gegen die Sonne. Anne.

Sie sieht mich, sie öffnet die Arme. »Maira!« Ohne das kleinste Zögern läuft sie auf mich zu, ich laufe auf sie zu, wir fallen uns in die Arme und lachen und weinen ein bisschen, halten uns fest und fest und fest und sagen immer wieder, wie sehr wir uns vermisst haben. Annes Körper ist größer und weicher, als ich ihn in Erinnerung habe, aber auf seltsame Weise fühlt er sich genauso an wie früher. Es dauert lange, bis wir uns loslassen können.

Jetzt betrachten wir uns gegenseitig. Annes Haare, damals lang und blond, sind zum kinnlangen Wuschelbob geschnitten, und sie ist rundlich geworden. Aber sie hat immer noch dasselbe offene Lächeln, dasselbe Leuchten in den Augen, dieselben Sommersprossen, die man auf der leicht gebräunten Haut kaum sieht. Sie ist immer noch meine Anne, jetzt mit Fältchen um die Augen.

Ich muss sie noch einmal umarmen.

»Dass du hier bist.«

Nicht lange, denke ich. »Willst du was trinken?«, frage ich. Nur ein paar Tage.

»Was hast du?«

»Frivoles Flaschenwasser.«

Sie lacht. Ich hebe meine Schuhe wieder auf. Nebeneinander gehen wir die wenigen Schritte zum Häuschen, Anne und ich.

»Bisschen Saft ist auch noch da. Ich hab keinen Strom und den Campingkocher vergessen, deswegen fallen Tee und Kaffee leider aus.«

Wir setzen uns auf die oberste Verandastufe, Wasser und Haferkekse zwischen uns.

»Exzellentes Frühstück«, sagt Anne.

»Alternativ hätte ich Cornflakes anzubieten.«

»Lass mal.« Sie nimmt sich einen Keks. »Erzähl mir lieber, wie es dir geht, was du so getrieben hast, wie lange du bleibst und all das.«

»All das.«

»Zur Not nacheinander.«

Ich nippe an meinem Wasserglas und fühle mich ein bisschen wie bei all den Gelegenheiten, zu denen meine Mutter mich fragte, wie es in der Schule war. Gibt es da ein Kind, das nicht einfach gut sagt? »Das muss nach und nach kommen, glaube ich.«

Anne nickt.

Wir sehen uns an und freuen uns, dass wir zusammen sind.

»Was ist mit dir? Warum bist du an einem Sonntagmorgen um acht nicht im Bett?«

»Ich bin auf dem Weg dahin. Falls die Kinder mich lassen, natürlich.« Sie gähnt verhalten. »Hatte eine Geburt, die ein bisschen länger gedauert hat, und dann dachte ich, wenn ich eh noch wach bin, schau ich mal bei dir vorbei.«

»Du hattest eine Geburt?«

»Stimmt, das weiß du natürlich nicht: Ich bin Hebamme.« Sie dehnt den Nacken erst in die eine, dann in die andere Richtung.

Ein Schlaglicht taucht in meiner Erinnerung auf, Anne, Jasper und ich am Strand. Und noch irgendein Junge, mit dem Anne damals was hatte. Es ist fast windstill und die Wellen schwappen träge auf den Sand. Wir haben ein verbotenes Lagerfeuer angezündet. Hin und wieder knackt es, Funken und Fünkchen stieben auf. Jaspers Beine sind ausgestreckt, die Hände hinter dem Rücken in den Sand gestützt. Ich habe den Kopf auf seinem Oberschenkel abgelegt und sehe zu, wie Tausende kleiner Lichtpunkte in den dunkler werdenden Himmel steigen; neben mir schnarcht Jaspers alter Mischlingshund, Herr Hansen. Es ist einer der Abende, an denen meine Welt in Ordnung ist. Wir trinken verbotenes Bier, das Anne besorgt hat, und reden über die Zukunft und nichts weiter und den Sinn des Lebens.

»Vielleicht geh ich nach der zehnten ab«, sagt Anne.

»Und dann?«, fragt Jasper. »Ich will ja schon deswegen weiter zur Schule gehen, weil ich keine Ahnung hab, was ich danach tun soll.«

»Du könntest Tierarzt werden.« Ich streichle das rau gewordene Fell von Herrn Hansen. »Und Anne, du … Erzieherin.

Das passt.« Anne ist die Einzige von uns, die nie die Geduld mit Jaspers kleiner Schwester verliert.

Sie nimmt einen langen Schluck aus der Flasche. »Ich könnte die Pension übernehmen.«

»Deine Eltern machen noch mindestens zwanzig Jahre weiter«, sagt der Typ. Ronny hieß er, genau.

»Spielverderber.« Anne kuschelt sich an ihn und meine Erinnerung verblasst.

»Doch keine Ökopension im Haus Strandrose?«, frage ich.

Anne scheint nachdenken zu müssen. »Wollte ich das mal?«

In unserem letzten Sommer, bevor alles endgültig kaputtging, wolltest du das. »Ja«, sage ich. »Du warst damals mit Ronny zusammen. Der Plan war, dass er Tischler wird und du Hotelfach lernst und ihr euch gemeinsam an den Touris dumm und dämlich verdient.«

»Ronny, o Gott.«

»Fandest du damals nicht. Ich auch nicht, übrigens. Da gibt es nun wirklich andere Ex-Freunde, für die man sich schämen müsste. Ronny war doch nett.«

»Ja, bis er auf seiner Geburtstagsparty mit Corinna rummachte, während ich mich mit seiner Mutter unterhielt.«

»Was?«

»Ich habe ihm dafür Chilisoße ins Bier gerührt.«

Mein Schmunzeln ist ein wenig gedämpft durch die Frage, wie unangenehm es mir sein sollte, dass ich mich daran nicht erinnere – weder an Ronnys Verhalten noch an die Chilisoße.

»Das war kurz nachdem du nach Hamburg gezogen bist. Ich schätze, Ronny war ein bisschen überfordert damit, wie sehr ich um dich getrauert habe.«

Nicht nur du. Aber mit dem Aussprechen dieses Satzes, dieser unschuldigen drei Wörter, würde ich mehr als nur die Büchse der Pandora öffnen, und dafür fehlt mir die Zeit. Also erkundige ich mich nach Annes Arbeit als Hebamme.

Sie erzählt von den Elterngruppen, die sie leitet, und ein bisschen von der Geburt in der vergangenen Nacht. Ich bemühe mich, mir nicht zu sehr anmerken zu lassen, wie wenig ich davon wirklich verstehe. Dann deutet sie wie Jasper zuvor auf den Transporter und fragt nach meinem Job. Also gebe ich die Anekdote von der Kundin, die ihr Hundesofa unbedingt mit golddurchwirktem Brokat bezogen haben wollte, zum Besten. »Mein Chef geht bald in den Ruhestand. Er hat mir angeboten, das Geschäft günstig zu übernehmen.«

»Machst du es?«

»Ich denke schon. Eine derartige Gelegenheit kommt so schnell nicht wieder.« Jakobs Räume. Beinahe fühlt es sich schon vertraut genug zum Aussprechen an.

»Es klingt toll, passt perfekt zu dir. Nur schade, dass du dann wieder so weit weg bist.«

»Vielleicht kaufe ich mir hier eine kleine Wohnung. Oder gönne mir einen Dauercampingplatz. Ich bin ja dann reich.«

Jetzt, da sich der erste Überschwang gelegt hat, kehrt Schweigen zwischen uns ein. Es fühlt sich kaum seltsam an, nach all den Jahren wieder neben Anne zu sitzen und den Vögeln in den Büschen zuzuhören, während der Tag endgültig erwacht. Und trotzdem versucht sich all das, was wir nicht mehr sind, zwischen uns niederzulassen.

Mit einer kleinen Drehung des Kinns deutet Anne zum Haus. »Warst du schon drin?«

»Nein.«

Anne muss ich nicht erklären, warum es schwierig ist mit mir und dem Haus.

»Meine Freundin in Frankfurt kann keine Kirschen essen, weil sie die immer mit ihrem Opa in Verbindung bringt, der gestorben ist, während sie im Garten Kirschen geerntet hat. Ich habe das nie verstanden.« Ich hole Luft und wappne mich für meine nächsten Sätze. »Ich habe es nicht verstanden, bis ich hierherkam und das Haus … Lach mich nicht aus, aber ich glaube, das Haus wehrt sich dagegen, dass ich reingehe. In meiner Vorstellung war es ganz einfach. Ich dachte, ich fahre hierher, schaue schnell durch, was ich behalten will und was weg kann, und fertig.«

»Ich lache dich nicht aus. Im Gegenteil, ich finde das völlig normal.«

»Du findest es normal, Häusern Gefühle zuzusprechen? Und da sag noch jemand, Hebammen seien keine Hexen.«

Mein Versuch, lustig zu sein, gerät ein wenig kläglich, aber Anne tut mir den Gefallen und grinst. »Soll ich die Tür für dich aufzaubern?« Sie schwenkt einen imaginären Zauberstab. »Abrakadabra.«

»Lass mal. Das schaffe ich schon. Immerhin werde ich demnächst vielleicht eine Firma führen. Wäre nur nett, wenn du meinem Chef nicht verrätst, dass seine Nachfolgerin zu feige ist, eine simple Tür zu öffnen.«

»Du bist nicht feige. Du hast ein Trauma.«

Wenn es nur das wäre. »Was mich leider feige macht.«

Anne setzt zu einer Antwort an, schweigt aber dann doch und sieht zum Haus hinüber, ohne mich mitzunehmen.

Ich will dringend zurück in ungefährliche Gewässer. Vielleicht kann ich Anne nach ihrer Familie fragen. Sie hat Kinder erwähnt und Mütter reden gern über ihre Familien. Ich schiele unauffällig zu ihren Händen und finde einen schmalen Goldreif am rechten Ringfinger.

»Maira?« Es ist derselbe Ton, in dem sie früher fragte: »Fändest du es schlimm, wenn ich heute Abend mit Ronny allein sein will?« Oder: »Meinst du nicht, du solltest wenigstens Jaspers Mutter erzählen, wie es bei euch zu Hause wirklich ist? « »Hättest du dich bei mir gemeldet?«

»Das …« Zeig doch mal Bilder von deinen Kindern. »Weiß ich nicht.«

Sie nickt, wenig überrascht.

Ich suche nach einer Entschuldigung, einer Erklärung, irgendetwas, das ich Anne über den Graben reichen kann, der sich zwischen uns bildet wie ein Priel im Wattenmeer bei auflaufendem Wasser. Aber ich finde nichts.

Als Nächstes wird sie vielleicht fragen, warum ich nie zurückgerufen habe, wenn sie meiner Oma eine Nachricht hinterließ. Warum ich ihre Briefe nicht beantwortet habe. »Ich konnte nicht«, muss ich dann sagen. Und als ich es konnte, war zu viel Zeit vergangen.

Da langt sie über den Graben, nimmt meine Hand, einfach so, und drückt sie.

Ich versteife mich, aber sie lässt nicht los. Sie hält meine Hand in ihrer, bis sich etwas in mir löst. Gerade noch unterdrücke ich ein Seufzen.

»Wenn du magst, komm doch heute Abend zum Essen bei uns vorbei.«

Zu nah, funkt mein inneres Alarmsystem. Viel zu nah. Denk dran, du wolltest hier eigentlich wieder verschwinden, ohne überhaupt jemanden zu treffen. Frankfurt ist gut. Frankfurt ist sicher. Keine Anknüpfungspunkte hier. Mach dein Ding und fahr wieder nach Hause. »Wer genau ist ›zu uns‹? Deine Familie? Du hast von Kindern gesprochen.«

»Ja, ich hab ein paar davon. Nur zwei selbst gemachte, aber Jaspers Sohn übernachtet auch gern bei uns. Und manchmal Freunde oder Freundinnen aus dem Kindergarten. Ist da gerade sehr angesagt, woanders zu schlafen. Aber immerhin sind sie noch nicht bei Mitternachtspartys angekommen. Heute sind allerdings nur unsere da, keine Sorge.«

Während ich noch die Worte ›Jaspers Sohn‹ verarbeite, lässt Anne meine Hand los, um ihr Smartphone zu zücken. »Willst du Bilder sehen?«

»Klar.«

Anne hat offensichtlich gefunden, was sie suchte. Sie hält mir ein Foto hin. Zwei Kinder in Ringelshirts, beim Herumbalgen erwischt, die mit weißen Milchzahnreihen an der Kamera vorbeilachen. Ich kann nicht sagen, welches älter ist. Annes Locken haben sie beide. »Das ist Fritzi«, sie deutet auf das rechte Kind, »und das Finn.«

»Sind die beiden Zwillinge?«

»Ja.«

»Wie alt sind sie?«

»Fünf.«

»Süß«, sage ich. Das ist meistens die richtige Antwort, wenn Leute über ihre Kinder oder Katzen sprechen. »Bestimmt auch anstrengend.«

Anne gähnt. »Ach jetzt, wo sie aus dem Gröbsten raus sind, ist es ganz entspannt. Und wenn's mal hart ist, denke ich daran, mit welcher Engelsgeduld deine Mutter bei uns damals Streit geschlichtet hat.«

»Als hätten wir uns je gestritten. Du hast dich doch immer verdrückt, wenn es ans Eingemachte ging.«

»Ich mag halt keinen Ärger«, sagt Anne würdevoll. »Davon hatte ich zu Hause bereits genug. Also, was ist? Kommst du? Extra für dich könnte es heute Spaghetti mit Tomatensoße geben.«

»Verlockend.«

Sie steht auf und ich tue es ihr gleich. »Ernsthaft, Maira, ich würde mich riesig freuen. Endlich mal wieder Gesprächsthemen außer Lego und dem Kindergarten-Elternabend. Ich sag's dir. Bekomm niemals Kinder, wenn du eine anregende Beziehung behalten willst.«

»Wer sagt dir, dass ich nicht fünf Kinder habe? Und zwei bis drei Männer?«

Sie lacht. »Die Erfahrung. Hättest du Kinder, wäre ›Hebamme‹ dein Stichwort gewesen, und ich wüsste jetzt alles über deine Geburten. Die Männer nehme ich dir allerdings ab.«

Erst jetzt fällt mir etwas auf. »Ist mit dir und dem Vater der beiden alles in Ordnung? Wer ist es überhaupt? Jemand, den ich kenne?«

»Nein, er ist aus München zugezogen. Aber kann gut sein, dass ihr euch heute Abend kennenlernt.«

Ich überlege, ob ich von Konstantin und unserem unrühmlichen Ende erzählen soll, aber besonders interessant ist das nicht. Anne bietet mir an, bei ihr zu duschen. Ich springe über meinen Schatten und sage zu. Dann frage ich sie nach ihrer Adresse und notiere diese im Telefon.

Als klar ist, wann ich wo hinkommen werde, sehen wir uns an und breiten gleichzeitig wieder die Arme aus. Anne zieht mich an sich, ihre Haare kitzeln meine Wange.

»Ich freu mich so wahnsinnig, dass du hier bist.«

»Ich auch«, murmele ich und muss daran denken, was ich neulich gelesen habe. An der Stimme erkennt man viel besser als am Gesicht, ob jemand lügt.

Es stimmt nicht, denke ich, als ich Anne zum Tor begleite. Ich habe nicht gelogen. Meine Seele schwingt mit diesem Ort wie mit wenigen anderen. Hier zu sein ist wie ein inneres Atemholen, nachdem ich jahrelang die Luft angehalten habe, ohne es zu merken. Und ich freue mich, Anne wiederzusehen. Sogar Jasper wiederzusehen, war irgendwie in Ordnung. Nur darauf, mich mit dem auseinanderzusetzen, was hinter der Tür dort drüben lauert, darauf freue ich mich nicht.

»Wenn du willst, halte ich dir beim Hineingehen die Hand, ganz ohne Hexerei.«

»Gedankenlesen kannst du auch?«

»Ich bin nur deinem Blick gefolgt. Das Angebot gilt noch genau drei Minuten, da ich in spätestens einer Viertelstunde schnarchend umfallen werde.«

»Geh schlafen.« Es ist nicht so, dass ich Anne nicht dabeihaben möchte. Nein, dass die Maira, die ich war, die Anne, die sie war, nicht dabeihaben will. Aber diese Anne ist trotz aller gefühlten Vertrautheit immer noch eine beinahe Fremde. Und die Maira, die ich jetzt bin, kümmert sich allein um ihre Probleme. »Ich schaffe das schon.«

Bei unserem letzten Zusammentreffen gingen die Geister des Vergangenen einfach ihren Tätigkeiten nach, jetzt stehen sie Schulter an Schulter vor dem Haus, Feuerwehrmann neben Polizistin, Notärztin neben Nachbarn; eine Wand aus Abwehrhaltung, fest entschlossen, mich nicht hineinzulassen. Sogar die Psychologin ist dabei, die später mit mir im Polizeibus saß, mir eine Decke um die Schultern legte und fragte, ob ich reden wolle.

Ich wollte nicht reden.

Ich wollte, dass das Schreien in mir aufhörte.

Wir saßen lange dort, ich zähneklappernd und mit eiskalten, zerschrammten Händen und eingefrorenem Hirn unter der Decke, sie im Sweatshirt. Ihre Schultern und die

Oberseiten ihrer Brüste waren dunkel vom Regen. Gegen die Seitenscheibe klatschten immer noch dicke Tropfen, von innen waren sie beschlagen. Ich wischte eine Stelle frei und hinterließ dabei zartrosa Schlieren.

Die Frau versuchte, mich zum Trinken zu bewegen.

»Hast du irgendwelche Verwandten? Großeltern?«

»Gibt es jemanden, wo du jetzt erst mal hinkannst?«

»Du heißt Maira, richtig?«

»Maira, kannst du mir sagen, was heute passiert ist?«

Ich war am Strand. Und Jasper wollte ... Der Wal ist ...

»Maira?«

Die Nebelgestalten verblassen, aber ich habe den Kopf zwischen die Schultern gezogen, als müsste ich gegen eisigen Nordwind bestehen. Oder gegen Gewittersturm. Dabei scheint die Sonne und es ist beinahe windstill. Bewusst mache ich den Brustkorb weit und schüttele die Schultern aus. Es sind nur Erinnerungen. Nur Erinnerungen. Sie können mir nichts anhaben, denn sie sind im Hier und Jetzt nicht real. Es ist nur ein Haus, nur eine Tür. Und ich werde Anne heute Abend berichten, dass ich die Tür geöffnet habe. Es kann wohl nicht so schwer sein.

Dieses Mal mit dem Schlüssel in der einen, Silikonöl in der anderen Hand und ohne einen weiteren Grund zum Aufschieben marschiere ich auf das Haus zu. Nicht zögern. Nicht nachdenken. Einfach tun. Zwanzig Sekunden Mut.

Ich erklimme die beiden Treppenstufen und halte nicht an, um meinen Herzschlag zu beruhigen. Ich muss durch die Angst hindurch, sonst wird sie mich immer lähmen. Und was ist das hier schon anderes als das Begutachten eines alten Hauses? Ohne zu zögern, ohne das fein geschnitzte Muster oder den Zustand der Tür zu betrachten, stecke ich den Schlüssel ins Schloss. Er hakt ein wenig, aber nicht genug, um vor mir selbst das Ölen des Schlosses zu rechtfertigen.

Die Tür knarzt leise und vertraut beim Aufschwingen und dann stehe ich mitten in meiner Vergangenheit.

Soeterhoop, vor 19 Jahren

Mit einem Ruck zog sie die Tür ins Schloss. Das kratzende Geräusch, als sie den Schlüssel von außen hineinschob, war ihr vorher nie aufgefallen. Auch das Schaben und Klacken beim Umdrehen des Schlüssels nicht.

Maira ballte die Fäuste. »Manche Dinge muss man tun, einfach weil sie niemand anderes macht«, hatte Mischa vor Kurzem gesagt. Und dies hier war das, was Maira tun musste, mochte es sich noch so falsch anfühlen, ihre eigene Mutter einzusperren. Irgendwann würden sie darüber lachen, wenn die Ärzte endlich eine Therapie für Mama gefunden hatten.

Sie hatte die Handschuhe vergessen, die Luft war noch kalt von der Nacht. Doch sie ging nicht noch mal ins Haus, sondern zog die Pulloverärmel notdürftig über die Handgelenke und holte das Rad aus dem Schuppen.

Über dem Bodden lag Nebel und der Himmel war ein einziges verhangenes Pastell. Zwischen den gelben, grünen und roten Blättern der Bäume neben dem Feldweg schimmerte diffuses Sonnenlicht.

Als Maira vor der Schule vom Rad sprang, klebten ihr die Haare feucht am Kopf. Sie fuhr mit den eisigen Fingern hindurch, doch es nützte nichts. Auch ohne Spiegel wusste sie, dass sie aussah wie … nun, wie viel zu spät und unausgeschlafen durch den Morgennebel gehetzt. Hoffentlich hatte sie wenigstens in der Hektik keine Kacke an ihre Hose geschmiert oder so.

Ohne anzuklopfen und immer noch außer Atem stieß sie die Tür zum Klassenraum auf.

Frau Lehmann – Mrs Lehmann – sah sie nur streng an, wies schweigend auf den freien Platz in der ersten Reihe direkt vor dem Lehrerpult und reichte ihr das Aufgabenblatt für die Klassenarbeit.

Sie sollten einen Text übersetzen, in dem eine blöde Trulla davon erzählte, was für ein aufregendes Leben sie als Tierpflegerin im Meeresaquarium führte. Ein paar Fragen zum Text beantworten und dann noch ein paar zur Grammatik. Zehn Minuten vor Schluss war Maira fertig. Sie kritzelte auf dem Rücken ihres Schreibblocks herum und stand erst am Ende der Stunde auf.

»Maira, bleib doch bitte noch kurz.« Frau Lehmann sonderte Mairas Arbeit von den anderen ab. Während sie die Abgabe überwachte, trat Maira von einem Fuß auf den anderen, kontrollierte ihre Kleidung auf Flecken und dachte darüber nach, einfach schnell hinter Jasper und Mirko hinauszugehen.

Frau Lehmann sah auf.

Maira blieb, wo sie war. Eine Ewigkeit lang.

»So, Maira. Ich weiß, wir haben beide jetzt Pause. Trotzdem möchte ich wissen, was in letzter Zeit mit dir los ist.«

»Nichts.«

»Schnickschnack, nichts. Ich bin seit fünfunddreißig Jahren Lehrerin. Komm mir nicht mit ›Nichts‹. Du warst immer eine der besten Schülerinnen. Warum ist das dieses Schuljahr so anders?«

Maira zuckte die Schultern. Vor dem Fenster schwangen sich zwei Möwen in den Himmel.

Frau Lehmann seufzte. »Wir können dieses Spiel sehr lange spielen. Es ist deine Pause, die dabei draufgeht.«

»Ihre auch.«

»Das ist es mir wert. Also. Du schläfst im Unterricht fast ein, du bist geistig abwesend, du kommst ständig zu spät … wenn ich dich nicht schon eine Weile kennen würde, würde ich denken, du nimmst Drogen.«

»Und wenn?«

»Dann müsste ich darüber mit deiner Mutter reden.«

»Wussten Sie, wie Orcas in Gefangenschaft leiden? Der Text war scheiße.«

»Dafür gab es ja die Fragen.« Frau Lehmann griff nach Mairas Arbeit. Das Blatt zitterte dabei ein bisschen. »Die du auch wunderbar beantwortet hast, wie ich sehe.«

»Kann ich jetzt gehen?«

»Sag deiner Mutter, ich rufe sie in den nächsten Tagen an.«

»Die ist eh nicht da.« Fehler, Maira, Fehler. Durfte man Kinder und Jugendliche einfach allein lassen? »Nur ein paar Tage. Buchmesse, Sie wissen schon.« Es war das Erste, was ihr einfiel.

»Dann schreibe ich ihr eine E-Mail. Jedenfalls sollte sie wissen, wie du dich in der Schule benimmst. Und dass du mit dieser Bockigkeit deine gesamte Zukunft aufs Spiel setzt, meinst du nicht?«

Maira zuckte mit den Schultern.

»Ach, Maira. Na los, geh in die Pause.«

Auf dem Heimweg fing es an zu regnen. Mit steifen Fingern schloss Maira die Haustür auf. »Hallo, Mama. Ich bin wieder da.«

Sie war sich nicht sicher, ob sie eine Antwort erwartet hatte, aber auf jeden Fall nicht die völlige Stille, die sie empfing. Kein Schnarchen ihrer Mutter wie sonst so oft tagsüber, keine schlurfenden Schritte, kein sinnloses, leises Singen. Gar nichts. Nicht mal der Fernseher lief. Dazu noch war es eiskalt, obwohl Maira ganz sicher am Morgen den Kachelofen in der Küche angeheizt hatte. »Mama?«

Stille.

Maira sah im Arbeitszimmer und im Bad nach. Nichts. Aus der Küche erklang ein Klappern und sie zuckte zusammen. Die Terrassentür, die in den Garten hinausführte, stand offen und wurde vom Wind gegen den Küchenschrank geschlagen. Die Gardinen wehten wie zerzauste Haare. »Mama!«

Sie stürzte zur Tür. Im aufgeweichten Rasen waren vereinzelte Fußabdrücke zu erkennen, aber die Spur verlor sich im Regen. Maira war besonnen genug, die Tür zu schließen und ihren Schlüssel fest in die Hand zu nehmen, und dann rannte sie. »Mama!«

Sie lief zwischen Hecken hindurch, über Kopfsteinpflaster, über den Sandweg, sie lief und sie schrie, und eine halbe Stunde später war ihr Sweatshirt durchnässt und ihre Stimme heiser. Natürlich war ihre Mutter auch nicht inzwischen nach Hause gekommen und die blöde Tür klemmte immer noch.

Nass, wie sie war, holte Maira das Telefon. Um ihre Füße bildete sich eine Pfütze, während sie Annes Nummer wählte. Nach Ewigkeiten nahm jemand ab. Maira hörte Gaststättenlärm und »Moment mal eben«, sie konnte nicht mal nach Anne fragen. Nach zwanzig zittrigen Atemzügen legte sie auf.

Jaspers Handy war ausgeschaltet. Auf dem Festnetz klingelte ihr Anruf lange ins Leere, so lange, dass sie Zeit hatte, zwischendurch zu schniefen und die Nase zu putzen. Andrea meldete sich.

Maira zog die Nase hoch. Dann lächelte sie, wie ihre Mutter es früher getan hatte, wenn sie mit Leuten von der Bank telefoniert hatte. Natürlich gleiche ich das Konto aus. Sobald das nächste Honorar kommt, versprochen. »Hallo, hier ist Maira. Kann ich Jasper sprechen, bitte?«

»Hallo, Maira. Schön, dich mal wieder zu hören. Wie geht es dir?«

»Gut«, fiepte sie. »Kann ich Jasper sprechen?«

»Natürlich. Warte, ich hole ihn.« Im Hintergrund erklangen Schritte, Maira sah Andrea vor sich, wie sie unten am Fuß der Treppe stand und ins Obergeschoss rief; etwas flatterte in ihrem Inneren. »Wir haben uns ja ewig nicht gesehen. Geht's dir gut? Bist du zufrieden mit der Englischarbeit heute Morgen?«

Mussten Erwachsene immer nach der Schule fragen? Als gäbe es keine anderen Themen auf der Welt. »Geht so. War ganz gut, glaub ich.«

»Jasper sagte, es war schwer. Vielleicht solltet ihr wieder öfter zusammen lernen.«

Maira machte ein Geräusch, das ebenso gut ein Ja sein konnte wie ein Nein.

Jaspers Sprünge auf der Treppe.

»So, da ist er«, sagte Andrea. »Ich geb dich rüber, ja? Mach's gut, Maira.«

»Hey, Maira.«

Sie atmete tief ein, um nicht loszuheulen.

»Was ist?«

»Meine Mutter ist weg.«

»Wie, ›weg‹?«

»Abgehauen. Ich hab die Tür abgeschlossen, aber die Terrassentür kann man nicht … ich hab überall gesucht, am Bodden und …«

»Ich komme. Bin in 'ner Viertelstunde bei dir.«

Es war die längste Viertelstunde in Mairas Leben. Sich trockene Kleider anzuziehen und zu fönen überbrückte nur fünf Minuten.

Der Volvo von Jaspers Mutter fuhr auf den Hof. Maira

sah es aus dem Arbeitszimmerfenster. Aber das durfte Jasper nicht. Er hatte versprochen, es niemandem zu verraten. Anne und er, beide. Niemand von den Erwachsenen durfte etwas von Mairas Geheimnis erfahren.

Einen wilden Moment lang überlegte sie, sich zu verstecken, damit niemand sie von hier wegbringen konnte, aber dann öffnete sie die Tür.

»Ach, Mairamaus.« Bevor sie sich wehren konnte, hatte Andrea die Arme um sie gelegt und Maira an sich gezogen. Ein bisschen war es, als würde Mama sie umarmen. Aber nur ein bisschen. »Dann lass uns Kathi mal suchen, was? Wo hast du schon überall nachgeschaut?«

Maira zählte alle Orte auf, an denen sie ihre Mutter nicht gefunden hatte.

»Wo geht sie gern hin?«, fragte Andrea.

»Weiß nicht. Sie …« Maira biss sich auf die Lippen.

Andrea zögerte. Dann fragte sie, sehr vorsichtig: »Ist sie früher nicht immer gern am Strand gewesen?«

Maira nickte.

Warum hatte sie nicht selbst an den Strand gedacht? Der Strand war doch der erste Ort, an dem sie hätte nachsehen sollen. Wäre ihr das rechtzeitig eingefallen, wäre Andrea jetzt nicht hier und Mamas Geheimnis wäre gewahrt.

»Los, sehen wir nach. Keine Sorge, Maira. Wir finden deine Mama.«

In Regenjacken, mit hochgeschlagenen Kapuzen, machten sie sich auf den Weg, Andrea voran. Maira trottete hinterher. Ihre Füße taten weh und ihr war kalt. Und sie hatte Angst. Wann hatte sie das letzte Mal keine gehabt?

Wie ein ruhiger Schatten blieb Jasper an ihrer Seite.

»Warum hast du es deiner Mutter gesagt?«, zischte Maira.

»Weil sie helfen kann.«

»Und was nützt mir das, wenn ich dann nach Hamburg muss? Es geht uns gut, wie es ist. Und wenn Mama wieder gesund ist …«

»Sie wird aber nicht wieder gesund.« Jedes Wort betonte er. Als sei Maira schwer von Begriff oder so.

»Das weißt du überhaupt nicht.«

Er öffnete den Mund und schloss ihn wieder.

Maira ging schneller.

Mama kniete im seichten Wasser und baute eine Tröpfelburg, die immer wieder davongespült wurde. Das weiße Nachthemd – das Einzige, was Maira heute Morgen im Schrank gefunden hatte – klebte nass an ihrem schmalen Rücken. Wie ein Mädchen sah sie aus. Wie ein verlorenes Mädchen. Dabei war sie doch Mairas Mutter.

»Kathi.« Andrea hockte sich neben sie.

»Was wollen Sie von mir?« Nasse Strähnen hingen dieser viel zu jung aussehenden Mama in die Stirn.

»Komm, Kathi. Wir gehen nach Hause.«

»Ich kenne Sie nicht. Ich gehe nicht mit Fremden mit.«

Maira wollte sie anschreien dafür, so offensichtlich neben der Spur zu sein. Und … sie schämte sich für das unwürdige Verhalten ihrer Mutter, und dann schämte sie sich für ihre Gedanken. Sie schielte zu Andrea.

Die schlüpfte soeben aus ihrer Regenjacke und legte sie Mairas Mutter um die Schultern. »Ist kalt. Komm, Süße.«

Der Heimweg dauerte ewig.

Immer wieder spürte sie Jaspers Blick auf sich, aber sie vermied es, ihn anzusehen.

»Andrea?«

»Was ist denn, Maira?«

»Kannst du … kannst du vielleicht niemandem erzählen, was heute passiert ist?«

»Darüber sprechen wir später, okay?«

War es nicht.

Als sei sie wirklich ein Kind, brachte Andrea Mama ins Bett. Sie stopfte die Decken fest und streichelte ihr die Haare. Maira sah von der Tür aus zu. Ihr war übel.

»Hast du eine Wärmflasche da? Wir müssen sie irgendwie wieder warm bekommen.«

Maira fand sie hinten im Badezimmerschrank. Dabei fiel ihr auf, wie verlottert das Bad für jemanden aussehen musste, der es nicht jeden Tag sah. Schnell wischte sie mit dem Handtuch das Waschbecken aus und holte die Staubflusen aus der Ecke hinter der Tür. Andrea sollte nicht denken, sie sei überfordert.

Jasper drückte sich in der Küche herum, ein gehemmter Fremder auf einmal, dabei war er doch immer ihr Bruder gewesen.

Das Blubbern des Wasserkochers füllte die Stille zwischen ihnen.

Maira starrte auf die Ansammlung schmutzigen Geschirrs auf der Spülmaschine, bis das Wasser heiß war, und verbrühte sich beinahe die Finger beim Umfüllen. Schweigend brachte sie die Wärmflasche ins Schlafzimmer und schweigend kehrte sie zurück.

Jasper räumte die Spülmaschine ein.

»Was machst du da?« Sie mochte nicht, wie grob ihre Stimme klang.

Er sah auf. »Man nennt das Spülmaschine einräumen.«

»Lass es, ja? Ich mach das gleich. Ich hab alles im Griff.«

»Ziemlich offensichtlich nicht, oder?«

»Doch, hab ich! Das hier ist nur gerade … Lass es einfach!«

Porzellan klapperte ärgerlich, als Jasper die Klappe des

Geschirrspülers schloss. »Was soll das? Du hast mich angerufen, weißt du noch? Weil du Hilfe brauchtest.«

»Aber ich brauchte keinen Verräter.«

»Weißt du was?« Mit langen Schritten ging er zur Tür, ein Lufthauch streifte ihre Wange. »Mach deinen Scheiß doch allein, wenn du darin so gut bist.«

»Jasper, ich …«

Die Haustür klappte.

»Ich meinte es nicht so. Ich …« meinte es doch nicht so. Als hätte Jasper einfach all ihre Kraft mit hinausgenommen, sank sie auf dem Sofa in sich zusammen. Das verkrustete Geschirr stand immer noch auf der Spülmaschine. Der Fußboden war immer noch klebrig. Die Zimmerpflanzen welkten immer noch vor sich hin. Auf dem Tisch türmte sich immer noch ein Stapel Zeitungen und ungeöffneter Briefe.

Schritte auf der Treppe kündigten irgendwann Andrea an.

Maira wusste, sie sollte jetzt aufstehen und hinaus in den Flur gehen, bevor Andrea das Chaos sah. Aber ihr Körper blieb einfach sitzen.

»Kathi schläft jetzt. Ich hoffe, sie hat sich nichts weggeholt.« Andrea näherte sich vorsichtig, als sei Maira ein verwundetes Wildtier.

Aber Maira war weit von jeder Wildheit entfernt.

»Darf ich mich zu dir setzen?«

Maira nickte.

Das Sofa wackelte ein bisschen, als Andrea Platz nahm.

»Ach, Mäuschen.«

Maira biss auf ihrer Unterlippe herum.

»Du weißt, dass das nicht so weitergehen kann, oder?«

Blut an ihrer Zungenspitze. Sie schluckte und dann noch mal. Nach dem dritten Mal war sie einigermaßen sicher, nicht loszuheulen. »Sie ist ja bald wieder gesund.«

Andrea atmete sehr langsam aus.

»Ich wollte die Küche eh gleich aufräumen.«

»Darum geht's doch nicht, Süße. Und das weißt du. Ich mache mir gerade unglaubliche Vorwürfe, dass ich nicht längst gesehen habe, was bei euch los ist. Erst Kathis Ausflüchte, weil sie angeblich so viel zu tun hätte. Die SMS hat sie nicht mal selbst geschrieben, oder? Das warst du?«

Maira hob aussagelos die Schultern.

»Dann hat Jasper gesagt, du müsstest im Moment zu Hause helfen, weil deine Mutter krank sei. Ich hab an eine Grippe oder so was gedacht. Aber doch nicht an … war sie mal beim Arzt?«

»Ja. Mit Mischa.«

Andrea wischte sich mit beiden Händen über das Gesicht und murmelte etwas von Verantwortung und Entziehen. »Was hat er gesagt?«

»Mischa?«

»Nein, der Arzt. Oder die Ärztin. Gibt es eine Diagnose?«

»Demenz.« Maira versteckte das Wort zwischen zwei Atemzügen und dem Geraschel der Decke neben sich, aber Andrea hörte es dennoch.

»Mit vierunddreißig?«

»Irgendeine Sonderform.«

»Okay«, sagte Andrea. »Okay.« Wieder rieb sie mit den Händen über ihr Gesicht. »Ich will, dass du mir Mischas Telefonnummer gibst, wir müssen dringend über ein paar Sachen reden. Und wenn deine Mama anfängt zu husten oder Fieber bekommt, sagst du mir Bescheid, ja? Dann fahren wir zum Arzt.«

»Das … geht nicht.«

»Maira, deine Gefühle in allen Ehren, aber natürlich geht das.«

»Es darf niemand wissen. Bitte. Sonst kommt das Jugendamt, sagt Mischa. Und dann muss ich nach Hamburg.«

»O Gott, gib mir wirklich ganz dringend die Telefonnummer von deinem Prachtonkel.« Sie stützte sich hoch.

Maira zog eine Werbebeilage zu sich heran und schrieb Mischas Handynummer auf.

»Kommst du bis morgen klar?«

»Ich komme überhaupt klar. Sonst ist es ja nicht so schlimm. Keine Ahnung, was heute los war.«

Andrea legte ihr die Hand auf die Schulter, warm und fest. »Ich würde dich sehr gern in den Arm nehmen, weißt du? Aber ich fürchte, du bist gerade ein bisschen zu stachelig.«

Maira sah aus dem Fenster.

»Ich komme morgen wieder. Gleich nach der Arbeit. Vielleicht schaffe ich es auch schon vorher.«

»Brauchst du nicht.«

Da, wo Andreas Hand gewesen war, fühlte ihre Schulter sich kalt an.

Von oben aus dem Schlafzimmer klang leises Schnarchen.

Maira schloss die Haustür hinter Andrea ab und schob dann den schweren Küchentisch vor die Terrassentür. Er hinterließ Kratzspuren auf dem Parkett.

Sehr geehrte Frau Lehmann,
danke, dass Sie mir von Mairas Schwierigkeiten erzählt haben. Ich werde das mit ihr besprechen und versichere Ihnen, dass sie sich in Zukunft besser benimmt.

Das klang gut, oder?

Mit freundlichen Grüßen,
Katharina Jakobs

Sperlingskate,
Anfang Juni

Ich habe geglaubt, die Vergangenheit kaum ertragen zu können, aber sie umfängt mich beinahe wohlig. Hier sind keine Geister, hier ist alles einfach nur atemberaubend vertraut. Ein klein wenig staubig riecht es, aber vor allem nach warmem Holz und Bienenwachs. Der Geruch nach Heimat hüllt mich ein, noch bevor ich mich umsehe. Rechts neben dem Eingang schwingt sich die knarzige Holztreppe ins Obergeschoss, darunter ein Schuhregal, neben ihm immer noch meine Gummistiefel von damals, bereit, angezogen zu werden. Einer davon ist umgefallen, als hätte ich ihn eben erst von den Füßen getreten. Ich weiß jetzt, was meine Großmutter mit der Aussage meinte, sie hätte nur das Nötigste mitgenommen. Das Sortieren könne ich später vornehmen. Nur dass ich es nie getan habe.

Nach dem Licht draußen ist es im Flur dunkel, aber die Tür zur Wohnküche steht offen wie eigentlich immer. Von den breiten Eichendielen, über denen Staub in der streifig durchs ungeputzte Fenster dringenden Sonne tanzt, über den Kühlschrank mit seiner Sammlung kitschiger Souvenirmagnete hin zum Esstisch mit den unterschiedlichen Stühlen – alles flüstert: zu Hause.

Nur über dem Herd ist die Wand schwarz und rußig bis zur Decke hinauf. Ein kaum wahrnehmbarer Rest von Brandgeruch hängt im Raum. Wahrscheinlich haben die alten

Sprossenfenster über die Jahre genügend Meeresluft durch die undichten Fugen gelassen, um ihn beinahe zu vertreiben. Es ist fast unwirklich still. Zu den Geräuschen des Sommers gehören verirrte Insekten, das fällt mir erst jetzt auf, da sie fehlen. Hier gibt es keine Fliegen, die gegen Fenster summen, keine einzige Biene sucht vergeblich den Ausgang.

Auf einer der Sofalehnen liegt unordentlich die Decke meiner Mutter. Der Tag, an dem ich wegging, hat sich auf ewig in mein Gedächtnis gebrannt. Ich erinnere mich an jedes Detail. Ich weiß, dass ich das Geschirr in den Schrank gestellt und das Geschirrtuch über eine der Stuhllehnen gehängt habe, obwohl die Frau vom Jugendamt gesagt hat, das sei nicht nötig. Die Decke habe ich zusammengefaltet und auf das Sofa gelegt. Leises Bedauern erfasst mich, dass meine Großmutter sie nicht mitgebracht hat, als sie damals »das Nötigste« für mich holte. Aber wer weiß, vielleicht hätte ich die Decke in meiner schlimmen Phase zerschnitten. Oder verbrannt. Insofern ist es wohl ganz gut, dass sie noch hier ist, erstaunlich wenig eingestaubt und bereit, jemanden zu wärmen.

Träte ich selbstsicher mitten hinein in den Raum, könnte er sich erschrecken, oder ich, wer weiß das schon. Also bleibe ich in der Nähe der Wand und taste mich behutsam vorwärts, um niemanden zu wecken. Nicht das Haus und nicht meine Angst. Neben dem kleinen Vorsprung in der Wand, von dem nie jemand wusste, wozu er dient, ist der Lehmputz wieder einmal aufgerissen und abgeblättert. Dünne braun-weiße Schollen liegen vor der Wand auf dem Dielenboden. Zart berühre ich die verwundete Oberfläche. Es ist einfacher, als mich im Zimmer umzusehen.

Die Bilderwand ist noch da. Natürlich. Wer sollte sie auch abgenommen haben? Ich vermeide es, die teils gerahmten, teils einfach angepinnten Fotos genauer zu betrachten, und bleibe bei einer ungelenken Kinderzeichnung hängen. Das Papier ist wellig, der Filzstift leicht vergilbt. Und doch spüre ich in diesem Moment fast wieder das Kitzeln des Flokatiteppichs an meinen nackten Unterarmen.

Anne und ich liegen in meinem Zimmer auf dem Bauch, unsere Malblöcke vor uns. Anne braucht für ihr Pferdebild die Brauntöne, ich für meine Unterwasserwelt blau und grün und alles, was bunt ist. Gelbe Sonnenstrahlen, die durchs Wasser streifen, rote Seesterne, orangefarbene und lila Fische. Nur die Schweinswale, die ich zwischen den wogenden Algen hervorlugen lasse, sind dunkelgrau. Jasper sitzt mit angezogenen Beinen auf der breiten Fensterbank in der Nische des Gaubenfensters und daddelt auf dem Gameboy herum, den er zu Ostern von seinen Eltern bekommen hat. Ich höre das ständige Piepsen kaum noch, zu sehr bin ich in meine Malerei versunken. Von draußen dringt leise das Klappern von Fahnenstangen im Wind herein, Möwen kreischen, und Meiers Hahn kräht mitten am Tag. Es riecht nach Gebackenem. Mama bäckt seit Neuestem am Wochenende, seit sie beschlossen hat, wenigstens sonntags nicht mehr so viel zu arbeiten.

Frieden, denke ich, während ich die Reißzwecke vorsichtig aus der Wand löse und das wellige Papier glatt streiche. Ein wenig Lehmputz bröckelt zu Boden. An dem Tag war Frieden. Alles in meinem Leben gehörte zu mir. Meine Mama und meine Freunde ebenso wie das Eintauchen in das Reich der Meereswesen. Ich war in alles eingewoben und mit allem verbunden, auch wenn ich das damals nie so bezeichnet hätte. Es war auch der Tag, an dem ich begriff – nicht mit dem Kopf, sondern ganz tief in meiner Seele –, dass Strand, Möwen und glitzernde Oberfläche nicht im Mindesten das Wesen der See abbilden. Ich hatte einen ersten Blick dessen erhascht, was nicht nur die Ostsee, sondern alle Meere wirklich sind: Orte voller Magie, die uns heilen könnten, würden wir sie nicht zerstören.

Eine Weile stehe ich einfach mit dem Bild in der Hand da und spüre diesem längst verloren geglaubten Gefühl von Frieden nach. Dann wende ich mich doch dem Zimmer zu. Letztlich sind es nur ein paar Wände, Boden, Decke und Möbel, die lange niemand benutzt hat.

Die mit jedem einzelnen Gegenstand verbundenen Erinnerungen schiebe ich weg. Für heute ist es Herausforderung genug, eine Bestandsaufnahme vom Haus zu machen, wie ich es tausendmal für andere Leute getan habe. Reflexartig lege ich eine mentale Liste an, als wäre ich bei einer Hausbegehung für den Laden. Ingmars Laden. Meinen Laden.

Nachdem ich kurz das Gästebad und den Hauswirtschaftsraum inspiziert habe, wage ich mich nach oben. Es fühlt sich fremd an, die Treppe mit Schuhen zu betreten, aber meine Füße wissen dennoch genau, wo sie hintreten müssen, damit keine Stufe knarzt. Ich hatte vergessen, wie schief die Fußböden und wie niedrig die Decken mit den dicken Balken im Obergeschoss sind. Die Tür zum Schlafzimmer meiner Mutter steht einen Spalt offen, das herausfallende Licht zeichnet einen Sonnenstreifen auf den Boden. Mit jedem Schritt wirbele ich ein wenig dieser Schicht auf, und als ich mich umdrehe, sehe ich deutliche Fußspuren auf der Treppe.

Das Schlafzimmer lasse ich unbeachtet und öffne stattdessen die Tür zu meinem ehemaligen Reich. Es ist heiß im Raum und auch hier herrscht diese Stille des Unbewohnten. Will Smith und das *Greenpeace*-Poster sind verblichen. Es riecht ein wenig nach Schimmel. Automatisch tastet mein Blick die Wände ab. An der Gaube neben der breiten Fensterbank werde ich fündig. Feuchtigkeit ist durch die Kehle zwischen Dachfläche und Gaube eingedrungen. Das Sitzkissen kann ich vergessen, die Holzfensterbank darunter könnte wieder hinzukriegen sein. Was mir egal sein sollte, da das Haus ohnehin abgerissen wird. Trotzdem öffne ich das Fenster, es quietscht nur ganz wenig, und werfe das schimmlige Kissen hinunter in den Garten.

Das Neubaugebiet, in dem Anne wohnt, kann höchstens fünf Jahre alt sein. Ein paar schüchterne Bäumchen wachsen am Straßenrand, bemüht, sich nicht zu breitzumachen. In den Vorgärten haben Bodendecker und Lavendel die frisch gepflanzten Rosen noch nicht überwältigt. Drei Minuten vor der verabredeten Zeit stehe ich vor einem Reihenhaus mit getöpfertem Klingelschild. »Hier lieben, leben und streiten die Severins«. Anne Hinrichs kannte ich. Anne Severin muss ich erst kennenlernen. Auf einmal kommt es mir vor, als lägen zehn Jahre Altersunterschied zwischen Anne und mir. Vielleicht tun sie das sogar. Wie Jasper hat Anne damals ihr Leben weitergelebt und getan, was normale Menschen tun. Sie ist erwachsen geworden, hat jemanden gefunden, mit dem sie zusammen sein möchte, hat Kinder bekommen und ein Zuhause erschaffen, während ich Jahre in dem vergeblichen Versuch verbracht habe, mich an den Scherben meiner Jugend nicht zu schneiden.

Hätte ich nicht bereits geklingelt, würde ich wohl wieder gehen, als hätte ich mich nur in der Tür geirrt. Während ich noch mit mir darüber debattiere, öffnet Anne, barfuß und in Jeans und mit einem Geschirrtuch in der Hand. »Wie schön, dass du da bist, komm rein.« Sie umarmt mich, bevor ich mich wehren kann, und lässt ebenso schnell wieder los. »Leg einfach ab. Schuhe da drüben. Gästebad, falls du Hände waschen willst«, von irgendwo dringt Kindergeschrei zu uns, »hinter dieser Tür. Ich bin gleich wieder bei dir.«

In Zeitlupe streife ich die Sneakers von den Füßen, die Strickjacke behalte ich an. Nicht weil mir kalt ist, aber ich brauche etwas, worin ich mich verkriechen kann. Dann folge ich Anne durch den Flur mit den sauberen terracottafarbenen Fliesen und den sauberen cremeweißen Wänden in ein großzügiges Wohn- und Esszimmer.

»Schluss jetzt«, sagt sie, gerade als ich den Raum betrete. Sie hockt zwischen ihren Kindern und sieht erst das eine, dann das andere an. »Ich habe Besuch, ich will mich unterhalten. Wenn das nicht klappt, geht ihr nach oben. Okay?«

»Okay.«

»Gut.« Sie richtet sich auf.

Zwei Paar große Augen sehen mich an, einmal braun, einmal blau. Zweimal verschwitzte Locken um verrotzte Gesichter. Beide tragen rot-weiß geringelte Schlafanzüge.

»Hi«, sage ich, denn das kann nicht falsch sein.

Das Kind, das ich für Fritzi halte, murmelt ein verdrucksstes Hallo, und Finn grinst mich unsicher an.

»Tut mir leid. Noch mal von vorn, ja? Offizielle Vorstellung: Kinder, das ist meine Freundin Maira. Maira, das ist Fritzi und das ist Finn.«

Immerhin hatte ich recht mit meiner Einschätzung, wer wer ist.

»Ich freue mich über deinen Besuch, Maira. Wir haben Spinatcannelloni gemacht. Hoffentlich hast du Hunger.«

Ich nicke automatisch.

»Sehr gut. Und magst du Spinat noch so gern wie früher?«

Mochte ich Spinat? »Ja.«

Eins der Kinder macht ein Würgegeräusch, das andere kichert.

»Hey, es gibt Leute, die Spinat mögen.«

Ich fühle mich genötigt, Anne zu unterstützen. »Sehr sogar.«

»Ja, Erwachsene!«

Anne wuschelt ihrer Tochter durch die Haare.

»Spinat ist großartig, und wehe, jemand sagt etwas anderes.« Die Stimme gehört einem Mann und kommt von rechts hinter mir. Herr Severin lebt, liebt und streitet also nicht nur, sondern kocht auch. Die dampfende Auflaufform in seinen Händen duftet vielversprechend.

»Spinat ist blöd!«, kräht Finn.

Sein Vater stellt die Cannelloni auf den Tisch und wendet sich mir zu. Er ist mittelgroß, ein bisschen mopsig und hat ein freundliches, offenes Gesicht. »Maira, richtig?« Er murmelt einen Namen und bietet mir die Hand an.

Sein Griff ist angenehm. Ich mag Annes Mann.

»Sorry, ich habe deinen Namen nicht verstanden.«

»Sag einfach Kalle, das tut ohnehin jeder.«

»Ich sage Papa. Und Finni auch.«

»Aber das kann ich ja nicht zu eurem Papa sagen.«

Gutmütig lächelt Annes Mann zu Fritzi hinunter. »Setzt euch schon mal hin, ihr beiden.«

Vielleicht liegt es daran, dass ich eine Fremde bin, jedenfalls folgen sie der Bitte anstandslos.

»Wofür steht Kalle?«

Anne lacht ein bisschen. Ich habe nicht gemerkt, dass sie weggegangen ist, aber nun tritt sie mit zwei Flaschen Wein zu uns, die sie mir fragend präsentiert. »Frag ihn lieber nicht danach. Weiß oder rot?«

»Weiß.«

»Gute Wahl«, sagt Kalle.

Anne stößt ihn mit dem Ellenbogen an. »Du pass auf, sonst verrate ich Maira dein dunkelstes Geheimnis.«

Die beiden so liebevoll und vertraut miteinander zu sehen, tickt etwas in mir an, schön und zugleich schmerzhaft. Das

Ticken hat nur ein wenig damit zu tun, dass Anne mit diesem Mann, den ich nicht kenne, ein Leben führt, an dessen Running Gags und kleinen Alltagsgeheimnissen ich keinen Anteil habe. Vielleicht wollte ich nie eine Familie haben, weil ich nicht einmal wirklich weiß, wie das ist. Ich zwinge mich zum Lächeln. Wenn man außen lächelt, sickert es auch ins Innere. »Jetzt bin ich erst recht neugierig geworden.«

»Auf meinem Führerschein steht Karl.«

»Karl-Heinz, genau genommen.« Grinsend setzt Anne sich neben Finn. »Auf seinem Perso ebenfalls. Und auf der Visitenkarte seiner Firma.«

»Ich liebe dich auch, Schatz.«

Es scheint Stammplätze an dem rechteckigen Tisch zu geben, Anne neben Finn auf der einen, Kalle neben Fritzi auf der anderen Seite. Für mich ist das Kopfende mit dem Weinglas reserviert.

Anne greift nach dem Auflegelöffel. »Ich vermute ja, seine Eltern waren auf Droge, als sie diesen Namen ausgesucht haben.«

»Mama, was bedeutet auf Droge?«

»Erkläre ich dir ein anderes Mal. Maira? Reichst du mir deinen Teller?«

Die Cannelloni sind köstlich, der Duft hat nicht zu viel versprochen. Sogar die beiden Spinatverächter bitten um Nachschlag.

Nach dem Essen begleitet Kalle sie ins Obergeschoss zum Zähneputzen, und Anne und ich ziehen mit Decken, der Weinflasche und einer Teekanne auf die Terrasse um. »Ach so, willst du schnell duschen gehen?«, fragt Anne.

Ich nicke.

Sie zeigt mir den Weg zum Gästebad, schiebt einen riesigen Wäschekorb voll kleiner, bunter Kleidungsstücke zur Seite, holt ein flauschiges Handtuch aus dem Schrank und lässt mich allein. Zehn Minuten später fühle ich mich erfrischt und lebendig und kehre mit nur notdürftig geföhnten Haaren zurück zu ihr.

Wir lächeln uns an.

»So schön, dass du hier bist.«

»Finde ich auch.« Für den Moment lasse ich mich in das Polster und die Geborgenheit sinken. »Konntest du heute Vormittag noch ein bisschen schlafen?«

»Königlich. Kalle war mit den Kindern in Zingst, Freunde besuchen. Und du? Warst du im Haus?«

»Ja.«

»War es schlimm?«

»Nein. Es hat sich nicht mehr gewehrt, nachdem ich einmal die Tür geöffnet hatte.«

»Braves Haus.«

Ich sage nicht, dass ich den Blick in die Räume meiner Mutter vermieden habe.

»Wahrscheinlich hat es all die Jahre auf dich gewartet und freut sich jetzt über deine Anwesenheit.«

»Solange es sich nicht zu sehr freut … Ich habe ihm noch nicht gesagt, dass es abgerissen wird.«

Anne schenkt Tee nach. »Schade eigentlich, oder? Ich kann mir Soeterhoop nicht ohne euren Hof vorstellen.«

Euren Hof.

»Es ist nur noch mein Hof«, sage ich ruhig. Und er bedeutet mir nichts mehr.

»Entschuldige, das war taktlos.«

»Schon in Ordnung.« Ich nippe an dem Tee, der noch viel zu heiß zum Trinken ist, aber angenehm nach Pfefferminze und Kornblumen riecht. »Einerseits ist es schade, das stimmt. Aber ich finde es besser, wenn keine neuen Flächen für Ferienanlagen versiegelt werden. Dann lieber der Hof, wo ohnehin schon Gebäude stehen.« Die halbwilde Katze, die in der Scheune wohnt, schleicht sich in meine Gedanken, das Baumhaus und die Fallobstwiese. »Was soll das Haus da leer herumstehen? Und das Geld kann ich auch ziemlich gut gebrauchen.«

»Wer braucht das nicht?«

Wir schweigen und trinken Tee, während die Sonne tiefer sinkt und das Licht allmählich rötlich wird.

»Hast du einen Freund in Frankfurt?«

»Nein. Wir haben uns vor sechs Monaten getrennt.«

»Wart ihr lange zusammen?«

»Fast zwei Jahre.«

»Du klingst nicht besonders trauernd.«

»Bin ich auch nicht. Um ehrlich zu sein, hat es von Anfang an nicht besonders gut gepasst mit Konstantin und mir.« Wie es mit niemandem passt, weil etwas in mir kaputtgegangen ist. Doch das sage ich nicht. Stattdessen erzähle ich Anne, wie Caroline mich überredete, mit ihr zu diesem gähnend langweiligen Empfang zu gehen, auf dem eine öde Rede nach der anderen gehalten wurde und meine einzige Unterhaltung darin bestand, mich durch die diversen Schnittchen zu essen. Und wie ich den hübschen Typen, der sich ebenso langweilte wie ich, an jedem der Stehtische wiedertraf, sobald ein neues Schnittchentablett serviert wurde. Danach liefen wir bestimmt zwei Stunden lang betrunken durch die Stadt, und als der Himmel im Osten gerade wieder ein wenig heller wurde, gingen wir zu ihm nach Hause.

»Schnittchen«, sagt Anne. »Sexy.«

»Das war es. In Erinnerung an diesen denkwürdigen Tag gab es am Anfang unserer Beziehung jeden Sonntag Schnittchenfrühstück im Bett.«

»Und dann irgendwann nicht mehr?«

»Nein.«

»Was ist passiert?«

»Er hat mir einen Heiratsantrag gemacht.« Ich merke selbst, wie kläglich mein Versuch, den Satz witzig klingen zu lassen, danebengeht.

»Fieser Kerl.«

Jetzt lache ich aufrichtig, ein wenig jedenfalls. »Es gab viele kleine Gründe, warum ich nicht einfach Ja sagen konnte. Aber Konstantin hat meine Bitte um Bedenkzeit nicht besonders gut weggesteckt. Von da an ging es steil bergab mit unserer Beziehung.«

»Keine Schnittchen mehr.«

»Nope.«

»Dann war er nicht der Richtige.«

»Gibt es den? Den Einen? Den Richtigen?«

»Willst du meine Meinung als Frau hören, die zu viele kitschige Filme gesehen hat, oder lieber meine Meinung als Hebamme?«

»Kitschige Filme ansehen kann ich selbst.«

»Gut. Ich hätte dir meine Weisheit so oder so aufgezwungen. Also, hier kommt meine Erkenntnis aus der Arbeit mit Hunderten von Paaren: Es gibt sehr, sehr viele Möglichkeiten von Richtig und Falsch im Leben. Die meisten Leute tun sich einfach mit wem zusammen, der oder die zufällig da ist. Und dieses leise Glück ist oft erstaunlich haltbar.«

»Ich bin mir nicht sicher, ob ich dafür gemacht bin. Oder überhaupt für irgendeine Art von Beziehung. Mir geht's eigentlich ziemlich gut ohne einen Mann, der Ansprüche stellt und für den ich Kompromisse eingehen muss. Ich mag meine Freiheit ausgesprochen gern.«

Wie aufs Stichwort erklingt aus dem Obergeschoss überdrehtes Kreischen.

»Freiheit ist was Feines«, sagt Anne.

»Aber?«

»Ohne ›Aber‹. Im Moment gehe ich sehr gern Kompromisse für die Bande da oben ein, trotzdem verstehe ich alle gut, die das nicht tun.«

»Kalle macht einen netten Eindruck.«

»Ist er. Er ist der Beste.«

»Der Eine, Richtige?«

Lächelnd fängt sie meinen verbalen Ball auf. »Realistisch würde ich das vermutlich über jeden sagen, in den ich mich verliebt hätte.«

»Du hast dich aber in ihn verliebt.«

»Ja.«

Eine Weile schweigen wir beide.

»Vielleicht ist es ganz gut, dass wir unsere anderen Leben nie wirklich kennenlernen können.«

Ich muss darüber nachdenken, ob ich ihr zustimme. Und darüber, ob es möglich ist, zufrieden mit dem eigenen Leben und gleichzeitig neidisch auf irgendeine andere Maira zu sein, die sich vielleicht einfach nur an einem oder zwei Tagen anders entschieden hätte.

Liebe Maira

Maira, weißt du noch? Erinnerst du dich an die Osterferien, in denen wir das Gästehaus zurechtgemacht haben?

Wann immer du diese Briefe liest, werden die zwei Wochen, in denen wir repariert, geputzt und gestrichen haben, weit in der Vergangenheit liegen. Du hast auf diese schreckliche Möwentapete bestanden, die dazu noch sauteuer war. Aber du sollst dich wohlfühlen. Du und deine Freunde – die Menschen, die hoffentlich für dich da sein werden, wenn ich es nicht mehr kann.

Heute wollt ihr das erste Mal in »deinem« Haus übernachten, du, Anne und Jasper, obwohl es noch nach Farbe riecht. Ihr habt Luftmatratzen auf die Flickenteppiche gelegt und euch mit Bettdecken ein Nest eingerichtet. Du wolltest Kerzen mitnehmen, aber das ist mir zu gefährlich gewesen, obwohl ihr schon zwölf bzw. dreizehn seid. Die Öllampe war ein Kompromiss, mit dem ich leben konnte. Unruhig bin ich jetzt trotzdem.

Ich habe einen Merkzettel geschrieben, im Sommer Strom in das Häuschen legen zu lassen, sobald mein nächstes Honorar kommt. Durch das offene Fenster höre ich euch lachen. Gleich werde ich mir den Fotoapparat nehmen und mich anschleichen. Hoffentlich gelingt es mir, ein paar Bilder zu schießen, die dich später daran erinnern, was für eine wunderschöne Kindheit du hattest.

Ich hab dich unfassbar lieb.

Deine Mama

Soeterhoop,
Anfang Juni

Abgestandene Luft schlägt mir entgegen. Trotzdem fällt mir vor allem der rote, runde Häkelteppich auf. Komisch, hätte ich das Haus beschreiben sollen, hätte ich überhaupt nicht mehr daran gedacht, dass es ihn im Arbeitszimmer meiner Mutter gibt. Aber jetzt sehe ich ihn und weiß auf einmal wieder ganz genau, wie es sich angefühlt hat, im Schneidersitz auf ihm zu sitzen und die Katze zu streicheln, während Mama arbeitete. Ich meine sogar, die Abdrücke hinten an den Oberschenkeln zu spüren, die die Häkelknoten durch meine Pyjamahose hindurch hinterlassen haben.

Das Gehirn merkt sich seltsame Sachen.

Vorsichtig betrete ich den Raum. Vorsichtig, weil sich hier das erste Mal, seit ich gestern die Haustür geöffnet habe, das Gefühl in mir breitmacht, nicht allein zu sein. In diesem Zimmer bemerken die Geister meine Anwesenheit und kriechen aus den Wänden, in denen sie so lange geschlafen haben. Hättest du es rechtzeitig gemerkt. Sie flüstern und zischeln rings um mich herum. Hättest du um Hilfe gebeten, dummes Kind. Sie könnte noch leben. Sie beide könnten noch leben. Du trägst die Schuld, Maira. Du trägst die Schuld.

Ich marschiere durch das Zimmer, vorbei am Schreibtisch mit dem aufgeschlagenen Familienordner, vorbei am verstaubten Regal mit den Stapeln von Akten und Romanen und Wörterbüchern, zu dem seit Jahren ungeputzten Fenster. Ich öffne es weit. Unverbrauchte Seeluft fegt den Geruch nach Angst, Trauer und Mäusekötteln hinaus, Sonnenlicht flutet den Raum und wärmt mein Gesicht. Eine Weile bleibe ich am Fenster. Dies ist wirklich. Die Katze, die neben dem Hoftor auf den Steinen in der Sonne döst, ist wirklich. Möwen, die kreischend über dem Hof kreisen, sind wirklich. Die Gedankengespenster sind es nicht.

Rational weiß ich das. Mir ist klar, ich hätte niemanden retten können. Nicht an jenem Tag und nicht irgendwann. Mit dem Verstand weiß ich das.

Schuldig, Maira. Die Stimme wispert nur noch, dann kommt ein Windstoß und trägt sie davon. Für diesen Moment.

Niemand außer mir ist hier. Nur ich, vielleicht ein paar Mäuse und jede Menge Spinnen. Wo Spinnen wohnen, ist gutes Raumklima, sagte meine Mutter gern, als sie solche Sachen noch sagte. Du brauchst keine Angst vor ihnen zu haben, Maira. Schau, sie sind viel kleiner als du. Und sie haben schon hier gewohnt, bevor wir kamen. Diese Welt gehört ihnen genauso wie uns.

Einen Augenblick lang spüre ich sie neben mir, ich stehe auf dem Hof, und sie hockt neben mir. Sie duftet nach Mama, genau richtig. Ihre große Hand hält meine viel kleinere Hand, über deren weiche Innenfläche eine zarte braune Spinne krabbelt. »Setz sie einfach hier ins Gras«, sagt meine Mama. »Da fühlt sie sich wohl.«

Auf dem Fensterbrett liegen ein paar eingestaubte, verblichene Spinnen, die so zusammengerollt aussehen wie Wollfusseln, und ein paar Fliegenkörper, die die angewinkelten Beine nach oben strecken. Ich schiebe sie mit der Handkante vom Fensterbrett und werfe sie hinaus in den Hof.

Ingmar hat versucht anzurufen und Caroline hat entgegen ihrer Gewohnheit zwei Sprachnachrichten geschickt. Eine beinahe acht, die andere knapp über sechs Minuten lang. Ingmar rufe ich zurück, während ich Margarine auf mein Brötchen streiche. Ich muss mir etwas ausdenken, was das Essen angeht. Und das Duschen. Schließlich kann ich mich kaum jeden Tag bei Anne einladen.

Gabi meldet sich mit Firmennamen, wie sie das immer tut, obwohl meine Handynummer in der Telefonanlage gespeichert ist.

»Hallo, Gabi, hier ist Maira.«

»Ach, Maira.« Vielleicht blickt sie auch einfach nicht aufs Display. »Wie geht es dir da im Norden?«

»Ingmar hat versucht, mich zu erreichen.« Warum nur bin ich so unbegabt, was Small Talk angeht?

»Ja, ich glaube, er wollte nur wissen, wie es dir geht. Wie du vorankommst. Und wahrscheinlich erzählen, wie sehr die Kleine sich über den Ausbildungsplatz gefreut hat.«

»Das ist gut.« Jakobs Räume. Ich habe Angst vor der Verantwortung, aber der Gedanke an meine – *meine* – eigene Firma verursacht auch ein aufgeregtes Kribbeln. »Kann ich Ingmar sprechen?«

»Er ist mit Oleg unterwegs. Versuch's noch mal in zwei Stunden, ja?«

Ich verspreche, dann erneut anzurufen. Wird es seltsam sein, wenn ich auf einmal Olegs Chefin bin?

Beim Tomatenschneiden höre ich Carolines Nachrichten ab. Auch sie erkundigt sich, wie es mir geht, ich soll mich melden, sie vermisst mich. Dann berichtet sie vom Wochenende, was sie gemacht hat und wo sie überall war. Ich sehe alles vor mir, ich kenne die Orte. Ich weiß, wie das Curry bei dem Viet-Thai-Restaurant schmeckt, von dem sie spricht. Ich weiß, welche Drinks im Irish Pub serviert werden, und dass der schnuckelige Barkeeper Philipp heißt. Dennoch erscheint mir alles weit weg, als gehörten die Erinnerungen einer anderen Maira und ich hätte sie mir nur geborgt.

Vielleicht habe sie jemanden kennengelernt, sagt Caroline. Ich werde sie fragen, ob es der Typ ist, mit dem sie sich am Tresen sitzend fotografiert hat. Und sie könne es kaum abwarten, ihn mir vorzustellen. »Und schick mal Fotos vom Meer. Kann ja wohl nicht angehen, dass du da oben bist und mir nur Bilder von altem Kram zeigst.«

Eigentlich ist die Ostsee kein Meer, schreibe ich zurück, obwohl ich das Wort selbst oft benutze. **Und der alte Kram ist halt das, womit ich mich beschäftige. Bin ja nicht im Urlaub hier.**

Sie antwortet sofort. Vielleicht eilt sie gerade die Hasengasse entlang zu ihrem Lieblingsimbiss. »Hey, Süße, passt perfekt, ich habe Mittagspause. Aber was ich sagen wollte: Was spricht gegen ein bisschen Urlaubsfeeling zwischen all dem Aufräumen? Genieß das da am Meer. Auch wenn die Ostsee angeblich keins ist.«

Wie heißt der Typ und wo hast du ihn kennengelernt? Ist es der von dem Foto neulich?

Mein Telefon zeigt an, dass Caroline noch eine Nachricht aufspricht, und wie es aussieht, wird sie länger. Ich höre sie später ab. Für den Nachmittag habe ich mir etwas anderes vorgenommen. Ich werde an den wilden Teil des Strands fahren, wo das Boot lag. Wo alles begann und alles endete.

Jede Faser meines Bewusstseins vibriert nervös, als ich vor dem Fahrradverleih das Rad besteige. »Sicher, dass Sie kein E-Bike möchten?«, hat der Junge hinter dem Tresen mit Blick auf meine Adresse gefragt. »Bei uns ist es ziemlich windig, so im Vergleich.«

»Ich weiß«, habe ich gesagt. »Passt schon.«

Jetzt steige ich mit weichen Knien auf und fahre so schlenkernd los, als hätte ich nie zuvor auf einem Fahrrad gesessen.

Der Wind kommt mir frontal entgegen, kälter und härter, als ich dachte. Bereits nach ein paar Minuten wünsche ich mir, ich hätte das E-Bike genommen. Eine Gruppe silberhaariger Männer überholt mich, deren Motoren an den Rädern angeberisch schnurren. Ihnen folgen die vermutlich dazugehörigen Frauen, gleichzeitig kommt mir eine Familie mit zwei kleinen Kindern entgegen, die gefährlich über den Weg pendeln, ohne Motorisierung. Irgendwie schaffen es alle, sich aneinander vorbeizuarrangieren, obwohl der Weg schmal ist.

War es hier immer schon so voll? Ich erinnere mich nicht. Das letzte Mal, als ich diese Strecke fuhr, war es Herbst. Vor allem aber waren meine Gedanken anderswo.

Wieder überholt mich jemand. Dieses Mal ist es eine mindestens fünfzigjährige Frau mit einem ungefähr ebenso alten Rad. Entweder sie ist extrem sportlich oder ich überschätze meine eigene Fitness massiv. Möglicherweise, es fällt mir schwer, den Gedanken zuzulassen, fahre ich auch nicht nur gegen den Wind an. Mit zwischen die Schultern gezogenem Kopf und Gänsehaut an den nackten Unterarmen trete ich entschlossener in die Pedale. Ich bin hier, um das Schöne wiederzufinden.

Der Wald empfängt mich mit plötzlicher Stille. Weit oben rauscht der Wind in den Wipfeln der hochstämmigen Buchen, Eichen und Kiefern, doch hier unten zwischen den Farnen, auf dem weichen, erdigen Weg, ist es ruhig. Mein Rad klappert leise, als ich über eine hervorstehende Wurzel fahre, trockenes Laub knirscht unter den Reifen. Immer wieder blitzen Sonnenstrahlen durch das Grün, das dadurch in allen Nuancen zu leuchten scheint. Ab und zu fliegen Vögel zwischen den

Bäumen entlang, der Ruf eines Kuckucks erklingt. Irgendwo in der Ferne rufen sich Menschen etwas zu.

Das geliehene Rad ist fremd, und Wurzeln und Steine haben sich über die Jahre verändert, dennoch kennen meine Muskeln jede kleine Biegung im Weg. Es ist nun nicht mehr weit.

»Nun komm schon ins Wasser, Maira. Ich erfriere hier sonst.« Jasper hängt am Rand unseres Boots – wir bezeichnen es als unseres, obwohl es eigentlich Hein Meier gehört – und bringt es durch Wassertreten zum Schwanken.

»Warte.« Inzwischen bin ich gut darin, auf dem beweglichen Boden einfach stehen zu bleiben und das Schwanken auszugleichen. »Da ist was.«

»Ja, Wasser. Und es ist noch verflucht kalt, hörst du?«

Ich beschatte die Augen mit der Hand, ohne weiter auf ihn zu achten, und scanne die glitzernde, glatte Oberfläche in der Hoffnung, den schwarzen Fleck noch einmal auftauchen zu sehen. »Irgendein Tier, ein Seehund vielleicht.«

Der Wald nimmt wieder Formen und Farben an. Während mein Geist in der Vergangenheit weilte, habe ich kaum bemerkt, wie ich weitergefahren bin. Immer noch kenne ich diese Wege hier im Schlaf. Ohne nachzudenken, biege ich auf den breiteren Weg ein, von dem der Pfad zum Strand abzweigt.

Dann wird der Waldweg zum Sandweg und der Sandweg unbefahrbar. Ich steige ab, ich schiebe. Die Buchen stehen hier lockerer, Strandgras löst den Farn ab. Der Durchgang zum Strand ist durch Holzzäune flankiert, die genauso aussehen wie früher. Viele Räder stehen hier. Ich schließe meins an den Holzzaun, streife die Schuhe ab und gehe los, über die kleine Kuppe, über den Strand bis direkt zur Wasserkante. Das Meer ist unruhig vom Wind. Ich wende mich zur

Seite und laufe im seichten Wasser entlang, das immer wieder meine Füße umspült, eine Strandspaziergängerin wie alle anderen. Nur dass diese anderen wohl nicht krampfhaft den Blick zum Horizont meiden. Doch was weiß ich schon. Ich bin nicht die Einzige auf dieser Welt, die einen Schatten mit sich herumschleppt.

Bevor ich den Strand wieder verlasse, werde ich einmal, ein einziges Mal, in die Weite schauen. Ich konnte es am Touristenstrand, ich kann es auch hier. Ich werde bleiben und mit dem Blick das Meer abtasten. Nicht dass ich erwarte, etwas zu sehen außer Wellenbergen, Wellentälern und Wellenkämmen. Aber genau das werde ich ertragen.

Dort vorn, vielleicht drei- oder vierhundert Meter von hier, haben wir damals Hein Meiers Boot gefunden. Ich kneife die Augen zusammen, aber es ist nicht mehr da. Der dunkle Fleck ist nur das Gerippe eines Buschs. Davon gibt es viele hier. Büsche und öfter noch Bäume. Gefallene Baumriesen, von Wind und Sand geschält und ausgebleicht. Wenn im Wald ein Baum entwurzelt wird, holt der Boden ihn sich zurück. Pilze wachsen auf ihm, Farne und Moose umarmen ihn, kleine Tiere machen ihn wieder zu Erde. Hier am salzigen Wasser ist es anders. Die Bäume, die hier fallen, werden nicht zu Humus. Sie werden Monumente, Sitzbänke, Unterschlupf, Lebensraum für winzige Tiere, bis eine Sturmflut kommt und sie aufs Meer hinausträgt.

Es sind viele Stämme, dazu ausgeblichene, glatte Skelette von Baumkronen oder einzelnen Ästen. Skulpturen, die die Natur hier hinterlassen hat. »Der liebe Gott hatte an diesem Strand viel Spaß, glaube ich«, hat meine Mutter früher gern gesagt, obwohl sie nicht an einen Gott glaubte. Aber ich wusste, was sie meinte. Auch die Menschen lassen sich von den bizarren Formen und den klaren Farben anregen. In einer

Dünenbucht entdecke ich eine Zwergenfamilie aus Stöcken mit Kullerköpfen aus getrocknetem Meergras.

Ich suche den Strand nach einer geschützten Stelle ab, an der ich mich einen Moment hinsetzen könnte, doch alle Buchten scheinen belegt zu sein, und sämtliche Stämme werden bereits als Stützpunkt für den Nachmittag genutzt. Also gehe ich einfach weiter, links die stetig rollende See, rechts der Strand. Vor mir laufen zwei nackte Leute mittleren Alters Richtung Wasser und stürzen sich juchzend und »Ist das kalt«-rufend in die Wellen. Ich bleibe stehen und verfolge die beiden mit den Blicken. Es gab einmal eine Zeit, in der ich das Meer ebenfalls einladend fand.

Und wie könnte ich auch nicht? Menschen werden seit Urzeiten vom Meer angezogen. Ich habe einmal gehört, wir würden eigentlich von dort stammen. Ein Zeichen dafür sei, dass wir anders als die anderen Primaten kein Fell haben, dafür eine Fettschicht wie Meeressäuger. Ich weiß nicht, ob es stimmt. Aber ich verstehe die Meeresmagie. Ein Teil von mir wünscht sich, diesem uralten menschlichen Instinkt folgen und einfach ins Wasser gehen zu können wie die beiden vor mir. Die Wellen nicht nur an den Sohlen zu spüren, an den Knöcheln und vielleicht noch an den Unterschenkeln, sondern überall. Hineinzutauchen, mich wiegen zu lassen an der Oberfläche dieses riesigen, ewigen Wesens, in dessen Tiefen Fischchöre singen, Oktopusse sich zwischen Felsen verbergen, Wale um den gesamten Erdball ziehen. Ein bisschen von dieser Größe und diesem Leben in mich aufnehmen.

Doch es geht nicht, denn da ist noch dieser andere Teil in mir, der sich beim bloßen Gedanken daran verkrampft, der weiß, dass die Menschen den Tod ins Meer gebracht haben. Nicht den, der zum Leben gehört, sondern den anderen, den zu frühen, den unnötigen. »Wenn du ins Meer gehst«, zischelt dieser Teil und ist dabei doch lauter als der Wind und die Wellen, »wenn du ins Meer gehst, geschieht ein Unglück.«

Rational ist mir klar, wie unsinnig diese Gefühle sind. Trauma, hat Anne gesagt, und natürlich weiß ich das. Vielleicht schaffe ich es, schwimmen zu gehen, solange ich hier bin. Vielleicht schaffe ich sogar, das ein wenig zu genießen. Eins nach dem anderen.

Der wilde Strand, vor 22 Jahren

Ab und zu hatten sie bereits Seehunde gesehen, meist in der Nähe von vorgelagerten Steinen oder Sandbänken. Selten tauchte einer der kleinen schwarzen Köpfe einfach so auf dem offenen Meer auf. Und dieses hier … Maira ließ den Blick weit und weich werden, um nichts zu verpassen … dieses hier war kein Seehund gewesen.

Jasper stemmte sich auf die Kante des Boots und brachte es zum Schwanken, beinahe verlor Maira das Gleichgewicht. Aber nur beinahe. »Lass das, Blödmann.«

»Ich muss mich bewegen, ich friere mich hier sonst kaputt. Na los, komm ins Wasser.«

»Um warm zu werden, musst du aber nicht das Boot kentern lassen.«

»Fast kentern.« Er ließ los und warf sich nach hinten. Sein Aufschlag ließ das Wasser in einer Fontäne hochspritzen, ein Schwall erwischte Maira direkt im Gesicht. Lachend wischte sie die Tropfen mit dem T-Shirt ab und dann sah sie es wieder.

Da drüben! Ein schwarzer Rücken mit einer sichelförmigen Rückenflosse, der auftauchte, einen Bogen über der Oberfläche zog und wieder abtauchte. Und ein paar Meter weiter noch einer. »Da sind Schweinswale, Jasper! Mindestens zwei.«

»Wo?«

Sie deutete in die Richtung, in der sie sie gesehen hatte.

Mit ein paar schnellen Schwimmzügen war Jasper zurück und kletterte über die Leiter am Heck ins Boot. Während er sich Kopf und Oberkörper abtrocknete, ließ Maira ihren Blick schweifen.

Dieses Mal tauchten die Wale ein wenig näher bei ihnen auf. Etwas in Maira wurde groß und weit und froh, weil es etwas so Schönes gab. Sie sah Jasper an. Auf seinem Gesicht spiegelte sich dieselbe Empfindung.

Und dann waren die Wale bei ihnen, zwei Schweinswale, ein größerer und ein kleiner. Vielleicht eine Mutter mit ihrem Kind. Direkt neben dem Boot! Aus der Nähe sahen sie wirklich aus wie die Delfine, die Maira aus einer der Naturdokus kannte, die ihre Mutter so gern anschaute. Hellgrauen Pfeilen gleich schossen sie am Bug entlang, silbrig schillernd unter der Wasseroberfläche, und jetzt musste Maira vor Freude lachen, einfach weil sie hier schwammen. Es platschte, als Jasper mit einem Kopfsprung wieder ins Meer schoss. Ohne nachzudenken, sprang Maira dieses Mal hinterher, wie sie es schon so oft getan hatte, seit Jasper und sie das Boot entdeckt und sich im Dorf einen alten Anker organisiert hatten. Ohne Taucherbrille konnte sie unter Wasser nur verschwommen sehen, aber einmal kamen die Schweinswale ganz nah, und beinahe war sie sich sicher, dass der Wal sie kurz berührte. Alles in ihr vibrierte vor Glück.

Zwei-, dreimal umkreisten die Schweinswale sie, dann tauchten sie ab und verschwanden im ewigen Türkisgrau der Ostsee.

Sperlingskate, Mitte Juni

Mag sein, dass die Zeit im Haus anders läuft als in der Welt draußen. Sie vergeht einfach, ohne dass ich etwas tue. Ich kratze probehalber etwas Ruß von der Wand und stelle fest, dass er nur oberflächlich ist. Ich öffne Küchenschränke, schließe sie wieder, setze mich auf den Stuhl, der mir mit leisem Knarzen antwortet, schaue durch das schlierige Fenster hinaus in den verwilderten Garten rund um die Feuerstelle. Frage mich erneut, wer sie nutzt. Staub tanzt in der Luft. Und auf einmal ist eine Stunde vergangen.

Ich biege den Nacken nach rechts und nach links, wandere wieder ein wenig herum, stelle die Lieblingstasse meiner Mutter auf den Tisch, die mit den knubbeligen kleinen Elefanten drauf.

»Die ist ja … lustig«, hat sie gesagt, nachdem sie das Geschenkpapier abgewickelt hatte. Es war ihr fünfunddreißigster Geburtstag und sie hatte sich gerade von ihrem damaligen Freund getrennt. Die Tasse sollte sie aufmuntern. Aus heutiger Sicht ist sie ziemlich hässlich. Wahrscheinlich habe ich mir nur gewünscht, dass es Mamas Lieblingstasse ist. Sie darf dennoch mit nach Frankfurt kommen.

Automatisch wische ich mit dem Zeigefinger ein bisschen Staub aus dem Tassenregal, einmal die vordere Kante entlang. Dann das Gewürzregal. Oregano, Majoran, Zimt. Ich öffne keine der kleinen Dosen, ich wische sie nur ab. Erst mit den Fingern, dann mit dem trockenen Geschirrhandtuch, das über dem Griff des geöffneten Kühlschranks hängt. Meine Großmutter muss ihn ausgeräumt haben, denn ich war es nicht. Wirkungsvoll ist anders, und ich erkenne selbst, wie wenig Sinn im Abwischen von Gegenständen steckt, die in einigen Wochen ohnehin entsorgt werden, in welcher Form auch immer. Vielleicht wird jemand hier durchgehen und sich Dinge heraussuchen, über die sich zu Hause ein Kind freut, bevor die Bagger kommen. Vielleicht sieht diese Person dann die Gewürzdosen und gibt ihnen ein neues Heim. Ich kann sie nicht mitnehmen. Und ich will es nicht. Ich habe ein Leben im Jetzt, in Frankfurt. Es ist ein gutes Leben, das mich zufrieden macht. Und nur weil ich gerade durch die Wellen der Zeit tauche, werde ich mich nicht von der Vergangenheit ertränken lassen, indem ich mir zu viele Gegenstände von damals umhänge.

Auf dem Sofa liegt immer noch die Decke meiner Mutter, unangetastet. Ich werde sie mitnehmen, etwas in mir hat das sofort beschlossen, als ich sie sah. Aber noch bleibt sie dort. Noch halte ich mich vom Sofa fern.

»Maira?«

Ich zucke zusammen. Die Stimme war so laut in meiner stillen, langsamen Welt hier. Und so unerwartet. Jasper.

Aus dem Flur ertönen Schritte. »Sorry, dass ich einfach reinkomme, die Tür war offen.« Im Durchgang zum Flur bleibt er stehen. »Ich hab geklopft, aber es kam keine Antwort.«

»Sicher, da trabt man einfach mal in fremde Häuser.« Weil mein Herz immer noch erschrocken klopft, klingen meine Worte zittrig und falsch.

Jasper betrachtet mich, wie ich besonders herausfordernde und eher geschmacklose Möbelstücke ansehe. Befremdet. »In

Soeterhoop tut man das«, sagt er ruhig. »Du und ich tun das. Oder haben es jedenfalls mal getan.«

Mir fehlt die Antwort darauf. Sein Blick schmerzt.

Er lässt ihn durch die Küche wandern, kurz bleibt er an der Tasse auf dem Tisch hängen. Wir haben sie gemeinsam ausgesucht. Auf einmal wüsste ich gern, ob er den Lagerfeuerplatz manchmal nutzt.

Das Schweigen zwischen uns wird dick und unbehaglich, wie es nur Schweigen werden kann, das sich aus zu vielen ungestellten Fragen nährt.

»Niki hatte ihre Jacke beim Baumhaus vergessen«, sagt Jasper schließlich. »Gebot der Höflichkeit, dir jedenfalls kurz Hallo zu sagen. Und dir bei der Gelegenheit auch gleich noch …«

»Hallo, Jasper.«

»Neulich, als … ich meine, ist es für dich okay, wenn die Kinder in dem Baumhaus rumtüdeln? Sie sind da gern, und ich finde es so viel besser, als wenn sie nur drin rumhocken würden. Tun sie eh schon genug.«

Das sind Sätze, auf die ich reagieren kann. Alle Eltern, die ich kenne, sagen sie. Und alle Eltern sprechen gern über ihre Kinder. »Da sie das vermutlich seit Jahren tun, wäre es ein bisschen dumm von mir, es auf einmal zu verbieten, oder? Sie stören mich nicht. Ich finde es schön, wenn sie hier spielen.«

»Ich auch.«

»Wie alt ist Niki eigentlich?«

»Neun. Sie wird im Oktober zehn.«

»Schönes Alter.« Warum rede ich solchen Unsinn? Ich habe nicht die leiseste Ahnung, ob das ein schönes Alter ist.

Aber falls Jasper bemerkt hat, dass mein Small-Talk-Versuch nicht ganz gelungen ist, lässt er es sich nicht anmerken.

»Alle Altersstufen sind irgendwie besonders, finde ich. Mein Kleiner ist jetzt sechs, das ist auch cool.«

Seine Worte hängen im Raum.

Als ich sie nicht einfange, fragt er: »Hast du Kinder?«

»Nein.« Zu laut, zu entschieden. »Hat sich irgendwie nie ergeben.«

Wieder schweigen wir, er an der Tür, ich vor die staubige Kochzeile geklemmt. Wie konntest du Kinder in diese Welt setzen, Jasper? Mehr Menschen, die mehr Unheil anrichten. Ich denke an Nikitas Lachen. Welche Zukunft haben sie in einer Welt, in der die Ozeane sterben? Ich ertappe mich dabei, Jaspers Hand zu betrachten, die locker an seiner Seite hängt. Mit diesen Händen hat er mit mir zusammen einmal Netze durchtrennt. Jetzt hat er ein Fischerboot.

»Um ehrlich zu sein, wollte ich keine«, höre ich mich sagen und wappne mich für das *Warum nicht?*, das unausweichlich auf diesen Satz folgt. Als müsste es dafür einen Grund geben. »Sieh dir den Zustand der Welt an«, könnte ich antworten. Oder: »Weil sie mir unheimlich sind.« Oder irgendetwas anderes, das halb der Wahrheit entspricht.

»Ich auch nicht. Viel zu viel Verantwortung. Außerdem, wenn ich mir die Welt so ansehe …«

»Aber …«

»Niki war nicht geplant.« Ein angedeutetes Lächeln huscht über sein Gesicht, das nicht mir gilt. »Aber jetzt würde ich sie um nichts in der Welt mehr hergeben. Den Kleinen natürlich auch nicht.«

»Wie heißt dein Sohn?«

»Miles.«

»Und ich dachte neulich schon, Nikita Hansen klänge eigenwillig.«

»Sie ist ein eigenwilliges Kind.« Dieses Mal gilt sein Lächeln mir. »Aber sie heißen beide nicht Hansen, sondern haben den Nachnamen ihrer Mutter.«

»Wer …? Wer ist ihre Mutter?« Ist doch nicht so schwierig. »Kenne ich sie?«

Er schüttelt den Kopf. »Kara. Sie ist Kanadierin. Die Kinder heißen beide Langley.«

»Von Kanada nach Soeterhoop an der Ostsee. Auch ein ziemlicher Schritt.« So schwierig ist Small Talk gar nicht. Vielleicht, weil ein winziges Stück der Distanz zwischen Jasper und mir sich in unserem Gespräch aufgelöst hat.

Er greift in seine hintere Hosentasche.

»Willst du reinkommen?« Unbeholfen deute ich auf die Wasserflasche, aus der ich vorhin noch getrunken habe. Früher hätte das keine Rolle gespielt. »Ich kann dir allerdings nicht wirklich was anbieten.«

»Lass mal. Ich wollte dir nur eben das hier zurückgeben.« Es ist meine zerlesene Ausgabe von *Unternehmen Greenpeace*, die er mir jetzt entgegenhält. Wir wollten mal die Welt retten. »Hätte ich schon vorher, aber … na ja.«

»Danke.« Der Buchsatz ist klein und eng, die Seiten angegilbt. Jasper hat mein Buch achtzehn Jahre lang gehütet, obwohl er nicht wissen konnte, ob wir uns je wiedersehen.

Jaspers Besuch hat etwas in mir freigelassen. Nachdem er gegangen ist, lege ich das Buch zu der Elefantentasse auf den Tisch. Dann nehme ich die Decke vom Sofa, streiche sie glatt und falte sie zusammen. Bevor sie ebenfalls auf den Stapel kommt, presse ich die Nase hinein, um eine Spur meiner Mutter zu finden, so schwach sie auch sein mag. Aber da ist nichts. Nur Wolle und Staub.

In einer der Küchenschubladen finde ich eine Sammlung meiner alten Schulsachen. Papier, Zirkel, Stifte, Wachsmalkreiden. Der Tuschkasten, dessen Dunkelblau und Grün aufgebraucht sind, das Gelb von blauen Schlieren bedeckt. Das Mitteilungsheft aus der achten Klasse, in das Herr Bartelsen gern mal süffisant schrieb, mir würde ein wenig Engagement nicht schaden.

»Soll ich mit ihm reden?«, hat Mama immer wieder gefragt, und immer wieder habe ich gesagt, ich schaffe das allein. Vor allem hatte ich Angst, dass er mich dann erst recht schikaniert. Natürlich musste Mama trotzdem für mich in den Ring springen. Ich sehe sie vor mir, noch gesund, eine Teetasse vor sich auf dem Tisch. Sie sitzt mit übereinandergeschlagenen Beinen auf dem Sofa, hinten angelehnt, und lacht in den Telefonhörer. Mit einem Zeigefinger dreht sie eine Strähne ihrer Haare auf. »Ich verstehe, was Sie sagen, wirklich.« Als sie mich bemerkt, wird sie ernst. »Wirklich. Und ich werde mit Maira natürlich darüber sprechen.« Sie räuspert sich, lauscht. Lächelt. »Sehen Sie, und genau das ist das Problem. Maira wollte das gern selbst mit Ihnen klären, aber ich habe ihr gesagt: Der Mann sitzt im Zweifelsfall immer am längeren Hebel.« Sie nickt mir mit ihrem Wir-beide-gegen-die-Welt-Lächeln zu und wedelt mit der Hand, um mich aus dem Raum zu schicken. »Man kann an der Stelle wohl kaum von gerecht verteilter Macht reden.«

Brav trotte ich in den Flur, was einigermaßen albern ist, da ich von dort natürlich ebenso höre, was sie sagt, als stünde ich direkt im Raum. Trotzdem wird ihre Stimme wieder leichter, als ich die Wohnküche verlassen habe. »Vielleicht sollten wir das, ja.« Sie lacht. »Ich bin überaus neugierig auf Ihre Argumente.« Wieder dieses flirrende Lachen, in der Fensterscheibe erkenne ich schemenhaft, wie ihr Spiegelbild an ihren Haaren herumspielt. »Neugierig. Neu.« Pause. »Mittwoch um drei. Ich freu mich.«

Ich weiß noch, wie beleidigt ich war, weil sie mit dem blöden Herrn Bartelsen herumlachte, statt ihm »ein paar Takte zu erzählen«, wie sie angekündigt hatte. Aber nach dem Krisentreffen an jenem Mittwoch verbesserte sich sein Verhalten mir gegenüber ein wenig. Nachdenklich blättere ich in dem Mitteilungsheft herum. Ob Herr Bartelsen noch lebt? Spontan schicke ich Anne eine Nachricht, in der ich sie danach frage.

Ihre Antwort kommt wenige Minuten später in Form einer Sprachnachricht. »Hi, Süße«, sagt sie, als seien wir immer noch beste Freundinnen. »Schön, von dir zu hören. Wie geht's dir? Kommst du voran? Ich renne hier heute nur von einer meiner Frauen zur nächsten, hoffe, bei dir ist es dafür entspannt. Wenn du willst, komm ich morgen vorbei und helfe dir, da habe ich frei. Eigentlich wollten wir mit den Kindern was unternehmen, aber das ist schon okay. Ach so, zu deiner Frage: Thommy Bartelsen lebt noch, ja. So alt ist der noch gar nicht, fünfundsechzig oder so. Glaub, er hat erst vor Kurzem aufgehört zu unterrichten. Wieso fragst du? Aber das können wir später besprechen. Ich muss mal Schluss machen. Bis dann!«

Thommy. Für Anne ist er schon lange kein Lehrer mehr, und hier ist es normal, sich mit dem Vornamen anzusprechen. Doch mir macht die simple Kleinigkeit, dass *Thommy* für mich *Herr Bartelsen* geblieben ist, erneut klar, wie weit weg mein Leben inzwischen von allem hier ist.

Das wäre schön, schreibe ich an Anne. Und aus einem Impuls heraus: **Wenn du willst, bring die Familie doch einfach mit.**

Im Schuppen finde ich die alten Biergartenstühle, die meine Mutter für ein Gartenfest günstig organisiert hat, als in einem der Nachbarorte ein Café den Besitzer wechselte. Ordentlich zusammengeklappt und in der dunkelsten Ecke aneinandergelehnt, sind sie das das Erste hier, das unter einer wirklich fingerdicken Staubschicht schläft. Probehalber ruckele ich den erreichbarsten frei. Eine Spinne huscht erschrocken davon. Vermutlich habe ich soeben ihr Familiendomizil der letzten drei Generationen zerstört. »Tut mir leid, Spinne«, murmele ich. »Bin gleich wieder weg. Aber vermutlich ist es eh besser, wenn ihr euch was Neues sucht, bevor hier alles abgerissen wird.«

Ich verdränge den Gedanken an all die kleinen, kleinsten und winzigen Tiere, die auf diesem Hof in Ritzen und Spalten wohnen und deren Todesurteil ich mit dem Verkauf des Gehöfts spreche, und zerre weitere Stühle hervor. Möglicherweise war es nicht sehr klug, Annes Familie einzuladen, wenn man davon ausgeht, dass Anne mir eigentlich beim Sortieren helfen wollte. Stattdessen versuche ich nun, ein paar ziemlich heruntergekommene und verdreckte Stühle ohne Wasser so weit zu säubern, dass man sie benutzen kann. Als ich den dritten abbürste, fällt mir der Lagerfeuerplatz ein. Dort können wir sitzen.

Anzubieten habe ich wenig für einen Kaffeebesuch, aber es wird schon irgendwie reichen. Ich brauche nur etwas zum Transportieren. Früher war der Picknickkorb im Flurschrank.

Und früher fühlte der runde Holzknauf der Schranktür sich genauso an wie jetzt, das Knarren der ungeölten Scharniere klang wie jetzt, und der Anblick der fein säuberlich in Kisten sortierten Mützen, Schals und Handschuhe nimmt mir beinahe den Atem. Wie kann die Zeit hier einfach stehen geblieben sein? Alles, wirklich jede Kleinigkeit, ist so, wie ich sie in Erinnerung habe. Der grobe Wollstoff von Mamas Mütze ist weich unter meinen Fingern; als ich darüberstreiche, meine ich, gebrannte Mandeln vom Weihnachtsmarkt zu riechen. Ich halte die Mütze einen Moment in den Händen, dann ziehe ich sie mir über die widerspenstigen dunklen Locken und betrachte mich im Spiegel. Sie steht mir. Vielleicht nehme ich sie auch mit.

Wie können all diese Sachen hier auf einmal so wichtig sein, nachdem sie mir jahrelang egal waren? Ich habe hervorragend ohne die Mütze gelebt, ohne die Tasse, ohne das Greenpeace-Buch. Es ging mir gut. Aber je länger ich hier bin – und es sind ja erst ein paar Tage –, desto mehr Gegenstände will ich retten. Im Moment ist mir danach, einfach alles mitzunehmen. Mein ganzes Leben, als es noch heil war.

Entschieden reiße ich mich von meinem Spiegelbild los und stopfe die Mütze zurück in den Schrank. Den Picknickkorb wollte ich holen.

Zwei Minuten nach der verabredeten Zeit höre ich auf dem Weg vor dem Hoftor das Klappern von Fahrrädern und Annes Stimme. »Alle absteigen! Wir sind da. Seht ihr, war gar nicht so weit, oder?«

»Doch! Meine Beine sind schon ganz schlapp!«

»Zeig mal. Ich finde, die sehen noch sehr stark aus.« Das war Kalle.

»Ich weiß, dass wir da sind«, sagt ein anderes Kind.

»Du warst ja auch schon öfter hier«, sagt Anne, und als das Kind um die Ecke kommt, weiß ich, was sie meint. Es ist Jaspers Tochter.

»Hallo, Maira.« So selbstverständlich, als würden wir uns seit Jahr und Tag kennen.

»Hallo, Nikita.« Ich schenke ihr ein Lächeln, dann sehe ich Anne fragend an.

»Die Kinder hängen ohnehin immer zusammen. Jasper kommt auch gleich noch mit Miles vorbei. Ich dachte, das ist nett, so um der alten Zeiten willen.«

Ich nicke.

Aber offensichtlich spiegelt mein Gesicht etwas anderes. »Das ist dir doch recht?«, fragt Anne.

»Klar«, sage ich sperrig. »Tolle Idee. Ich hole noch schnell ein paar mehr Teller. Ich dachte, wir setzen uns hinten zum Lagerfeuerplatz. Stühle brauchen wir dann auch noch ein paar mehr.«

»Lass doch. Die Kinder hüpfen bestimmt sowieso die ganze Zeit rum. Wir nehmen einfach eine Decke. Ich helfe dir.«

Also gehen wir gemeinsam ins Haus, während Kalle mit dem vollen Picknickkorb, einer Tasche und drei Kindern Richtung Lagerfeuer steuert. Er kennt sich hier aus, merke ich und frage mich nicht mehr, wer den Garten in meiner Abwesenheit nutzt, sondern nur noch, wie oft. Es ist ein schöner Rückzugsort, wenn man im Sommer Ruhe vor den Touristenströmen haben will.

Ich marschiere direkt in die Wohnküche und merke erst, als Anne nicht nachkommt, dass sie im Flur stehen geblieben ist.

»Wahnsinn. Es sieht noch genauso aus wie damals.«

Aus irgendeinem Grund irritiert mich die Aussage, selbst wenn ich ungefähr fünfundzwanzigmal am Tag dasselbe denke und sicher bin, Jasper hat es auch getan. Wie könnte es anders aussehen? Niemand war in all der Zeit in diesen Räumen.

»Es riecht sogar noch genauso.«

»Ich weiß.«

Jetzt hört sie auf, sich umzusehen, und blickt mich direkt an. »War es sehr schlimm, hier wieder reinzukommen?«

»Teilweise ja. Aber teilweise auch nicht.« Wir holen die Teller, aber bleiben noch im Zimmer. Anne streichelt die Decke, die ich zusammengelegt habe. »Es mag sich komisch anhören«, sage ich, »aber ein bisschen hatte ich auch den Eindruck, das Haus freut sich, dass ich da bin. Und ja, ich weiß, dass Häuser keine Gefühle haben.«

»Es hört sich nicht komisch an.« Immer noch liegen ihre Finger auf der Decke, während sie den Blick umherschweifen lässt. »Es ist dein Zuhause. Natürlich freut es sich.«

»Jetzt machst du dich über mich lustig.«

»Nein. Ich fand immer, dass dies ein freundliches Haus ist. Ich bin sicher, es passt auf dich auf.«

Mir gefällt der Gedanke. Gleichzeitig betrübt er mich, weil ich weiß, im Gegenzug kann ich nicht auf das Haus aufpassen. Ich kann auf nichts aufpassen. Und auf niemanden.

Anne löst sich von der Decke meiner Mutter und geht langsam durch den Raum, berührt nun stattdessen behutsam und bedächtig die Schüsseln auf dem Wandbrett, die wir vor vielen Jahren in einem Sommer getöpfert haben, als meine Mutter meinte, sie müsste mit uns mal etwas kreativ sein. »So viele Gegenstände. Weißt du schon, was du mit ihnen tun wirst?«

Ratlos hebe ich die Schultern. »Keine Ahnung. Ich bin achtzehn Jahre lang prima ohne das ganze Zeug ausgekommen.« Das Wort Zeug tut mir selbst weh. »In Frankfurt habe ich eine Einzimmerwohnung. Na ja, eineinhalb. Aber ich kann das kaum alles mitschleppen.«

»Du könntest einen Hofflohmarkt veranstalten.«

»Ich weiß nicht. Das käme mir vor wie Fledderei.« Sagt die Frau, die bis vor ein paar Tagen noch kein Problem mit dem Entschluss hatte, einfach alles abreißen und entsorgen zu lassen. »Außerdem wollte ich eigentlich so wenigen Leuten wie möglich begegnen, während ich hier bin.«

»Warum?«

Wieder zucke ich mit den Schultern. Weil ich nicht mehr hergehöre? Das Problem, dass zwischen Jasper und mir zu viel kaputtgegangen ist, um ihn gern zu treffen, hat sich wohl erledigt. Nicht dass es verschwunden wäre, aber Jasper sitzt möglicherweise in diesem Moment schon in meinem Garten. Ihm ganz auszuweichen, wie ich vorgehabt hatte, ist unmöglich. »Es waren nicht die besten Umstände, unter denen ich gegangen bin«, sage ich schließlich.

»Aber das ist doch ewig her. Außerdem wird jedem hier klar sein, dass du ja wohl diejenige warst, die am meisten gelitten hat und am allerwenigsten dafürkonnte.«

»Ich bin mir nicht sicher, ob das alle so sehen.« Was ich eigentlich meine, ist: Ich bin mir nicht sicher, ob Jasper das so sieht. Denn Jasper weiß Dinge über mich, die niemand anders je erfahren wird. Andererseits … hat er mein Buch aufbewahrt.

»Komm her«, sagt Anne, und bevor ich mich versteifen kann, zieht sie mich in die Arme. Wieder stelle ich fest, wie anders und doch genauso wie früher sich ihre Umarmung anfühlt. Wie sehr sie immer noch Anne, meine allerbeste Freundin, ist. Anders als bei unserer ersten Begrüßung ist diese Umarmung nicht überschwänglich und aufgedreht. Sie ist nicht mal gleichberechtigt. Dieses Mal hält vor allem Anne mich fest und schenkt mir ein bisschen von ihrer Sicherheit und Zuversicht, bis ich schlucke und mich löse, weil ich nicht zu viel nehmen will. Freundschaften funktionieren nicht einseitig. »Ich glaube, du unterschätzt die Leute hier. Sogar Thommy Bartelsen erkundigt sich ab und zu, ob ich was von dir gehört hätte.«

»Er wird kaum seine schlechteste Schülerin vermissen.«

»Letztes Mal, als er gefragt hat, habe ich dich im Internet gesucht.«

»Und? Was sagt es über mich?«

»Nicht viel. Ich wusste nicht mal, ob du meine Maira Jakobs bist, weil auf der Website deiner Firma kein Bild ist.«

»Genau genommen ist es nicht meine Firma.« Noch nicht.

»Wortklauberei. Sollen wir zu den anderen gehen?«

Ich nicke. Nur wegen Jasper kann ich meine Einladung wohl kaum verspätet zurückziehen.

Er hat sein Kind mitgebracht, einen kleinen Jungen, der beinahe so aussieht wie der Jasper auf den Bildern in meinem alten Fotoalbum. Keine Frau. Miles rennt zu den anderen Kindern, die ich nicht sehen, sondern nur unter einem der Forsythienbüsche mit den überhängenden Zweigen hören kann. Er kennt sich hier aus. Sie alle kennen sich aus.

Jasper begrüßt Kalle mit einer kurzen, rückenklopfenden Umarmung, dann dreht er sich um. Bei meinem Anblick gleitet wieder dieses Sekundenlächeln über sein Gesicht, das erlischt, bevor es sich ganz entfalten kann. »Hi.«

»Hi.«

»Hi.«

»Danke für die Einladung.«

Hat Anne das behauptet? Dass ich ihn auch eingeladen habe? »Kein Ding. Setz dich.«

Aber er ist schon dabei, den Klappstuhl von der Wand zu nehmen, den ich dort angelehnt habe. Er setzt sich zwischen Kalle und die Kinderdecke. Nicht mal rein zufällig können wir nebeneinander landen. Ich kann nicht sagen, dass ich den Abstand bedauere.

Wir sitzen und erzählen über alles und nichts, über Soeterhoop und Frankfurt und das Wetter; der Wind raschelt durch die Blätter, ganz leise, die Sonne steht hoch, als wäre es mittags und nicht schon beinahe Abend. Über uns tauchen vereinzelte Seeschwalben durch den Himmel. Sie fliegen niedrig, es wird Regen geben.

Irgendwoher haben die anderen eine Holzplatte geholt, die nun auf dem Steinring der kalten Feuerstelle liegt und als Tisch dient. Immer wieder kommt eins der Kinder vorbei, um sich etwas zu essen oder eine kurze Kuscheleinheit abzuholen.

Manchmal spüre ich, dass Jasper mich ansieht, doch ich lache mit Anne und ignoriere ihn. Heute, an diesem Abend, an dem wir in der Runde sitzen, als gehörte ich noch zu ihnen, möchte ich nicht daran denken, wie es endete.

»Sind es wirklich weniger Schwalben als früher oder kommt es mir nur so vor?«, frage ich, nachdem alles aufgegessen ist. Nur eine Scheibe Brot und ein kleiner Rest Salat sind noch übrig. Das Blau des Himmels ist fahl geworden.

»Hab ich nie drauf geachtet, ehrlich gesagt«, antwortet Kalle.

Anne ist mit Fritzi beschäftigt.

Jasper sagt: »Es sind weniger. Sie finden nicht genug Nahrung. Kaum Insekten da.«

»Dafür bin ich schon ganz schön zerstochen.« Kalle kratzt sich am Unterschenkel.

»Es sind auch weniger Möwen.«

»Keine Fische?« Ich betrachte Jaspers Hände.

»Nicht genug Fische.« Ganz ruhig sagt er das, aber ich weiß, dass es ihn innerlich zerreißen muss. Den Jasper, den ich kannte, hätte es innerlich zerrissen.

Jetzt sehen wir uns doch an. Weniger Schweinswale. So

schmerzlich viel weniger. Achtzehn Jahre, für uns lange, und doch nicht mehr als der Bruchteil eines Wimpernschlags im Lauf der Zeit. Sie haben so vieles verändert.

»Apropos Fische. Meine Eltern kommen nächste Woche aus Süddeutschland«, sagt Kalle. »Hast du Kapazitäten, mal 'ne Runde mit denen rauszufahren, Jasper?«

»Lässt sich vielleicht einrichten.«

»Bist du jetzt unter die Fischer gegangen?« Laut und grob hängt meine Frage zwischen uns.

Fische gehören ins Meer, sie sollen schillern, schwimmen, leben. Schweinswalen und Robben als Nahrung dienen, das ja. Aber nicht von Menschen mit Netzen aus ihrem Lebensraum gerissen werden.

Jasper war dabei, sein Smartphone zu zücken, nun hält er in der Bewegung inne und sieht mich eigenartig an. Doch ich bereue die Frage nicht. Aus irgendeinem Grund muss ich das wissen.

Anne überspielt die unbeholfene Pause damit, dass sie die Kinder ruft und ihnen mitteilt, bald sei es Zeit, nach Hause zu gehen.

Protestrufe aus dem Forsythienstrauch.

Ich frage mich, wie Eltern diese Geduld aufbringen, aber ich beschwere mich gewiss nicht. Je länger Anne und Jasper bleiben, desto länger kann ich mir selbst vorspielen, ich sei hier noch zu Hause.

Nach etwas Hin und Her einigen sich alle, noch eine Weile zu bleiben, und ich lasse mich wieder in dieses trügerische Gefühl von Freundschaft und Zusammengehören sinken, bis das Licht langsam rötlicher wird.

Jasper erkundigt sich nach meinem Job, und ich erzähle ein bisschen davon, wie gut er mir gefällt. Frankfurt ist so weit weg. Anne gibt Kreißsaal-Anekdoten zum Besten. »Was machst du jetzt eigentlich?«, frage ich Jasper. Ich will die freundschaftliche Stimmung nicht zerstören, trotzdem höre ich mich nachsetzen: »Außer Touristen zum Fischen zu begleiten, meine ich.«

»Ich begleite keine Touristen zum Fischen«, sagt Jasper ruhig. »Ich fahre lediglich mit ihnen aufs Meer. Ich möchte ihnen das Leben da draußen näherbringen, in all seiner Vielfalt. Ob sie dann ihre Angel ins Wasser halten, entscheiden sie selbst. Ist ja nicht mein Job, über das Gewissen anderer Leute zu wachen.«

Nein, das ist es wohl nicht. So eindringlich, wie er mich ansieht, ist klar, was er denkt: Auch auf meinem Gewissen lasten Dinge, über die es sehr einfach wäre zu richten. Tut er es?

»Damit verdienst du dein Geld?«

»Ein Zubrot, einfach weil es Spaß macht und mir wichtig ist. Ansonsten hab ich den Laden von meinem Vater übernommen.«

»Die Baufirma? Aber das wolltest du nie.«

Er hebt die Schultern in einer Geste von Was blieb mir anderes übrig, und Anne sagt: »Das bedeutet: Wenn du den Hof verkaufst, wird er vermutlich damit beauftragt, hier umzubauen.«

»Warten wir mal ab«, sagt er. »Niki! Miles! Wir wollen los.«

Es war klar, dass irgendjemand hier bauen würde. Irgendjemand wird die Abrissbirne schwenken und irgendjemand wird den Frontlader fahren. Vorher schicken sie vermutlich noch eine Entrümplungsfirma durch. Natürlich war mir das klar in dem Moment, in dem ich beschloss, der Gemeindeverwaltung den Hof anzubieten. Theoretisch. Aber wenn ich mir Jasper vorstelle, der selbst in dem Bagger sitzt und Steine und Schutt in Baucontainer lädt wie früher sein Vater – Steine und Schutt, die einmal mein Haus, unsere Kindheit waren –, dann kann ich es nicht.

Anne nimmt Geschirr und Besteck mit, um es zu Hause zu spülen, mir bleibt also nicht viel zu tun. In der Wohnküche brummt eine Fliege gegen die Fensterscheibe zum Garten. Ich öffne einen Flügel und scheuche sie hinaus.

Vor 20 Jahren

In der Nebensaison wurden die Strände nicht regelmäßig gesäubert, sodass nach dem Sturzregen, Sturm und Gewitter der letzten Nacht Berge von Tang und Seegras parallel zur Wasserkante den Strand bedeckten. Immer wieder leuchteten Reste blauer, weißer, gelber Plastikverpackungen aus dem Grünbraun.

Manchmal sammelte Maira das Plastik ein, doch nicht heute. Heute rannte sie mit Jasper und Anne durch den Wind, als wären sie noch Kinder und keine Teenager.

Nur schnell vor dem Abendessen, hatten Jasper und Anne bei ihren Eltern ausgehandelt. Eine Stunde an den Strand und sie würden auch nicht zu weit gehen und die Zeit vergessen. Mairas Mutter hatte ihr nur viel Spaß gewünscht. »Die Nudeln laufen nicht weg.«

Manchmal war es praktisch, dass sie nur zwei Menschen zu Hause waren. Sie konnten sich einfach absprechen ohne Rücksicht auf Väter oder kleine Geschwister.

Anne war an der Reihe bei dem spontanen Fangenspiel, das sich irgendwie entwickelt hatte, ohne dass jemand es benannte.

Lachend und kreischend sprangen sie über die Seegras-Wälle. Obwohl heute kaum die Sonne darauf geschienen hatte, ging von ihnen bereits der salzig-muffige Geruch vertrocknender Algen aus. Niemand wollte darauf treten, aber Anne ließ sich prima abhängen, indem Maira immer wieder über die Algen sprang, wenn sie zu nahe kam. Gegen Jasper hatte Anne ohnehin kaum eine Chance.

Das Leben jubelte in ihr, während Maira zum nächsten Sprung ansetzte. Seewind riss an ihren Haaren, kühle Luft strich über die Arme, wo das T-Shirt sie nicht bedeckte. Sie sprang zu kurz, rutschte auf dem Seegras aus und landete zwischen stinkenden Algen, Plastikresten und Miesmuscheln.

»Autsch!«

Lachend kam Anne näher. »Hab dich.« Sie tippte Maira an, der Vollständigkeit halber, schien es.

Maira musste ebenfalls lachen. »Das ist so eklig. Hilf mir mal hoch.«

Anne reichte ihr die Hand, und Maira zog sich hoch und wischte, so gut sie konnte, weil sie immer noch haltlos kicherte, ihre Kleidung und ihren Körper ab.

»Du hast Algen im Haar. Sieht hübsch aus.« Wieder prustete Anne los.

Maira tastete danach und zog sich strängeweise Seegras vom Kopf. Erst jetzt merkte sie, dass Jasper ein Stück von ihnen entfernt hockte und … was tat er da? Stocherte er in den Algen herum?

»Hey, Jasper«, rief Anne im selben Moment. »Hast du einen Schatz gefunden?«

»So ähnlich.« Er klang abgelenkt, seine Stimme war tief in diesem Moment.

Er stocherte nicht, wie sich herausstellte.

Zwischen den verwesenden Algen lag eine Silbermöwe mit einem seltsam abgespreizten Flügel.

»Lebt sie noch?«

Er nickte. »Gerade so.«

Die Möwe versuchte schwach, nach Jaspers Hand zu hacken, aber sie konnte kaum den Kopf heben.

»Ist ja gut«, brummte er. »Ich will dir doch nur helfen.«

Maira hatte ziemlichen Respekt vor dem Schnabel und so aus der Nähe war die Möwe beeindruckend groß. Doch es ging ihr eindeutig schlecht. Nicht nur schien etwas mit dem einen Flügel nicht in Ordnung zu sein, sondern um ihren Hals und Schnabel lagen nicht etwa Seegrasfäden, wie Maira zunächst gedacht hatte, sondern etwas, das vielleicht einmal ein Fischernetz gewesen war. Oder irgendeine andere Art von Kunststoffnetz.

»Hast du dein Taschenmesser dabei, Maira?«, fragte Jasper.

Sie hatte es zum letzten Geburtstag von Mischa geschenkt bekommen und nahm es normalerweise nicht mit zum Strand, damit die Mechanik nicht versandete. Aber ausgerechnet heute hatte sie es eingesteckt. Sie zog es aus der Tasche, klappte es auf und reichte es Jasper.

Die Möwe protestierte, als Jasper neben ihrem Kopf herumzuschneiden begann.

Maira hockte sich neben Jasper und zog das Plastik weg, das er abgeschnitten hatte.

Die Möwe hackte mit letzter Kraft, Jasper fluchte unterdrückt. »Halt doch mal still, verdammt.« Seine Hand blutete. »Wir müssen ihr irgendwie den Kopf zudecken, damit sie sich beruhigt.«

Woher wusste er so was?

Anne reichte ihr Halstuch von hinten. »Reicht das?«

»Ja.«

Er deckte dem Vogel den Kopf zu, legte behutsam den anscheinend lahmen Flügel an und hob das Tier hoch. Wirklich, wirklich groß war so eine Möwe.

Jasper hielt sie wie ein Baby.

»Und jetzt?«, fragte Anne.

»Jetzt bringen wir sie nach Hause und machen sie sauber«, sagte Jasper.

Waren sie auf dem Weg zum Strand übermütig und aufgekratzt gewesen, glich der Rückweg eher einer langsamen Prozession – oder eben einem Krankentransport, nur dass bei diesem eben ein Vogel transportiert wurde statt eines Menschen. Ein sehr schwacher Vogel. Maira konnte sich beim besten Willen nicht vorstellen, wie diese Möwe je wieder stolz und frei über die Küste segeln sollte.

Wusste Jasper wirklich, was zu tun war, oder gab er das nur vor? In seinen Schritten lag keinerlei Zweifel, lediglich Behutsamkeit. Es dauerte bestimmt zwanzig Minuten, bis sie auf diese Weise Jaspers Zuhause erreicht hatten, ein modernes Einfamilienhaus, dessen Garten nur durch einen Holzzaun vom Platz der Baufirma abgetrennt war.

»In meiner rechten Hosentasche ist der Hausschlüssel.«

Anne wurde rot und wirkte, als würde sie gleich explodieren vor unterdrücktem Kichern. Maira verdrehte die Augen und angelte den Schlüssel aus Jaspers Tasche. Himmel, es war doch bloß Jasper.

»Mama?«, rief er ins Haus.

Andrea antwortete nicht, wahrscheinlich war sie im Büro.

»Wir brauchen einen Karton. Und irgendein weiches Tuch.« Gut, Jasper hatte tatsächlich Ahnung davon. »Ich hab neulich eine Doku über eine Familie gesehen, die einen Vogel aufgepäppelt hat.«

Das war mehr, als Maira zu bieten hatte, und vermutlich auch Anne. Also taten sie, was Jasper sagte. In der Garage fanden sie einen Karton, der groß genug war für die Möwe. Sie bohrten Luftlöcher hinein, und Jasper spendierte ein altes T-Shirt, aus dem sie ein Nest bauten. Vorsichtig setzte er die Möwe hinein. Sie hatte die Augen geschlossen.

»Sollen wir Würmer sammeln oder so? Oder irgendwoher Fisch organisieren?«, fragte Anne. »Meine Eltern haben eigentlich immer Fisch in der Kühlung.«

Jasper schüttelte den Kopf. »Die würde jetzt eh nichts fressen, ist viel zu fertig dafür. Eigentlich wär es das Beste, sie einfach in Ruhe zu lassen, aber erst mal muss der Plastikscheiß ganz runter. Wenn sie sich wieder erholt hat, lässt sie uns garantiert nicht mehr in die Nähe.«

Wenn, sagte er. Nicht: *Falls*.

Maira wollte ihm seine sture Hoffnung nicht zerstören. Der große Vogel hockte zusammengesunken in dem T-Shirt-Nest und wirkte, als würde er jede Minute einfach umkippen und sterben. In einer der Küchenschubladen bewahrte Jaspers Familie Scheren und kleine Werkzeuge auf. Maira holte eine Schere, eine spitze Zange und eine Pinzette.

Dann hockten sie gemeinsam auf dem Boden um den Karton mit der Möwe. Jasper zupfte und schnitt und Anne und sie selbst suchten die Möwe mit Blicken auf weitere Plastikverschnürungen ab. Eine dünne Schnur am linken Flügel hätten sie beinahe übersehen. »Du hast dich ja gründlich verheddert, was?«, murmelte Jasper.

Die Möwe schien keine Kraft mehr zu haben, sich zu wehren.

»Muss sie nicht wenigstens was trinken?«

Jasper schloss den Deckel der Kiste. »Morgen.«

Wenn sie morgen noch lebt, dachte Maira.

Am nächsten Morgen fuhr sie vor der Schule bei Jasper vorbei. Sein Vater öffnete die Tür. Das war ungewöhnlich, normalerweise arbeitete Frank ab halb sieben. »Maira, guten Morgen. Was verschafft uns die Ehre?«

»Ich wollte nach … hast du heute frei?«

»Gehe später hin.«

»Ich … lebt die Möwe noch?«

»Komm rein.«

Sie sah sich um, im Flur stand der Karton mit der Möwe jedenfalls nicht mehr. Armer Jasper, er hatte sich so viel Mühe gegeben.

Frank ging voran in die Wohnküche, sie folgte ihm. Und da kniete Jasper vor dem Karton, der nur einen Spalt geöffnet war.

Er blickte auf und lächelte. »Sie hat's durch die Nacht geschafft.«

Andrea, die am Spülbecken herumgeklappert hatte, wandte sich nun auch um. »Hallo, Maira.«

Maira ging neben Jasper in die Hocke und linste durch den Spalt. »Der Flügel sieht noch komisch aus.«

Jasper behauptete, der Vogel habe ihn bereits ganz normal angelegt gehabt. Er schloss die Klappe und verbannte die Möwe wieder ins Dunkel. »Damit sie denkt, es ist Nacht, und sich nicht aufregt.«

»Möwen schlafen auf dem Wasser, Junge«, murmelte Frank. »Im Schwarm, wo sie sich sicher fühlen. Das Tier da braucht ein sattes Stück Fisch und dann fahre ich euch zum Tierarzt, diesen Flügel richten.«

»Kann ich mit?«, fragte Maira, auch wenn das bedeutete, Mathe bei Bäd Bartelsen zu versäumen. Vielleicht gerade deswegen.

»Ich frag kurz Kathi, ob das für sie okay ist.« Andrea griff zum Telefon. Dabei müsste sie doch genau wissen, dass Mairas Mutter so etwas immer erlauben würde. Kurz darauf nickte sie Maira zu. »Kathi wünscht euch viel Erfolg. Hast du dein Portemonnaie, Frank?«

Jaspers Vater zog eine Grimasse. »Ich fahre immer ohne, weißt du doch.«

Die nächsten zwei Tage verbrachten Maira und Jasper größtenteils damit, neben der zunehmend agilen Möwe zu hocken und ihr in Abständen möglichst frischen Fisch anzubieten, den Anne organisiert hatte. Am Abend des zweiten Tages hackte sie nach Jaspers Hand, breitete die Schwingen aus und flog davon.

Strand,
Mitte Juni

Das Meer ist ruhig.

Ich bin ruhig.

Und ich bin nicht die Einzige, die für den Sonnenuntergang an den Touristenstrand gekommen ist. Menschen flanieren in Grüppchen oder allein, andere sitzen an Strandkörbe gelehnt und rauchen. Eine Frau baut mit zwei Kindern eine Sandburg, der dazugehörige Mann bringt Wasser in Eimern. Ein paar Leute baden, Kinder machen eine Wasserschlacht, und weit draußen, wo man schon lange nicht mehr stehen kann, weit draußen hinter der ersten Sandbank, da, wo manchmal Schweinswale spielen, schwimmt jemand. Ich konnte das einmal. Bei jedem Wetter in der Ostsee zu schwimmen, gehörte zu mir wie atmen und essen. Es hielt mich am Leben.

Jetzt stehe ich hier am Saum und schaffe es gerade einmal, meine bloßen Füße benetzen zu lassen. Hier, wo die Wellen auf den Sand spülen und auslaufen, ist eine Zwischenzone, die weder ganz dem Land noch ganz dem Meer gehört. Das genügt, um das Atmen schwer zu machen. Ich richte den Blick auf den Schwimmer, der dort draußen seine Bahnen zieht, und halte aus.

Die Sonne ist jetzt glutrot. Sie berührt beinahe den Horizont, der Himmel strahlt rosa und orange mit türkisfarbenen Schlieren. Die Ostsee ist eine silbrige, ewig wogende Fläche. Ich breite die Arme aus, um Luft in die Lunge zu bekommen, und dann wate ich hinein in die Unterwasserwelt, die einmal meine war.

Bis zum Knöchel, bis zur Wade. Ein blasser, sandfarbener Krebs huscht vor mir davon. Bis zum Knie. Ein Schwarm Stichlinge. Seegras treibt vorbei. Ich atme in den Ring aus Panik, der sich um meine Brust gelegt hat. Leben. So viel Leben. Unbeirrt von meiner Anwesenheit schwimmt ein Entenpärchen an mir vorbei, eine Lachmöwe zieht über mir ihre Bahn.

Ich werde ersticken. Gleich werde ich … Etwas streift meinen Knöchel. Eine durchsichtige Plastiktüte. Ich fische sie heraus. Sie tropft.

Der Schwimmer in der Ferne scheint fertig zu sein, er kommt näher.

Einen Schritt kann ich noch schaffen, nur einen noch. Meine Füße sind wie einbetoniert, an meiner Hand hängt die tropfende Plastiktüte.

Ich schließe die Augen, höre den Menschen um mich herum zu, dem stetigen leisen Schwappen der Wellen, und atme, atme, atme. Atme im Takt mit der See, lasse sie in mein Herz zurückkehren. Irgendwann kommt es mir vor, als würde ich sehen, obwohl meine Lider geschlossen sind. All die Krebse und Krabbeltiere, Fische, Pflanzen. Robben. Schweinswale.

Schlagartig bin ich zurück in der echten Welt, in der der Sonnenuntergang jetzt den Himmel in Flammen gesetzt hat, und in der mein Herz inmitten all dieser Schönheit rast.

Ich stolpere zurück ans Land, raus aus der Zwischenzone, und lasse mich der Länge nach in den Sand fallen. Über mir ist Himmel, einfach nur Himmel. Langsam beruhigt sich mein Herzschlag wieder.

Ein Ball fliegt über meine Beine. »Sorry«, ruft ein Mann und springt ihm hinterher.

»Kein Ding.«

Auf dem Rückweg bleibt er neben mir stehen, den Ball unter dem Arm. »Spielst du Volleyball? Ich brauche noch wen auf meiner Seite.«

Ich blinzle zu ihm hoch. »Ist das eine Anmache?«

»Vielleicht. Aber wir spielen wirklich zu dritt und ich habe gegen die anderen allein keine Chance.« Er streckt mir die Hand hin, die ich ergreife.

»Besonders gut bin ich nicht.«

»Ist keiner von uns. Sebastian, übrigens.«

»Maira.«

Nebeneinander stapfen wir durch den Sand. Sebastian ist jünger als ich und hübsch. Blond, sehnig, trainiert. Und er wirkt sehr unverwundet.

»Machst du Urlaub hier?«

Ich zucke die Schultern. »Wo kommst du her?«

»Hamburg. Und du?«

»Frankfurt.«

Wir haben die Stelle erreicht, wo als Beachvolleyballfeld zwischen zwei Pfählen ein Netz gespannt ist, Service der Gemeinde Soeterhoop. Zwei Typen Mitte zwanzig stehen dort und unterhalten sich.

»Leute, das ist Maira.«

Die beiden nicken mir zu.

»Sie spielt in der Nationalmannschaft und jetzt in meinem Team, also keine unfairen Vorteile mehr für mich.«

Einer der beiden macht einen blöden Spruch über Gewinnen und Verlieren, dann stellen sie sich vor. Pete und Marco, ich werde die Namen vermutlich in ein paar Minuten vergessen haben.

Aber wir spielen und wie wir spielen. Sebastians Lüge über die Nationalmannschaft stachelt sie wohl an, denn ich bekomme die schnellsten, schwierigsten Bälle ab. Also renne ich. Aber bei alldem sind Sebastian und seine Freunde immer noch zum Spaßhaben hier. Es geht nicht um Wettbewerb. Entsprechend fliegen Bälle auch mal unter dem Netz hindurch oder ins Aus. Sie lachen viel und ich lache mit ihnen. Mein Herz pumpt jetzt, weil mein Körper arbeitet. Weil er glücklich ist. Schweiß läuft mir an den Schläfen hinunter, der Sand fliegt um meine Füße, während ich renne, hechte, den Ball verpasse und wieder einmal lachend im Sand lande.

Die Jungs johlen. »Nationalteam, klar.«

»Wird dunkel«, sagt Sebastian, »daran liegt das.«

Der Schimmer kommt aus dem Wasser, eine Silhouette im Gegenlicht nur. Aber ich würde ihn überall erkennen. Ich habe ihn nur nicht hier erwartet. Ich dachte, er sei jetzt bei seiner Familie zu Hause, hätte vielleicht noch bei Niki am Bett gesessen und würde seiner Frau jetzt bei einem Glas Wein vom Tag erzählen.

Stattdessen trocknet er sich nur wenige Meter entfernt mit einem Handtuch die Haare und zieht dann ein T-Shirt über den Kopf. Hinter mir besprechen die Volleyballspieler irgendwas. Als Jasper seine Jeans ausschüttelt und aus der Badehose steigt, sehe ich weg. Sebastian und die anderen holen Bierflaschen aus einer Kühlbox, die mir zuvor nicht einmal aufgefallen ist.

»Schon erledigt«, sagt Jasper. »Kannst wieder gucken.«

»Ich wusste nicht, dass du mich gesehen hast.«

»Nachdem ich höchstens eine Viertelstunde auf den Strand zugeschwommen bin, eher unwahrscheinlich, stimmt.«

»Blödmann.«

Wir grinsen uns an. Auf einmal können wir das.

»Ehrlich gesagt, hätte ich dich eher bei Frau und Kindern vermutet als beim Sonnenuntergangsschwimmen.«

Hinter mir schwappt das Meer. Jaspers Blick geht an mir vorbei zum blauschwarzen Horizont. »Manchmal brauche ich das. Wenn ich den Kopf frei kriegen muss.« Pause. »Um ehrlich zu sein, brauche ich es ziemlich oft.«

Wenn das jemand versteht, dann ich. Und wer weiß? Vielleicht muss er aus demselben Grund schwimmen, aus dem ich es nicht mehr kann.

»Warst du auch ne Runde schwimmen? Bevor du angefangen hast, Touri-Jungs zu bespaßen, meine ich?«

»Die bespaßen sich schon ganz gut selbst.« Ich könnte es dabei belassen. Jaspers Frage, ob ich schwimmen war, hatte keine tiefere Bedeutung. Es war nur Small Talk.

Aber Jasper sieht mich immer noch abwartend an, und er war eben da draußen, vielleicht hat er nach Schweinswalen Ausschau gehalten, und ich will ihm auf einmal die Wahrheit sagen. »Ich kann es nicht mehr. Schwimmen, meine ich.«

»Wie, du kannst es nicht mehr? Schwimmen ist wie Radfahren, das verlernt man nicht.«

»Nein, ich …« Ich hole tief Luft und lasse sie entweichen, »ich meine, ich schaffe es gar nicht so weit ins Wasser, dass ich schwimmen könnte. Höchstens bis zu den Knien, und das ist schon Schwerstarbeit.«

Verständnislos zieht er die Augenbrauen zusammen.

»Ich bekomme Panikanfälle.«

»Wegen damals.«

Ich nicke. »Wegen damals.«

Er setzt an, etwas zu sagen, dann schweigt er doch. Wir beide tun es, und es ist ein gutes Schweigen, eins, in dem Gegenwart und Vergangenheit Platz haben. Schmerzen und Reue, aber auch die Schönheit dieses Abends.

»Manchmal sehe ich Schweinswale. Vom Boot aus, meine

ich. Nie wieder beim Schwimmen.« Er lächelt. »Das haben sie nur dir geschenkt.«

»Hat ihnen ja nicht besonders gutgetan«, murmele ich.

»Wenn du willst … Ich kann dich mal mitnehmen.«

»Weiß nicht, ob ich so kurzweilige Gesellschaft für deine Anglertouris bin.«

»Nur ein Angebot. Wie lange bist noch hier?«

»Der Notartermin ist in zwei Wochen.«

»Dann haben wir ein Date? Samstagmorgen?«

»Okay«, sage ich schnell.

Ich werde auf einem Boot fahren.

Ich werde auf Jaspers Boot fahren. Vielleicht, ganz vielleicht, werde ich einen Blick auf einen Schweinswal erhaschen, und ich werde mir einreden können, dass es ihnen gut geht, trotz Schiffslärm und Todeszonen und Plastikmüll. »Ich freu mich.«

»Ich mich auch.«

Unschlüssig betrachten wir uns, dann setzt Jasper zu einer Umarmung an, und dieses Mal führt er sie aus. Kurz und kräftig drücken wir uns, seine Wange kratzt meine Schläfe, auf meinem Ohr landet ein winziger Kuss. »Bis dann.«

»Bis dann.«

»Hast du Annes Nummer?«

»Ja.«

»Sie soll dir meine geben. Wegen Termin und so.«

»Okay«, sage ich wieder.

Jasper geht.

Ich sehe ihm nach, bis die Dämmerung seinen Schatten schluckt. Etwas in mir, das ich sehr lange unter Verschluss gehalten habe, bebt. Sein Schwimmen, mein Nichtmehrschwimmenkönnen. Ich will das nicht fühlen. Wo Jaspers Silhouette war, ist jetzt nur noch Himmel.

Ich geselle mich wieder zu meinen neuen Volleyballkumpels. »Freund von dir?«, fragt Sebastian. »Ich dachte, du bist aus Frankfurt.«

»Hab früher hier gewohnt.«

Ich setze mich zu ihnen, werde in den Kreis aufgenommen, in dem die Gespräche weitergehen. Es ist einfach, sich diesen Jungs zugehörig zu fühlen, mit denen mich keine Geschichte verbindet. Keine Zukunft, keine Erinnerungen, keine Ansprüche, keine Schuld. Nichts, was tief geht. Es gibt nur diesen Moment. Wir sitzen zusammen neben dem Strandkorb, Bier geht rum und eine Shisha, und Sebastian hat den Arm um meine Schultern gelegt, und ich denke darüber nach, mit ihm zu schlafen, einfach weil er nett ist. Und vor allem, weil ich dann nicht zurückkehren müsste zu dieser Aufgabe, die zu groß für mich ist. Inzwischen denke ich, er ist bestimmt zehn Jahre jünger als ich, aber das scheint hier niemanden zu stören.

Die Gespräche sind andere als mit Anne, Jasper und Kalle. Es geht nicht um gemeinsame alte Bekannte und nicht um Ortspolitik. Sie reden über den Weltuntergang und über das Wirtschaftsstudium, das sie verbindet. Sie lachen viel. Ich höre nur mit halbem Ohr zu. Ich habe – wieder einmal – nichts beizutragen. Das geht mir oft so seit damals.

»Wo schläfst du heute Nacht?«, fragt Sebastian an meinem Ohr.

»Wo schläfst du denn?«

Es ist kurz nach sieben, als ich Sebastians Arm von meinem Oberkörper schiebe.

Er murmelt etwas.

»Tschüss«, flüstere ich.

»Stu schon?«

»Ja, ich muss los.«

»Stu wieder?«

»Nein.«

»Schade.« Aber während ich noch an einer Erklärung herumüberlege – bin gar nicht im Urlaub hier, habe Dinge zu erledigen –, ist er schon wieder eingeschlafen.

Mit leisem Ratschen schließe ich den Reißverschluss des Zelts von außen. Die Sonne steht oben am Himmel, als sei es bereits mitten am Vormittag. Und sie wärmt. Einen Moment halte ich ihr mein Gesicht entgegen, aber natürlich kann ich mich ebenso gut auf den Weg machen. Ihr Licht und ihre Wärme hüllen mich genauso ein, wenn ich nach Hause gehe.

Nach Hause.

Nach Hause.

In dem Versuch, das entsprechende Gefühl zu finden, wiederhole ich die Worte so oft im Kopf, bis sie auch den letzten, kläglichen Rest an Bedeutung verlieren.

Der Campingplatz ist ganz auf der anderen Seite von Soeterhoop und die Sperlingskate liegt noch einen Kilometer außerhalb. Ich habe ein bisschen Weg vor mir.

Beim Bäcker kaufe ich zwei Brötchen und entscheide mich dann spontan, auf einen Kaffee zu bleiben und mich ans Fenster zu setzen. Niemand erkennt mich, niemand tuschelt.

Während ich, die Hände um die Tasse gelegt, meinen Kaffee trinke, beobachte ich die anderen Menschen, die in die Bäckerei kommen, Brot oder Teilchen kaufen, ein paar Worte mit einer der Verkäuferinnen wechseln und wieder gehen. Und etwas passiert mit mir.

Nicht wenn ich den Angereisten zusehe, die kommen und gehen; sie sind fremd wie ich. Mich berühren die Einheimischen. Eine Frau, grauhaarig und zierlich, kauft drei Scheiben Landbrot und kramt dafür mit knotigen Fingern achtundsiebzig Cent aus dem Portemonnaie. Dabei erzählt sie der Verkäuferin von ihrem Hund und einer gemeinsamen Bekannten. Ein Mann – ich kenne ihn, erinnere mich aber nicht, woher – nimmt gute Wünsche an seine Frau mit, und sehen wir uns beim Feuerwehrfest? Es ist dieses leise, unaufdringliche Zusammengehören. Vielleicht verbindet die beiden nichts außer der Tatsache, dass sie zufällig im selben Ort wohnen. Ich atme Kaffeeduft und wünsche mir, jemand würde mich fragen, ob ich zum Feuerwehrfest komme.

Zurück bei der Sperlingskate, schließe ich zuerst das Smartphone an das Ladegerät im Auto an. Es dauert einen Moment, bis es voll genug geladen ist, doch dann wacht es auf.

Ein verpasster Anruf von Ingmar, eine Textnachricht von Konstantin, zwei von Caroline.

Alles okay bei dir?, schreibt sie. Ich habe ihre letzte Sprachnachricht immer noch nicht abgehört und fühle mich deswegen jetzt schlecht. **Kommst du klar? Sonst setze ich mich gern in den Zug und helfe dir. Dafür sind Freundinnen schließlich da.**

In Frankfurt stehen wir jeden Tag miteinander in Kontakt und mindestens einmal pro Woche unternehmen wir etwas gemeinsam. Ihr Angebot, mir zu helfen, müsste mich doch irgendwie rühren. Berühren. Aber es fühlt sich an, als gelte es gar nicht mir. Es betrifft eine andere Maira als die, die hier in der Fahrertür ihres geliehenen Transporters lehnt und gegen die Sonne blinzelt. Und deren Kopf so müde und leer ist. Ebenso wie Carolines zweite Textnachricht, es gäbe ein neues Viet-Thai-Restaurant in ihrem Kiez, das wir unbedingt ausprobieren müssten, der anderen Maira gilt.

Klar, gern, antworte ich für sie. **Bin Ende des Monats zurück. Und danke für das Angebot. Aber das klappt hier schon alles ganz gut.**

Konstantins Nachricht lese ich in der Vorschau. Er möchte sich mit mir treffen, weil es neulich so nett war. Und wer weiß, vielleicht haben wir noch eine Chance. Wenn ich die Zeit dafür finde, werde ich ihm antworten.

Bleibt Ingmar. Ihn werde ich zurückrufen, wenn mein Akku voll genug ist, damit ich das Telefon mit ins Haus nehmen kann. Ich möchte Notizen machen können und nicht hier neben dem Auto stehen, wenn ich mit ihm spreche.

Jakobs Räume.

Mit Papier und Buntstiften setze ich mich an den Tisch in der Wohnküche und fange an, mein zukünftiges Logo zu entwerfen. Ich zeichne, wische, denke, streiche durch, zeichne neu. Irgendwann fallen mir beim besten Willen keine weiteren passenden Kombinationen aus Wörtern, Kürzeln, Schriftarten ein. Ich habe zwei Favoriten unter meinen groben Entwürfen. Etwas, das ich einer professionellen Designerin zeigen kann. Ich werde Ingmar Fotos von meinen Skizzen schicken, bevor ich ihn anrufe.

Vor dem Küchenfenster, über der Lagerfeuerstelle, tanzen zwei Zitronenfalter in der Sonne, doch die Wärme von draußen schafft es nicht bis ins Haus. Zu dick die Lehmwände, zu klein die Sprossenfenster. Ich hätte gern einen heißen Tee. Warum habe ich nicht wenigstens einen Campingkocher eingepackt? Ob ich Strom und Wasser einfach für zwei Wochen wieder anschalten lassen kann? Vermutlich müssten dafür erst eine Handvoll Fachleute Dichtigkeit und Kabel und sonst was prüfen.

Ich nähere mich der Decke meiner Mutter zum zweiten Mal, seit ich hier bin, und schüttele sie aus. Probehalber klopfe ich auf die Sitzfläche des Sofas. Staub wallt auf, aber nicht so viel, wie ich vermutet hätte. Ich bürste ihn notdürftig ab. Als ich mich mit klopfendem Herzen setze, seufzt das Sofa leise und vertraut. Ich springe nicht auf, ich halte aus, lege die Handflächen auf den Webstoff. Hier lag meine Mutter gern. Hier ist sie gestorben.

»Es tut mir so leid, Mama.« Meine Stimme klingt unnatürlich laut in dem Zimmer, in dem keine Uhr tickt, kein Kühlschrank brummt, kein Geschirrspüler gurgelt. »Ich wollte das nicht. Wirklich. Bitte glaub mir.«

Vor dem Fenster segelt eine Silbermöwe vorbei. Das Problem ist ja, dass ich mir selbst nicht glaube. Aber was auch immer ich versuche, die Erinnerung an jenen Nachmittag kehrt nicht zurück.

Stattdessen kommt die Müdigkeit, wie immer ohne Vorwarnung. Jedes Mal, wenn ich darüber nachdenke, wie meine Mutter gestorben ist, kommt sie. Ich müsste es allmählich wissen, doch sie erwischt mich auch heute wieder unvorbereitet. Ich gähne und lasse die Schultern kreisen. Vielleicht wenn ich zum Auto gehe und nachsehe, wie weit das Smartphone geladen ist. Vielleicht werde ich dann wieder wach. Vielleicht … Ich strecke mich auf dem Sofa aus und ziehe die Wolldecke über mich. Es ist nicht seltsam oder unheimlich. Es ist gut. Und ich schlafe.

Sperlingskate,
vor 20 Jahren

»Mama?«

Maira bekam keine Antwort. Wahrscheinlich arbeitete ihre Mutter. Sie hatte viel zu tun, und oft ging es ihr deswegen nicht gut, obwohl sich die Artikel für das Reisemagazin, für das sie arbeitete, eigentlich interessant anhörten. Doch wenn Maira vorschlug, sie solle sich doch einfach eine andere Arbeit suchen, wenn das Übersetzen ihr keine Freude mehr machte, wurde ihre Mutter traurig. Irgendetwas bedrückte sie, aber Maira bekam nie eine Antwort, wenn sie direkt danach fragte. Schon lange hatte Mama sich nicht mehr erkundigt, ob Maira unterwegs Spaß gehabt hatte oder wo sie gewesen war oder wie es Jaspers Katze ging. Früher war die Fragerei Maira auf die Nerven gegangen, inzwischen vermisste sie sie. Es kam ihr manchmal vor, als hätte ihre Mutter vor lauter Arbeit vergessen, dass sie auch noch eine Tochter hatte.

»Mama?« Sie hätte so gern von den Walen erzählt.

Endlich rührte sich im Obergeschoss etwas. Türklappen, Tapsen von bloßen Füßen auf Holz, müder als sonst. Sie trug noch ihren Pyjama, dabei war es bereits früher Nachmittag. Ihre Haare ringelten sich in wüsten Locken um das vom Schlaf zerknitterte Gesicht. »Maira …« Unschlüssig blieb sie auf dem oberen Treppenabsatz stehen. »Wo warst du denn, Kind?«

»Ich war mit Jasper am Strand.«

»Am Strand? Warum nicht in der Schule?«

»Mama, es sind Sommerferien.« Das letzte Wort klang ganz klein, Maira erschrak sich selbst. Die unbändige Freude über die Wale, die Großartigkeit, die sie mit ihrer Mutter hatte teilen wollen, zog sich zurück wie ein Krake in seine Höhle.

»Sommerferien?«

Maira nickte. »Schon seit zwei Wochen.« Vorsichtig trat sie einen Schritt nach vorn. »Ist alles in Ordnung mit dir?«

»Um mich mach dir mal keine Sorgen.« Ihre Mutter winkte ab. »Es war spät gestern, ich musste den Artikel fertig machen. Mein Kopf ist noch nicht ganz wach, das ist alles.« Sie lachte munter und unpassend und stand immer noch da oben auf dem Treppenabsatz mit diesen wirren Haaren. »Ich gehe mal duschen.«

»Okay«, sagte Maira und machte sich Sorgen. »Kann ich bei Anne schlafen?«

»Natürlich. Trinkst du vorher noch einen Tee mit mir?«

Während aus dem Bad das Plätschern von Wasser und aus den Rohren hinter der Flurwand ein Gurgeln ertönte, huschte Maira die Treppe hoch in ihr Zimmer, zog sich um und holte sich, was sie brauchte, um bei Anne zu übernachten. Auch das hatte sich geändert. Früher – wobei Maira gar nicht genau sagen konnte, wann das Früher aufgehört und das Jetzt angefangen hatte – waren Anne und Jasper zum Übernachten zu ihr gekommen, oft mehrmals in der Woche. Zu dritt aneinandergekuschelt, hatten sie auf der Schlafcouch in ihrem Zimmer oder im Gartenhäuschen gelegen und geredet, bis sie einschliefen. Ab und zu, im Sommer, hatten sie auch Matratzen auf die überdachte Terrasse vor dem kleinen Haus getragen und sich dort ein Nest gebaut. Von Mücken zerstochen waren sie dann bei Sonnenaufgang viel zu früh aufgewacht und für ein paar ungestörte Stunden im Dunkeln zurück in ihre jeweiligen Betten gekrochen. Aber Jasper und Anne waren schon eine Weile nicht mehr über Nacht hier gewesen.

Sie stellte ihren Rucksack an die Tür und deckte den Tisch in der Wohnküche mit zwei Tassen.

Frisch geduscht und angezogen kam ihre Mutter in die Wohnküche. »Willst du weg?«

»Ja, zu Anne.«

»Stimmt, darüber haben wir gesprochen. Wo habe ich nur meinen Kopf gelassen?«

»In deinem Artikel?«

»Wahrscheinlich.«

Nebeneinander setzten sie sich auf das breite Sofa an den Tisch, Maira schenkte Tee ein.

»War es schön am Strand?«

Da erzählte Maira von dem Schweinswal, davon, dass Jasper und sie geschwommen waren und sie sich fast ganz sicher war, eine Berührung am Bein gespürt zu haben, und ihre Mutter verstand sie. »Sie sind magische Tiere, Wale«, sagte sie. »Es heißt, sie hüten die Erinnerungen der Erde. Bei den großen Walen mit ihren riesigen, uralten Körpern kann ich mir das gut vorstellen.«

»Alle Erinnerungen?« In Mairas Kopf entstand ein Bild von Hunderten durchsichtiger Bälle, in denen winzige Leute aus allen möglichen Zeitaltern herumliefen. Die Bälle lagen als Berg auf dem Meeresboden und ein Pottwal und ein Blauwal schwammen in Kreisen darüber. »Die Schweinswale spielen bestimmt eher damit, als dass die irgendwas hüten.«

~

Schwesterherz,
tut mir sehr leid, das mit deiner Erschöpfungsdepression zu hören. Aber gut, dass du doch zum Arzt gegangen bist. Helfen die Medikamente? Ich wünschte, ich könnte mehr für dich tun, aber ich fliege nächste Woche für drei Monate nach Afghanistan. Sonst hätte Maira gern ein paar Tage zu mir nach Hamburg kommen können, damit du durchatmen kannst. Vielleicht wenn ich wieder da bin. Bis dahin grüß sie lieb und gib ihr das Geld, das ich mit in den Umschlag stecke.

Hast du irgendeine Freundin, die dir helfen könnte? Was ist mit Andrea? Das willst du wieder nicht hören, aber ich glaube, du brauchst Strukturen, die dich dauerhaft entlasten. Und zwar nicht erst, wenn Maira in ein paar Jahren auszieht. Der Hof, der Job, dazu ein Teenager in der Pubertät – das allein zu stemmen, ist einfach viel.

Pass auf dich auf, ja? Ich melde mich, sobald ich zurück bin.

Cheers,
Mischa

PS: Gibt es in Mairas Häuschen inzwischen eigentlich Strom? Sonst kümmere ich mich darum, wenn ich euch das nächste Mal besuche.

»Und das lag auf dem Schreibtisch deiner Mutter?«, fragte Anne.

Maira nickte. Nebeneinander saßen sie auf Annes Bett, die Knie hochgezogen, mit der Wand als Lehne. Aus dem Restaurant im Erdgeschoss drangen Gesprächsfetzen durch das geöffnete Fenster. Es roch nach Pommes frites.

»Von wann ist der?«

»Keine Ahnung. Das Geld habe ich nie bekommen. Vielleicht hat sie es vergessen. Aber das erklärt einiges, oder?«

»Jedenfalls, warum deine Mutter in letzter Zeit so komisch ist.«

Mama ist nicht komisch, wollte Maira sagen. Es war etwas anderes, wenn sie selbst das dachte – oder sagte –, als wenn Anne es tat. Andererseits hatte sie selbst mit dem Thema angefangen, indem sie ihrer Freundin den Brief zeigte. Und ihre Mutter benahm sich in letzter Zeit eben wirklich eigenartig. Erschöpfungsdepression. Aber wovon? Annes Mutter hatte drei Kinder und ein Restaurant und keine Erschöpfungsdepression. Konnte man erschöpft sein, weil man Bücher übersetzte? »Morgen kommt der Elektriker«, sagte Maira, denn es war einfacher, darüber zu reden, als darüber, wie seltsam oder nicht ihre Mama war. »Ich schätze, Mama wollte Mischa nicht gestehen müssen, dass wir das mit dem Strom bisher vertrödelt haben.«

»Ich finde es mit der Öllampe ja ziemlich gemütlich im Häuschen.«

»Ich auch. Aber wenn wir Strom haben, können wir die Herdplatten nutzen. Oder Musik hören.«

Eine Weile sprachen sie darüber, einfach ganz in das Gartenhäuschen zu ziehen, und taten dabei so, als sei alles noch wie früher. »Heute hat …«, begann Maira im selben Moment, in dem Anne den Mund öffnete. »Ich muss dir …«

»Du zuerst.«

»Ich muss dir was sagen. Warum ich in letzter Zeit nicht so oft mit zum Übernachten gekommen bin, meine ich.«

Mairas Herz schlug ein bisschen schneller. Weil deine

Mama in letzter Zeit öfter rumschreit und schreiende Eltern habe ich selbst. Das würde Anne gleich sagen. Ich habe mich bei euch immer sicher gefühlt, aber das tue ich jetzt nicht mehr. »Warum?«, fragte sie mühsam.

Anne fuhr mit dem Zeigefinger das Muster in ihrer Tagesdecke nach. Dann stieß sie ein verdruckstes kleines Kichern aus. »Ich trau mich nicht.«

»Los, sag.«

»Okay, also. Aber du musst versprechen, nicht zu lachen.«

»Ich lache nie«, sagte Maira ernst, und dann musste sie trotzdem ein wenig lachen, weil Anne nicht schon wieder kichern würde, ginge es um ihre Mutter und deren Merkwürdigkeiten.

»Versprich es.«

»Ich verspreche, nicht zu lachen.«

»Und es niemandem zu sagen. Auf keinen Fall Jasper.«

»Kann ich ja nicht, wenn du es mir nicht verrätst.«

Anne ballte die Hände zu Fäusten, wie um sich selbst Mut zu machen. »Ich hab mich verliebt.« Sie schielte zu Maira herüber.

»Echt? In wen?«

»Das ist das Problem. In Jasper.«

»Oh«, sagte Maira.

»Genau. Oh. Versprich mir, dass du ihm das nicht verrätst.«

»Tu ich nicht. Schon aus reinem Eigennutz. Ich will garantiert nicht danebensitzen, wenn ihr euch abknutscht oder so.«

»Ich will Jasper nicht abknutschen! Oder doch? Ich weiß nicht. Ich glaube, eigentlich will ich nur, dass dieses Gefühl wieder weggeht. Ich meine … Jasper! Der ist so was wie mein Bruder. Mein kleiner Bruder noch dazu.«

»Er hat schöne Augen.«

»Mein Bruder!«

»Und tolle Lippen.«

»Dann küss du ihn doch, wenn du das findest!«

Maira konnte gerade noch ausweichen, als Anne sie gegen den Arm knuffen wollte. »Im Leben nicht!«

Aber Anne und Jasper? Warum eigentlich nicht? Abgesehen davon, dass Maira sich wie das fünfte Rad am Wagen fühlen würde, natürlich. Trotzdem gäben ihre beste Freundin und ihr bester Freund – die beiden Menschen, die für sie wie Geschwister waren – bestimmt ein gutes Paar ab.

Nachdem sie aus der Restaurantküche Pommes frites mit extra viel Ketchup und ein paar Kekse stibitzt hatten und Annes Vater ihnen noch ein bisschen Salat dazu aufgenötigt hatte, setzten sie sich auf die Bank am Rand des Dorfs, von wo aus man über die weite goldene Schilflandschaft des Boddens blicken konnte. Maira erzählte Anne beim Essen von ihrem Ausflug – und von den Walen, denen Jasper und sie begegnet waren.

Annes Augen leuchteten sehnsüchtig. »Ich wünschte, ich wäre dabei gewesen.« Stattdessen hatte sie im Betrieb ihrer Eltern geholfen und dann ihre kleine Schwester aus dem Kindergarten geholt, wie Maira wusste.

»Nächstes Mal«, sagte sie, ohne zu wissen, ob eine oder einer von ihnen die Schweinswale jemals wieder zu Gesicht bekommen würde. Der Bootsausflug mit Jaspers Vater, bei dem sie das letzte Mal Wale gesehen hatten, war schließlich Jahre her.

»Ja, nächstes Mal. Und sie sind wirklich bis direkt ans Boot gekommen?«

»Vielleicht dachten sie, bei uns gäbe es Fisch wie bei den Anglern, keine Ahnung. Oder sie fanden uns einfach interessant.« Maira hob die Schultern. »Jedenfalls war es unglaublich. So unglaublich schön.« Sie versuchte, Anne zu sagen, was sie empfunden hatte, irgendwie dieses tiefe Glück mit ihr zu teilen. Aber Worte würden nie ausreichen. Überhaupt reichten Worte manchmal nicht. »Bestimmt kommen die Wale jetzt öfter, schon, um dich auch kennenzulernen.« Aus einem Impuls heraus nahm sie ihre Freundin in den Arm, ein bisschen ungeschickt, weil sie ja nebeneinandersaßen. Die letzten Pommes frites fielen dabei von der Bank.

»Freuen sich die Möwen«, sagte Anne.

»Oder die Spatzen.«

»Oder die.«

Eine Weile schwiegen sie. Ein paar Spatzen entdeckten tatsächlich die Pommes frites und pickten begeistert daran herum, bis sie aufstoben, weil eine Möwe im Sturzflug herabstieß und sich die Beute holte. Radfahrer fuhren vorbei, zwei Frauen zogen zwei Kinder im Bollerwagen.

Maira holte Luft.

»Meine Mutter wusste nicht mehr, dass Ferien sind.«

Sperlingskate,
Mitte Juni

Ingmar geht sofort ans Telefon. »Na, wenn das nicht die Juniorchefin ist.«

»Hi, Ingmar. Tut mir leid, dass es so lange gedauert hat, mein Akku war leer.«

»Fernab der Zivilisation da, was?«

»So in der Art.« Ich sitze wieder einmal vor dem Gartenhäuschen auf der obersten Treppenstufe der Veranda und sehe der Katze zu, die auf dem Hof Insekten jagt.

»Wie geht's dir, Küken? Wir vermissen dich hier.«

»Ich komme ganz gut voran«, lüge ich zum zweiten Mal an diesem Tag. So gut, dass ich stundenlang auf dem Sofa liege und in die Gegend starre. »Was sagst du zu meinen Logoentwürfen?«

Er zögert.

»Nicht gut?«

»Doch. Ein paar davon sind ganz prächtig. Du musst nur überlegen, ob du den Firmennamen gleich ändern willst. Wegen der Stammkunden.«

Verflucht. Ich war so mit mir beschäftigt, ich habe nicht daran gedacht, dass es ihn schmerzen muss, sein Lebenswerk abzugeben. Und dann komme ich und reiße es ihm quasi aus den Händen, indem ich gleich einen neuen Namen draufklatsche. »Da hast du recht«, sage ich.

»Am Ende entscheidest du das. Ich bin dann raus.« Er lacht

ein bisschen. »Gabi kommt fast jeden Tag mit neuen Reiseprospekten nach Hause. Für die Zeit, wenn wir in Rente sind. Im Moment ist Portugal ganz hoch im Kurs.«

Ingmar wird nicht mehr da sein, wenn ich die Firma übernehme. Auch Gabi nicht. Ich werde Leute einstellen müssen. Ich. Leute einstellen. Ich werde verantwortlich sein. Für Oleg, für Thao. Irgendwann für jemanden wie Emily. Ich bin nicht gut darin, für andere Menschen verantwortlich zu sein.

Natürlich denke ich nicht zum ersten Mal darüber nach, aber jede Gedankenschleife bringt neue Tiefe in meine Erkenntnisse. Ich finde es nach wie vor beängstigend. Und aufregend. »Ich lasse dich frühestens in einem Jahr gehen. Du hast mir eine ordentliche Übergabe versprochen.«

»Und die sollst du haben, Kind. Deswegen rufe ich auch an. Wir beide haben einen Termin bei der Handwerkskammer. Übernahmeberatung.«

»Wann?«

Er nennt mir das Datum, zwei Tage nach dem Montag, an dem ich versprochen habe, zurück zu sein. »Gabi war der Meinung, du brauchst was zum Drauffreuen.«

Mir wird warm. »Danke. Das ist sehr lieb.«

»Ist doch wichtig, dass es dir gut geht.«

»Und dir. Tut mir leid, dass ich dich mit dem Logo so überrannt habe.«

»Na, am Ende kann es mir in Portugal egal sein, oder?«

Ich mag ihn so sehr dafür, mit welcher Ruhe er mir meine Fehler verzeiht. Immer verziehen hat. »Ich will aber, dass es für dich auch stimmt. Gabi und du … ihr bedeutet mir viel. Ich weiß nicht, was ohne euch aus mir geworden wäre.«

»Du wärst schon deinen Weg gegangen.«

Er weiß nicht alles über mich. Ich hoffe nur, ich werde ihn nicht enttäuschen.

Drei Anrufe bei unterschiedlichen Abteilungen der Stadtwerke später habe ich die Zusage, man würde wenigstens prüfen, wie schnell sich Strom und Wasser anschließen lassen. Es würde aber teuer werden. Da ich dazu noch schnell den Anschluss benötige, kommt noch ein Expressaufschlag dazu. Wenn ich den Hof verkauft habe, kann mir das egal sein. Und ich muss Licht anschalten und abwaschen können.

Zwei Wochen habe ich noch, bis Ingmar mich zurückerwartet. Zwei Wochen und unzählige Gegenstände. Es müsste einfach sein, einen nach dem anderen in die Hand zu nehmen und zu entscheiden, was damit geschehen soll. Es ist nicht einfach.

Es ist so wenig einfach, dass ich die Investorenfirma endlich anrufe und spontan einen Termin am nächsten Nachmittag bekomme. Obwohl es mir eigentlich egal ist, was sie mit dem Hof vorhaben.

Gegen den Wind brauche ich beinahe eine halbe Stunde bis zum Büro von *True Baltic Living*. Es befindet sich in einem hübschen alten Rohrdachhäuschen im Zentrum des Nachbarorts. Ich komme verschwitzt an und tupfe mir ein paarmal das Gesicht trocken, bevor ich hineingehe.

Drinnen ist es nach dem Sonnenschein draußen kühl, ruhig und dunkel. Glastür, Empfangstresen. Darauf steht neben einer kleinen Messingglocke ein Schild: *Bitte klingeln*.

Eine dunkelhaarige junge Frau kommt aus einem der Nebenzimmer. »Guten Tag, kann ich Ihnen helfen?«

»Mein Name ist Maira Jakobs. Ich habe einen Termin mit Herrn Großkreutz.«

»Ach, die geplante Urlaubsanlage.« Sie lächelt, und sie kann nichts dafür, und ich möchte ihr trotzdem das Lächeln aus dem Gesicht kratzen.

»Auf jeden Fall die Sperlingskate in Soeterhoop.«

»Sind Sie Kaufinteressentin?«

»Nein.«

»Ach, Entschuldigung. Richtig! Sie sind …«

»Ja.«

Sie führt mich in den Besprechungsraum. Auch hier ist es kühl. »Kaffee?«

»Danke, gern.«

»Setzen Sie sich doch. Ich gebe Herrn Großkreutz Bescheid.«

Ich bleibe stehen. An der Wand hängen sechs Bilder desselben Möwenmotivs in verschiedenen Belichtungen und Farben. Andy Warhol goes Ostsee. Gegenüber eine ausfahrbare Leinwand. Ich sehe mich nach dem zugehörigen Beamer um.

Ein Mann kommt herein. »Frau Jakobs, richtig? Tristan Großkreutz, wir haben telefoniert. Schön, Sie persönlich kennenzulernen.«

Er bietet mir die Hand. »Dann würde ich sagen, zeige ich Ihnen unser Projekt gleich mal, was? Quartier Sperlingskate.«

»Ein ganzes Quartier gleich.«

»Wir benennen all unsere Projekte, ob bereits realisiert oder nicht. Erleichtert die Kommunikation.«

»Klar.«

»Und wie Sie wissen, haben wir seit einer ganzen Weile ein Auge auf die Sperlingskate.«

»Steht ja auch schon eine Weile leer.« Armes Haus.

»Kommen Sie, ich zeige Ihnen, was ich mir ausgedacht habe. Natürlich ist das alles noch im sehr lockeren Hätte-könnte-würde-Zustand. Ich plane solche Objekte manchmal nachts, wenn ich nicht schlafen kann.« Ein bisschen verlegen schielt er zu mir herüber und ich finde ihn das erste Mal wirklich sympathisch.

»Warum können Sie nicht schlafen?«

Er winkt ab. »Zu viele Gedanken über den Sinn des Lebens, schätze ich.«

Kenne ich, könnte ich sagen, doch ich schweige.

»Bin gleich zurück. Setzen Sie sich doch.«

Die Sitzgruppe wirkt bequem, aber ich stehe immer noch, als er zurückkommt, eine Zeichenrolle unter dem Arm.

»Und ich hatte angenommen, Sie würden jetzt was an die Wand projizieren.«

»Ich mag es oldschool.«

Ich muss lächeln. »Klingt wie mein Chef, der hat auch gern von allem Ausdrucke.«

Mit Schwung rollt er die Papiere auf dem großen Besprechungstisch aus, zielsicher neben meiner Kaffeetasse entlang. »Dann wollen wir mal.« Ich weiß nicht, warum, aber ich hatte mit Bauplänen gerechnet oder mit computergenerierten Ansichten des Hofs. Aber was er ausrollt, sind eine ganze Reihe nebeneinander aufgeklebter, liebevoll handkolorierter Bleistiftzeichnungen. »Also, stellen Sie sich vor, Sie stehen vor dem Grundstück.« Er setzt zu einem Vortrag an, während ich die Zeichnungen betrachte.

Seine Worte werden zu unbedeutendem Gemurmel im Hintergrund. Ich benötige keine Erklärungen, ich kenne nicht nur die Himmelsrichtungen und die Entfernung zum nächsten Laden, ich weiß auch, wie die Faulbaumhecke riecht, die auf dem Bild nicht mehr vorhanden ist. Wo das Regenwasser sich in den unregelmäßigen Pflastersteinen sammelt, die ebenso fehlen. Ich weiß, um welche Ecke die halbwilde Katze schleicht. An die Stelle der alten Scheune soll ein lang gestreckter Bau mit drei Eingängen treten.

»Regenrückgewinnung«, sagt er. Und »offenporig« und »nachhaltig«. Und »sehr attraktiv für Gäste«. Aber wo soll die Katze wohnen?

Die Frau, die mich empfangen hat, betritt mit einem kleinen Tablett das Zimmer.

Ich schüttele den Nebel aus meinen Gedanken.

»Ihr Kaffee, Frau Jakobs. Ich wusste nicht, ob sie ihn mit Zucker und Milch nehmen.«

Am liebsten gar nicht. Ich habe genug gesehen. Was ich dringend brauche, ist Abstand. Ich muss meinen gesunden Wirklichkeitssinn zurückgewinnen. »Schwarz, danke.«

Nachdem sie mir eingeschenkt hat, wirft sie einen Blick auf das, was aus meinem Hof werden soll. »Schönes Projekt, oder? Da würde man am liebsten selbst sofort einziehen.«

»Ja.« Es ist schön. Neutral und realistisch betrachtet, ist es schön. Eine gepflegte, zeitgemäße Ferienanlage aus ortsüblichen Materialien. Behutsam an die Umgebung angepasst, nicht zu groß, nicht zu klein, mit einem Spielplatz in der Mitte des Hofs. Ohne das Baumhaus in der alten Buche.

Ich nehme einen bitteren, heißen Schluck Kaffee. Mein Gartenhäuschen wird einem Grillplatz mit Steinbänken und einer Tischtennisplatte weichen. Den zweiten Schluck nehme ich zu schnell und muss ein Husten unterdrücken.

Warum kommt es mir vor, als wollte dieser Mann, der doch nichts anderes tut, als in feinen Bleistiftzeichnungen von einem schönen Ort zu träumen, mir mein Zuhause entreißen? Ein Zuhause noch dazu, an das ich seit Jahren nicht einmal mehr gedacht habe?

Nach dem Besuch bei *True Baltic Living* bin ich ausgesprochen übellaunig und bleibe es sogar noch, während ich durch den warmen, tiefen Sand des Touristenstrands stapfe. Ich fühle mich, als sei ich in eine Falle getappt, obwohl das natürlich Unsinn ist. Schließlich war ich es selbst, die auf die Idee gekommen ist, die Sperlingskate zu verkaufen. Ich war es auch, die nicht nach weiteren Kaufinteressierten gesucht, sondern das erstbeste Angebot abgenickt hat.

Die konkreten Pläne und die Tatsache, dass Herr Großkreutz anscheinend nur auf mein Auftauchen gewartet hat, machen dennoch etwas mit mir. Als hätten sich die Menschen von Soeterhoop verschworen und nur darauf gelauert, sich mein Haus unter den Nagel reißen zu können.

Wird Zeit, mit einer Tasche voller Geld nach Frankfurt zurückzukehren.

Ich marschiere an ein paar Kleinkindern mit Eimern und Sandschaufeln vorbei, an zwei Müttern, die ihre Bikinihintern beim Buddeln in die Frühsommerluft recken, und den dazugehörigen Vätern, die fachmännisch die Wassergrabenanlage im Sand betrachten. Marschiere an den größtenteils noch ungenutzten Strandkörben vorbei. Sand stiebt um meine Füße, Schlick, Wasser. Bei jedem Schritt spritzt es. Ich folge der Wasserkante, immer weiter, ohne nachzudenken. Strandläufer rennen vor mir weg, fliegen auf, ein Flirren weiß-beige-grauer Schwingen, sammeln sich wieder am Boden, als ich vorüber bin. Der Wind von vorhin ist zu einem leichten Säuseln geworden, die Wellen sanft.

Die Strandkörbe werden weniger, hören schließlich auf. Immer weniger Leute sind unterwegs. Vereinzelt liegen sie in Dünenbuchten, vom Meeressaum aus kaum zu sehen.

Das wilde Ufer beginnt und ich werde ruhiger.

Vor mir quert Hand in Hand wieder ein nacktes Rentnerpaar den Strand, weiße Schöpfe über gebräunter Haut. Kurz darauf stürzen die beiden sich lachend in die türkisfarbenen Wellen. Gischt spritzt auf, die Frau juchzt.

Einen Moment sehe ich zu, dann zieht das Ufer meine Blicke erneut an sich.

Dort hinten, wo Dünen und Wald ineinanderfließen, mit

zusammengekniffenen Augen in der Ferne nur zu erahnen, lag unsere geheime Kuhle. Inzwischen wird sie verweht sein, verändert, zugewachsen. Nichts ist hier statisch, alles wird, alles vergeht.

Ohne mein Zutun beschleunigen sich meine Schritte.

Die Gegend sieht anders aus, ja, und beinahe finde ich den Aufgang nicht. Nur die beiden ineinander verdrehten, zu einer zusammengewachsenen Buchen geben mir einen Hinweis.

Versteckt hinter einem der gefallenen und weiß gewaschenen Baumstämme finde ich unsere Stelle. Den Farn von damals gibt es nicht mehr und der Strandhafer bildet andere Schwünge. Aber die Mulde ist noch da.

Behutsam gehe ich in die Hocke und lege die Handflächen flach auf den weichen Sand. »Hi.«

Ich bilde mir ein, den Puls des Ozeans zu spüren. Warm liegt die Sonne auf meinen geschlossenen Lidern. Zuerst höre ich noch Stimmen in der Ferne, aber dann ist da nur noch die Sonne, die mir rote und goldene Muster auf die Netzhaut malt. Der hauchzarte Wind, der mit meinen Haaren spielt. Und das Meer, das rauscht und rollt und mich willkommen heißt. Ganz vorsichtig breitet sich in meinem eine warme, gute Gewissheit aus. Heute wage ich mich ins Meer. Vielleicht werde ich noch nicht schwimmen können, vielleicht werde ich nie wieder schwimmen können. Aber ich werde meine Kleider abstreifen und ins Wasser gehen, so weit ich kann.

Wie in Trance richte ich mich auf, streife den Sand von den Händen und lege die Kleider ab, Jeans, Tunika, zum Schluss die Unterwäsche. Ich lege alles auf die Sneakers und gehe zum Meer.

Der Mann des Rentnerpaars ist inzwischen wieder am Land und lässt sich von der Sonne wärmen, während seine Frau hin und her schwimmt.

Ich bin angekommen, der nächste Schritt wird mich ins Wasser führen, in dieses Element voller knisterndem, flirrendem, schillerndem Leben und voller Tod. Dieses Mal zögere ich nicht. Ich halte den Blick auf die schwimmende Frau gerichtet und versuche dabei, an den Entwurf von Herrn Großkreutz zu denken. An Ingmar, an unsere Pläne. An meine zukünftige Firma. Der Teil der Vorstellung ist etwas blass, aber er genügt.

Ich ignoriere die Kälte, ignoriere mein protestierendes Herz, pflüge einfach weiter durchs Wasser. Knietief, hüfttief. Die Frau zieht immer noch ihre Bahnen. Ich balle die Fäuste. Dies hier war so lange meine Heimat und mein Trost, der einzige sichere Ort in einer ins Wanken geratenen Welt.

Die Ostsee hat mich immer umhüllt und geschützt und alles Schlimme davongespült. Bis sie es nicht mehr tat.

Ich gehe weiter, aber das Wasser scheint dichter zu werden, meine Schritte mühsam. Bauchtief. Ich sehe mich wie früher mit kräftigen Zügen schwimmen. Abtauchen bis zum Grund. An ihm entlanggleiten, Sonnenstrahlen über mir, Sand und vereinzelte Wasserpflanzen unter mir. Ich spüre wieder den Druck der Taucherbrille auf der Nase, sehe, wie aus dem nebligen Türkis die Form des Schweinswals auf mich zuschwimmt …

Mit einem animalischen Schrei drehe ich mich wieder um, hechte nach vorn und kraule los, auf das Ufer zu. Eisiges Wasser strömt um meinen Kopf und mein Herz jagt. Immer wieder ziehen die Wellen mich zurück, aber dann treiben sie wieder nach vorn und tragen mich mit ihnen. Ich kraule, bis der Sandboden mich auffängt. Meine Knie zerkratzen auf dem Sand. Bevor die nächste Welle kommt, stütze ich mich hoch und bleibe schwer atmend stehen.

Wasser spült um meine Füße.

Ich bin geschwommen.

Ich war im Meer.

Wildes Lachen steigt in mir auf und bricht sich in einem unartikulierten Schluchzen Bahn.

Ich war im Meer.

Salzwasser rinnt aus meinen Haaren über Wangen und Hals. Der Wind streicht kühl über meine Haut, die es nicht mehr gewöhnt ist, im Freien nackt zu sein.

Ich bin geschwommen.

Zurück an der Mulde breite ich die Tunika aus und lege mich zum Trocknen darauf.

Ich bin wirklich geschwommen.

Mein Atem geht immer noch schwer und tausend Emotionen überrollen mich. Doch hier ist es warm und geschützt, die Sonne schimmert in den vereinzelten Salzwassertröpfchen auf meinen Schultern. Ich schließe die Augen. Die Welt wird orange, gelb, violett unter meinen Lidern. Ich bin geschwommen. Das Wissen darüber füllt mich so sehr aus, dass ich es allein beinahe nicht ertrage. Ich würde es so gern mit jemandem teilen.

Durch meine dahintreibenden Gedanken zieht vage die Erkenntnis, dass ich nicht weiß, mit wem. Wer würde die Größe des Ereignisses verstehen? Wenig ist frustrierender, als sein Innerstes teilen zu wollen, und der Mensch, mit dem man es teilen will, sagt nur höflich: »Wie interessant.« Konstantin ist das beste Beispiel dafür.

Orange und Violett vor meinen Augen werden dunkler, das Meer rauscht, Seevögel kreischen, alles Rationale verschiebt sich ineinander.

Ich paddele auf dem Surfbrett von Jaspers Cousin hinaus. Unter mir ist die Ostsee türkis und klar und kühl. »Ihr müsst aufpassen mit Strömungen«, hat Jaspers Vater gesagt.

»Und nie allein schwimmen gehen.« Aber streng genommen schwimme ich nicht, und ich weiß, wie die Strömungen verlaufen. Beim kleinsten Sog an meinen durchs Wasser gleitenden Armen werde ich aufmerksam. Immer wieder überprüfe ich meine Wahrnehmung, indem ich das Surfbrett treiben lasse. An einigen Stellen kann man unter den Strömungen hindurchtauchen, das darf niemand von den Erwachsenen je erfahren. Passiert ist noch nie was.

Der Anker, den wir an der Trageschlaufe des Boards befestigt haben, platscht ins Wasser. Ich sehe ihm nach, wie er sinkt. Dann lasse ich mich selbst ins Wasser gleiten.

Ich wache auf, weil neben mir etwas raschelt, ganz leise. Jemand versucht, mich nicht zu stören, während er sich neben mich setzt. Ich brauche die Augen nicht zu öffnen. Nach all den Jahren erkenne ich ihn immer noch an den Bewegungen. Oder dem Atem. Vielleicht ist es auch ein Geruch jenseits der Schwelle meines Bewusstseins. Jedenfalls erkenne ich ihn und lasse ihn stumm in mein Feld hinein, in dem ich eins bin mit dem Meer vor mir und dem Land, das mich, das uns umgibt. Jasper ist ein Teil davon, wie ich.

Lange schweigen wir miteinander, sind nichts weiter als zwei Wesen in ihrem Lebensraum. Ich gebe nicht zu erkennen, dass ich ihn bemerkt habe. Irgendwie gehe ich davon aus, er weiß es.

Doch irgendwann trägt der Wind Stimmen und Schritte im seichten Wasser an meine Ohren, Parfumduft zieht hinterher. Ich öffne die Augen und kehre zurück in das Hier und das Jetzt, in dem ich nur zu Besuch bin, um ein Haus zu verkaufen, das ich seit Jahren nicht benötige. In dem er trotz allem ein mir beinahe Fremder ist. Ein Fremder, der so viel weniger schlaksig ist als früher, und der gegen die Helligkeit ein Auge zukneift, genau wie ich es von ihm kenne.

Mit Verzögerung wird mir bewusst, dass ich nackt bin. Es ist nicht so, als hätte er mich noch nie ohne Kleidung gesehen. Aber da war ich zwölf. Und auch, wenn er die letzten Minuten wohl schon alles gesehen hat, was es an mir zu sehen gibt, taste ich nun nach irgendeinem Stück Stoff, um meine Brüste zu bedecken, und finde meinen sandigen Slip. »Guck weg, das gehört sich nicht.«

»Fällt dir früh ein.« Er verdeckt beide Augen mit den Händen wie der Affe, der nicht sehen will.

Ich muss lachen. Ein bisschen. »Umdrehen.«

Die Tunika vom Sand zu befreien, dauert einen Moment, aber schließlich ist sie so weit, dass ich sie überstreifen kann.

Das Gesicht zur Sonne und damit auch zu Jasper, setze ich mich schließlich wieder.

»Fertig?«

»Ja.«

Und so sitzen wir eine ganze Weile. Ich im Schneidersitz, er hat die Arme um die langen Beine geschlungen.

»Deine Haare sind nass.«

»Ja.«

Er stützt einen Arm auf, sodass er sich mir zuwendet. »Herzlichen Glückwunsch.«

In diesem Moment kommt mir der Strand noch hundertmal schöner vor als ohnehin schon. »Danke«, sage ich.

»War's schwierig?«

Was heißt schon ›schwierig‹? »Ich habe es geschafft. Nur ein paar Sekunden allerdings.«

»Ein paar Sekunden sind sehr gut für den Anfang.«

Wieder schweigen wir.

»Wie geht es dir? Kommst du klar mit dem Haus?«

»Schon okay.«

»Wenn du Hilfe brauchst …«

»Immer noch nicht, aber danke.«

Wellen schwappen an den Strand, über uns rauscht der Wind in den Baumkronen. Die Ostsee glitzert blau und dunkel und weiß, unberührt von dem, was ich denke oder fühle.

»Ich war heute bei *True Baltic Living.*« Ich spreche so leise, dass der Wind die Worte beinahe zerstreut.

Nur ein ganz leichtes Nicken lässt erkennen, dass Jasper mir zuhört.

»Jetzt mache ich mir Vorwürfe, dass ich nicht länger gesucht habe, um jemanden zu finden, der die Sperlingskate kauft, ohne den Hof zu zerstören. *True Baltic* planen, so gut wie alles abzureißen. Vermutlich schon seit Jahren.«

»Ich weiß. Tristan ist einer meiner besten Auftraggeber. Ab und zu trinken wir ein Bier miteinander.«

»Dann … wäre es für dich ja ganz gut, wenn ich an die verkaufe.« Ich bin mir selbst nicht sicher, was ich bei diesem Gedanken empfinde. Ist es tröstlich oder fürchterlich zu wissen, dass mein ehemals bester Freund die Bagger losschicken könnte, um den Ort unserer Kindheit zu zerstören?

»Vielleicht.«

»Sag nicht, Hansen Bau wird da nicht anbieten.«

Jetzt schlägt er die Augen auf. »Wäre dumm, es nicht zu tun, oder? Hansen Bau hat ziemlich viele Leute zu bezahlen, und irgendwo muss das Geld herkommen.« Er zögert. »Aber ich weiß nicht, ob ich das kann.«

»Jemand wird es tun. Ich glaube … es ist albern, das weiß ich … aber ich glaube, ich fände es gut, wenn es kein Fremder tut.«

Er steht auf und schüttelt den Sand von den Kleidern, dann reicht er mir die Hand; ich ziehe mich hoch und lasse ihn wieder los.

Ohne es abzusprechen, gehen wir nebeneinander zurück.

»Wie kam es eigentlich, dass du Restauratorin geworden bist? Ich hatte irgendwie immer angenommen, du würdest … keine Ahnung. Zu *Greenpeace* gehen oder so was.«

»Ich war eine Weile mit *EarthRebels* unterwegs.«

»Sind das nicht die, die –«

»Ja. Ist nicht alles superlegal gewesen, was wir gemacht haben. Dass ich Raumausstatterin geworden bin, war eher Zufall. Aber es macht mir Freude.«

»Zufall?« Er lächelt.

»Sag nicht, dass du die Baufirma übernommen hast, war kein Zufall.«

»Nicht wirklich. Es gibt ja hier nur wenige Möglichkeiten, und ich konnte mir nicht vorstellen, irgendwo anders zu leben. Also hab ich in den sauren Apfel gebissen und meinem Vater gesagt, dass ich endlich bereit bin zu tun, worauf er seit Jahren gehofft hatte.«

»Du wolltest Biologe werden. Und um die Welt reisen.«

»Ich hatte eine Menge Träume. Aber manchmal holt das Leben sie ein, und dann muss man entscheiden, was in dem Moment wichtiger ist.«

»Ich wette, Frank hat sich drüber gefreut.«

»Schon, ja. Und ich mach das auch wirklich gern, nur manchmal muss ich raus. Was ist mit deinem Zufall?«

Sonst erzähle ich die Geschichte nicht. Allerdings fragt auch niemand danach. »Es war eine Protestaktion vor dem Duisburger Zoo. Die haben da tatsächlich immer noch Delfine.«

Jasper gibt einen unwilligen Laut von sich, der mich ermutigt, weiterzusprechen.

»Ursprünglich hatten wir geplant, einzubrechen und die Delfine rauszuholen. Aber selbst den Fanatischsten unter uns war klar, dass das so leicht nicht funktionieren würde.

So einen Delfin bekommt man ja nicht eben mal versteckt. Einen Laster zum Abtransport hätten wir sogar irgendwie organisieren könne, aber wohin dann? Wir hätten sie ja auch nicht einfach ins Meer kippen können. Also haben wir uns schweren Herzens dazu entschlossen, sie zu lassen, wo sie sind, dem Zoo aber so die Hölle heißzumachen, dass sie sich drum kümmern, die Delfine nach und nach vernünftig auszuwildern. Wir haben eine riesige Protestaktion vor dem Eingang geplant, bei der alle Leute, die in den Zoo wollen, erst mal durch unseren Parcours müssen. Ist leider nie zustande gekommen, weil …«

»Weil?«

»Ich hatte die Aufgabe, einen Drahtdelfin zu bauen. Zufällig hab ich in einem Hinterhof eine Menge Drahtzeugs entdeckt und … na ja. Sagen wir, der Eigentümer war nicht begeistert, als ich es klauen wollte.«

»Kaufen konntet ihr es nicht?«

»Und wieder Rohstoffe verbrauchen?«

Er sieht mich skeptisch an.

»Ich weiß, okay? Es war nicht besonders durchdacht. Jedenfalls hat Ingmar mich geschnappt und zur Rede gestellt. Und nachdem ich ihm gesagt hatte, wofür ich den Draht brauchte, meinte er, meine edlen Motive seien wichtiger als das Gesetz, und er ließe das auf sich beruhen, wenn ich für ihn arbeite. Also habe ich das getan.«

»Ingmar ist dein Chef?«

Ich nicke.

»Klingt nach einem erstaunlichen Mann.«

»Ist er.« Eine Welle unerwarteter Zärtlichkeit für Ingmar wallt in mir auf.

Es ist fast schon unheimlich, wie vertraut Jasper und ich wieder miteinander sind. Beinahe so, als wäre nichts gewesen.

Ein sehr fernes Grummeln am Horizont kündigt ein Gewitter an, automatisch beschleunige ich meine Schritte.

»Dauert noch, bis das hier ist.«

Er kennt das Wetter besser als ich, die Wind und Wolken nicht mehr lesen kann.

»Sicher? Ich hab heute keine Lust, noch mal nass zu werden.«

Er betrachtet den Himmel, hält das Gesicht in den Wind. »Sehr sicher.«

»Gut.«

Eine Weile sagen wir beide nichts. Ich denke an Ingmar und an Gabi und daran, wie dankbar ich sein kann, sie gefunden zu haben.

»Maira? Ich muss dich was fragen.« Am Horizont grummelt es lauter. »Reiß mir nicht den Kopf ab, ja? Aber mich beschäftigt das seit Jahren. An unserem letzten Tag, als …«

»Als der Wal gestorben ist.«

Er wird kurz langsamer und sieht mich an.

»Und Mama.«

»Ja.«

Ich warte, er schweigt.

»Was? Ich kann dir nicht den Kopf abreißen, wenn ich nicht mal weiß, wofür.«

Er lächelt nicht ganz überzeugend. Dann gibt er sich einen Ruck, von dem ich sicher bin, jemand, der ihn weniger lange kennt, hätte ihn nicht bemerkt.

»Himmel, Jasper, rück raus damit.«

»Ich frage mich … egal.«

»Du machst mich wahnsinnig.«

»Erinnerst du dich daran, als wir am Strand geschlafen haben und Anne Stubenarrest hatte?«

»Ja«, sage ich gedehnt. An jenem Abend hat er mir vom

Kohlenmonoxid erzählt, ohne zu wissen, was Jahre später geschehen würde.

Der Frieden und die Vertrautheit, die ich eben noch mit ihm empfunden habe, sind mit einem Mal durchsetzt von etwas Dunklem, das tief in mir Nährboden findet und ungeduldig vibriert. »Was fragst du dich?«

»Egal, sag ich doch.«

»Nein, ich will es wissen.« Er soll es aussprechen.

Mit dem nächsten dumpfen Grollen am Himmel zieht er scharf die Luft ein. »Ich frage mich, ob es wirklich ein Unfall war, dass du den Herd angelassen hast.«

Das Dunkle vibriert stärker. »Was soll es sonst gewesen sein?«

»Du warst immer so sorgfältig mit allem, du hast abgeschlossen und die Sicherungen ausgeschaltet und …«

»Unterstellst du mir gerade, meine Mutter umgebracht zu haben?« Grob und laut kommt es heraus, der Wind reißt die Worte dennoch davon.

»Ich sag doch, reiß mir nicht den Kopf ab. Es war nur so … du wusstest, dass das ein guter Tod …«

»Und ich dachte, du seist mein Freund gewesen.« Warum stoße ich ihn weg? Warum sage ich nicht einfach, wie es war?

»Das war ich«, antwortet Jasper ruhig. »Das bin ich immer noch, wenn du willst.«

»Dann denk nicht so einen Müll, okay?«

Den Rest des Wegs gehen wir schweigend. Ich beiße das Weinen weg und beim Abschied sehen wir uns nicht an.

Liebe Maira

Erinnerst du dich daran, wie wir den Tonfrosch auf dem Flohmarkt gekauft haben? Vermutlich nicht, du warst erst sieben. Du bist sieben, jetzt, da ich dies aufschreibe. Mal sehen, wie lange ich das Projekt Familienchronik durchhalten kann (beim Sportprogramm reicht meine Disziplin immer maximal einen Monat).

Also, der Frosch. Das war so. Über ein Reiseforum hat mich eine Familie aus Spanien angeschrieben, die gehört hatte, dass wir gern neue Leute kennenlernen. Rita und Anibal klangen so nett, dass ich zugesagt habe. Und so fuhren sie letzte Woche mit ihrem klapprigen Wohnmobil auf unseren Hof, um drei Tage zu bleiben. Sie sind immer noch da. Wir Erwachsenen verstehen uns prächtig, und du genießt es, noch andere große Leute um dich zu haben. Besonders Anibal ist dir wichtig. Wenn ich zusehe, wie er dich im Wechsel mit seinen eigenen Kindern an den Armen durch die Gegend schleudert und du vor Vergnügen kreischst, kneift mich manchmal das schlechte Gewissen, weil ich denke, eine Art Ersatzvater wäre schon wichtig für dich. Überhaupt wäre eine richtige Familie schön, nicht nur unsere Zweisamkeit. Aber es ist, wie es ist, und wir beide machen das Beste daraus. Du hast auch unglaublich Spaß mit den Kindern, Lucia und Hugo. Beim Abendessen gestern habt ihr euch kichernd Gurkenscheiben auf die Augen gelegt und Löcher hineingebohrt, um hindurchzusehen (meine Mutter würde sterben ob dieser Manieren!). Jetzt weißt du, dass *Gurke* auf Spanisch *pepino* heißt. Weltwissen, das man braucht, ich weiß, aber wahrscheinlich wirst du dieses Wort dein Leben lang nicht vergessen.

Immer wieder finde ich erstaunlich, wie man mit fremden Menschen sofort auf einer Wellenlänge sein kann. Solange es uns beiden Spaß macht, werde ich uns die Welt ins Haus holen, wenn wir schon selbst kaum große Reisen unternehmen können. Rita meinte, sie würde ihrer Brieffreundin aus Barbados auf jeden Fall schreiben, wie schön es bei uns war. Wer weiß, vielleicht bekommen wir also irgendwann Besuch aus der Karibik. Ist die Welt nicht aufregend?

Aber ich wollte von dem Frosch erzählen. Rita ist sehr kunstbegeistert und kreativ, also sind wir am Wochenende auf den Flohmarkt gefahren. Anibal hat seinen Kindern, Jasper und dir jeweils fünf Euro zugesteckt. Angesichts der vielen Stände warst du, mein Dorfkind, einigermaßen überwältigt. Am liebsten hättest du alles gekauft – bis du den Frosch an einem Stand mit Töpferwaren sahst. Aus meiner Sicht war so ziemlich jedes andere Stück dort schöner. Ich habe selbst zwei Schüsseln gekauft, und während ich die einpackte, verhandeltest du bereits um den Frosch. Eigentlich sollte er mehr kosten, aber irgendwie hast du es geschafft, ihn zu bekommen. Gestern Abend hat Rita mir erzählt, dass Jasper dir sein Geld zugesteckt hat und sie und Anibal den Rest bezahlt haben. Ich fühle mich ein bisschen schlecht, weil ich das nicht mitbekommen habe. Dass Jasper etwa viermal so viel Taschengeld bekommt wie du, tröstet mich nur wenig. Es ist schwierig, mich immer wieder zurückzunehmen und daran zu erinnern, dass ich nicht alles, was in deinem Leben passiert, kontrollieren kann – oder muss.

Nachdem der Frosch eine Nacht bei dir im Zimmer neben dem Bett gestanden hat, fandest du, er wolle bestimmt lieber draußen sein, und stelltest ihn neben die Haustür, von wo aus er den ganzen Hof im Auge hat.

Sperlingskate, Mitte Juni

Jeder Gegenstand hat eine Geschichte. Keine davon brauchte ich in Frankfurt. Mein Leben war gut ohne sie, und die Idee, einfach nur ein paar wichtige Erinnerungsstücke mitzunehmen, schien mir so simpel. Jetzt jedoch sitze ich im Schneidersitz auf dem Teppich in meinem alten Kinderzimmer, eine geöffnete Umzugskiste mit der Aufschrift »*Maira Erinnerungsstücke*« neben mir, und betrachte Dinge. Das Eigenartige ist: Obwohl die Erinnerungen verschwommen sind wie die verblassten Super-8-Filme ohne Ton, die meine Großmutter mir früher zeigte, kriechen die dazugehörigen Gefühle umso entschiedener durch die Lücken zwischen meinen porös gewordenen inneren Barrieren. Ich halte einen Pinguin aus Klorollen und Krepppapier in den Händen und weiß genau, wie geborgen und warm ich mich beim Basteln fühlte. Und dann Mamas Freude, die um mich herumflirrt und alles hell und froh macht. Eine Plastikpuppe, begleitet von Ambivalenz. Ich lege sie neben den Klorollenpinguin auf den Stapel der zu entsorgenden Dinge.

Vielleicht ist das absurd. Ebenso gut könnte ich alles, womit ich meine minimalistische Frankfurter Wohnung nicht belasten will, lassen, wo es ist. Ich könnte auch die Tür sich selbst überlassen, samt knarzenden Scharnieren und abblätterndem Lack. Es ergibt keinen Sinn, Schleifmaschine und Sandpapier, Lacke und Farben aus dem Transporter zu holen. Es ergibt keinen Sinn, die alte Farbe anzuschleifen und die schadhaften Stellen zu spachteln. Es ergibt keinen Sinn, aber es erfüllt mich mit Frieden.

Jemand hat vor einer ganzen Weile schon unseren alten Holzbriefkasten zugeschraubt. Zwischen dem vergrauten Deckel und der Hauswand steckt eine Hochglanzpostkarte, dahinter ein Briefumschlag. *Immobilien Meyer* bietet mir Hilfe an, falls ich das Haus verkaufen will. Ich werfe die Karte in die Ecke, in der sich der Papiermüll stapelt. Der Brief ist von einer Frau, ordentliche runde Buchstaben in Magenta. Wir haben über ein paar Ecken gehört, dass Sie das Haus verkaufen wollen. Als junge Familie mit drei Kindern würden wir uns freuen. Behutsam falte ich den Zettel wieder zusammen und stecke ihn in die Hosentasche.

Die dünne Spachtelmasse ist beinahe trocken, vielleicht werde ich am Abend bereits grundieren können.

»Sieht gut aus.«

Ich drehe mich um.

Anne steht auf dem Hof und betrachtet mein Werk.

»Man sieht doch überhaupt noch nichts.«

Sie tritt näher. »Man sieht, dass der bröckelige alte Lack runter ist. Und du siehst auch gut aus.«

»Kann ich mir lebhaft vorstellen, verstaubt und zottelig, wie ich bin.« Mit dem Unterarm wische ich mir den Schweiß aus der Stirn.

»Als käme es darauf an.«

»Willst du einen Schluck trinken?«

»Ernsthaft, du siehst gut aus. Glücklich.«

Ich schiebe den Plastikeimer, in dem ich Werkzeuge, Lappen und Schleifpapier lagere, mit dem Fuß zur Seite.

Anne folgt mir ins Haus.

»Tee?«

»Hast du wieder Strom?«

»Seit heute Morgen. Hat ein Vermögen gekostet, der Schnellservice, aber das war es mir wert.«

»Dann nehme ich gern einen Tee, danke.«

Meine Kisten und Müllsäcke mit aussortierten Dingen stehen inzwischen in der Küche herum. Während ich Wasser einlaufen lasse, nimmt Anne eine Sockenpuppe in die Hand, einen komischen Drachen mit Glöckchen als Ohren und angeklebten Filzstückchen als Schuppen auf dem Rücken. »Wahnsinn, daran hab ich überhaupt nicht mehr gedacht. Weißt du noch, wie wir den ganzen Sommer über Theateraufführungen mit den Dingern gemacht haben?«

»Ja.«

»Kann ich den haben?«

»Nimm dir, was immer du haben willst. Das Zeug kommt alles weg.«

»Warum?«

»Soll ich den ganzen Plunder mitnehmen?«

»Nein.« Sie zieht den Drachen über ihre rechte Hand und lässt ihn nach mir schnappen. »Ich meine, warum sortierst du das alles, wenn das Haus eh am Ende abgerissen wird? Warum reparierst du sogar noch die Tür?«

Ich zucke die Schultern und streichle dem Drachen über die leise klingelnden Ohren, als wäre er ein echtes Tier. »Wahrscheinlich gefällt mir dir Vorstellung nicht, jemand Fremdes könnte alles einfach auf den Müll werfen, ohne dass ich ihm … die letzte Ehre erwiesen habe. Und vielleicht hoffe ich heimlich ja noch, dass jemand einfach hier einzieht und das Haus wieder lieb hat, statt es abzureißen. Klingt blöd, wenn ich es so sage.«

Zart knabbert der Sockendrache jetzt an meiner Hand. »Wie oft hast du etwas in der Art in den letzten Tagen gesagt?

Und wie oft habe ich dasselbe geantwortet? Ehrlich, es klingt kein bisschen blöd. Eher wie eine Art nachgeholte Trauerphase.« Als ich nicht sofort antworte, schiebt sie nach: »Entschuldige, ich weiß ja gar nicht, in welcher Form und wie du damals … tut mir leid.«

»Muss es nicht.«

Das Teewasser kocht, ich gieße Kräutertee auf, ohne Anne zu fragen, ob sie die Sorte mag. »Im Wesentlichen war ich damals wütend. Auf mich. Auf Jasper. Auf die Welt. Eigentlich auf alle. Ich habe nicht getrauert.« Der Wasserdampf aus dem Krug zieht in heißen Schwaden nach oben. »Doch, ich habe getrauert. Aber weniger mit Tränen als ziemlich selbstzerstörerisch. Vielleicht hast du also recht, dass das hier eine Art nachgeholte Trauer ist. Keine Ahnung. Jedenfalls tut es mir gut. Es heilt etwas in mir. Weißt du, all die Jahre über hatte ich kaum Erinnerungen an früher. Also, an die Zeit, als alles noch gut war, meine ich. Die waren unter dieser dicken Kruste von Schmerz und«, ich zögere, doch dann sage ich das Wort doch, »Einsamkeit vergraben. Und jetzt, diese Sachen hier zu ordnen … Ich mag es, wie dabei nach und nach Erinnerungen auftauchen. Es fühlt sich an, als würde das in mir irgendwelche Lücken füllen, von denen ich nicht mal wusste, dass sie da sind.«

Ich schenke Tee ein und reiche ihr einen der dampfenden Becher.

»Sogar die gibt es noch.«

»Klar.« Ich puste in die Hitze. »Wo sollten sie hingelaufen sein?«

Eine Weile schweigen wir. Anne legt den Sockendrachen behutsam auf den Tisch.

»Hat Jasper dir damals von dem Wal erzählt?«

Fragend sieht sie mich an.

Hätte er sie an unserem letzten Tag teilhaben lassen, wüsste sie es noch, da bin ich sicher. Nur er und ich wissen also, welche Schuld er trägt. Und nur er und ich wissen, welche Schuld ich trage. »Hätte ja sein können.« Locker sage ich das, als ginge es nur darum, welchen Kinofilm ich letzte Woche gesehen habe.

»Ich finde übrigens, um noch mal auf das zurückzukommen, was du eben gesagt hast, den Wunsch kein bisschen seltsam, jemand möge sich hier wohlfühlen. Lach nicht, aber ich hatte immer das Gefühl, das Haus ist einsam. Und Häuser müssen doch mit Leben gefüllt sein, sie müssen Familien beschützen und Kinder zwischen ihren Mauern aufwachsen lassen. Das ist ihre Bestimmung, meinst du nicht?«

»Schon irgendwie.« Auf einmal wundere ich mich, wie ich meine – unsere – bunte, warme Kindheit an diesem Ort je zu einem farblosen Erinnerungsgeist werden lassen konnte.

»Und wenn sie ihre Bestimmung erfüllen können, sind es glückliche Häuser«, fährt Anne fort. »Manchmal sehen sie auch jemanden sterben, aber nur deswegen, weil sie ihn bis zum Ende behütet haben. Aber dann geht das Leben von vorn los. Und das ist richtig so, weil Häuser für viele Generationen gebaut sind.«

Wenn man sie nicht verfallen lässt und dann den Baggern zum Fraß vorwirft. »Warst du das?«, frage ich, was ich schon am ersten Tag hätte fragen sollen. »Hast du dich um das Haus gekümmert? Ich hab den Lagerfeuerplatz gesehen.«

»Wir wechseln uns ab. Jasper. Kalle und ich. Thommy. Andrea, wenn sie kann. Und noch ein paar, je nachdem, wer Zeit hat.«

»Thommy?«

»Bartelsen.«

Die Erkenntnis, dass all diese Menschen, an die ich seit Jahren kaum gedacht habe, sich um mein Haus kümmern, obwohl niemand wusste, wann oder ob ich je wieder hier auftauchen würde, holt mich beinahe von den Füßen. Ich flüchte mich in Ruppigkeit. »Der? Bäd Bartelsen? Was hat der denn damit zu tun?«

»Mist, das wusstest du gar nicht, oder? Wie auch?«

»Was wusste ich nicht?«

»Er hatte was mit deiner Ma.«

Hilflos lache ich auf. »Im Leben nicht.«

»Doch. Jahrelang wohl. Mindestens seit der fünften Klasse.«

»Bartelsen hatte was … Quatsch. Der war der fieseste, strengste Lehrer, den wir hatten. Weißt du noch, wie er mich immer auf dem Kieker hatte?«

»Vielleicht, damit niemand was merkt? Müsstest du ihn selbst fragen. Er ist ziemlich cool. Jetzt, da wir erwachsen sind, meine ich. Jedenfalls mäht er den Rasen und hält die Brombeeren davon ab, den Garten zuzuwuchern. Jasper schneidet die Obstbäume. Wir sehen alle immer mal wieder abwechselnd nach dem Rechten. Nur im Haus drin war halt lange niemand. Glaub, Thommy hatte früher einen Schlüssel, den er dann aber wohl deiner Oma gegeben hat.«

»Jasper schneidet die Obstbäume«, wiederhole ich lahm.

Alle gemeinsam sehen nach dem Rechten. Es rührt an etwas sehr Tiefes in mir, das ich so lange nicht zugelassen habe, dass ich es erst nicht als das erkenne, was es ist: ein Gefühl von Heimat. Von Zugehörigkeit. Einen Moment spüre ich ihm hinterher. Es ist ein gutes Gefühl, und ich weiß, ich werde es auch in Frankfurt in mir finden können.

Obwohl wir so viele Jahre verloren haben, kommt es mir vor, als hätten Anne und ich immer schon miteinander Tee getrunken und uns unterhalten.

Erst als sie mich fragt, ob wir uns in den nächsten Tagen wieder »mit allen« treffen wollen, wache ich auf. Es mag im Moment wirken, als könne ich mich hier auf ewig in meine Vergangenheit einkuscheln. In eine Vergangenheit vor der Vergangenheit. Eine Zeit, in der ich enge Freunde hatte und keine Sorgen, außer mit Jasper durch die Strandwälder zu streifen, mit Anne stundenlang auf der Wiese zu liegen und zu reden, zu schwimmen und auf dem Hof herumzubasteln. Doch diese Zeit gibt es nicht mehr, ganz gleich, was mir meine Nostalgie vorgaukeln will. Genau genommen gibt es nicht einmal die Freundschaften mehr wirklich. Ich habe ein Leben in Frankfurt, das auf mich wartet. Ich habe Menschen in Frankfurt, die auf mich warten. Beinahe eine Familie. »Weiß nicht«, sage ich. »Ich hab hier noch so viel zu tun.«

»Wie weit bist du mit dem Verkauf?«

Ich berichte von meinem Besuch bei *True Baltic Living* und meinem schalen Gefühl hinterher.

»Pass auf, dass die dich nicht übern Tisch ziehen. Im Moment reißen sie sich hier alles unter den Nagel, was irgendwie zu bekommen ist. Immer schön unter dem Deckmantel von Nachverdichtung und grünem Bauen, aber in Wirklichkeit treibt es die Preise hoch und führt dazu, dass immer mehr Touris herkommen und sich die Leute hier die Wohnungen und Häuser nicht mehr leisten können.«

»Ich fand es okay, was sie geboten haben. Und schlicht und ergreifend habe ich keine Zeit, nach Leuten zu suchen, die das Haus kaufen wollen. Irgendwie auch keine Kapazität.«

»Weil du schnell zurückwillst oder weil es wehtut?«

Ich zucke mit den Schultern. »Beides vielleicht.«

»Soll ich mich mal ein bisschen umhören? Spontan fallen mir drei Familien ein, die Interesse haben könnten. Alles sehr nette Leute.«

»Das wäre schön. Aber am Ende kommt es halt auf den Preis an. Und es muss relativ schnell gehen.«

»Wenn's dir recht ist, mach ich draußen ein, zwei Fotos und poste die in der Dorfgruppe.« Wenn eine Nachricht im Dorf erst mal unterwegs sei, sagt sie, käme immer irgendwas Sinnvolles dabei raus.

»Bisschen blöd, wenn Herr Großkreutz auch davon hört.«

Anne zuckt die Schultern. »Dann weiß er, dass er sich anstrengen muss.«

Ich bin mir nicht sicher, was ich dabei empfinde. Der rationale Teil meiner selbst möchte einfach mit irgendjemandem einen Vertrag unterschreiben, Geld überwiesen bekommen und nie wieder was mit diesem Haus zu tun haben. Der nostalgische Teil, der in den letzten Tagen immer stärker geworden ist, muss dann einfach mal Ruhe geben.

»So, und da ich dir nun helfe«, Anne hebt die Tasse, »hast du auch Zeit, am Samstagabend zur Pizza zu uns zu kommen. Ich werde Jasper fragen und vielleicht hat Thommy ja auch Zeit.«

»Weiß nicht, ob ich mit Bäd Bartelsen Pizza essen muss. Oder …«, ich breche ab. Dass es zwischen Jasper und mir schwelt, geht nicht einmal Anne etwas an.

»Oder mit Jasper?«

In die Vertrautheit zwischen uns schleicht sich ein vorsichtiges Abwarten. Was hat Jasper ihr erzählt? Was haben sie vielleicht gemeinsam all die Jahre über gemutmaßt?

»Er meinte, ihr hättet euch am Strand getroffen, und da seien ein paar Sachen … wie sagte er? … unschön kommuniziert worden.«

»Nett ausgedrückt.«

»Habt ihr euch gestritten?«

Wieder frage ich mich, wie viel Anne von all dem weiß. Oder zu wissen glaubt. Oder ahnt. Ich habe damals, als meine Erkenntnis wuchs, dass ich nicht mehr lange durchhalten würde, mit niemandem außer Mischa darüber gesprochen. »Er hat mir was unterstellt, das ich nicht einfach so stehen lassen konnte.«

Anne legt beide Hände um ihre beinahe noch volle Teetasse. Ein bisschen habe ich den Eindruck, sie hält sich daran fest. »Maira …«

Ich kann sie nicht ansehen, stattdessen blicke ich aus dem Fenster.

Ihre Berührung an meiner Schulter ist leicht, ganz leicht.

Ich merke, wie angespannt mein Nacken ist, mein Kiefer. Meine Gedanken.

»Maira, viele haben das damals gedacht. Und alle haben es verstanden.«

»Was haben viele gedacht?«

Sie holt Luft, schweigt, holt noch einmal Luft. Ihre Hand ist warm auf meiner Schulter.

Meine Spannung löst sich. Ein wenig.

»Jasper ist seit Jahren davon getrieben, ob der Tod deiner Mutter wirklich ein Unfall war.«

»Was wäre, wenn nicht? Was ginge ihn das an?«, erkundige ich mich kaum hörbar.

»Frag ihn. Er hat sich irgendwas in seinem Kopf zurechtgebaut, dass die Idee von ihm stammte und er deswegen schuld daran ist, wenn du jetzt diese Schuld mit dir rumtragen musst. Oder so.«

»'ne Menge Schuld in einem Satz.« Immer noch so kläglich leise.

»Ich sag nur, wie ich denke, dass es ist. Und er ist halt echt nicht der Einzige. Einige im Dorf haben gemunkelt. Oder eigentlich alle, denen Andrea nicht rechtzeitig die Leviten gelesen hat.«

Ich finde meine Stimme wieder. »Das hätte ich gern miterlebt.«

»Du kennst Andrea. Sie mag wegen der Firma nie viel Zeit für Jasper gehabt haben, aber sie hat ihn trotzdem geliebt – und uns gleich mit. Erinnerst du dich, wie sie sein kann, wenn sie sauer ist? Da willst du nicht im Weg stehen. Jedenfalls, nachdem Andrea mit den Leuten fertig war, die wegen deiner Ma blöde Gerüchte gestreut haben, hat sich nie wieder jemand getraut, was zu sagen.«

»Nicht laut.«

»Nein«, gibt Anne zu. »Nicht laut.« Pause. »Ich frag mich, wie jemand überhaupt so was denken kann. Deine Ma und du, ihr wart doch so.« Sie kreuzt Zeige- und Mittelfinger, um anzudeuten, wie eng meine Mutter und ich früher miteinander waren.

»Eben hast du noch gesagt, ›alle hätten‹.«

»Ach, du kennst sie doch. Sie freuen sich, wenn mal was los ist. Sie tratschen. Natürlich war das damals Futter für den Dorfklatsch.«

Ich stelle mir vor, wie sie zusammensitzen, Hedda Schmitt und Maren Sievers und all die anderen. Wie sie die Köpfe schütteln und über das arme Mädchen vom Sperlingshof reden, man könne wohl verstehen, wenn der irgendwann die Sicherungen durchbrannten, und das Wetter soll nächste Woche auch endlich gut werden, und habt ihr schon gehört, dass die Frau vom Pfarrer wieder schwanger ist? »Kein besonders gutes Gefühl. Dorfklatschmaterial zu sein, meine ich.«

»Ich find's nicht schlimm. Alle reden doch untereinander übereinander. Was glaubst du, was los war, als Jaspers Frau abgehauen ist.«

»Sie ist …? Wieso, ich meine … Seit Nikita das erste Mal bei mir auf dem Hof aufgetaucht ist, habe ich mir Jaspers Familie zu viert am Abendbrottisch vorgestellt. Behaglich und geborgen.« Alles das, was ich mit dem früheren Jasper verbinde.

»Es ist ein bisschen anders. Er arbeitet viel und jongliert die Kinder irgendwie zwischen Schule und Betreuung hin und her. Sie sind oft bei uns oder bei seinen Eltern.« Anne muss mir die Irritation ansehen, denn sie setzt hinzu: »Er ist wirklich toll mit den beiden, nicht dass du was Falsches denkst. Aber alleinerziehend mit zwei kleinen Kindern musst du halt sehen, wo du bleibst. Miles war nicht mal zwei, als Kara gegangen ist. Eine Mutter, die ihre Kinder verlässt! Gefundenes Fressen für das Dorf, das glaub mal.«

»Das ist absurd«, sage ich, ohne zu wissen, was geschehen ist. »Manchmal passt es eben einfach nicht.«

»Nur dumm, wenn Kinder im Spiel sind.« Sie nickt mir zu. »Jedenfalls bist du, wie gesagt, nicht die Einzige, über die hier mal ein bisschen getratscht wird.«

»Ist aber was anderes, oder? Ob dir die Frau abhaut oder man sich erzählt, du hättest deine Mutter auf dem Gewissen.«

»Entschuldige.« Anne wird ernst. »Du hast vollkommen recht. Ich wollte was Tröstendes sagen und es ist nach hinten losgegangen. Kennst du das? Dass du versuchst, hilfreich zu sein, und dabei genau in den Fettnapf trampelst?«

»Ja.«

»Verzeihst du mir?«

»Klar. Ich finde es auch schön, mehr über Jasper zu erfahren. Immerhin waren wir drei das Dreamteam.«

»War schon ’ne gut Zeit damals. Also als deine Ma noch gesund war, meine ich.«

»Auch danach, irgendwie. Ich hatte ja euch noch. Und das Meer.«

»Wie geht es eigentlich deinem Onkel, wo wir schon in der Vergangenheit schwelgen?«

»Keine Ahnung. Hab ihn bei der Beerdigung meiner Oma kurz gesehen, vor«, ich muss rechnen, »neun Jahren. Wir reden nicht miteinander.«

Entsetzt sieht sie mich an. »Wie, ihr redet nicht miteinander? Wir sprechen schon von deinem Onkel Mischa, der dir Karten aus den entferntesten Winkeln der Welt geschickt hat? Dem Onkel, der immer die coolsten Geschichten erzählt hat?«

Schmallippig nicke ich. »Ist irgendwie kaputtgegangen.«

»Warum?«

»Er hat mich bei meiner fiesen Oma abgeladen, traumatisiert, wie ich war. Das reicht ja wohl. Anstatt mich mitzunehmen oder mir wenigstens irgendwo eine Wohnung anzumieten. Mir fehlte etwas über ein Jahr bis zur Volljährigkeit. Therapeutisches Wohnen oder so wäre vielleicht auch nicht ganz das Verkehrteste gewesen. Stattdessen schiebt er mich zu Oma Gitti und haut wieder ab. Hab ich ihm lange nicht verziehen.«

»Das wusste ich nicht. Beziehungsweise hab ich nie wirklich drüber nachgedacht, wie schlimm das für dich gewesen sein muss.«

Ich schüttele die Spannung aus den Schultern. »Ist ja vorbei.«

»Schade, oder? Ihr wart euch so nah. Vermisst du ihn?«

»Weiß ich nicht«, sage ich nach einer Weile. »Ich habe mir nie erlaubt, darüber nachzudenken, was ich vermisse, sondern mich auf das Jetzt konzentriert. Ich wusste ja auch nicht, dass ich Soeterhoop vermisse.«

Anne lächelt. »Dabei kann man es nicht nicht vermissen, wenn man einmal hier gelebt hat.«

»Wahre Worte.«

Eine Weile reden wir noch über uns und das Leben. Darüber, dass ich auch dort Menschen habe, die mir etwas bedeuten. Die mich gern genug haben, mir ihre Firma in die Hände zu legen. Über meinen Job und darüber, wie es für mich sein wird, *Jakobs Räume* mein eigen zu nennen. Die lockere Selbstverständlichkeit will sich nicht wieder einstellen, aber vielleicht wäre das auch zu viel erwartet.

Bevor sie sich verabschiedet, erinnert sie mich an das Pizzaessen und sagt, ich solle mit Jasper sprechen. »Ich möchte einfach nicht, dass das zwischen euch steht.«

Warum nicht?, will ich fragen. Ist es nicht egal? Ich werde ohnehin bald wieder weg sein. Spielt es eine Rolle, was Jasper und ich voneinander denken? Aber ich schweige, umarme Anne zum Abschied, schließe die Tür hinter ihr und kehre zurück zu den tausend Gegenständen meiner Vergangenheit.

Mein Telefon brummt auf dem Fensterbrett, als ich gerade einen Schuhkarton voller Briefe ganz hinten aus der untersten Schreibtischschublade geholt habe. Briefe ohne Adressat, ohne Absender, die Umschläge nicht zugeklebt. In einen der Umschläge sehe ich kurz hinein und erkenne die Handschrift meiner Mutter. Nicht jetzt. Ich werde mich später darum kümmern. Den Karton stelle ich zu den beiden Fotoalben hinter mir und krabbele zur Fensterbank.

Herr Großkreutz bestätigt den Notartermin.

Ich sitze zwischen Papieren und Klorollenpinguinen und Erinnerungen, die nur noch auf Fotos und nicht mehr in meinem Herz existieren. »Danke«, sage ich, und ergänze, weil er es ohnehin erfahren wird: »Obwohl ich ja heimlich immer noch auf die junge Familie warte, die hier einzieht, damit das Haus nicht abgerissen wird.« Wo auch immer die herkommen soll.

»Das verstehe ich.« Es klingt glatt und einstudiert und dennoch glaube ich ihm. »Auf jeden Fall ist es ein besonderes Haus in einer sehr schönen Lage. Natürlich müsste man eine Menge reinstecken, um es zu modernisieren.«

Im tiefsten Inneren ist mir klar, dass keine nette junge Familie die Summe auf den Tisch legen kann, die *True Baltic Living* mir bietet. Und am Ende kann es mir egal sein. Am Ende sind all das, was mich hier umgibt, bloß Steine, Holz, Putz und Metall.

Ich hatte immer das Gefühl, das Haus ist einsam, sagt Anne in meinem Kopf. Entschieden lege ich den Schuhkarton und die Fotoalben auf einen Stapel und trage sie ins Erdgeschoss. *Häuser müssen doch mit Leben gefüllt sein, sie müssen Familien beschützen und Kinder zwischen ihren Mauern aufwachsen lassen.*

Es ist nur ein Haus. Meine Erinnerungen sind nicht daran gebunden, sie sind in mir.

Zehnmal gehe ich die Treppe hoch und wieder runter. Der Flur füllt sich zusehends mit Kisten und Dingen aller Art, Staub und Schweiß kleben auf meiner Stirn und den Armen. Ich bestelle einen Müllcontainer, sende Anne eine Nachricht, wie sehr ich mich freuen würde, wenn sie in der Dorfgruppe nach Käufern sucht, und setze mich dann mit einem Krug Johannisbeerschorle auf die Stufen des Gartenhäuschens, um Ingmar anzurufen.

»Hallo, Küken.«

»Hallo, Chef.«

»Was macht das Leben? Kommst du voran?«

»Ja.«

»Aber?«

Ich nehme einen Schluck aus dem Glas. »Nichts ›Aber‹.«

Aus dem Schatten neben der alten Scheune kommt die Katze zu mir geschlendert. Sie streicht um meine Beine.

»Ich wollte nur mal hören, wie es euch so geht.«

»Ohne dich bricht der Laden natürlich beinahe zusammen.« Er lacht. »Quatsch, alles gut. Gabi hat inzwischen 'ne ganze Liste mit Terminen bei irgendwelchen Konsulaten gemacht, um Visa für die Reise zu beantragen.«

»Ich wusste nicht, dass man für Portugal ein Visum braucht.«

»Ach, Portugal ist nur der Anfang.«

»Ihr geht also auf Weltreise.«

»So sieht's aus.« Er atmet aus.

»Du hast mir eine lange Übergabe versprochen.«

»Lass uns darüber sprechen, wenn du wieder hier bist.«

Ich weiß nicht, warum es mir ausgerechnet in diesem Moment auffällt – oder warum ich vorher nicht tiefer darüber nachgedacht habe –, aber mit einem Mal bin ich sicher, dass Ingmar diese Reise genauso dringend braucht, wie Gabi sie sich wünscht. Denn er wird sein Lebenswerk abgeben. Er wird vertrauen müssen, dass ich es nicht zerstöre. Es drängt mich danach, ihn zu fragen, wie es ist, wenn man alt wird. Ist da viel Trauer um vergangene Lebensphasen? Um Chancen, die nicht wiederkommen?

Als wäre eine Spur meiner Gedanken durch den Äther geflogen, sagt er: »Das Schöne ist: Der Laden kommt in gute Hände.«

»Auf jeden Fall.« Ich schlucke. »Geht's dir gut?«

»Sicher.«

»Ganz sicher?« Die Katze stupst gegen mein Knie. Ganz vorsichtig hebe ich die Hand und berühre sie an der Stirn.

Sie stupst eindringlicher, also wage ich, sie entschiedener zu streicheln.

»Gabi hatte einen MS-Schub.«

»Scheiße. Schlimm?«

»Wird wieder.« Im Hintergrund ploppt es, das Öffnen einer Bierflasche. »Aber wir wollen mit dem Reisen nicht warten.«

»Versteh ich.«

Ich nehme mir vor, umso engagierter hier alles zu Ende zu bringen. Und ich werde das Grundstück einfach Herrn Großkreutz verkaufen.

Aber jetzt, in diesem Augenblick, sitze ich hier im Frieden und streichle die Katze. Die Sonne färbt den Abend orange, ein sachter Wind streicht durch die Blätter der Hecke, durch die Gräser zwischen den Pflastersteinen und durch meine Haare. Irgendwo kreischen Möwen.

Die Katze rollt sich neben mir zusammen.

Auf der Bank im Schatten der Kastanie

Das Schlimmste ist vermutlich, dass er nichts mehr ändern kann. Der Grabstein ist rau unter seiner Hand. »Versprich es mir, bitte«, hat sie gesagt. »Maira soll nicht leiden, bitte versprich mir, dass du einen Weg findest.«

Er hat echt geglaubt, es ist richtig so. Hat es sich jedenfalls so lange eingeredet, bis er's selbst geglaubt hat. Hätte er geahnt, wozu es ihn verdammen würde … Jahre und Jahre mit schlechtem Gewissen. Immer noch sieht er sie manchmal vor sich, als sie noch gesund war. Mit diesem gebatikten Rock und dem unbeschwerten Lachen. Die anderen Bilder sind auch da. Aber blass. Alle. Nur das elende Schuldgefühl, das verblasst nicht. Vielleicht hat er sich auch einfach darin eingerichtet.

Seine Hände werden knotig. Sind auch schon Altersflecken drauf. Die Hände eines alten Mannes, ganz anders als die, die Kathi damals berührt haben. Es hilft ein wenig, dass sie so anders aussehen.

Ihr Bruder hat sich letztens wieder mal nach dem Haus erkundigt. Wollte wissen, ob alles in Ordnung ist. Ob sie Geld brauchen. Als würde er damit zu Mischa gehen, sie kriegen das hier schon hin. Ist ein kleiner Teil der Schuld, den er abtragen kann. Er ist nicht mal sicher, ob er Mischa sagen soll, dass Maira zurück ist. Was denkst du, Kathi, hm? Haben ja wohl seit Jahren keinen Kontakt, die beiden. Ist die Frage, ob ausgerechnet er da Schicksal spielen muss.

Auf jeden Fall wird er mit Maira sprechen, ist er jetzt sicher. Er braucht ihre Absolution.

Soeterhoop, vor 20 Jahren

Am Anfang hatte sie sich bei den Merkzetteln nichts gedacht. Mama hatte immer welche geschrieben. Einkaufszettel, To-do-Listen, Notizen wie *2€ für Mairas Schulausflug!* oder *Bahnticket für Hamburg* oder auch: *Wecker stellen*. »Ich muss mir das aufschreiben, wenn ich so tief in einem Projekt stecke«, sagte sie immer. »Sonst vergesse ich vor lauter Zwergen, die sich mit Drachen verbünden, welcher Tag in der echten Welt ist.« Doch jetzt hatte Mama schon eine Weile keine Fantasybücher mehr übersetzt. Oder überhaupt Bücher. In letzter Zeit waren es fast nur noch Untertitel für Filme oder irgendwelche Artikel, und wenn Mama bei der Bank Kontoauszüge holte, sah sie besorgt aus.

Maira fiel erst auf, dass etwas daran ungewöhnlich sein könnte, als Mischa im Herbst zu Besuch kam. Er nahm einen der Merkzettel hoch und studierte ihn mit zusammengekniffenen Augen.

Am Abend schlossen die beiden die Tür zum Gästezimmer hinter sich, und obwohl Maira an der Tür lauschte, konnte sie nicht verstehen, worüber drinnen gesprochen wurde. Zwischendurch war sie sich sicher, ihre Mutter weinen zu hören, doch möglicherweise hatte sie sich auch geirrt, denn als sie sich am nächsten Morgen auf den Weg zu Jasper machte, benahmen sich alle ganz normal.

An den wilden Strand zu fahren, war etwas geworden, das

nur Jasper und ihr gehörte. Auf dem langen Weg durch den Wald schwiegen sie inzwischen oft und ließen die eigenen Gedanken treiben. Doch heute hatte Jasper ein Surfbrett dabei, das sein Cousin nicht mehr brauchte. Es dauerte, bis sie das Brett so an Jaspers Rad befestigt hatten, dass er damit fahren konnte. Zweimal löste sich die Befestigung, weil Jasper über eine Wurzel fuhr. Mücken sirrten um sie herum, der Weg staubte.

Lachend und außer Atem kamen sie schließlich am Strand an. Nach der grünen Dämmerung des Waldwegs musste Maira die Augen zusammenkneifen, so hell und gelb war die Welt auf einmal. Und für Ende September fast unnatürlich warm.

»Ich bin schneller.« Der Sand flog um ihre bloßen Füße.

Jasper zerrte das Surfbrett hinter sich her, trotzdem hielt er beinahe mit. »Kein Wunder. Unfairer Wettbewerb hier.«

Maira zerrte ihr T-Shirt über den Kopf und schlüpfte aus der dünnen Sommerhose. Während Jasper die abgeschnittene Jeans von den Füßen trat, griff sie nach dem Ende des Surfbretts.

»Lass, ich mach das.«

»Ich mach das.«

Das schwere Ding hinter sich herziehend, lief sie wieder los. Jasper holte sie ein, als sie es gerade ins flache Wasser geschoben hatte und sich darauf warf. Sie paddelte mit den Armen, um aus seiner Reichweite zu gelangen, er sprang prustend und Wasser spritzend hinter ihr über die Wellen und ließ sich partout nicht abschütteln. Maira zappelte mit den Beinen, aber er schnappte sich ihren Fuß und zog sie ins Wasser.

Mit wildem Kreischen kam sie wieder an die Oberfläche. »Fiesling, das wirst du büßen!«

Sie verbrachten den Tag damit, abwechselnd mit dem Surfbrett herumzufahren, zu baden, sich gegenseitig unterzutauchen und im warmen Sand zu liegen und zu reden, nur um gleich darauf wieder ins Wasser zu laufen. Die lauwarme Cola und die Chips, die Jasper mitgebracht hatte, teilten sie sich.

Nachmittags zogen Wolken auf, das Licht wurde gelblicher.

»Sieht nach Gewitter aus«, sagte Maira.

Jasper schnipste einen Käfer von seinem Unterarm. »Fühlt sich auch so an. Vorhin war's noch nicht so schwül, oder?«

Sie schüttelte den Kopf. »Lass uns nach Hause fahren.«

Gemeinsam zogen sie das Surfbrett hinter die Büsche neben das alte Boot von Hein Meier und liefen über den Strand zurück zu den Rädern. Der Sand in Mairas Kleidern rieb auf der Haut, sie sprang auf und ab, um ihn hinauszuschütteln.

Wie immer war der Rückweg, bei dem sie ausgepowert und hungrig bergauf fuhren, beschwerlicher als der Hinweg. An der Ecke zur Hauptstraße verabschiedeten sie sich, Jasper fuhr Richtung Dorf, Maira bog in die schmale Straße zur Sperlingskate ein.

Nach der schwülen Vorgewitterwärme und dem Sonnenschein draußen war es im Haus kühl und dunkel.

Aus der Wohnküche kam Mischas Stimme. »Ernsthaft, Kathi, mir vertraut niemand ein Kind an, nicht bei meiner Lebensweise.«

»Die kannst du doch ändern.«

»Ich wüsste nicht, wie das gehen soll. Es hängt zu viel dran. Wir haben gerade erst angefangen, das Team einzuarbeiten und … na ja. Du weißt, was Lou dazu sagen würde, wenn wir …«

Beide sahen auf, als Maira das Zimmer betrat. »Ihr könnt

ruhig weiterreden.« Sie öffnete den Kühlschrank und holte den Tetra Pak mit Orangensaft heraus. »Willst du ein Kind adoptieren, Onkel Mischa?«

»Du sollst nicht immer Onkel sagen, dann fühle ich mich alt.«

»Ich find's lustig. Onkel!«

Er zog eine Grimasse.

»Also, Onkelchen, was ist, willst du?«

»Wer weiß. Ich müsste es mit Lou besprechen. Aber vermutlich würde mir – das habe ich eben deiner Mama auch schon gesagt – sowieso niemand ein Kind anvertrauen.«

»Warum nicht? Ich finde dich toll. Ich glaube, du wärst ein toller Papa.«

Er lächelte. Es wirkte ein bisschen traurig. »Weißt du, ich bin auch viel unterwegs.«

»Weil du das Krankenhaus aufbauen willst.«

»Genau.«

Maira dachte nach. »Dann musst du einfach überlegen, was dir wichtiger ist. Priorisieren und so.« Das Wort hatte ihre Mutter einmal gebraucht, als Maira spätabends noch einen Aufsatz schrieb, weil sie tagsüber und bis zum Sonnenuntergang mit Jasper Kraniche beobachtet hatte. Seither war es zwischen ihnen zum geflügelten Wort geworden, das Mama stets zum Schmunzeln brachte.

Doch jetzt schmunzelte sie nicht. Sie sah Maira an und Mischa und dann nickte sie.

»Weißt du, ich kann damit nicht einfach aufhören. Kennst du das, Maira? Wenn dir etwas so wichtig ist, wenn du etwas erkannt hast, was du machen musst, dann kannst du damit nicht einfach aufhören. Das klingt komisch, aber ich glaube, ich bin genau für das geboren, was ich jetzt tue, und irgendwie möchte ich meinen Teil zur Rettung der Welt leisten.«

»Man kann die Welt auch im Kleinen retten«, sagte Mairas Mutter leise.

»Ich denke darüber nach, okay?«

Das Gewitter brachte die Herbstkälte mit sich. Anders als bei Mischas früheren Besuchen sprachen die Erwachsenen viel hinter verschlossenen Türen und wechselten das Thema, sobald Maira den Raum betrat.

»Frag doch einfach, was los ist«, sagte Anne am Mittwoch in der Schule.

»Weiß nicht. Scheint mir eher so ein Erwachsenending zu sein.«

»Und deswegen dürfen sie vor dir Geheimnisse haben?«

Maira dachte über das Gespräch nach, während sie gegen den Wind nach Hause fuhr. Er trieb graue, regenschwere Wolken über den Himmel und Maira Staub, Äste und Herbstblätter ins Gesicht. Tief über den Lenker gebeugt trat sie dagegen an, bis sie nicht mehr nachdenken musste. Es war ihr kleines, privates Wettrennen gegen den Wind. Sie lachte und keuchte, selbst in ihren eigenen Ohren klang es laut. Ihr Gesicht war nass, die Haare klebten kalt um den Kopf, und Wasser rann ihr zwischen den Schulterblättern hinunter. Jeder noch so kleine Teil von ihr vibrierte vor Leben.

Sie stellte das Rad ab, rannte über den Hof, schlüpfte ins Haus und schloss die Tür gegen den Sturm. Geschafft. Ihr Herz hämmerte und ihre nassen Wangen glühten. Während sie die Schuhe von den Füßen trat, brach draußen der Himmel auf.

Über dem Rauschen und Prasseln auf dem Hof hätte sie die leise Musik, die aus der Wohnküche drang, beinahe überhört. Innerlich bereitete Maira sich darauf vor, dass jedes Gespräch, das dort drinnen stattfand, mit ihrem Eintreten abreißen würde. *Frag sie einfach.* Das sagte sich so leicht.

Ihre Mutter saß dort in ihrem Lesesessel am Fenster, Mischa auf dem Sofa. Er blätterte in einer Medizinzeitschrift, wenigstens schien Maira dieses Mal nichts Wichtiges zu unterbrechen. Auf dem Couchtisch brannte eine dicke rote Kerze, daneben lagen ein paar Scheiben Früchtebrot auf einem Teller.

»Hi«, sagte Maira.

»Hallo, Mäuschen.«

So hatte ihre Mutter sie schon ewig nicht genannt.

Mischa hob eine Hand zum Gruß. »Alles gut, Große?«

»Ja.«

Auf einem der Esszimmerstühle stand der Korb mit der frischen Wäsche, die noch keine von ihnen sortiert hatte. Maira klaubte ihre Gemütlichkeitshose unter ein paar Handtüchern und T-Shirts hervor und ging ins Bad zum Umziehen.

»… es ihr endlich sagen, Kathi.«

»Es steht doch noch gar nicht fest.«

Mischas nächste Worte waren zu leise, als dass Maira sie hätte hören können. Trotzdem blieb sie noch einen Moment vor der Tür stehen. Vielleicht würde sie heute erfahren, was eigentlich los war. Aber keiner der beiden sagte noch etwas.

Nun wieder trocken und warm, setzte sie sich neben Mischa, angelte nach einer Scheibe Früchtebrot und tat ihrerseits, als sei alles wie immer. Die Stimmung war eigenartig. Sonst wurde gelacht und geredet, wenn Mamas Bruder da war. Heute hing eine ungute Spannung im Raum. Wovon war eben die Rede gewesen? Was sollte Mama ihr Mischas Meinung nach sagen?

Die beiden wechselten einen Blick, der Maira ausschloss.

Mischa nickte aufmunternd.

Mama hielt ein Notizbuch in den Händen. Statt zu sprechen, rollte sie es zusammen und wieder auseinander. Im Hintergrund lief irgendeine Sinfonie, die sich anhörte wie der

Soundtrack zu einem tragischen Film. An den Fensterscheiben rannen Regentropfen hinab.

Das Sofa wackelte, Mischa stand auf. Er legte ihrer Mutter die Hand auf die Schulter. »Ich koche uns mal einen Tee.«

Nein, bleib hier neben mir, wollte Maira sagen, weil sie zwar nicht wusste, was los war, aber trotzdem das Gefühl hatte, er könnte es irgendwie weniger ungut machen.

Mama lächelte vage. »Hattest du Spaß draußen?«

Sie nickte.

»Das ist gut.« Pause. »Ich muss etwas mit dir besprechen, Maira.«

Maira ließ das Früchtebrot auf dem Weg zum Mund sinken, obwohl ihr Magen knurrte. Es wurde klebrig in ihrer Hand. So ernst klang Mama selten. Beinahe förmlich. »Okay«, sagte sie und aß den Kuchen jetzt doch.

Er schmeckte süß und würzig und ließ sich dennoch schwer schlucken. Sie aß das ganze Stück.

Ihre Mutter strich das gerollte Notizheft glatt. »Also.«

Als sie danach wieder schwieg, stippte Maira die Fingerkuppe in das weiche Wachs der Kerze und sah der rosa Kappe auf ihrem Zeigefinger beim Erkalten zu.

»Folgendes.«

Sie löste das Wachs und ließ es zurück in die Kerze fallen. »Wir sprechen miteinander«, sagte sie. »Weißt du noch? Die goldene Regel.«

»Ja, das.« Mama sah traurig aus. Sie betrachtete immer noch ihre Finger und rollte schon wieder das Notizbuch zusammen. »Das weiß ich noch.«

Das Teewasser begann zu kochen. Maira sah zu ihrem Onkel. Aufmunternd nickte Mischa ihr zu.

»Dann sprich mit mir, Mama. Du willst doch auch, dass ich dir immer alles erzähle.«

»Du hast recht, Mairalein. Natürlich hast du recht. Also. Ich war heute mit Mischa bei Doktor Friedrich.«

»Warum kannst du da nicht allein hingehen?«

»Weil er … Er versteht manche Sachen da besser als ich.«

»Bist du irgendwie krank oder so?«

»Nein. Also … doch.«

»Was hast du?«

»Ich vergesse Sachen.«

»Das weiß ich.« Es hatte ihr kaum entgehen können und es war nervig genug. »Weil du überarbeitet bist.«

»Das dachte ich, aber es ist etwas anderes.«

Jetzt wurde Mairas Brust eng. »Was Schlimmes?«

»Ich fürchte, ja.«

»Was?«

Mama hörte endlich auf, das Notizbuch zu kneten, und schlug es stattdessen auf. Während sie mit fahrigen Bewegungen blätterte, konnte Maira nichts von dem Geschriebenen erkennen, aber als ihre Mutter auf einer Seite innehielt, sah sie das fett unterstrichene Wort umso deutlicher.

Bevor sie etwas sagen konnte, tippte Mama darauf. »Hier. Hier steht es.« Ihre Stimme kippte. Sie wischte sich über die Augen. »Präseniler Alzheimer. Sehr schnell voranschreitend.«

Maira kannte sich nicht besonders gut mit Krankheiten aus, aber dass Alzheimer alte Leute betraf, wusste sie, seit Annes Opa so schusselig geworden war. Aber Mama? »Dafür bist du doch viel zu jung.«

»Das dachte ich auch.«

»Du bist doch noch nicht mal vierzig!«

Hilflos hob ihre Mutter die Schultern. »Kann sein.«

»Wie, kann sein?«

Mischa stellte ein Tablett mit drei dampfenden Tassen auf den Tisch. Wieder diese Geste, bei der er Mama kurz die

Hand auf die Schulter legte. Hatte er das früher schon getan? »Tee, die Damen?«

»Alzheimer bekommen alte Leute«, beharrte Maira.

Mischa setzte sich neben sie. »Nicht immer«, sagte er mit einer ganz fremden Stimme. »Es gibt Varianten, die schon früher auftauchen.« Dann sprach er von kognitiven Beeinträchtigungen und Verklebungen im Gehirn und Therapiemöglichkeiten, die er mit Mamas Ärztin diskutieren wollte, während Mama aus dem Fenster sah.

»Therapie bedeutet, man kann das heilen, richtig?«

Mischa schüttelte kaum merklich den Kopf. »Wir werden sehen.«

Sie mussten sich irren. Mama war doch immer noch … Mama. Ein bisschen zerstreut manchmal vielleicht. Aber sonst völlig in Ordnung.

Auch wenn sie gerade wie aus weiter Ferne zurückzukehren schien und das Notizheft in ihren Händen wie einen Fremdkörper betrachtete. »Ich wollte dir noch was erzählen, Maira. Mischa und ich waren heute bei Doktor Friedrich, das ist meine Ärztin.«

»Ich weiß.« Maira schluckte.

»Sie hat gesagt, ich habe Demenz. Schnell voranschreitend. Hier steht es. Das bedeutet, ich vergesse Sachen.«

»Ich weiß«, sagte Maira wieder, und ein Teil von ihr floh hinaus, in den Wald, ans Meer, in die Wellen.

»Ach, das habe ich schon gesagt, oder? Ist ja furchtbar. Aber solange es nur das ist. Solange ich nicht am Ende noch dich vergesse …«

Maira rutschte vom Sofa und kuschelte sich auf die Lehne des Lesesessels neben ihre Mutter. »Ich werde dich an mich erinnern.«

Eine Weile hielten sie sich einfach fest. Maira war wieder

klein und Mama gab ihr Schutz und Halt und Wärme. Die Kerze auf dem Couchtisch flackerte.

Nach dem Abendessen schlief Mama vor dem Fernseher ein, Mischa blätterte in Papieren mit dem Briefkopf der Ärztin herum, und Maira ging in ihr Zimmer.

»Warte mal eben.«

Maira drehte sich um.

Mischa entfaltete seine Gliedmaßen und erhob sich. »Kann ich kurz mit zu dir kommen? Dann stören wir Kathi nicht.«

»Klar.«

Er stellte den Fernsehton leiser und deckte Mairas Mutter zu. Für einen winzigen Moment blitzte ein Kinderfoto der beiden vor Mairas geistigem Auge auf, das, auf dem Mama als Vierjährige im Wald über einen umgefallenen Baumstamm balancierten und Mischa ihre Hand hielt.

Jetzt, hier in Mairas Zimmer, blickte er sich um, als sei er noch nie darin gewesen. »Also.«

Maira wartete. Er sprach nicht weiter, also setzte sie sich auf ihren Lieblingsplatz auf der breiten Fensterbank. Kühl drückte die Scheibe an ihren rechten Ellenbogen. Draußen war es dunkel, statt hinaus auf den Bodden zu blicken, betrachtete sie Mischas Spiegelung im Fenster.

Solange sie denken konnte, war Mischa immer wieder in ihrem Leben aufgetaucht, hatte sie mitgenommen zu Klettertouren oder Segeltörns, hatte ihr Gesellschaft geleistet, wenn Mama auf Dienstreise musste, und war dann wieder über Monate zu einem seiner Projekte irgendwo in der Welt verschwunden. Sie war sich ziemlich sicher, dass niemand aus ihrer Schule einen so interessanten Onkel hatte wie sie.

Jetzt allerdings wirkte er viel weniger beeindruckend als sonst. Vielleicht lag es daran, dass sie erhöht saß.

Im Fensterspiegel sah sie zu, wie er die Hände in die Hosentaschen schob, wieder herauszog, die Länge ihres Zimmers mit ein paar Schritten durchmaß, wieder zurückging, mit dem Kopf im Nacken die Decke anstarrte und nach einer gefühlten Ewigkeit neben ihren Füßen an die Wand gelehnt stehen blieb.

»Ich will kein Kind adoptieren«, sagte er ohne Übergang. »Vorhin ging es um was anderes.«

Pause.

»Diese Demenzform, die deine Mutter hat, wird ziemlich schnell dazu führen, dass sie sich nicht mehr um dich kümmern kann. Kathi hat mich gefragt, ob ich das übernehme. Aber …«

»Du willst nicht«, hörte Maira sich sagen, während alle verworrenen Gefühle und Gedanken der letzten halben Stunde hinter ihrer Nasenwurzel drückten.

»Es geht nicht darum, dass ich dich nicht will, Maira.«

Sie spürte der Träne nach, die eine stille Spur über ihre Wange zog.

Mischa streckte eine Hand aus und wischte sie mit dem Daumen ab, was nur dazu führte, dass mehr Tränen sich auf den Weg machten. »Es geht einfach nicht. Ich kann dich kaum mit in ein Kriegsgebiet nehmen.«

»Ich bleibe eh hier.« Bei Mama. Bei Jasper, bei Anne und bei den Schweinswalen. Sie schniefte den Druck weg, der sich schon wieder zwischen ihren Augen sammeln wollte, dann reckte sie das Kinn. »Außerdem kann ich Mama an Sachen erinnern, wenn sie was vergisst.«

»Ich wünschte, es wäre so einfach, Krümelkeks.«

»Selber Krümelkeks.«

Mischa lächelte ein bisschen. »Erst mal kommt ihr beiden ja noch klar. Ich habe mit Kathi besprochen, dass wir, also du und ich, jedes Wochenende telefonieren oder mailen. Und wenn du Hilfe brauchst oder Kathis Krankheit schnell schlimmer wird, kümmere ich mich darum.«

»In anderen Ländern haben Mädchen in meinem Alter schon ein Kind. Mama und ich, wir schaffen das schon.« Das hatte Mama früher immer gesagt. Du und ich, Mairamaus. Wir kriegen das hin.

»Ich hoffe es. Die ganze Sache kann sich mit Aufs und Abs auch gut noch zehn oder fünfzehn Jahre hinziehen. Dann bist du längst erwachsen.«

»Hey, Krümelkeks-Onkel. Ich bin schon groß.«

»Überzeugt bin ich nicht davon, ich seh nur gerade echt keine andere Möglichkeit. Also, klar bist du groß. Aber euch beide hier allein zu lassen … irgendwo muss das Geld ja auch herkommen. Ich werde ein bisschen was überweisen, ich fürchte allerdings, das wird nicht reichen.«

»Mama arbeitet …«

»Im Moment noch. Ja. Aber wer weiß, wie lange sie das noch hinbekommt.«

Schweigend versuchte Maira, einen Sinn in all das zu bekommen. Versuchte herauszufinden, was sie empfand. Aber da war nur eine leere Ratlosigkeit – und das Wissen, dass sie auf jeden Fall hierbleiben würde.

»Pass auf, wir müssen das nicht hier und heute lösen. Wir arbeiten uns ran, ja? Aber wenn ich das Gefühl habe, du schaffst es nicht mehr, müssen wir deine Mama ins Pflegeheim bringen, und du ziehst zu Oma Gitti nach Hamburg.«

»Ganz bestimmt ziehe ich nicht zu Oma Gitti. Die kann mich nicht leiden und außerdem kenne ich sie kaum.«

»Ich habe Leute erlebt, die ihre kranken Eltern pflegen mussten, Maira. Ich lass dich nicht vor die Hunde gehen.«

»Mama und ich, wir kriegen das hin.«

Mischa seufzte, öffnete den Mund und schloss ihn wieder. Am nächsten Tag kaufte er ihr ein Handy und schärfte ihr ein, ihn zu jeder Tages- und Nachtzeit anzurufen, sollte sie Hilfe brauchen.

Während der folgenden Woche wurde der Herbst draußen dichter und dunkler. Seit dem Gespräch mit ihrer Mutter war Mairas Inneres wie eingefroren. Mischa war zurück nach Hamburg gefahren, und Mama und sie taten, als hätte das Gespräch nie stattgefunden. Aber es hatte stattgefunden und es höhlte Mairas Tage aus. Das Schlimmste war das Alleinsein. Sie konnte nicht mit Anne oder Jasper darüber reden. Darüber zu reden, hätte es wahr gemacht. Außerdem hörte sie immer wieder Mischas Worte. Wenn du es nicht schaffst, musst du nach Hamburg. Sie konnte nicht mal wirklich darüber nachdenken. Ihre Überlegungen liefen im Kreis, blieben an Fragen hängen, auf die es keine Antwort gab, liefen weiter. Sinnlos und hilflos, bis Maira es nicht mehr aushielt und über den Sandweg zum Touristenstrand lief.

Niemand war bei diesem Wetter und zu dieser Tageszeit draußen. Nur sie. Die Ostsee schäumte und wogte schwarz und zornig, während Maira einfach dastand und der Nachmittagshimmel sich immer mehr um sie verdunkelte.

Irgendwo da draußen schwammen die Schweinswale. Hüter der Erinnerung.

Ohne es bewusst zu entscheiden, ohne auch nur darüber nachzudenken, ging Maira einen Schritt auf das Wasser zu. Noch einen und noch einen. Schaum leckte an ihren Halbschuhen, die Welle zog sich zurück. Die nächste umspülte ihre Knöchel, kaltes Wasser lief von oben in die Schuhe. Maira hielt nicht an.

Eine eisige Welle traf ihre Oberschenkel, ihre Haut brannte

vor Kälte. Dann hatte sie die Stelle erreicht, an der das Ufer ein Stück steil abfiel, weil sich die Wellen dort brachen. Sie rutschte abwärts bis zum Nabel, strauchelte und fiel der Länge nach ins Wasser. Über ihr schlug eine Welle zusammen.

Oben und unten verwirbelte sie, alles war salzig, sandig, kalt. Sie wurde herumgeschleudert, über den Boden geschleift, als das Wasser sich zurückzog, war nur noch ein hilfloses Ding, das die Wellen umherwarfen. Bis sie irgendwie, irgendwann die Orientierung wiederfand, zwischen zwei Wogen, und genug Zeit hatte, sich aufzurichten in ihren schweren, nassen, eisigen Kleidern und sich den Wellen entgegenzuwerfen. Nichts warf sie jetzt um, sie hatte das Spiel verstanden. Sie tauchte unter den schäumenden Kämmen hindurch, der Kampf wurde zum Tanz. Aber es war kalt und Mairas Muskeln träge. Wie lange, hatte Jaspers Vater gesagt, würde man bei solcher Kälte überleben? Wie lange war sie jetzt … Ihre Jacke zog sie nach unten.

Japsend und hustend krabbelte sie ans Ufer. Ihre Augen brannten vom Salz, ihre Nase brannte, die Haut an ihren Händen war aufgeschrammt. Maira rollte sich auf den Rücken, gehalten vom Sand unter ihr, ein Teil des gewaltigen Lebens rings um sie herum. Am Himmel blitzte ein Stern auf. Sie lachte. Es war ein keuchendes, kratziges Lachen, das sich Bahn brach, weil die graue Lähmung der letzten Tage verschwunden war. Alles in ihr stand in Flammen vor Kälte und vibrierte und zitterte und lebte.

Soeterhoop, Mitte Juni

Endlich wage ich mich an den Schuhkarton mit den Briefen, den ich zur Seite geschoben habe, als Herr Großkreutz anrief. Sie sind an mich. Von Mama.

Über Jahre aufgeschriebene Erinnerungen an warme Kindheitssommer, an Ostereiersuchen am Strand, an Herbststürme und Drachensteigen. Erinnerungen an Menschen, zu denen ich weder Bilder noch Gefühle in mir finde, an den Besuch beim Imker, von dem ich nur noch weiß, dass er einen unglaublich langen Bart hatte, an Kindergartenübernachtungen. Und Gedanken und Geständnisse, die eine Mutter mit ihrem Kind nur teilen kann, wenn es selbst bereits erwachsen ist.

Den ganzen Nachmittag über sitze ich auf dem Teppich in Mamas altem Arbeitszimmer und lese. Manchmal meine ich ihre Stimme zu hören, wenn sie mir von den Konflikten mit ihrer Mutter – meiner Großmutter – erzählt oder wenn es darum geht, wie schwierig es anfangs für sie in Soeterhoop war. Ich bin wieder klein, sie liest mir vor.

Die Briefe folgen keiner bestimmten Reihenfolge. Vielleicht hat sie den jeweils Neuesten immer einfach irgendwo zwischen die anderen gesteckt. Ich werde sie nicht mehr danach fragen können.

Ich lese über ihre Liebe zu mir und über die Angst vor ihrer Krankheit. Ich lese, wie sie Herrn Bartelsen – Thommy – kennengelernt hat, wie wichtig es ihr war, dass niemand davon erfährt. Immerhin war er anfangs noch verheiratet und sie mehr als zehn Jahre jünger als er. *Man kann sich ausrechnen, Maira, wen das Dorf verurteilt hätte. Und wer darunter gelitten hätte. Ich hätte es schön gefunden, wenn du in Thommy eine Art Ersatzvater hättest finden können, aber zu deinem Schutz darf niemand davon wissen.*

Beim besten Willen kann ich mir nicht vorstellen, mit Bäd Bartelsen zusammen am Abendbrottisch zu sitzen. Wobei ... ungebeten blitzt eine Szene vor mir auf. Klassenausflug, sechste Klasse. Jan hat sich den Knöchel verknackst und Herr Bartelsen hat sich einfach neben ihn auf den staubigen Boden des Feldwegs gesetzt. Er blieb da sitzen, bis Jan abgeholt wurde. Vielleicht wäre er ein guter Ersatzvater gewesen. Doch ich habe keinen vermisst. Ich hatte Mama und meine Freunde. Ich hatte Jaspers Vater und vor allem hatte ich Mischa.

Stunde um Stunde lasse ich mich von Mama in die Vergangenheit zurückbringen. Manchmal muss ich lachen, manchmal weinen, manchmal schmunzeln. Irgendwann habe ich den letzten Brief gelesen. Behutsam falte ich ihn wieder zusammen, stecke ihn zurück in den Umschlag und lasse mich nach hinten sinken, bis ich auf dem Rücken liege, den warmen Teppich unter mir. Die Sonne scheint streifig durchs Fenster, in den Strahlen tanzt glitzernd Staub.

Ich sollte aufstehen, aber ich kann nicht. Diese ganze erinnerte Kindheit, diese tausend Bilder und Gerüche und Gefühle, sie machen meinen Körper ebenso müde wie meinen Geist. Aber es ist eine gute Erschöpfung. Eine friedliche, satte. Die Briefe allein haben mich mehr gekostet als die gesammelte letzte Woche.

Eine Weile – vielleicht fünf Minuten, vielleicht eine Stunde – liege ich da und betrachte die tanzenden Stäubchen über mir. Gedanken treiben durch mein Bewusstsein wie Federwolken, leicht und hell am Horizont, aber zu fern, um eine Bedeutung für mich zu haben.

Jasper liest die Nachricht, die ich ihm schicke, erst nach einer halben Stunde.

Okay, schreibt er.

Bisschen wenig, finde ich, als Antwort auf: **Das am Strand ist doch echt blöd gelaufen. Wollen wir uns treffen und darüber reden? Du kannst gern wieder herkommen, alternativ komme ich zu dir.**

Kurz darauf kommt eine zweite Nachricht mit seiner Adresse und der Aussage, dass er ab 21:00h Zeit hat, wenn die Kinder im Bett sind. Ich solle bitte nicht klingeln, sondern klopfen.

Er wohnt in einer der kleinen Straßen hinter dem Deich, ein paar Häuser von dem weg, in dem er aufgewachsen ist. Ich bin mir nicht sicher, was ich erwartet habe, doch nicht den beige verputzten Siebzigerjahre-Bungalow mit Waschbetonweg. Aber in der Einfahrt liegt ein Kinderfahrrad, und auf einer der braunen Rauchglasscheiben in der Haustür klebt ein Zettel: *Bin im Garten. Geh einfach hintenrum.* In beinahe derselben Schrift wie der, an die ich mich von ihm erinnere.

Liguster und Kirschlorbeer säumen den Weg, der genau eine Plattenbreite misst. Die Luft ist warm und feucht und riecht schon nach Sommer.

Das Erste, was ich im Garten sehe, ist ein Schaukelgerüst aus Holz. Die Terrasse – ebenfalls Waschbetonplatten – ist gegenüber dem Garten leicht erhöht.

Jasper sitzt auf der Betonkante, lange Jeansbeine, die bloßen Füße im Gras, in der locker über die Knie gelegten Hand eine Flasche *Stoertebekers*. »Feierabendbier?« Die Sonne steht tief, er blinzelt mir entgegen.

»Klar.«

Von schräg hinter sich holt er eine zweite Flasche hervor, gefolgt von einem flachen Kissen, das er neben sich legt. »Setz dich.«

Ich klemme mich neben ihn, so weit weg, wie der Pflanztrog zu meiner Rechten erlaubt. »Dein Haus?«

»Zur Miete. Wir mussten bei meinen Eltern raus, ich wär sonst irre geworden.«

Ungelenk stoßen wir an.

»Wie geht es deinen Eltern?«

»Gut.«

Ich möchte ihm von den Briefen erzählen, aber unser Streit am Strand, die Frage nach Schuld und Sühne, schwelt giftig zwischen uns, sosehr wir uns um Unbefangenheit bemühen.

»Arbeiten sie noch?«

»Nein.« Er nimmt einen Schluck. »Deswegen hab ich halt die Firma.«

»Weißt du, wie schräg es ist, dich so … niedergelassen zu sehen? Du wolltest früher um die Welt segeln.«

»Würde ich immer noch gern. Ich will, dass die Kinder die Welt kennenlernen. Aber irgendwo muss halt auch das Geld herkommen. Und hier hab ich meine Eltern, die mir mit den beiden helfen. Sonst käme ich zu gar nichts.«

»Du hast Glück. Und ich glaube, Nikita und Miles lernen auch so ziemlich viel von dir über die Welt.«

»Ich hoffe das. Ich hoffe, sie bekommen zumindest die grundlegenden Werte irgendwie mit. Am Ende kann man nur schützen, was man liebt. Und man kann nur lieben, was man kennt.«

»Glaub ich nicht.«

»Sag nicht, du willst nicht auch mal nach Island. Oder … keine Ahnung. Zum Wandern nach Mallorca.«

Ich zucke die Schultern. »Natürlich will ich das gern. Aber ich glaube nicht, dass die Leute dort weniger genervt sind von den trampelnden Touristenhorden als wir hier.«

»Dieser ganze Ort lebt vom Tourismus.«

»Ja, inzwischen. Weil Menschen sich seit ein paar Jahren – oder meinetwegen auch seit ein paar Jahrzehnten oder Jahrhunderten – einbilden, es gäbe ein Recht darauf.«

Als er nicht antwortet, spreche ich weiter. »Auf das alles hier. Wir tun, als gäbe es ein Recht darauf, zu reisen und überall in der Welt damit Zerstörung zu schaffen.«

Jasper setzt an, etwas zu entgegnen, aber ich bin in Fahrt. »Wir denken immer, wir hätten irgendwelche Rechte. Dabei haben wir die nicht. Wir haben nicht das Recht, jeden Flecken des Planeten mit unserer dummen Anwesenheit kaputt zu machen oder alte Höfe abzureißen und Wälder niederzumetzeln und Tausenden von Tieren den Lebensraum zu nehmen, um dort Ferienhäuser hinzusetzen, damit noch mehr Leute in der Gegend rumreisen können. Wir haben nicht das Recht, Fische aus ihrem Lebensraum zu reißen und …« Ich sehe ihn an. Es ist wichtig, dass er mich an dieser Stelle versteht.

»Und dafür unseren Müll auch im Meer zu hinterlassen, ich weiß.« Die Ruhe, mit der er das sagt, entwaffnet mich. Jasper ist nicht mein Feind.

»Vielleicht bin ich auch deswegen Restauratorin geworden. Um Dinge zu reparieren, damit sie nicht weggeworfen werden müssen. Dass ich mal Hundesofas mit Goldbrokat beziehen würde, wusste ich ja damals noch nicht.«

»Dein Ernst?«

»Ja.«

Eine Mücke setzt sich auf sein Knie. Er scheint sie nicht zu bemerken. Sie scheitert am Jeansstoff und sirrt in Richtung Sonnenuntergang davon.

»Bist du heute gut vorangekommen?«

»Nein«, gebe ich zu. »Mama hat mir Briefe geschrieben. Über Jahre. Unsere ganze Kindheit in Briefen. Ich hab den halben Tag gelesen und geheult. Es war … gut. Heilsam.«

»Klingt auf jeden Fall schön.«

»Ja.« Ich hole Luft. »Was du am Strand gesagt hast …«

Er sieht mich an und ich halte dem Blick stand.

»Was, wenn es so gewesen wäre? Oder wenn ich dir nicht sagen könnte, ob es so war, weil ich es nicht mehr weiß?«

»Echt nicht?«

»Nein. Den Tag habe ich im Großen und Ganzen gelöscht. Ich kann mich nur an sehr wenig erinnern. Vielleicht, um mich selbst zu schützen. Warum ist dir das so wichtig?«

Jasper zögert. »Weil die Idee von mir gewesen wäre. Weißt du noch, wie ich dir davon erzählt habe, als wir am Strand übernachtet haben?« Er gibt sich einen Ruck. »Und weil ich … ich glaube, ich an deiner Stelle hätte es getan. Schon viel früher. Du darfst mich jetzt für einen Unmenschen halten.«

»Tu ich nicht.« Im Gegenteil. Etwas in mir atmet auf. »Jasper?«

»Hm?«

»Weißt du noch, was genau passiert ist? Am Strand, meine ich. Nicht mit Mama? Ich weiß es nämlich nicht mehr. Und ich habe mich ziemlich daran festgehalten, wütend auf dich zu sein. Wenigstens daran wollte ich keine Schuld tragen, weißt du? Wenn«, es tut beinahe körperlich weh, weiterzusprechen, »wenn du mir geholfen hättest, hätten wir den Schweinswal retten können.«

Die Sonne sinkt hinter den Birnbaum auf dem Nachbargrundstück, es wird kühler. Mücken sirren. Aus der Ferne klingt irgendein Motorengeräusch.

»Glaubst du das?«, fragt er schließlich. »Dass wir das gekonnt hätten?«

Die Ruhe in seiner Frage rüttelt an der Überzeugung, die ich seit so vielen Jahren mit mir trage. An dieser Schuld, die ich Jasper zugeschoben habe, weil sie für mich allein zu groß gewesen wäre.

Unvermittelt legt er mir eine Hand auf die Schulter und steht auf. »Ich zeig dir was.«

»Soll ich mitkommen?« Ein wenig neugierig bin ich schon, wie er in diesem altmodischen Haus lebt.

»Lass mal. Bin gleich wieder da.«

Doch er bleibt lange weg.

Auf dem Terrassentisch liegt ein englisches Kinderbuch, ich blättere nur halb interessiert darin herum. *Did a Dinosaur Drink This Water?*, heißt es. Es geht um Moleküle und Atome und wie sie immer bleiben und nur andere Formen annehmen. Ich versuche, mich daran zu erinnern, ob mich das als Kind interessiert hätte.

»Sorry, Miles ist noch mal wach geworden. Hier.«

Es ist ein alter Zeitungsausschnitt. *Toter Schweinswal am wilden Strand angespült*, erschienen zwei Tage nach der Katastrophe.

Bevor ich ihn lesen kann, sagt Jasper: »Es war eine Walkuh. Sie hatte 'ne scheiß Plastiktüte im Magen. Und diverses anderes Zeug, das da nicht hingehört. Sie wäre auf jeden Fall in dem Winter noch gestorben, auch ohne die elende Schnur.« Als ich nicht antworte, fügt er sanft hinzu: »Du warst nicht schuld. Und ich auch nicht.«

Ich muss das sacken lassen.

Im Moment ist es lediglich eine Information, die ich mit dem Verstand einordnen kann, aber nicht wirklich begreife. Zu lange schon laufe ich mit zwei Toten auf dem Gewissen herum, um auf einmal etwas anderes zu fühlen.

Jasper lässt mir Zeit.

Ich glaube, er ist ein guter Vater. Ein geduldiger, verständnisvoller Vater.

»Angenommen«, sage ich langsam, »der Tod meiner Mutter wäre wirklich kein Unfall gewesen.« Die Worte kratzen mir ihm Hals. »Dann hättest du nicht das Geringste damit zu tun, ganz egal, was du meinst, mir erzählt zu haben. Ich hoffe, dass dir das wenigstens rational klar ist.«

Er steht auf und drückt den Rücken durch. Eine Weile steht er so, das Gesicht der Abendsonne zugewandt. Dann dreht er sich zu mir um. Ein hauchfeines Lächeln blitzt auf seinem Gesicht auf. »Vielleicht ist es auch überhaupt nicht wichtig. Dein Leben findet ja heute statt und nicht vor achtzehn Jahren.«

»Aber das beeinflusst uns doch. Was wir früher waren. Was wir erlebt haben.«

»Ändern kannst du es nicht mehr. Hab ich mit Niki und Miles gelernt. Würde ich über alles nächtelang grübeln, was mit Kara anders hätte laufen können oder was ich im Alltag alles falsch mache, käme ich überhaupt nicht mehr zum Schlafen.«

»Sein Kind anzuschreien oder seine Mutter umzubringen ist nicht ganz vergleichbar.«

»Grübeln und Selbstvorwürfe bringen in beiden Fällen nichts.«

»Sagtest du nicht vor ein paar Minuten noch, du würdest dich mitschuldig fühlen an Mamas Tod?«

»Touché. Ist alles ziemlich verworren, oder?«

»Ja.« Trotzdem fühle ich mich leicht wie seit Tagen nicht. Oder seit Jahren. Immer noch halte ich den Zeitungsausschnitt in der Hand. »Warum hast du den aufgehoben?«

»Konnte doch sein, dass du zurückkommst und danach fragst.«

»Ist klar.« Ich lege das Papier neben mich und stehe ebenfalls auf. »Nur deswegen.«

Er lächelt.

Ich lächle.

»Um die Wahrheit zu sagen, sammle ich solche Berichte. Zum Glück sind sie nicht immer so dramatisch.«

»Wofür?«

»Wir haben hier eine lokale Gruppe, die sich für den Schutz von Schweinswalen und anderen Meeressäugern einsetzt.«

»Wenn du nicht gerade Touris zum Angeln bringst, die dann ihre Leinen im Meer verlieren, meinst du.«

»Kannst du aufhören zu sticheln? Bitte?«

»Sorry.«

»Sie würden sowieso rausfahren, weißt du? Sie würden jemanden finden. Und dann ist es besser, wenn ich das mache. Bei mir verliert nämlich keiner eine Leine.«

Kurz überlege ich, ihn zu fragen, ob er persönlich hinterherspringt und im Wasser nach der dünnen, unsichtbaren Schnur tastet, falls es eben doch passiert. Aber wir hatten heute Abend genug Ehrlichkeit, die gutgetan hat. Ich brauche die neue Nähe und Vertrautheit nicht durch eine Ehrlichkeit zu stören, die nicht guttäte. »Was ist das für eine Gruppe, in der du dich engagierst?«

»Ach, bloß ein paar Leute, die nicht zufrieden mit der Trägheit der Politik sind. Wir organisieren Müllsammelaktionen für Touris und Einheimische an den Strandabschnitten, die von den offiziellen Stellen vernachlässigt werden. Ein paar von uns fahren regelmäßig zum Tauchen raus und bergen Geisternetze. So was.«

Ich drehe die inzwischen leere und warm gewordene Bierflasche in den Händen. »Entschuldige bitte. Tut mir leid.«

»Was meinst du?«

»Dass ich dir zugetraut habe, ein Arschloch zu sein.«

Jasper sieht mich an; ich kann beinahe zuschauen, wie hinter seiner Stirn die vergangenen Tage ablaufen. Und dann, völlig unerwartet für mich, lacht er.

Wir sind am Hafen verabredet und ich bin nervös wie lange nicht. »Familienausflug«, hat Jasper es genannt. Er wartet am Anfang des Stegs, der zu den Jachten führt. Seine Kinder kann ich nirgends entdecken.

»Wo sind Nikita und Miles?« Nur minimal ungelenk umarmen wir uns zur Begrüßung.

»Mit meiner Mutter beim Bäcker, damit sie hier nicht rumhampeln und nerven.« Sein Ton bei diesen Worten ist freundlich, es ist offensichtlich, wie wenig ernst er sie meint.

Gemeinsam gehen wir den Steg entlang, bis Jasper neben einem großen Motorboot anhält, auf das schätzungsweise zwanzig Menschen passen. Mindestens. Es hat sogar einen erhöhten Führerstand.

»Das ist mein Fischerboot.« Er lächelt bei diesen Worten. Und er klingt stolz.

»Schönes Boot«, sage ich deswegen, obwohl ich den Lärm und Gestank von Dieselmotoren nicht mag. *Porpoise* steht am Bug. Schweinswal. »Schöner Name.«

»Danke.«

Die Worte gehen uns aus. Jasper steigt mit einem großen Schritt auf das Boot und macht sich daran zu schaffen. So lange war ich nicht mehr auf dem Wasser, dass ich seine routinierten Handgriffe nicht einmal mehr benennen kann.

Unbehaglich stehe ich auf dem Steg und schaue ihm zu.

»Da kommt meine Mutter«, sagt er und Nikita ruft: »Hallo, Maira!«

»Hi, Nikita.« Die Hand zum Gruß hebend, wende ich mich den dreien zu.

Gestern noch hätte mich der Gedanke geängstigt, Andrea wiederzusehen. Doch als sie zu uns stößt und die Arme ausbreitet, falle ich fast hinein.

»Schön, dass du wieder da bist«, sagt sie an meinem Ohr und in meiner Kehle drückt es.

Bevor mir die plötzliche Nähe zu viel wird, hält sie mich auf Armeslänge von sich weg. »Gut siehst du aus.«

»Du auch.«

Andreas ehemals dunkelblonde Haare sind silbergrau geworden, um Augen und Mund haben sich Falten in die Haut gegraben. Mir ist nie aufgefallen, wie ähnlich Jasper ihr ist.

»Jasper sagt, du bist nur kurz hier?«

»Um ein paar Sachen zu holen, ja.«

Während Jasper das Boot startklar macht und seine Kinder anleitet, ihm zu helfen, erzähle ich Andrea von Ingmar und Gabi und der Verantwortung, die ich für die Firma haben werde.

»Hast es ganz schön weit gebracht. Ich bin mir sicher, Kathi wäre stolz auf dich.«

Ich hebe die Schultern. Niemand weiß, was meine Mutter gewesen wäre oder nicht. »Vielleicht.«

»Mit Sicherheit.« Nach einem Blick zu Jasper, der abfahrtbereit zu sein scheint, bittet sie mich, in den nächsten Tagen bei ihr vorbeizuschauen, und ruft dann die Kinder zu sich.

»Ihr kommt nicht mit?«

Andrea schüttelt den Kopf und sofort schreit Miles: »Papa, ich will aber mit!«

»Ein anderes Mal.«

»Lass sie doch mitkommen«, murmele ich.

Er schüttelt den Kopf, ganz leicht und nur an mich gerichtet, während Andrea sich an Miles und Nikita wendet. »Wir haben noch ein Geheimnis vor, schon vergessen?«

Nur halb überzeugt ziehen beide Kinder schließlich mit ihrer Großmutter davon. Ich habe mich immer noch nicht vollkommen daran gewöhnt, dass Jasper Vater ist. Aber Andrea als Großmutter finde ich beinahe ebenso seltsam. Wahrscheinlich ist mein Hirn nach wie vor damit überfordert, meine Erinnerungen an das Jetzt anzupassen. »Warum sollen sie nicht mitkommen?«

Er bietet mir die Hand, die ich nehme und meinerseits auf das Boot hinübersteige. »Weil wir dann nur über Kinderthemen sprechen würden. Und ich will nicht immer nur über Kinderthemen sprechen.«

»Verstehe ich«, sage ich, obwohl ich mir nicht vorstellen kann, dass jemand wie Jasper das tut. »Also … nur wir beide?«

»Nur wir beide.« Er löst die Leinen, und während ich noch überlege, ob ich irgendwo helfen kann, startet er bereits den Motor.

Nur wir beide.

Ich stelle mich neben ihn und lege beide Hände um die Reling vor dem Führerstand. Sie ist stabil und kühl und gibt mir Halt.

Erst jetzt fällt mir auf, dass ich kein Dieseltuckern höre. Jaspers Boot scheint elektrisch angetrieben zu sein.

Langsam steuert er zwischen den anderen Booten hindurch, und dabei … beobachtet er mich. Während mein Herz spürbar klopft, als hätte ich zu viel Kaffee getrunken, und ich versuche, mit der Tatsache klarzukommen, dass wir wirklich und wahrhaftig aufs Meer hinausfahren, schielt Jasper immer wieder zu mir.

»Bist du in Ordnung?«

Ich nicke. Mit Sprechen wäre ich überfordert.

»Um die Wahrheit zu sagen, war ich mir nicht sicher, wie du damit umgehst, auf dem Wasser zu sein. Auch deswegen fand ich es besser, die Kinder nicht dabeizuhaben.«

Aus Rücksicht auf mich oder die Kinder? Wieder nicke ich nur. Immer noch halte ich mich an der Reling fest, als hinge mein Leben davon ab. Meine Kiefer sind angespannt.

Aber gleichzeitig weht mir der Seewind durch die Haare, die Sonne streichelt mein Gesicht, und das Geräusch des Boots auf den Wellen kommt mir vor wie eine längst vergessene, geliebte Melodie. Eine Melodie, die sehr tief in mir widerhallt.

Er will mir was zeigen, hat Jasper gesagt, aber im Moment zeigt er nichts. Er betrachtet mit gegen die Sonne zusammengekniffenen Augen das Wasser, schielt ab und an zu mir herüber und schweigt.

Nach und nach entspannt sich meine Haltung ein wenig, ohne dass ich bewusst etwas dazu tue.

»Übernimm mal bitte kurz das Steuer.« Ganz selbstverständlich. Als könnte man mir auf dem Wasser vertrauen. »Einfach geradeaus.«

»Okay«, sage ich heiser.

Er macht mir Platz und ich trete ans Steuerrad.

An der Reling konnte ich mich festhalten, das Steuer ist beweglich, und ich muss ihm mitteilen, wo es langgeht. Ich konnte das früher, man braucht nur am Horizont die Richtung anzupeilen, in die man fahren möchte. Doch heute kommt es mir vor, als würden selbst die sanften Wellen unter unserem Bug mich vom Kurs abbringen.

Ich spüre Jaspers warme Hand auf meinem Rücken zwischen den Schulterblättern. »So ist gut. Einfach geradeaus.«

»Wo fahren wir eigentlich hin?«

»Wirst du sehen, wir sind gleich da.« Durch ein Fernglas sucht er das Meer ab.

Schweinswale. Er sucht Schweinswale. Was sollte hier sonst Aufregendes zu finden sein. »Vielleicht sind sie gerade beim Mittagessen«, sage ich.

Er lässt das Fernglas sinken und dreht sich zu mir. »Sie sind mit dir verabredet, das sollte wichtiger sein.«

Immer noch umklammere ich das Steuer, aber nicht mehr ganz so fest. Einfach nur geradeaus.

»Wird doch«, kommentiert Jasper, bevor er weitersucht.

»Manchmal hab ich dich ziemlich gern, weißt du das?«, sage ich zu seiner Schulter.

Wieder dreht er sich zu mir. Er lächelt, warm und froh. »Passt gut.«

Wenige feine Wolken ziehen über den Himmel, eine davon schiebt sich vor die Sonne. Sie wird von hinten durchleuchtet.

»Backbord«, sagt Jasper plötzlich. »Zehn Uhr. Geschwindigkeit runter.«

Ich tue, was er sagt, und lasse ihn dann wieder ans Steuer. Wir verstehen uns wortlos, als hätten wir die Choreografie lange einstudiert. Er reicht mir das Fernglas, aber ich habe schon mit bloßem Auge entdeckt, was er gesehen hat.

Schweinswale, kleine Tümmler, sind nicht wie Delfine. Schweinswale sind schüchtern und meist Einzelgänger. Aber da vorn tauchen in regelmäßigen Abständen zwei Rückenflossen auf, ziehen ihren Bogen und verschwinden wieder. Einmal sogar drei.

Jasper hat den Motor ausgeschaltet und hält uns nur durch leichtes Steuern auf Position. Er hält Abstand zu den Walen. Und er wirkt sehr zufrieden.

»Ich hatte gehofft, sie würden hier sein. Da vorn ist eine Sandbank, sie scheinen sich dort wohlzufühlen. Hab ich letztes Jahr zufällig entdeckt. Seither fahre ich immer mal her, um … na ja, um nachzusehen, ob alles in Ordnung ist, schätze ich.«

Ohne den Fahrtwind merke ich, wie sehr die Sonne wärmt. Ich ziehe das Kapuzenshirt aus, die Frühsommerluft streichelt meine bloßen Unterarme.

»Willst du schwimmen gehen?«

»Was? Mir war bloß der Pullover zu warm.«

Er lächelt. »Könntest du aber.«

»Wenn ich wollte.« Und wenn mir nicht schon der Gedanken daran den Brustkorb eng werden ließe. »Hab ohnehin keine Badesachen mit.«

»'ne Menge Leute hier, die sich dran stören.«

»Blödmann.«

Nonchalant zuckt er die Schultern und geht zum Heck, wo die Bootsleiter ist. Schneller, als ich begreife, was er tut, hat er den Anker geworfen und seinerseits das Oberteil abgestreift und steigt aus der Jeans. Den Rücken zu mir, breitet er die Arme aus und ruft: »Menschenmassen! Schaut! Ein nackter Mann!«

Ich muss lachen und Jasper hechtet mit einem Kopfsprung über Bord.

So sehr wünsche ich mir, ihm einfach folgen zu können. Aber ich kann nicht.

Er taucht auf und wischt sich wassertretend mit den Handflächen über das Gesicht.

Ich gehe zur Leiter, irgendwie schaffe ich das, und finde dort eine neue Metallstange zum Festhalten. Das Wasser glitzert auf Jaspers Nase und in Jaspers Wimpern und in Jaspers Bart, den er früher nicht hatte. Es ist türkis und einladend, und nur hundert Meter entfernt schwimmen Schweinswale, fidel und lebendig.

»Herrlich erfrischend! Komm rein.«

»Du weißt genau, dass ich das nicht kann.«

»Klar kannst du. Ich fang dich auf.«

In meinem Mund sammelt sich Speichel. »Darum geht's doch nicht.«

»Soll ich weggucken?«

Irgendwo in mir ist die kleine Maira. Die unbeschwerte Maira, die einfach gesprungen wäre, weil das Wasser lockt. Weil das Wasser ihr Zuhause ist. Das Boot unter mir hebt und senkt sich mit jeder Welle. Mein Magen hebt und senkt sich mit.

Jasper krault Richtung Bug davon.

Schwimmen verlernt man nicht, heißt es. Was also soll passieren? Ich werde nicht ertrinken. Wahrscheinlich. Man weiß es nicht. Mein Herz hämmert, als würde etwas im Wasser Verborgenes mich bereits in die Tiefe ziehen. Nach unten, wo es keine Luft zum Atmen gibt.

Ich kneife die Augen zusammen und suche die Schweinswale. Einer taucht auf, ganz kurz. Sie leben.

Und dann ziehe ich mich aus und … kann nicht springen.

In Zeitlupe steige ich rückwärts die Bootsleiter hinab. Meine Zehen berühren das Wasser. Eine Stufe noch. Meine Waden. Ich kann das. Meine Finger halten das Geländer der Leiter so fest, dass sie im Sonnenlicht weiß aussehen.

Eine weitere Stufe. Ein Knie, dann das andere. Ich halte es aus. Immerhin bin ich am Strand auch geschwommen.

Jasper hat das Boot einmal umkreist und taucht wieder neben mir auf. Dankenswerterweise kommentiert er nicht, was ich zu tun versuche.

Ich hätte keine Kapazitäten zum Antworten. Ich habe nicht mal welche, mir Gedanken über meine Nacktheit zu machen, mein gesamter Fokus gilt dieser Bootsleiter, die mich immer weiter nach unten führt.

Oberschenkel. Mein Herz setzt kurz aus, als eine Welle mir gegen den Hintern schwappt. Noch dazu, dass das Wasser auf einmal nicht mehr freundlich und türkis glitzernd wirkt, sondern ziemlich finster, ist es auch noch kalt.

»Du schaffst das.«

Warum denken Leute, Anfeuern sei auch nur im Mindesten hilfreich? Warum scheint das sogar Jasper zu glauben?

»Na, los.«

»Halt die Klappe!« Ich brülle und ich springe, und das Wasser ist eisig und mein Herz jagt, und um mich herum spritzt Wasser und ich versinke, aber dann übernimmt mein Körper, und ich schwimme. Einfach so. Ohne Boden unter den Füßen. Ein rohes, atemloses Lachen, in dem sich Angst und Befreiung mischen, dringt aus meinem Mund. Ich schlucke Salzwasser und huste und lache. »Ich schwimme, Jasper.«

»Du schwimmst, Maira.«

Nicht nur mein Körper erinnert sich, mit jedem Schwimmzug holt meine Seele auf. Dies ist mein Element, Trost und Zuversicht. Ich lege mich auf den Rücken, die Ostsee trägt mich, ein Windhauch streicht kühl über meine Brüste, über mir scheint die Sonne. Ich schließe die Augen und kraule rückwärts, ziellos, ein Stück vom Boot weg, vielleicht in Richtung der Schweinswale.

Als ich mich umsehe, bin ich nicht besonders weit gekommen, aber ich schwimme. Ich schwimme, ich schwimme, ich schwimme. Und ich tauche. Zwischen nassen Glitzerwimpern hindurch blinzle ich schließlich zum Boot. Jasper ist bereits wieder an Deck. Er hat ein Handtuch um den Bauch gebunden und zieht sich eben das T-Shirt über. Auch ich spüre die Kälte, aber ich kann nicht aufhören, meine neue Freiheit zu genießen. Jede Pore meiner Haut saugt die Lebendigkeit des Wassers auf. Weit weg von uns ist das Land nur noch ein Schatten.

Langsam schwimme ich zurück zum Boot, umrunde es einmal und klettere dann wieder nach oben.

Jasper reicht mir ein Handtuch, dick und flauschig ist es. »Du bist geschwommen.«

»Ich weiß.« Ich frottiere mir die Haare und hülle mich in das Handtuch. Mir ist danach, Jasper zu umarmen, doch ich tue es nicht.

Eine ganze Weile stehen wir nebeneinander auf dem Boot, das sich hebt und senkt, und mir wird dabei nicht mehr übel. Wir sehen zu der Stelle hinüber, wo die Schweinswale abgetaucht sind.

»Danke.«

»Wofür?«

Danke, dass du mir das Meer zurückgegeben hast. Danke, dass du auf die Schweinswale achtgibst. Danke, dass du mir unsere Freundschaft zurückgegeben hast. Nichts davon kann ich aussprechen. »Das alles hier.«

Statt einer Antwort legt er mir den Arm um die Schultern und zieht mich an sich.

Sperlingskate, vor 19 Jahren

»Hier ist Hans Willmer. Kathi, meldest du dich mal bitte? Wir warten immer noch auf den überarbeiteten Text, nachdem das neulich ja … na ja, weißt du selbst, wir arbeiten ja schon lange zusammen. Alles in Ordnung bei euch? Ruf zurück, okay?«

Maira hörte die Nachricht ein zweites Mal ab, um sicher zu sein, dass sie den Namen richtig verstanden hatte. Sie war drei Tage alt. »Mama?«

Als keine Antwort kam, sprang Maira die Treppe hinauf. »Mama?«

»Was ist denn, Mairakind?« Ihre Mutter drehte sich auf dem Schreibtischstuhl zu ihr, als Maira das Arbeitszimmer betrat.

»Hast du den Anrufbeantworter nicht abgehört? Der blinkt seit drei Tagen.«

»Nein, das kann nicht sein. Das tue ich doch jeden Tag. Hier, schau. Steht sogar auf meiner To-do-Liste. Anrufbeantworter abhören.«

Maira kannte die Liste, die seit Neuestem an der Wand neben dem Schreibtisch hing. Wo früher *Verlagstermin München* gestanden hätte oder *Deadline verschieben?*, war nun zu lesen: *Anrufbeantworter jeden Tag abhören (Erdgeschoss, Küche). E-Mails ansehen (AOL). Maira nach Schule fragen.*

»Wie war es denn eigentlich in der Schule?«

»Gut.« Maira zwang sich zu lächeln, weil Mischa gesagt

hatte, das würde helfen, auch wenn einem nicht danach zumute war. »Rufst du den Herrn Willmer zurück? Ich habe doch versprochen, dich daran zu erinnern, wenn du was vergisst.«

»Hast du?«

»Ja, weißt du nicht mehr? Als Mischa hier war, haben wir das gemeinsam beschlossen.«

»Mit Mischa. Ja.« Einen Moment lang wirkte Mamas Blick eigenartig leer, doch dann grinste sie verschmitzt. »Ich mache nur Witze. Natürlich weiß ich das noch. Mischa. Natürlich.«

»Also, meldest du dich bei dem Herrn Willmer?«

»Ja. Du brauchst dir keine Sorgen zu machen.«

»Okay.«

Maira ließ die Arbeitszimmertür offen, ebenso wie die ihres eigenen Zimmers. Sie holte die Mathehausaufgaben aus dem Schulrucksack. Mama sang leise und ohne Text vor sich hin. Tina wirft den unten abgebildeten Würfel zweimal und bildet aus den Ziffern eine zweistellige Zahl. Ermittle aus einem Baumdiagramm alle möglichen Ergebnisse. *Weißt du, wie viel Sternlein stehen?* war es. Die Melodie stimmte nicht ganz.

»Mama?«, rief Maira über den Flur.

»Rufst du Herrn Willmer zurück?«

»Natürlich.«

Tina wirft den unten abgebildeten Würfel zweimal und bildet aus den Ziffern eine zweistellige Zahl. Ermittle aus einem Baumdiagramm alle möglichen Ergebnisse. Tina wirft …

»Herr Willmer«, sang ihre Mutter.

Tina wirft den unten abgebildeten Würfel zweimal.

Maira ging zurück ins Arbeitszimmer. »Soll ich dir helfen?«

»Das musst du nicht, du … ja. Ich glaube, heute wäre das schön. Irgendwie bin ich im Moment ein bisschen vergesslich.«

Maira befreite den Ablagestuhl von den darauf aufgetürmten Büchern und Zeitschriften und zog ihn neben den Schreibtisch. »Von welchem Text hat Herr Willmer gesprochen?«

»Herr Willmer?«

»Ja, der auf dem Anrufbeantworter.« Sie ballte die Fäuste.

»Herr Willmer … ich habe den Eindruck, ich bin im Moment ein bisschen vergesslich. Ich hab schon überlegt, ob ich mal zum Arzt gehen sollte.«

Mit aller Kraft zwang Maira ein Lächeln auf ihr Gesicht. »Da warst du schon. Weißt du noch? Und danach haben wir mit Mischa besprochen, dass ich dich erinnere, wenn du was vergisst.«

»Richtig, ja.«

Ihr Blick fiel auf einen Stapel von Ausdrucken mit Text in Schreibmaschinenschrift. Die oberste Seite trug die Nummer 205. Immer wieder war darauf ein Wort mit Kugelschreiber umkreist, zwischen den Zeilen standen schwer lesbare Notizen. Maira blätterte durch die Papiere. Ab Seite 206 fand sie keine Anmerkungen mehr. Nun gut. Jetzt musste sie nur noch das richtige Dokument im Computer finden.

»Sag mal: Kennen wir uns?«

Maira schaffte es sogar noch, die Badezimmertür zu schließen, bevor sie sich übergab.

Irgendwie gelang es ihr, mit einem Lächeln ins Arbeitszimmer zurückzukehren. Früher hatte Mama ihr bei den Hausaufgaben geholfen, jetzt war es eben mal andersherum. So einfach. Sie blätterte wieder zu Seite 206. »Arbeitest du gerade hier dran?«

»Ach, hallo, Maira. Zeig mal.« Sie schien nachzudenken. »Ja. Das ist ein Buch.«

»Ich dachte, du übersetzt keine Bücher mehr.«

»Doch, doch.« Ganz leicht warf sie die Worte hin; es erinnerte Maira daran, wie sie selbst im Alter von fünf Jahren Jaspers Vater versichert hatte, sie könne sehr wohl schwimmen, bevor sie vom Boot aus ins Wasser gesprungen und wie ein Stein untergegangen war.

Ein Stapel Wörterbücher besetzte Mamas zweiten Stuhl. Maira hob sie auf den Boden und zog den Stuhl neben den ihrer Mutter an den Schreibtisch. »Kommst du voran?«

»Natürlich! Du brauchst mir nicht zu helfen! Das wäre ja noch schöner!«

Maira biss die Lippen aufeinander und tat, als hätte sie nichts gehört. Stattdessen las sie einige Zeilen. »Klingt spannend.«

»Hörst du nicht? Geh weg. Spiel mit deinen Freunden.«

»Zeig mal, was hast du bisher? Worum geht es?«

»Kannst du ja selbst lesen, wenn du es wissen willst. Jetzt stör mich nicht, ich muss arbeiten.«

Maira verließ das Zimmer, aber sie achtete darauf, dass die Tür offen blieb, falls Mama etwas brauchte. Auf Socken schlich sie über die knarrenden Dielen im Flur in ihr Zimmer, wo sie sich mit Biedermann und die Brandstifter neben die ebenfalls geöffnete Tür auf den Boden setzte und lauschte. Konzentrieren konnte sie sich nicht, sosehr sie auch versuchte, sich dazu zu zwingen. Ab und zu hörte sie ein Seufzen, aber weder klapperte die Tastatur wie früher immer, noch raschelte Papier. Nicht das leiseste Geräusch ließ darauf schließen, dass Mama etwas anderes tat als aus dem Fenster zu sehen. Irgendwann verriet das leise Quietschen des Bettsofas, dass sie sich hingelegt hatte. Kurz darauf forderte eine muntere Stimme sie ziemlich laut auf, einen Mazda MX-5 zu gewinnen. Teilnahmekarten im Handel. Catch the summer. Die Titelmusik irgendeiner Serie. Seit wann sah ihre Mutter nachmittags fern?

Und wie sollte sie bis morgen diesen Abschnitt lesen, wenn sie jetzt schon zum zehnten Mal dieselbe Seite las und nicht begriff? Vielleicht war auch mit ihrem Hirn was nicht in Ordnung. Vielleicht war das erblich.

Beinahe hätte sie das Klingeln überhört. Zwei Stufen auf einmal nehmend, sprang sie die Treppe hinunter, doch Andrea war schon hereingekommen. In Soeterhoop schloss niemand die Tür ab.

»Hallo, Maira.«

»Hi«, sagte Maira. Im Obergeschoss gestand der Oberarzt der Chefsekretärin untermalt von Geigen seine Liebe.

Ganz kurz meinte Maira, Erschrecken in Andreas Gesicht zu sehen, aber bevor sie sicher sein konnte, war die Regung wieder verschwunden.

»Ich gucke gerade fern«, sagte sie schnell.

»Muss auch mal sein. Und sonst? Geht's dir gut?«

»Klar.« Maira nickte ein bisschen zu begeistert, aber es schien Andrea nicht aufzufallen.

»Ich bin mit deiner Mama zum Spazierengehen verabredet.«

Maira drückte sich an den Treppenpfosten und hielt sich hinter dem Rücken daran fest. »Ich weiß nicht, ob sie heute kann. Sie hat Husten.« Die Lüge war raus, bevor Maira darüber nachgedacht hatte, wie dumm sie war. Husten. Sobald Andrea auch nur ein Wort mit Mama wechselte, würde ihr auffallen, dass Maira nicht die Wahrheit gesagt hatte.

»Ach, und ich habe vorhin noch mit ihr telefoniert. Sie schien mir müde und angeschlagen, aber sonst …«

»Es ist nur ein bisschen Husten.« Etwas in Maira fing hilflos an zu flattern. Sie musste Andrea von Mama fernhalten, niemand durfte etwas von ihren Aussetzern mitbekommen.

»Dann ist es ja kein Problem«, sagte Andrea. »Soll ich sonst selbst schnell hochgehen und sie fragen?«

»Nein! Ich … hole sie. Warte.«

»Maira?«

Sie war schon die ersten beiden Stufe nach oben gesprungen, hielt aber noch einmal an.

»Versuch, dir keine Sorgen zu machen. Wir gehen langsam. Das tut auch bei einer Erkältung gut.«

Sehr geehrter Herr Willmer,

Der Mann hatte »Hallo, Kathi« gesagt. Gut, dass Maira das noch aufgefallen war. Sie löschte die Anrede und schrieb: **Lieber Hans.** Oder vielleicht eher **Hallo Hans**?

Und jetzt?

Hallo Hans,

entschuldige bitte, dass ich mich nicht gemeldet habe. Ich war krank. Ich habe immer noch schlimmen Husten und kann nicht sprechen. Den Text schicke ich dir bald.

Viele Grüße

Kathi

Maira las die E-Mail noch einmal durch und drückte dann mit hämmerndem Herzen auf Senden. Sie würde nicht nach Hamburg zu ihrer Großmutter ziehen, die sie kaum kannte.

Sperlingskate, vor 20 Jahren

Hallo Kathi,
danke für die Zusendung deiner Texte. Ich bin endlich dazu gekommen, sie durchzusehen. Leider muss ich sagen: Ich bin nicht begeistert. Wo dein Ausdruck sonst so leichtfüßig daherkommt, fehlt mir hier einfach der Esprit. Die Übersetzung scheint mir plump und gewollt. Ich hoffe, du nimmst mir die offenen Worte nicht übel.

Ist alles in Ordnung? Sollen wir vielleicht nächste Woche mal telefonieren?

Nur das Beste,
Hans Willmer

Hallo Hans,
danke für deine E-Mail. Es tut mir leid, dass du nicht zufrieden warst. Hier war ein bisschen Stress, das ist alles. Kein Grund zur Sorge also. Sehr gern überarbeite ich den Text erneut.

Telefonieren ist leider gerade schlecht, da ich sehr erkältet bin.

Viele Grüße
Katharina

Sperlingskate,
Mitte Juni

Seit Tagen habe ich mich nicht bei Caroline gemeldet. Mein schlechtes Gewissen reicht mindestens bis nach Kopenhagen. Und so sitze ich am Morgen nach dem Schwimmen auf dem Küchentresen, während mein Teewasser heiß wird, lasse ich die Beine baumeln und schreibe eine lange Textnachricht, in der ich ein bisschen von den letzten Tagen erzähle. Frankfurt ist so weit weg, schließe ich. Aber das ist keine Entschuldigung dafür, eine schlechte Freundin zu sein.

Der Wasserkocher schaltet sich aus, mein Smartphone vibriert.

»Guten Morgen«, sagt Caroline. Im Hintergrund höre ich Straßenlärm, der mir ganz fremd vorkommt. »Das liest sich richtig gut. So, als würdest du da ziemlich heftige Vergangenheitsbewältigung betreiben. Ich hoffe, du hast trotzdem noch Zeit, um ein bisschen Urlaub zu machen und einfach mal am Strand rumzuhängen oder so.«

Ich brumme unbestimmt.

»Hast du?«

»Ein bisschen.«

»Tu das, es ist wichtig!«

»Wenn ich das andere Zeug erledigt habe.«

»Kommst du voran?«

Jasper hat gestern, als wir uns trennten, noch einmal seine Hilfe angeboten, und dieses Mal habe ich sie angenommen.

Nicht ganz überzeugt, weil er schließlich in seinem eigenen Leben mehr als genug zu tun hat. Aber mit Anne bin ich gut vorangekommen, und letztlich muss ich einsehen, dass ich allein noch hundert Jahre vor mich hin tüdeln werde, ohne wirklich Fortschritte zu machen. Einfach weil ich an jedem noch so kleinen Gegenstand hängen bleibe.

»Aber das ist doch der Sinn deines Besuchs dort, oder nicht?«, fragt Caroline. »In Ruhe Abschied zu nehmen und zu sortieren, was du brauchst?«

»Auch, ja. Ich habe nur das Gefühl, ich verheddere mich irgendwie in der Vergangenheit, ohne dass irgendwas klarer wird.«

»Sprach Maira Jakobs soeben von Gefühlen?«

»Du bist so lustig.« Aber ich muss selbst grinsen.

»Ich weiß. Danke. Aber ernsthaft: So aus der Ferne macht es schon den Eindruck, als würdest du weiterkommen. Du wirkst auf jeden Fall klarer und irgendwie freier.«

Ich überlege, ob ich ihr erzählen soll, dass ich geschwommen bin. Doch welche Bedeutung hätte das schon ohne die Vorgeschichte? »Es geht mir auch gut«, sage ich deswegen nur. »Gestern war ich mit einem alten Freund Boot fahren.«

»Ich bin eifersüchtig, weißt du das? Wenn du wieder da bist, sollten wir auch mal wieder was draußen unternehmen. Vielleicht im Taunus wandern gehen oder so, was denkst du?«

Wandern im Taunus gehört zu einer anderen Maira. »Klar.«

»Du, ich muss aufhören, meine Bahn kommt. Melde dich einfach, wann immer du Zeit findest, ja?«

Jasper hat sich für Viertel nach neun angekündigt. »Wenn Miles im Kindergarten ist.«

Zu Hause in Frankfurt wäre um Viertel nach neun die Frühstückspause fast vorbei. Jetzt bilde ich mir den ganzen

Morgen schon ein, es würde sich nicht lohnen, etwas Größeres anzufangen, und halte mich mit Kleinigkeiten auf. Der Auswahl meiner Kleidung zum Beispiel. Kurz überlege ich, das einzige Sommerkleid anzuziehen, das ich mitgebracht habe – und besitze. Aber Jasper kommt zum Arbeiten, also steige ich wie an einem normalen Morgen in meine Arbeitshose. Dazu das meergrüne T-Shirt mit den kurzen Ärmeln, auf dem vorn groß *Smile* steht. Es hat violette und blaue Farbflecken am Bauch.

Pünktlich zur verabredeten Zeit klopft Jasper gegen den Rahmen der offen stehenden Haustür. »Jemand zu Hause?«

Wieder dieser Begriff. »In der Küche.«

»Schuhe ausziehen?«

»Ist nicht so, dass hier was erhalten werden müsste.«

Er betritt den Raum, wie ich trägt er Sneakers, dazu Jeans und T-Shirt. Viel selbstverständlicher bewegt er sich als bei seinem letzten Besuch. So wie früher, als er hierhergehörte.

Hakelig umarmen wir uns, sehr kurz nur.

Sein Blick schweift durch die Küche, über die Wände, an denen keine Bilder mehr hängen, über die Fenster, die nicht mehr von Gardinen geschützt sind. »Ist echt ein Jammer.«

»Nützt ja nix. Ich brauche das Geld. Gib mir mehr als *True Baltic* und wir sind im Geschäft.«

»Ich würde, wenn ich könnte, glaubst du mir das?«

Die Frage klingt rhetorisch, doch es ist mir wichtig zu antworten. »Das glaube ich dir.« Es ist nicht selbstverständlich, was er und die anderen geleistet haben, um dieses Anwesen einigermaßen instand zu halten. »Willst du einen Kaffee? Oder einen Tee?«

»Danke, ich komme gerade vom Frühstück. Lass uns lieber anfangen, damit wir was schaffen.«

»Ich weiß zu schätzen, dass du dir Zeit hierfür nimmst.«

Ich sehe ihm dabei in die Augen und halte seinem Blick stand, kurz jedenfalls. »Kann ich dir das irgendwie zurückgeben?«

»Überschreib mir den Hof, dann passt das schon.«

Wir lächeln uns an.

»Wie lange hast du Zeit?«

Mit Jasper fallen die Pausen weg. Ich halte nicht mehr jeden mottenlöchrig gewordenen Pullover meiner Mutter minutenlang in den Händen, und ich stehe auch nicht ratlos vor den alten Aktenordnern, deren Inhalt niemanden mehr interessiert.

Irgendwann taucht Jasper mit verstrubbeltem Haar und Staub auf der Stirn hinter dem alten Gästebett auf, wo er die Stehlampe aus der Steckdose gezogen hat, die ich mitnehmen will. »Was zieht dich eigentlich zurück nach Frankfurt?«

»Hab ich doch erzählt.«

Er richtet sich auf, ich nehme ihm die Lampe ab und trage sie zur Tür.

»Ich kaufe Ingmars Firma und mach mich da selbstständig.«

Als ich zurückblicke, sitzt Jasper im Schneidersitz auf dem Bett und betrachtet mich.

»Was ist?«

»Ich freue mich an dir.«

»Was ist an mir so erfreulich?«

»Dass Maira wieder sichtbar wird.«

Um das seltsame Gefühl loszuwerden, das diese Worte auslösen, durchforste ich mein Hirn nach einem flapsigen Witz über Unsichtbarkeit, aber mir will keiner einfallen. Verlegen kreuze ich meine sichtbaren Arme vor der Brust.

»Was, wenn du dich hier selbstständig machst? Ich könnte dir sicherlich Aufträge vermitteln.«

»Hier?«

»Guck mich nicht so entsetzt an.«

Ich ziehe mein Gesicht glatt und trete einen zögerlichen Schritt in Richtung Bett. »Ich gucke nicht entsetzt. Ich frage mich nur, wie du auf diese vollkommen abwegige Idee kommst.«

»Ist sie das? Abwegig?«

»Ja.«

»Warum?« Ein sehr viel jüngerer Jasper blitzt hinter diesem breitschultrigen Kerl mit dem Bart hervor. Der Jasper, der stundenlang in einer Wiese liegen konnte, um herauszufinden, welches Tier in dem Loch hinter dem Birnbaum wohnte. Dieselbe neugierige Geduld liegt jetzt in seinem Blick.

»Weil Ingmars – meine – Firma nun mal in Frankfurt ist und nicht hier?«

»Bist du glücklich in Frankfurt?«

»Ich wohne da. Es ist in Ordnung, schätze ich.«

»Schätzt du.«

»Ach, hör auf, Jasper. Es bringt doch nichts, darüber nachzudenken. Mein Leben ist jetzt dort, nicht mehr hier.«

»Aber das könnte sich ändern, meinst du nicht?«

Wieder blitzt das Bild vor meinem geistigen Auge auf, wie ich mit hochgeschlagener Kapuze durch den Regen am Strand entlangstapfe. *Wo siehst du dich in fünf Jahren?* »Nein.«

Er schweigt.

Ich schweige.

Nach einer Weile höre ich, wie er aufsteht. Jetzt wird er gehen, wie immer. Doch er tritt neben mich. »Hast du dort jemanden, der auf dich wartet?«

»Ingmar und Gabi.« Die Bestimmtheit, mit der ich das sage, überrascht mich selbst.

»Dein Chef und …?«

Jetzt drehe ich mich zu ihm um. »Seine Frau. Aber sie sind halt auch so was wie meine Ersatzeltern. Ich kann sie nicht hängen lassen. Ich will, dass es ihnen gut geht.«

Die Katze stolziert über den Hof, in stiller Eintracht sehen wir ihr nach.

»Sorgst du auch dafür, dass es dir selbst gut geht?« Ganz weich ist seine Stimme. Weich und warm und tief.

»Jasper, ich … das ist doch hier gar nicht der Punkt. Selbst wenn ich Ingmar absagen würde – was ich nicht tun werde, weil ich ihn gernhabe und es ihm das Herz bräche – und das Angebot von *True Baltic* ablehnen würde – was ich ebenfalls nicht tun werde, weil ich das Geld brauche –, könnte ich trotzdem hier nie wieder leben.«

»Apropos hier leben.« Sein Tonfall ist wieder leicht. »Wir treffen uns jedes Jahr zur Sommersonnenwende abends zum Lagerfeuer bei der Sperlingskate. Ist es okay, wenn wir das dieses Jahr auch tun? Ein letztes Mal?«

»Klar, warum nicht? Wer ist wir?«

»Anne und ihre Familie, die Kids und ich, Thommy, meine Eltern. Und du, in dem Fall. Du bist dann noch hier, oder?«

Ein letztes Mal.

Ich weiß, dass ich das Richtige tue, ich werde Ingmar und Gabi nicht enttäuschen. »Eigentlich wollte ich dann schon weg sein. Mein Notartermin ist direkt vorher und am Montag danach geht es in Frankfurt weiter.«

»Du könntest bis zum Wochenende bleiben und entspannt am Sonntag losfahren.«

»Ganz ehrlich, ich … ich glaube nicht, dass ich dann noch mal zurückkommen will. Ich bringe Anne den Schlüssel für den Entrümpler und werde dann die Einsamkeit im Auto brauchen, um in Ruhe ein bisschen zu weinen.«

Präventiv weine ich schon mal eine Runde, als Jasper gegangen ist. Und dann tue ich etwas, von dem ich nie geglaubt hätte, dass es eine Bedeutung für mich haben könnte: Ich gehe auf den Friedhof.

Ein wenig unangenehm ist es mir, nicht einmal zu wissen, wo das Grab meiner Mutter ist – oder wie es aussieht. Mischa und Oma Gitti haben diese Sachen beschlossen, während ich in einem Nebel aus Schmerz und Schuld einfach nur irgendwie zu überleben versuchte.

Reihe um Reihe streife ich durch die Gräber. Für einen Ort mit gerade mal tausend Einwohnern ist der Friedhof von Soeterhoop ziemlich groß. Wir haben sogar eine Kapelle. Hedda Schmitt ist vor nicht allzu langer Zeit gestorben. Alles sieht noch ganz frisch aus.

Ziemlich weit hinten, fast schon bei dem Holzzaun, hinter dem die Schilflandschaft des Bodden beginnt, steht eine große Kastanie mit einer schmalen Holzbank rings um den Fuß. Der Baum breitet schützend seine Äste über einer Reihe von Urnengräbern aus. Dort finde ich Mamas Grab. Ganz schlicht ist es. Glatt geschmirgelter, sesamweißer Granit mit Namen und Jahreszahl, davor eine Platte. Ein Grab für jemand Vergessenen. Gebrochen wird der Eindruck durch eine getöpferte Vase auf der Platte, darin steht ein verwelkter Strauß aus Pfingstrosen, Kornblumen und Bartnelken.

Reflexartig will ich die Blumen aus der Vase nehmen, besteht meine Mission doch seit Tagen aus Aufräumen. Aber wer auch immer die Blumen hier hinterlassen hat – vielleicht zum Geburtstag meiner Mutter? –, denkt an sie. Hat sie gerngehabt. Wusste, wer sie war, bevor die Krankheit sie holte.

Vergeblich versuche ich, Mama an dieser Stelle zu spüren, aber da ist nichts. Sonnenlicht lässt die Schatten der Kastanienblätter auf dem Grab tanzen, die Luft summt mit dem Flügelschlag von Bienen, Hummeln, Schwebfliegen. Leise, ganz leise streicht der Wind durch das Gras und über meine

Haut. Er trägt den salzschweren Duft des Boddenschilfs mit sich, Dünenrosen und Strandflieder. Und Sehnsucht und Abschiedsschmerz.

Ich lege mich auf die Bank, verschränke die Arme hinter dem Kopf und betrachte die Blätter über mir, durch die immer wieder Sonnenstrahlen oder ein Stück blauen Himmels blitzen.

Eine Bewegung am Rand meines Gesichtsfelds lässt mich aufmerken.

Bäd Bartelsen hat graue Haare bekommen. Kinn- und Schnurrbart. Weiße Jeans, dunkelblaues Hemd, Strohhut. Ein bisschen sieht er aus wie Pierce Brosnan.

Ich stehe auf. »Hallo, Herr Bartelsen.«

»Habe ich doch richtig geguckt. Maira.« Sein Blick ist viel weicher, als ich ihn in Erinnerung hatte. »Und ich bin Thommy, wenn das in Ordnung für dich … für Sie … ist.«

»Fällt mir schwer.« Ich denke an das, was Mama über ihn geschrieben hat. »Aber was soll's. Thommy.«

»Danke.«

Briefe hin oder her, die Vorstellung, dass ausgerechnet er meine Mutter geliebt haben soll, überfordert mich. Er ist immer noch mein Mathelehrer und ich habe die Hausaufgaben nicht gemacht.

Unbehaglich betrachten wir beide das Grab. Er dreht seinen komischen Strohhut in den Händen. Ich knibbele am Saum meines T-Shirts.

»Ich bin mir nicht sicher, ob du das weißt, aber deine Mutter und ich, wir …«

»Anne hat es erzählt.« Niemand will wissen, dass die eigenen Eltern Sex haben. Schon gar nicht mit Bäd Bartelsen. »Sind die Blumen von Ihnen? Also, von dir?« Probehalber schiebe ich ein »Thommy« hinterher.

Er lächelt. »Nein, ich nehme an, sie sind von Andrea. Und ich weiß, dass es seltsam für dich sein muss. Tut mir leid.«

»Sehr seltsam.«

»Reden wir einen Moment?« Er deutet auf die Bank, von der ich vor wenigen Minuten aufgestanden bin.

Er wählt den Platz mit direktem Blick auf Mamas Grab, ich setze mich im Schneidersitz so weit von ihm weg, wie es der Anstand gerade noch zulässt, den alten Baum zu meiner Linken, das Grab zu meiner Rechten.

»Ich komme öfter hierher, wenn ich nachdenken will.«

Der unhöfliche Teil von mir möchte sagen, dass mir das eigentlich egal ist. Aber dieser Mann hat meine Mutter geliebt, also schweige ich.

»Natürlich ist Kathi nicht hier. Aber es tut mir gut, herzukommen.«

Mir fällt das Buch ein, das bei Jasper herumlag. Nein, meine Mutter ist nicht hier, weder körperlich noch sonst irgendwie. Aber Materie verändert sich. Vielleicht bestehen die Blätter dieser Kastanie jetzt aus den Atomen, die früher Mamas Körper gebildet haben. Oder die Flügelspitze des Sperlings, der im Gras herumhüpft. Und vielleicht sogar ein paar Zellen der Schweinswale, die Jasper und ich gesehen haben. Ich bin mir nicht sicher, ob ich den Gedanken tröstlich oder gruselig finde. Auf jeden Fall nicht geeignet, ihn mit Herrn Bartelsen zu teilen.

»Hab mir viele Vorwürfe gemacht damals«, sagt er in Richtung Grab. Es wirkt eigenartig dringlich. »Ich meine, ich wusste ja, was bei euch los war. Aber deine Mutter und ich … am Anfang war ich noch verheiratet. War ihr sehr wichtig, dass niemand von uns erfährt. Und dann ging das irgendwann mit dem Vergessen los. Tut mir leid, Maira. Ich hätte mehr tun sollen.«

»Sie hätten …«

»Du, bitte.«

»Du hättest die Krankheit ja auch nicht aufhalten können.«

»Aber mehr helfen. Hilfe organisieren. Hätte Möglichkeiten gegeben. Schätze, ich war überfordert.«

»Wer nicht?« Der Sperling hüpft über die Grabplatte und pickt etwas Kleines auf. Etwas, das vorher etwas anderes war.

»Gibt noch was, das ich dir sagen muss.«

Soeterhoop
vor 17 Jahren und elf Monaten

Als es klingelte, schreckte Maira auf. Ringsum scharrten die anderen aus ihrer Klasse mit den Stühlen. Kichern, Reden, das Rascheln von Jacken. Das Erste, was sie nach dem Aufwachen sah, war ein Speichelsee auf dem Tisch. Das Zweite waren zwei Beine in dunkelblauen Jeans. Direkt vor ihr ragte Herr Bartelsen auf. »Habe ich dich so sehr gelangweilt, dass du eingeschlafen bist?«

»Offensichtlich.« Weil sie so müde war, klang es nicht ganz so zickig, wie sie beabsichtigt hatte. Eher resigniert. Sie wischte mit dem Pulloverärmel den Sabber vom Tisch und begann, unter den Augen von Herrn Bartelsen ihre Mathesachen in den Rucksack zu stopfen.

Der Klassenraum leerte sich, am Ende lungerte nur noch Anne in der Nähe der Tür herum. Was einerseits nett von ihr war, andererseits hatte Maira gerade nicht mal für sie noch Kraft.

»Maira, es ist nicht immer alles glatt gelaufen zwischen uns, das weiß ich. Aber wir Lehrer sind für euch da, wenn es irgendwelche Probleme gibt.«

»Schön für Leute, die welche haben.« Wenn er sie einfach in Ruhe lassen würde, könnte sie nach Hause fahren und alle Probleme, die sich dort in ihrer Abwesenheit angesammelt hatten, erledigen. Sie war ohnehin schon zu lange weg.

»Wenn du nicht mit mir reden willst, dann vielleicht mit jemand anderem?«

»Sorry, aber ich muss wirklich los.«

Sie griff nach ihrer Jacke, die über der Lehne hing, gleichzeitig streckte der elende Herr Bartelsen die Hand nach ihr aus, und irgendwie rutschte ihr dabei die Strickjacke von der Schulter und gab den Blick auf den neuesten blauen Fleck an ihrem Oberarm frei. Er hatte recht deutlich die Form von Fingerabdrücken.

Herr Bartelsen stieß ein Zischen aus, Maira zerrte den Ärmel wieder hoch.

Einen Moment lang sahen sie sich einfach an, bis Maira es nicht mehr aushielt.

»Hast du mit deinem Onkel darüber gesprochen?«, fragte er leise.

»Was geht den an, wenn ich gegen den Schrank laufe?«

»Sprich mit jemandem, bitte. Du hast doch Leute, die sich kümmern, oder?«

»Ja. Meine Mutter.«

Er öffnete den Mund und schloss ihn wieder.

Maira biss sich auf die Unterlippe, damit er das Zittern nicht sah. »Ich komm klar.«

Und dann rannte sie.

Erst bei den Fahrradständern holte Anne sie ein. »Was war das denn eben mit Bartelsen?«

»Nichts.«

»Ich dachte, wir könnten wieder mal was machen, nur wir beide. Das würde dir bestimmt guttun.«

Guttun würde Maira, sich keine Sorgen mehr machen zu müssen. Von allen und allem in Ruhe gelassen zu werden.

Sie hob die Schultern. »Irgendwann vielleicht. Gerade ist es schlecht.«

»Ich hab Karten für die Liveband am Wochenende.«

»Ich kann nicht, okay?«, schnappte Maira.

Annes erschrockener Blick tat weh. »War ja nur 'ne Idee. Du kannst doch nicht immer nur … deine Mutter muss doch auch mal allein klarkommen.«

»Tut mir leid, ich kann nicht. Geh mit Jasper hin oder so.« Ohne noch einmal zurückzublicken, stieg sie aufs Rad und fuhr gegen den Wind nach Hause.

Erst auf den letzten Metern fiel ihr auf, dass Herr Bartelsen anscheinend gewusst hatte, woher der Abdruck auf ihrem Arm stammte. Und er hatte nach Mischa gefragt. Warum kannte er Mischa? Nun, vermutlich wusste inzwischen eh das ganze Dorf Bescheid. Solange die Leute sie in Ruhe ließen, sollte ihr das egal sein. Sie biss die Zähne zusammen und fuhr weiter.

Vor der Haustür standen Tupperdosen mit Kartoffeln, Soße und Gemüse. Andrea wusste, dass Maira kein Fleisch mochte, deswegen brachte sie keins mehr. Maira war sogar zu erschöpft, sich darüber zu freuen.

Sie belud ihren Arm mit den Dosen und schloss die Tür auf.

»Hallo, Mama, ich bin wieder da!«

Sie rief es immer noch beim Reinkommen. So, wie die alte Frau Lornsen, die unten an der Kirche wohnte, immer noch mit ihrem Hund spazieren ging, obwohl der seit Jahren tot war.

»Mama?«

Sie fand ihre Mutter in der Wohnküche auf dem Boden sitzend und vor sich hin schaukelnd. Dazu sang sie melodielos vor sich hin.

Der Geruch fiel Maira zuerst auf, dann sah sie es auch. »Scheiße, du musst doch aufs Klo gehen, wenn … Scheiße.«

Vages Lächeln.

»Mama. Du musst aufs Klo gehen, wenn du musst. Komm, wir machen dich mal sauber.«

»Aufs Klo ...« Sie versuchte sichtlich, Sinn in die Worte zu bekommen. Aber nur einen Moment, dann verschwand selbst das Fünkchen von Interesse wieder.

»Los, komm.« Sanft nahm Maira sie am Arm. Manchmal klappte das.

»Nein! Lass mich in Ruhe!«

»Doch.«

»Nein.« Mama war immer noch stark. Aber sie konnte hier nicht in ihrem eigenen Dreck sitzen bleiben und stinken.

»Dann steh doch alleine auf!« Fuck, sie war sechzehn. Sie sollte mit ihrer Freundin Livebands ansehen und über Jungs kichern. Sie sollte nicht ihre Mutter in die Dusche zerren müssen.

Tat sie aber. Mit Geschrei und Tränen und neuen blauen Flecken.

Und dann wusch sie das ganze Zeug und wischte den Boden – endlich war die Marmeladenmatsche von vor drei Tagen auch weg – und öffnete die Briefe mit den Mahnungen von den Stadtwerken und der Krankenkasse, während Mama das Kinderprogramm ansah und die Tupperdosen leer aß. Wenigstens war sie jetzt ruhig.

Maira brauchte das Meer. Sie brauchte die Wildheit da draußen und das Leben. Nachdem ihre Mutter abgehauen war, hatte Jasper einen Riegel für die Terrassentür vorbeigebracht. Maira verschloss ihn ebenso akribisch wie die Haustür, dann holte sie ihr Rad und machte sich auf den Weg.

Die Sonne brannte vom Himmel, Mairas Strickjacke war viel zu warm. Aber der Wind machte es erträglich, und sie würde ihre nackten Arme nicht zeigen, nicht, solange sie noch in der Nähe des Dorfs war. Erst im Wald wagte sie, die Jacke auf den Gepäckträger zu klemmen.

Sie hatte ihr Handtuch vergessen. Und ihren Schnorchel. Und die Sonnencreme. Und etwas zu trinken. Alles eigentlich, was wichtig war, wenn man im Sommer ans Meer fuhr. Jedenfalls wenn ein normales Mädchen unter normalen Umständen ans Meer fuhr. Maira spürte keinen Hunger und keinen Durst, ihr genügte es, allein zu sein. Ohne Verantwortung, ohne Dauerbeschallung durch den Fernseher, ohne Geschrei. Nur sie und die Farne und Buchen und Eichhörnchen und Eichelhäher.

Obwohl es eigentlich nicht erlaubt war, fuhr sie auf einem der Spazierwege, der sie fast bis zu ihrem Versteck führte, wo das Surfbrett lag. Nur zwei Leuten begegnete sie, und die sahen zwar grimmig aus, sagten aber nichts.

Bevor sie den Weg verließ, sah sie sich noch einmal um. Sie war allein, segensreich allein, und niemand würde sehen, wie sie im Wald verschwand, um das Surfbrett zu holen. Im Sommer mussten sie ein bisschen vorsichtiger sein, ab und zu verirrten sich auch hierher Touristen.

Nur in Unterhose und T-Shirt zog Maira das Board über den Sand, rückwärts ins Wasser. Und dann warf sie sich darauf und paddelte hinaus, weg vom Land, weg von allem, was sie schwer und traurig machte. Erst als die wenigen Menschen am Strand zu klein geworden waren, dass sie ebenso gut nicht vorhanden sein konnten, und sie Baumwipfel zu einer einzigen wogenden Fläche am unteren Ende der Welt geworden waren, zog sie den Anker aus dem Halterungsnetz und warf ihn ins Wasser.

Das Meer umfing sie klar und kühl, als sie hineinsprang. Ohne Schwimmbrille sah sie unter Wasser nur verschwommen, Farbschwaden, Lichtreflexe. Graue Schemen, die sich vor ihr teilten und vielleicht Fische waren. Maira reduzierte ihre Bewegungen auf ein Minimum, sie war hier zu Gast, in dieser vagen, knisternden, türkisgrünen Unterwasserwelt. Sie wollte niemanden stören. Nur mit Beinschlag trieb sie sich vorwärts. Erst als ihre Lunge wehtat, kam sie zurück an die Oberfläche, um Luft zu holen.

Die Sonne stand noch steil genug am Himmel, dass Mairas Körper auf dem Meeresboden Schatten warf, von schillernden Wellen durchzogene Schatten. Sie schwamm selbst in Wellen, ließ die See Sorgen und Gedanken fortspülen, tauchte durch das Licht und das Knistern, Seegräser strichen an ihren Armen entlang und dann an ihren Beinen. Sie kam hoch, atmete, blinzelte gegen die Sonne und tauchte wieder ab. Sie versuchte, unter Wasser zu singen und zog eine Spur von Luftblasen hinter sich her, tauchte tiefer und immer tiefer, bis das Sonnenlicht weniger wurde und ihre Ohren schmerzten. Am Grund stieß sie sich ab und schoss wieder nach oben.

Der silbrig graue Schemen vor ihr erschien wie selbstverständlich. Ohne Schrecken, Maira wunderte sich nicht einmal. Sie wurde nur durchströmt von einem tiefen Frieden. Ein zweiter Schemen, ein zweiter Schweinswal. Sie schwammen längsseits mit ihr, langsam genug, dass sie mithalten konnte trotz ihrer kleinen Menschenfüße und ihrer Beinschläge, die so viel weniger Kraft hatten als die einer Walfluke. Zu dritt nebeneinander zogen sie unter der Oberfläche entlang, Freunde. Maira tauchte, bis es wirklich ganz und gar nicht mehr ging, und holte dann japsend Luft. Neben ihr tauchten zwei Rückenflossen auf, eine größere, eine kleinere. Das Atemgeräusch war deutlich zu hören so aus der Nähe.

Mairas Herz flatterte vor Glück, sie stieß ein atemloses Lachen aus. Die Schweinswale kamen noch einmal an die

Oberfläche, ein Stück entfernt dieses Mal. Maira holte Luft und schwamm hinter ihnen her.

Und die Schweinswale kamen zurück!

Sie umkreisten Maira zweimal, das Kalb immer im Schatten der Mutter, dann verschwanden sie im Türkis der Ostsee.

Sperlingskate, drei Tage vor der Sommersonnenwende

Drei Tage habe ich noch bis zum Notartermin.

Drei Tage, in denen die Sperlingskate mir gehört, in denen die halbwilde Katze ein Zuhause hier hat, in denen die kleinen Tiere in den Ritzen ungestört sind.

Ich habe sortiert, geordnet und dabei tausendmal Abschied genommen. Immer noch würde ich am liebsten jeden Gegenstand mitnehmen und das Gebäude gleich mit. Und wenn ich schon dabei bin, auch das Gartenhaus und das Grundstück mit den alten Bäumen. Ich darf nicht in diese Richtung denken. Das Wichtigste kann ich nicht mitnehmen. Das Meer. Die Schweinswale. Anne. Jasper.

Nach dem Wochenende werde ich nicht mehr hier sein. Dann werden auch Strom und Wasser wieder ausgestellt. Jasper hat mir versprochen, dass er versuchen wird, die Katze umzusiedeln.

Sinnloserweise wische ich mit der Handfläche ein wenig Blütenstaub vom Terrassengeländer meines Gartenhäuschens. Lachmöwen kreisen über dem Hof, beinahe hätte ich nicht mitbekommen, dass mein Telefon klingelt, das drin auf der Fensterbank liegt. »Hallo, Gabi.«

Wie es mir gehe, erkundigt sie sich. Und ob ich aufgeregt sei. Es tut mir gut, ihre Stimme zu hören. Spontan erzähle ich ihr davon, dass ich schwimmen war, und versuche zu erklären, was es für mich bedeutet.

Eine Weile schweigt Gabi. Was sie dann sagt, ganz schlicht – »Ich bin stolz auf dich« – berührt mich tiefer, als ich zeigen kann.

Ich muss zurück auf sicheren Boden. »Viel wichtiger: Wie geht es dir? Ingmar sagte, du hattest einen Schub?«

»Ingmar übertreibt.«

Ich weiß, dass er das nicht tut, aber ich lasse ihr die Lüge durchgehen. Wenn jemand weiß, dass man manchmal ein eigenes Bild der Realität braucht, dann ich.

»Er hat mir Bilder von deinem Hof dort oben gezeigt. Traumhaft schön, wirklich.«

Ich streiche über das Holz, das bald nicht mehr da sein wird.

»Es ist sehr groß von dir, dass du ihn verkaufst.«

»Ich brauche ihn nicht«, sage ich, wie ich es jahrelang gesagt habe. »Wäre für mich ein völlig unsinniger Aufwand, den alten Kasten halten zu wollen. Ich freue mich auf das, was in Frankfurt wartet.«

»Deswegen rufe ich an. Ich habe mir etwas überlegt. Und zwar dachte ich mir, wir könnten zu Ingmars 70. Geburtstag im August eine große Party veranstalten, zu der wir alle Geschäftspartner und Kunden einladen, mit denen wir in den letzten fünf Jahren zu tun hatten. Dann lernen sie dich gleich kennen und du hast den perfekten Einstieg. Was denkst du?«

Ich schwanke zwischen erneuter Rührung darüber, dass Gabi sich diese Gedanken macht, und meinem üblichen Fluchtreflex, was Partys angeht. Ganz besonders Partys, die zu meinen Ehren veranstaltet werden. Doch Ingmar hat Geburtstag. Und Ingmar übergibt mir das, was er aufgebaut hat. »Finde ich gut. Ich hab nur keine Zeit, mich darum zu kümmern.«

»Das übernehme selbstverständlich ich.«

Dagegen kann ich kaum etwas haben.

»Hallo, Maira!«

Die Kinder sind wieder da.

Ich sage Gabi, dass ich Besuch habe, und beende das Gespräch.

»Kannst du uns beim Baumhaus helfen?« Ein Auge gegen die Sonne zusammengekniffen, sieht Nikita zu mir hoch.

»Kommt drauf an, was ich tun soll.«

»Wir wollen die Leiter neu machen.«

»Okay, was habt ihr genau vor?«

Einer der Jungs – Linus? – erklärt, dass eine der Sprossen sich gelöst hat und zwei wackeln. »Im Winter verrottet.« Fachmännisch stemmt er die Arme in die Seiten und die anderen nicken.

»Hilfst du uns?«, fragt Nikita. »Wir brauchen Werkzeug. Marlons blöde Säge ist stumpf. Hast du eine?«

»Klar.« Ich muss an die Geschichte mit dem Tonfrosch denken, die ich in den Briefen meiner Mutter gelesen habe. Ihren Wunsch, ich möge eine Art Vater im Leben haben. Findet Nikita mich deswegen so interessant? Weil ihr ihre Mutter fehlt? »Und in der Scheune müsste noch Holz sein. Sucht schon mal raus, was ihr braucht.«

Einen nicht besonders vertrauenerweckenden Fuchsschwanz haben die vier dabei, ebenso Hammer und Nägel. Natürlich wäre es sinnvoller, die Leiter zu schrauben, statt zu nageln. Ich habe keine Ahnung, ob die Kinder mit einem Akkuschrauber umgehen können, aber was soll groß passieren? Sie schleppen Latten heran, ich gehe derweil zum Auto.

Sie sind mir nicht mehr unheimlich, die Kinder. Ich freue mich sogar, dass sie hier sind. Das ist interessant.

Der Akkuschrauber krächzt nur noch müde. Doch es scheint niemandem aufzufallen, dass ich mit leeren Händen zurückkomme.

Ich werde eingespannt, eins der Bretter zu halten, während Nikita versucht, es durchzusägen. »Geht einfacher, wenn du die Säge ganz durchziehst und nicht so sehr runterdrückst«, sage ich.

Sie blickt auf, verschwitzt und rot im Gesicht, und ich sehe den zehnjährigen Jasper.

Auf einmal ist es mir zu viel.

Zu nah.

Zu sehr, als hätte die Leiter, die sie bauen, Bestand. Oder das Haus, der Baum, unsere aufkeimende Freundschaft.

Ich murmele, ich müsse kurz etwas erledigen, und lasse sie fast fluchtartig allein. Automatisch wende ich meine Schritte Richtung Sandweg, aber ich laufe nicht bis zum Touristenstrand. Ich werde langsamer, sobald mich das Wäldchen mit seinen Düften nach Liguster und welken Brombeerblättern umfängt.

Drei Tage habe ich noch. Ich habe genug geräumt. Die verbleibende Zeit möchte ich anders nutzen. *Urlaub machen*, wie Caroline sagte. Nur mit mir. Nichts mehr aufbauen, was ohnehin wieder niedergerissen wird. Also ist es wohl besser, wenn ich während der nächsten Tage so gut es geht für mich bleibe.

Immer wieder rutscht das geliehene Rad auf dem sandigen Weg weg. Bei meinem ersten Besuch am wilden Strand kam mir die Strecke nicht derart uneben vor. Einen Moment lang bin ich versucht, das als Zeichen zu nehmen und mein nächtliches Abenteuer abzublasen. Ich müsste jetzt umkehren, um den Wald verlassen zu haben, bevor die Nacht ihn für ein paar kurze Stunden übernimmt. Aber durch die Baumwipfel blitzt immer wieder die orangefarben glühende Sonne. Wenn ich umkehre, werde ich den Sonnenuntergang am Meer nicht sehen. Und ich werde nie wissen, ob ich es geschafft hätte. Ob diese Welt hier mich wieder ein Teil von ihr sein lässt.

Ich fahre schneller als vermutlich gut für das Rad ist, denn auf einmal habe ich Angst, zu spät zu kommen, den magischen Moment zu verpassen, wenn die Sonne versinkt. Okay, wenn die Erde sich so von ihr wegdreht, dass es aussieht, als würde sie versinken. Als ich merke, wie angespannt meine Schultern sind, lockere ich sie bewusst. Lampenfieber. Das hier fühlt sich an wie Lampenfieber vor der Meisterprüfung. Und vielleicht ist es ja genau das, was auf mich wartet. Eine Prüfung.

An einer Weggabelung kommt mir die Strecke auf einmal unbekannt vor. Ich bleibe stehen und orientiere mich. Rechts geht es tiefer in den Wald hinein und zum Strand. Links wäre mein Ausweg. Nur ein paar Hundert Meter und ich wäre auf einer Straße. Keiner Straße mit Radweg, aber einer mit Asphalt und Menschen in Autos. Einer Straße, die mich zurück nach Soeterhoop bringen könnte. Oder ins Krankenhaus, weil vermutlich niemand auf der Straße um die Uhrzeit mit einer irren Radfahrerin rechnet. Ich atme noch einmal tief durch und fahre nach rechts. Inzwischen ist meine Kehle eng und das Fahren kommt mir anstrengend vor.

Aber was soll passieren? Falls das Regenradar gelogen hat, werde ich nass, na und? Und falls mein alter Schlafsack nicht mehr taugt, friere ich ein bisschen. Sollte mich die Panik überfallen, kann ich in einer Stunde immer noch meine Sachen packen. Erst einmal fahre ich jetzt zum Strand, zu der Stelle, an der Jasper und ich damals übernachtet haben. Vor so langer Zeit.

Das letzte Stück des Wegs führt geradeaus, der Wald ist dicht. Oder kommt mir dicht vor mit seinen hoch aufragenden Buchen und den Farnen, die beinahe jede Stelle des Bodens bedecken. Ich fahre wie durch einen Tunnel, und an dessen Ende gleißt orange der Himmel, unirdisch in seiner Helligkeit. Ich halte darauf zu, halte mich daran fest, während der Wunsch davonzulaufen, immer mehr anschwillt.

Ein Blick auf die Uhr verrät mir, dass noch eine gute halbe Stunde bis Sonnenuntergang bleibt. Ich schließe mein Rad an den Holzzaun, nehme die Isomatte vom Gepäckträger und gehe los.

Erst einmal brauche ich einen Ort für die Nacht. Nicht zu weit weg vom Strandzugang, ich will zurückkönnen, falls die Angst kommt. Anders als am Tag zieren kaum bunte Handtücher die cremefarbenen Buchenstämme und -gerippe am Strand. Nur wenige Leute sind außer mir noch da. Ein Stück gehe ich durch den Sand, der weich ist und noch warm vom Tag. Dann erspähe ich den Stamm, der heute Nacht meine Zuflucht sein wird. Er liegt in einer Mulde, umgeben von Strandgras, und am Kopfende wölben sich weit oben die Kronen windzerzauster Buchen.

Mit meiner Miniflasche süßem Wein von *Frische-Schmitt* und einer Banane setze ich mich auf den Stamm, Rucksack und Isomatte neben mir. Es gibt nichts weiter zu tun, also sehe ich mich um. Es gibt prächtige und langweilige Sonnenuntergänge. Dieser ist auf unaufgeregte Art schön. Friedlich. Der Strand, tagsüber karibisch weiß, ist jetzt von einem orangefarbenen Schleier überzogen, und die Wellen, die an sonnigen Tagen türkisblau leuchten, ebenfalls. Erst als sie silbrig werden und die Sonne längst nicht mehr zu sehen ist, rolle ich die Isomatte aus. Immer noch ist es beinahe taghell, ich könnte lesen, wenn ich daran gedacht hätte, mir etwas mitzunehmen. Aber wahrscheinlich hätte ich mich ohnehin nicht konzentrieren können. Mein Kopf ist seltsam leer und erschöpft und gleichzeitig kommt er nicht zur Ruhe.

Inzwischen bin ich der einzige Mensch weit und breit. Alle anderen haben den Strand verlassen, sind in ihre Hotels oder

Zelte zurückgekehrt. Es ist ein seltsames Gefühl, so ganz allein zu sein. Der Himmel wird dunkelblau, schüchtern blinzeln ein paar wenige Sterne zu mir herunter, aber sie haben kaum eine Chance gegen das Licht des beinahe vollen Monds. Weil die Kälte anfängt, aus dem Boden zu kriechen, ziehe ich die Kapuzenjacke über das Sweatshirt, dann gehe ich noch einmal zur Wasserkante. Inzwischen ist die Ostsee schwarz, der Mond spiegelt sich auf den Wellen. Es ist tröstlich zu wissen, dass die Schweinswale noch dort draußen sind.

Die Umgebung ist friedlich, aber als ich im Schlafsack liege und nach und nach behaglich warm werde, rennen meine Gedanken rastlos hin und her. Ich denke über die Wale nach, die niemandem etwas getan haben und denen der Mensch den Kampf angesagt hat. Über all die anderen großen und kleinen Wesen im Wasser, die bloß *sein* wollen, und die doch ersticken an unserem Müll, unseren Giften, unserem Lärm. Über Nachverdichtung und eine Million Euro. Über all das Leben in der Ostbaumwiese. Nirgendwo bleiben meine Gedanken stehen, sie streifen Themen, wandern, finden etwas Neues. Und gleichzeitig rauschen die Wellen. Und rauschen und rauschen.

Vor Kälte schlotternd wache ich auf, zusammengerollt auf der Seite. Das Tuch, das ich mir zum Schutz vor dem Wind über das Gesicht gedeckt habe, ist verrutscht, irgendwo zwischen meinen drei Kapuzen, dem Tuchknäuel und der Isomatte hindurch sehe ich, dass der Himmel im Nordosten wieder hell wird. Vielleicht hat mich das zarte Licht geweckt, vielleicht die Kälte, vielleicht aber auch das Konzert der Vögel, die wissen, dass die Sonne bald aufgehen und wieder Wärme spenden wird. Im Schlafsack setze ich mich auf. Ich friere wie selten zuvor, aber etwas ist während dieser kurzen, kalten Nacht geschehen. Meine Erinnerungen sind zurückgekehrt.

Die Uhr meines Smartphones zeigt zwanzig nach drei und doch schleichen sich schon die ersten Farben behutsam zurück in die Welt. Zuerst fällt es mir bei dem Strandgras neben mir auf. Es ist nicht mehr dunkelgrau, sondern hat einen vorsichtigen Grünschimmer. Die Wellen glitzern in einem pastelligen Orangerosa. Selbst der weiße Sand erscheint einen Hauch Beige in sich zu tragen.

Und plötzlich sehe ich ihn, nur ein dunkler Schemen, dessen Konturen sich allmählich aus dem Morgengrauen schälen. Ein Fuchs. Er schlendert über den Strand, kaum einen Meter von meinen Füßen entfernt. Er erschreckt sich nicht und ich erschrecke mich nicht. Wir sind einfach nur da, zwei Geschöpfe, die sich zufällig begegnen. Wäre er ein Mensch, hätten wir uns vielleicht zugenickt. Moin.

»Moin, Fuchs.« Meine Zähne schlagen unkontrolliert aufeinander vor Kälte.

Der Fuchs sieht mich noch einmal an und huscht dann davon, zurück in den Wald, der sein Zuhause ist.

Ich sehe ihm hinterher, aber da ist er schon wieder mit den Schatten verschmolzen. Er gehört hierher, er ist ein Teil dieses Orts, der aus Sand, Wind, Wasser und Wald besteht.

Eine Weile mühe ich mich mit meinen zitternden Händen und abgehackten Bewegungen vergeblich, den Reißverschluss des Schlafsacks zu öffnen, doch schließlich gelingt es. Ich sollte aufstehen und mich bewegen, aber ich mag mich noch nicht aus der kärglichen Restwärme lösen. Vor allem nicht aus dieser Nacht. Hinter mir im Wald wird das Konzert der Vögel eindringlicher. Sie singen den Tag herbei, und endlich schaffe ich es, ungelenk die Beine aus meiner Raupenverpackung zu ziehen, und stehe steif auf. Ich lasse den Nacken knacken und den Rücken, strecke die Arme zur Seite und stakse zum Wasser. Ich hatte bei Sonnenaufgang baden wollen. Den letzten Teil meiner Seele zurückholen, wie Anne es nannte. Aber im Moment halte ich es für ausgeschlossen, mich jemals – jemals – wieder freiwillig irgendeinem Element auszusetzen, das kälter als, sagen wir, Saunatemperatur ist. Und, stelle ich fest, während ich bibbernd und mit in die Taschen gestopften Händen auf die See hinausblicke, es ist nicht nötig. Meine Angst, meine Schuld, sie sind heute Nacht gegangen. Das Meer ist nur noch ein Meer. Lebensraum, Todeszone, unendliche Vielfalt. Die Wesen, deren Zuhause es ist, brauchen Schutz, ja. Menschen müssen verstehen, dass sie nicht das Recht haben, andere auszubeuten, ja und noch einmal ja. Aber an jenem Tag hätte ich nichts ändern können, ganz egal, ob ich fünf Minuten früher zur Stelle gewesen wäre oder ob Jasper mir geholfen hätte. Ich war sechzehn Jahre alt. Ich trage keine Schuld.

Im Nordosten wird der Horizont immer heller, die Wellen rauschen und rollen, silbern, türkis, orange, die Vögel jubeln in den Morgen hinein. Und ich trage keine Schuld. Nicht an dieser Stelle. Auch Jasper trägt keine und das erleichtert mich fast noch mehr.

Die Isomatte zusammenzurollen und den Schlafsack einzupacken, geht schnell. Ich sehe mich noch einmal um – denn es ist inzwischen Viertel vor vier am Morgen, hell genug, sich einfach umzusehen –, um sicherzugehen, dass ich nichts zurückgelassen habe, und stapfe dann dem heller werdenden Himmel entgegen zu meinem Rad.

Zwei Tage noch.

Im Schatten der Kastanie

Automatisch streicht er Blätter und Samen von der Oberseite des Grabsteins. Heike beobachtet ihn, er lacht ertappt. »Ist 'ne Gewohnheit. Außer mir kümmern sich nicht viele drum. Andrea manchmal. Aber sonst … Und so'n Grab muss doch in Ordnung gehalten werden.« Er merkt selbst, dass er anfängt zu schwafeln. Zu lange allein gewesen, da passiert das.

Heike nimmt seine Hand.

Er mag ihre Berührung, ihre Hände sind breit und stark und gleichzeitig zart, die Haut faltiger als bei Kathi damals, natürlich.

Einen Moment bleibt er stehen, betrachtet das Urnengrab mit dem schlichten Grabstein. Eine der verspäteten Mohnblumen daneben wiegt sich im Wind, als würde Kathi ihm zuwinken.

»Lass uns da auf die Bank setzen.«

Heike ist noch nicht lange in der Gegend, sie hat das mit Kathi und der Lütten nicht mitbekommen. Sie weiß nichts von seiner Schuld.

Sie setzt sich neben ihn, ihr Oberschenkel liegt warm an seinem. Immer noch hält sie seine Hand, als würde sie merken, dass er das braucht. Vielleicht tut sie es.

Mit der anderen deutet er auf das Grab. »Sie war mir wichtig«, sagt er. Klingt viel zu klein, aber es ist ein Anfang, und er weiß nicht, wie er sonst anfangen soll.

»Wie wichtig?«

»Sehr.«

»Willst du darüber sprechen?«

Deswegen hat er sie hergebracht, aber er wusste nicht, dass es so schwer sein würde. »War die Mutter von 'ner Schülerin. Sehr jung, sehr hübsch, extrem schnell im Kopf. Und wäre für ihre Lütte durchs Feuer gegangen.« So jung. Und er so unsäglich verliebt. »Durfte natürlich niemand wissen, was da zwischen uns lief. Ich war verheiratet und Kathi alleinerziehend. Weißt ja, wie das in kleinen Orten wie diesem hier ist: In der Regel nicht gut, wenn so was rauskommt, vor allem für die Frau.«

Sie hält seine Hand, ihre Wärme geht auf ihn über.

»Sie wollte nicht mal, dass die Lütte es erfährt, Maira. War ein ziemliches Lügengebilde und wurde immer schlimmer.«

»Was ist ihr zugestoßen?«

Da erzählt er von der Krankheit, von seiner Hilflosigkeit, von der Scheidung und der Schlammschlacht und davon, wie sehr er Maira gegenüber versagt hat. Heike hört zu, während die Vergangenheit aus ihm hinausfließt, Wort für Wort. So lange hat er seit Jahren nicht am Stück gesprochen. Nichts Tiefes. Klar redet er mal drüber, was er auf 'ner Reise erlebt hat, oder beim Skatabend tauschen sie Alltagsgeplänkel aus. Aber von Hoffnungen und Verletzungen spricht er sonst nicht. Von Verantwortung und Versagen und Vergeben.

Als er zum Ende kommt, hat sich Orange auf den Himmel geschlichen. Er wischt sich verstohlen mit der freien Hand über die Augen. Man wird sentimental im Alter.

Heike drückt seine Hand.

»Neulich habe ich sie getroffen, die Lütte mein ich. Maira.«

»Dann ist sie es, die im Moment in Soeterhoop wohnt? Ich habe einen Transporter vor der Tür gesehen und mich gewundert.«

Er nickt. »Will ihn verkaufen. Oder muss wohl. Wird wieder Leben einkehren in das alte Haus.«

»Wie geht's dir damit?«

Darüber muss er einen Moment nachdenken. »Gut«, sagt er dann. »Gut geht's mir damit. Steht dann nicht mehr so als Mahnmal rum. Doch ja, das ist gut.«

Soeterhoop, vor 17 Jahren und acht Monaten

»Maira, guten Morgen.«

»Hi.« Ihre Stimme klang mickrig.

»Musst du nicht los in die Schule?« Bevor sie antworten konnte, stieß Mischa einen Laut irgendwo zwischen Lachen und Genervtheit aus. »Entschuldige, was für eine bescheuerte Frage. Du rufst kaum nur aus Spaß um die Tageszeit an. Ist alles in Ordnung auf eurer Seite der Welt?«

»Nein.« Immer noch genauso mickrig.

»Was ist passiert?«

»Nichts.« Sie dachte an die Schlieren an den Fenstern, die Teller mit der angekrusteten Tomatensoße auf der Anrichte. Im Bad quoll der Wäschekorb immer noch über und die Klos hatte sie seit Wochen nicht geputzt. Am liebsten würde sie einfach nie wieder ins Haus zurückkehren. »Ich … ich muss los in die Schule.«

»Warte.« Pause. Dann: »Soll ich kommen?«

»Weiß nicht.«

»Wo ist Mama?«

»Schläft, glaub ich. Ich bin im Gartenhaus.«

»Okay.« Sie hörte Knistern von Papier, im Hintergrund Stimmen. »Hör zu, ich muss hier ein bisschen was organisieren, aber ich komme so schnell wie möglich. Spätestens übermorgen bin ich da. Schaffst du es bis dahin?«

»Hm, hm.«

»Wir kriegen das hin, hörst du?«

»Ich will hier nicht weg.«

»Darüber reden wir dann, ja? Erst mal gehst du in die Schule und hast ein bisschen Spaß.«

»Das ist ein Oxymoron«, sagte Maira.

»Ein was?«

»Es schließt sich gegenseitig aus.« Jedenfalls wenn man in der ersten Stunde Bäd Bartelsen in Mathe hatte und zu spät kam. Es war zehn vor acht, und gegen den Wind brauchte sie mindestens zwölf Minuten in die Schule, Rad abstellen und hineingehen nicht eingerechnet.

Es wurde nicht besser, es wurde mit jedem Tag schlimmer. Maira wartete auf Mischas Anruf und fürchtete ihn gleichzeitig. Aber allmählich musste sie wohl zugeben, dass sie am Ende ihrer Kräfte angelangt war. Wenn sie es in sich selbst schon kaum aushielt, so wie heute, wie sollte sie es dann im Klassenzimmer aushalten? An solchen Tagen waren die Wände noch enger, die Luft noch stickiger. Die Gespräche der anderen noch unwichtiger. Sie selbst noch abgetrennter von allem. Schlagt den Werther bitte auf Seite 36 auf. Sie hörte die Worte, aber sie hatten keine Bedeutung. Vor den Fenstern trieben schwere dunkle Wolken über den Himmel, zerrissen, ließen für einen Moment goldenes Gleißen hindurch und ballten sich wieder bedrohlich zusammen.

Frau Gehrts ging zum Lichtschalter, die Lampen an der Decke flackerten kurz und tauchten den Raum dann in ein Licht, das das Draußen umso dunkler erscheinen ließ.

Mairas Gesicht spiegelte sich verschwommen in der Fensterscheibe, blass und bitter. *Weststrand nachher?*, kritzelte Maira auf den Rand ihres Hefts und schob es in Jaspers Richtung.

Jasper schüttelte kaum merklich den Kopf. Mit einem knappen Nicken deutete er zum Fenster. Er konnte das, einfach so den Kopf schütteln, weil das Wetter ihm nicht genehm war.

Maira hatte diesen Luxus nicht. Sie wandte den Blick ab, er sollte ihre Enttäuschung nicht sehen. Wenn diese letzte Stunde endlich vorbei war, würde sie nachsehen, ob zu Hause alles in Ordnung war. Aber ganz bestimmt würde sie nicht den Nachmittag dort verbringen. Nicht den ganzen. Zwischendurch wenigstens brauchte sie eine Pause.

Während der Wind draußen und die Einsamkeit innen immer lauter heulten, geschah um Maira herum der Unterricht. *Wir kriegen das hin*, hatte Mischa gesagt. *Hörst du, Maira? Wir kriegen das hin*. Aber wie, wenn *wir* doch immer nur sie war?

Als es endlich zum Ende der Stunde klingelte, stopfte Maira ihr wieder einmal unbenutztes Heft zurück in den Rucksack.

Jasper neben ihr tat das Gleiche. »Wenn du willst, komm ich mit.«

Das Atmen wurde ein bisschen leichter.

»Danke.« Hätte sie ihn dabei angesehen, hätte sie geheult.

Zu Hause lief das Kinderfernsehen noch vom Morgen. Mama schlief im Sitzen, ihr Mund stand offen. Auf dem Herd stand ein Topf mit Äpfeln und einem Haufen Salz. Maira schob ihn zur Seite. Sie konnte sich später darum kümmern.

Sie schaltete die Sicherung für den Herd wieder ein, schnitt Zwiebeln und die Kartoffeln von gestern in kleine Stücke und kippte Öl in die Pfanne. Salz nahm sie aus dem Topf mit den Äpfeln. Nach ihrer Hälfte der Bratkartoffeln aß sie eine von den Milchschnitten, die Hedda Schmitt ihr geschenkt hatte, weil das Verfallsdatum abgelaufen war, aus ihrem Geheimvorrat. Danach noch eine. Als Mama noch eingekauft hatte, hatte es nie Milchschnitten gegeben. Nach der dritten war Maira schlecht.

Ihre Mutter schnarchte, ihr Mund stand immer noch offen. Maira hätte ihr gern das Kinn abgewischt, aber dann würde sie vielleicht aufwachen.

Die Baumwipfel knarzten und bogen sich, gelb gewordene Blätter wehten zwischen den Stämmen hindurch und über den Pfad, der rutschig war vom Regen.

Es war die Art von Wetter, bei denen ihnen seit jeher verboten worden war, in den Wald zu gehen. Die Art von Wetter, die Totholzäste auf den Weg krachen ließ und manchmal sogar Bäume entwurzelte.

Aber es war auch die Art von Wetter, bei der sie allein waren im Wald. Von den Urlaubsgästen zog es niemanden hier hinaus.

»Weil die nicht lebensmüde sind!«, brüllte Jasper hinter ihr.

Der Weg zum Strand führte bergab. Immer wieder musste Maira das Rad springen lassen und gegenlenken, wenn einer der Reifen wegrutschen wollte.

»Ganz im Gegensatz zu dir!«, schrie Jasper.

Ein Blatt klatschte Maira gegen die Stirn, sie hörte sich selbst lachen. An der nächsten Weggabelung brachte sie ihr Rad zum Stehen, schlitternd hielt Jasper neben ihr an.

»Es ist episch, oder?«

»Es ist so was von überhaupt nicht episch. Es ist irre, und wir sollten zurückfahren, bevor es auch noch dunkel wird.«

»Mach doch.«

Er verdrehte die Augen.

»Ernsthaft. Ich brauche keinen Babysitter.«

»Aber vielleicht einen Freund.« Ohne ein weiteres Wort setzte Jasper den Fuß auf die Pedale und fuhr weiter.

Auf dem schmalen Pfad musste sie hinter ihm bleiben und sich von ihm ausbremsen lassen, aber sobald sie die Lichtung am Strand erreicht hatten, lehnte Maira ihr Rad gegen den

Holzzaun und lief an Jasper vorbei zum Wasser. Ein Gemisch aus Sand und Gischt und eisigen Regentropfen warf sich ihr entgegen, so kraftvoll, dass kein Platz blieb für etwas anderes als das Jetzt.

Erst nahm sie nur die Wellen wahr, die sich zorniger auftürmten als sonst.

Dann sah sie den Wal.

Er tauchte nicht geschmeidig auf und wieder ab, wie sie es kannte. Stattdessen fiel er ihr vor allem auf, weil er wie ein großes Stück Holz auf dem aufgewühlten Wasser trieb und sich nur ab und zu schwach und ruckartig bewegte.

»Scheiße«, rief Jasper neben ihr gegen den Wind an. »Scheiße, scheiße, scheiße.« Er hatte es also auch gesehen. »Da stimmt was nicht.«

Der Teil von Maira, der ohne nachzudenken verstanden hatte, was zu tun war, übernahm. Noch während Jasper sprach, trat sie die Schuhe von den Füßen und begann, ihre regenfeuchte Hose von den Beinen zu zerren.

»Willst du da reingehen, oder was?«

»Was denn sonst?« Der Wind riss ihre Worte davon. »Wir müssen ihm helfen!«

»Wie denn? Da ist es zu tief zum Stehen, schwimmen kannst du bei dem Sturm auch nicht. Außerdem ist …«

Maira hörte nicht mehr zu, der Wal wurde von den Wellen geschluckt, ihre Gedanken strauchelten. Jasper hatte recht, sie konnte nicht hinschwimmen, aber im Gebüsch lag das Surfboard. Im Rennen riss sie ihren Pullover über den Kopf. Sie nahm sich nicht die Zeit, die Äste, die das Brett verbargen, zur Seite zu legen, sondern zog es darunter hervor. Ihr T-Shirt riss ein. Das Board hakte, sie fiel nach hinten in den Sand, rappelte sich auf, schrie Jasper an, dass er ihr gefälligst helfen sollte, und hatte das Surfbrett endlich befreit.

»Maira, hör auf, das ist Wahnsinn!«

Sie schleifte und zerrte das Board über den Strand, ohne seine Hilfe. Sie kam allein klar.

»Es ist zu kalt, hörst du? Du kannst nichts tun.«

Seine Worte wurden zu Hintergrundrauschen, Mairas Fokus schnurrte auf den Schweinswal zusammen. Er atmete noch, oder? Er atmete noch? Sie lief zu ihrer Jeans und holte das Taschenmesser, das sie immer dabeihatte. Die rot gefrorenen Finger um das Messer gekrampft, schob sie das Surfbrett in die Brandung. Viel härter und kälter als sonst schlug ihr das Wasser entgegen.

Sie schüttelte Jaspers Hand ab und paddelte hinaus. Eisiges Wasser spülte über das Brett, als sie es durch den Wellenkamm trieb. Sie war zu langsam, zu klein und das Meer zu groß. Immer wieder warf es ihr Wellen entgegen, wollte sie zurück ans Land spülen, weg von dem Schweinswal, der dort draußen ihre Hilfe brauchte.

Irgendwie schaffte sie es bis dorthin, Minuten, vielleicht Stunden später. Kraftlos trieb der Schweinswal im Wasser, das Atemloch wurde immer wieder überspült. Jetzt erkannte Maira auch, dass er viel stärker in dünne Nylonschnüre verwickelt war, als sie zuvor gesehen hatte. Sie ließ sich ins Wasser gleiten, das Surfbrett zerrte an ihrem Fuß, der Wal schwappte gegen sie. »Atme!«, keuchte sie. »Hörst du? Atme! Ich befreie dich! Gleich ist es wieder gut.«

Aber ihre Finger waren klamm und ihre Bewegungen träge. Sie schob den Wal nach oben, so gut sie konnte, seine Haut war kühl und glatt. Doch sie hatte unter Wasser keinen Gegendruck, konnte sich nur mit ihren Schwimmbewegungen halten. Sie säbelte eine der Schnüre in der Nähe der Brustflosse durch, eine weitere, noch eine. Das Surfbrett fuhr ihr gegen die Schulter und zog an ihrem Bein.

Der Wal atmete nicht.

Sie riss an den Schnüren, schnitt, sägte, ihre Hände bluteten, sie schluckte Wasser und hustete. Und dann … gab sie auf.

»Atme doch bitte.« Sie konnte weinen und flehen, aber der Wal hörte sie nicht mehr.

Ihr war so kalt. Und sie war so müde.

Sie schaffte es nicht mehr auf das Surfbrett. Sie hing nur noch am Rand und trieb.

Der Schweinswal war tot und ihre Mutter hatte sie vergessen.

»Verflucht, beweg dich! Oder willst du dich umbringen?« Jasper neben ihr, nackt und mit kalkweißem Gesicht und blauen Lippen. »Beweg dich, Maira. Beine! Arme! Schwimmen.«

Wie war er auf das Surfbrett gekommen und warum zerrte er an ihren Armen? Sie sammelte ihre letzten Kräfte zusammen und half ihm dabei, ihren müden, geschundenen Körper auf das Board zu bekommen.

»Du spinnst, echt. Du hättest dich umbringen können.« Jasper war so wütend, wie sie ihn noch nie vorher gesehen hatte. »Hilf mir gefälligst. Du vorn, ich hinten.«

Sie tat, was er sagte, und paddelte Richtung Ufer, ein bleierner Armzug nach dem anderen. In der Dünung wurde sie abgeworfen und kroch auf allen vieren ans Land.

Jasper zog das Surfbrett an den Strand, und Jasper zwang sie, das nasse T-Shirt aus- und den nass geregneten Pullover anzuziehen. Er gab ihr Müsliriegel, weil seine Mutter immer dafür sorgte, dass er welche dabeihatte.

Ihr war immer noch kalt, aber allmählich kehrten ihre Lebensgeister zurück. »Warum hast du mir nicht geholfen?«

»Was hab ich nicht?« Er sah immer noch so zornig aus.

»Den Wal retten!« Er hatte doch vorhin noch gelebt. Und jetzt trieb er da draußen und war einfach tot. Sie schluchzte, es klang rau und hart.

»Du hast sie nicht alle.« Jasper hatte seinen Kapuzenpullover wieder angezogen und seine Regenjacke. »Ich fahr jetzt nach Hause. Kannst ja mitkommen, wenn du dich nicht ertränken willst.«

Er versteckte das Surfbrett nicht mal, sondern ließ es oben am Strand liegen und stapfte davon.

Sie konnte noch nicht gehen, sie sah aufs Meer hinaus, dieses graue, kalte, gnadenlose Meer, über dem sich dunkle Wolken zusammengeballt hatten, und versuchte, den treibenden Schweinswal zu entdecken.

»Kommst du jetzt?«

Er benahm sich, als wäre er ihr Vater oder so was. Dabei hatte sie keinen und eigentlich auch keine Mutter. »Du brauchst nicht auf mich aufzupassen!«, schrie sie mit ihrer heiser geweinten Stimme. Sie stolperte an ihm vorbei gegen den Wind zu ihrem Rad.

Jasper fuhr irgendwo hinter ihr.

Der Wal war tot, und Jasper trug Schuld, Mitschuld, und die Welt war in Aufruhr. Weit oben bogen sich die Baumwipfel im Sturm, rauschten, brausten, ließen Äste und Blätter auf den schmalen Weg niederprasseln, der dunkel geworden war wie der Himmel. Donner grollte, hallte wider im Geäst und in den Farnen. Helligkeit gleißte über den Himmel, hinter ihr über dem Meer krachte es, während sie über den Lenker geduckt gegen den Wind anstrampelte und kaum merkte, wie ihre Lunge und ihre Muskeln brannten, wie das Blut ihrer aufgeschrammten Haut den Regen rosa färbte.

Wieder blitzte es in der Ferne.

Hatte sie die Sicherung ausgeschaltet?

Ihre Hände waren kalt vom Meer, von der Hilflosigkeit, vom Regen, die Kleidung klebte ihr wie die Haare am Körper, das Rad holperte über Wurzeln und Steinchen, einer der hüfthohen Farne lag quer über dem Weg, verfing sich in den Speichen, riss, als Maira ihm ihre Wut und Angst entgegenschleuderte und weiterfuhr und fuhr und fuhr.

Die Sicherung. Die Pfanne mit dem Bratöl.

Sekunden und Minuten donnerten unisono mit dem Unwetter, verfingen sich in ihrem keuchenden Atem, zerrannen schneller als die Sturzbäche von Schlamm und Wasser auf dem Waldweg. Dann kam endlich die Waldkate in Sicht, die Bank mit dem Papierkorb, das Stromhäuschen. Gleich, nur ein Stück noch, nur ein … Lichter.

Blaue, flackernde Lichter hinter der Faulbaumhecke, die ihr Grundstück umgab.

Sie spiegelten sich in den tief hängenden Wolken, färbten das gelbe Gewitterlicht geisterhaft blau. »Nein!«, krächzte Maira. Und dann noch einmal »Nein!«, als sie um die Ecke bog und das Rad auf den nassen Sandsteinen schlitterte.

Menschen in Uniform, Nachbarn, Herr Bartelsen. Warum war Herr Bartelsen hier? Feuerwehrautos, ein Rettungswagen. Der Hof war voll davon, irgendwo weit hinten registrierte Maira, dass sie die Wiese zerfahren hatten. Sie durften nicht hier sein, sie durften das nicht. Maira sprang ab und warf das Rad zur Seite, es schepperte, und sie rannte, obwohl sie doch wusste, dass sie zu spät kam. Es roch nach Rauch.

Sie wollte ins Haus, aber jemand stellte sich ihr in den Weg. Eine Uniformjacke, ein Namensschild, eine Brust, gegen die sie hämmerte, sie sollten sie durchlassen. »Maira, du kannst da jetzt nicht reingehen.«

Sie hämmerte weiter, versuchte, die Uniformjacke wegzuschubsen und sich vorbeizudrängeln. Hände hielten ihre

Arme, Männerhände. »Maira, wir kümmern uns um deine Mutter, alles wird gut.«

Aber nichts war gut. Erneut versuchte sie, sich loszureißen und doch noch irgendwie ins Haus zu kommen, um die Sicherung auszuschalten, die Blaulichter und die Menschen zum Verschwinden zu bringen. Und dann noch einmal. Die fremde Hand hielt sie fest.

Jemand legte ihr eine Decke um die Schultern. »Du bist ganz nass, Kleine.« Eine Frau. Maira kannte die Stimme. Jaspers Mutter. »Komm, du musst erst mal wieder warm werden, du holst dir ja sonst was weg. Wo warst du denn nur?«

Und dann hatte sie keine Kraft mehr. Sie rutschte einfach zusammen, bis sie auf dem Boden saß, im Regen, mit der Decke um die Schultern zwischen den flackernden Lichtern.

»Maira, Kind. Komm.«

Jaspers Mutter hockte sich vor sie und verstellte ihr den Blick, aber sie konnte trotzdem alles sehen. Die Tür und die Trage und den Krankenwagen.

Mama war auf die Trage gebunden, ihr Kopf pendelte ganz komisch hin und her. Dann schlossen zwei Männer die Tür des Rettungswagens, und Maira konnte ihre Mutter durch das Milchglasfenster nicht länger sehen, nicht mal das geringste bisschen von ihr. Der Wagen fuhr weg.

Eine Frau in einem pinkfarbenen Sweatshirt sagte etwas zu Andrea, was Maira durch das Schreien in ihrem Kopf kaum hören könnte. »Krankenhaus, Schock«, verstand sie. Und dass Andrea etwas von »nicht allein lassen« antwortete.

Irgendwann nickte Andrea, Maira klapperte mit den Zähnen.

»Ganz kurz, Mäuschen, und dann fahren wir zu uns nach Hause. Alles wird gut«, sagte Andrea, was natürlich Unsinn war, denn nichts konnte je wieder gut werden mit Mama in dem Krankenwagen und dem toten Wal im Meer.

Maira sollte mitkommen in den Polizeibus.

Die Frau war Psychologin, sagte sie. Sie wollte, dass Maira etwas trank, aber Mairas Zähne hörten nicht auf, aufeinander zu zittern. Immer wieder stellte die Frau Fragen, die Maira nicht beantworten konnte. Gegen die Seitenscheibe klatschte immer noch der Regen, von innen waren sie beschlagen. Maira wischte eine Stelle frei und hinterließ dabei zartrosa Schlieren.

Sie bekam eine Spritze.

Andrea sprach mit den Leuten.

Wo war Jasper eigentlich?

Der Beifahrersitz von Andreas Volvo wurde nass, aber Andrea sagte, das sei nicht schlimm.

Dann schlief sie in einem weichen, warmen weißen Bett. Nachts wurde ihr kalt und gleichzeitig heiß und sie musste weinen. Mama – nein, Andrea – strich ihr die verschwitzten Haare aus der Stirn.

Als Maira wieder zu sich kam, lag sie nicht mehr in dem Bett in Hansens Gästezimmer, sondern in einem Bett mit Gittern an den Seiten, und in ihrem Arm steckte ein Schlauch. Es roch fremd und chemisch, an der Decke war eine längliche Lampe hinter Draht.

»Bist du wach, Kind?«

Mühsam drehte sie den Kopf. Oma Gitti saß auf einem Stuhl neben dem Bett. Ihr Augen-Make-up war ein bisschen schmierig, ihre Lippen dunkelrot und schmal wie immer.

»Wo ist Mama?«, flüsterte Maira.

»Darüber reden wir später. Wie es aussieht, bin ich erst mal für dich zuständig.«

Sperlingskate, Sommersonnenwende

Den ganzen Tag schon liegt eine merkwürdige Stimmung über dem Hof. Passend zu dem gelbgrauen, indirekten Gewitterlicht, das die Welt in ein schattenloses Abwarten taucht. Sturmböen werden wehen, Baumwipfel rauschen und Möwen kreischend durch das Unwetter tauchen. Aber noch ist es ruhig.

Jasper und ich haben den Garderobenschrank schon gestern verladen, sodass heute nur noch die Kisten bleiben. Dafür, dass ich mir vorgenommen hatte, das meiste hierzulassen, sind es ziemlich viele Kisten. Als ich die letzte davon in den Transporter stelle, rinnt mir Schweiß zwischen den Schulterblättern hinunter. »Das war's.« Ich schließe die widerborstige Schiebetür.

Anne hat Tränen in den Augen.

»Ich komme euch besuchen«, sage ich, weil ich es so gern selbst glauben möchte.

»Das hoffe ich doch.«

»Sonst sind du und deine Familie bei mir in Frankfurt jederzeit herzlich willkommen. Mit dem ganzen Zeug brauche ich vermutlich eh eine größere Wohnung.« Ich lache hilflos über den Gedanken umzuziehen, bloß weil ich mich von einem Haufen alter Gegenstände nicht trennen kann, die mir bis vor Kurzem nichts bedeuteten.

»Warte ab, wir machen das wahr.«

»Das hoffe ich doch«, sage dieses Mal ich.

Wir umarmen uns.

»Aber erst mal bringst du den Notartermin hinter dich. Und heute Abend stoßen wir an.«

Abschiede werden selten besser, indem man sie hinauszögert. »Ganz kurz. Ich bring dir den Schlüssel für die Entrümpler zur Sperlingskate, dann hau ich ab. Ich werde nicht in der Lage sein, groß zu feiern. Und ich will euch nicht das letzte Mittsommerfest auf dem Hof verderben.«

»Bis nachher.«

»Bis nachher.«

Sie geht, und ich steige zum letzten Mal die Stufen zur Eingangstür des Hauses hinauf, das noch ungefähr eine Stunde lang meins ist. Nachdem ich ein letztes Mal in dem engen Bad geduscht habe, schlüpfe ich in mein Kleid.

Ich gehe nicht mehr durch die Räume, nur zu dem Sofa in der Wohnküche werfe ich noch einen Blick.

Der Schlüssel, der noch ungefähr eine Stunde lang meiner ist, vibriert ein wenig zwischen meinen Fingern, als ich ihn ins Schloss stecke und absurderweise abschließen will. Als könne ich das Haus dadurch vor dem bewahren, was kommt. Ich lasse die Tür offen, Anne wird hier auf mich warten.

Es sind nur Balken, denke ich auf dem Weg Richtung Ortskern. Nur Balken, Lehm, Kalk, Ziegel. Ein Haus hat keine Gefühle. Den Materialien ist es vollkommen egal, ob sie übereinandergestapelt eine Struktur bilden oder wild auf einem Haufen liegen. Vielleicht wachsen zwischen den Steinen irgendwann Ackerwinden. Und vielleicht darf das Kalksandsteinpflaster auf dem Hof bleiben.

Auf dem Weg zur Notarin rufe ich Ingmar an. Er geht sofort ans Telefon. Im Hintergrund höre ich seinen Schlagersender, also ist er in der Werkstatt.

»Rate, was ich gerade tue.«

»Na? Eis essen?«

»Vielleicht nachher auch noch. Erst mal werde ich gleich den Hof verkaufen.«

»Oha.« Der Radiosender wird leiser. »Soll ich dir Glück wünschen?«

»Geht schon. Ist ja nur eine Unterschrift.«

»Ich verrate Oleg, dass du schon wieder ›Geht schon‹ gesagt hast. Freuen sich alle, dass du Montag wieder da bist.«

»Ich mich auch. Wie ist das Wetter?«

»Muckelig warm, weißt doch, wie es hier ist. Gestern hatten wir ein prächtiges Gewitter.«

Ein kühler Windhauch streicht mir über die Arme, die Luft ist klar und riecht nach Salz. »Sommer halt«, sage ich.

Die Kanzlei liegt in einem der wenigen modernen Gebäude am südlichen Ortsrand. Ich bin in den letzten Tagen bestimmt zehnmal daran vorbeigefahren, doch erst jetzt nehme ich es wirklich wahr. In großen blauen Lettern prangt der Namenszug an der Glasfassade.

Jetzt hätte ich gern Jasper an meiner Seite. Oder Anne. Sogar Caroline, auch wenn die mir im Moment wie jemand aus einem anderen Leben erscheint. Aber ich bin allein.

Ich straffe die Schultern und drücke die Glastür auf.

Klare Kanten und gerade Linien auch im Inneren. Viel gebürsteter Edelstahl, viel Beton. Es ist kühl.

Hinter dem Empfangstresen arbeitet eine Frau, ungefähr in meinem Alter. Sie sieht auf, als ich herantrete.

»Maira Jakobs. Ich habe einen Termin bei Frau Gerken.«

Sie bittet mich um meinen Ausweis, um ihn zu kopieren, und teilt mir mit, Herr Großkreutz verspäte sich um einige Minuten. »Mögen Sie einfach so lange Platz nehmen?« Zwei tiefe schwarze Ledersofas mit Edelstahlrahmen stehen zu ihrer Linken. »Kann ich Ihnen einen Kaffee bringen?«

Mein Herz hämmert auch ohne Koffein bereits spürbar, aber ich nicke. Vielleicht weil ich meine Hände um etwas Warmes legen will.

»Kommt sofort.«

Ich grabe mein Smartphone aus der Handtasche und rufe Carolines Chat auf. **Sitze beim Notar und unterschreibe gleich den Hausverkauf. Bis nächste Woche!**

Die Nachricht bleibt ungelesen, natürlich bleibt sie das. Es ist vormittags halb zwölf, sie arbeitet um diese Zeit.

Eine freundlich wirkende grauhaarige Frau in blauem Hosenanzug kommt auf mich zu. »Frau Jakobs?«

Ich stehe auf.

»Elisabeth Gerken. Schön, dass Sie da sind.« Einen Moment lang betrachtet sie mich. Gerade als es beginnt, mir unangenehm zu werden, sagt sie: »Sie haben sehr viel Ähnlichkeit mit Ihrer Mutter. Aber das hören Sie sicherlich nicht zum ersten Mal.«

Zum Glück scheint sie keine Antwort zu erwarten.

»Ihre Mutter und ich, wir waren zusammen im Elternrat vom Kindergarten. Ich bin die Mutter von Kai.«

Ich erinnere mich an keinen Kai.

»Aber das ist lange her. Wie geht's der Frau Mama denn?«

»Sie ist gestorben.« Ich warte nicht auf die übliche Reaktion von Beileidsbekundungen und Nachfragen, sondern ergänze: »Sie hatte schnell fortschreitenden Alzheimer.«

»O nein, das … Maira, Frau Jakobs, meine ich, das tut mir sehr, sehr leid. Mein Beileid.«

»Ist schon lange her.«

»Trotzdem, wie schrecklich. Das tut mir wirklich, wirklich leid. Ihre Mutter war ein ganz, ganz feiner Mensch.«

»Danke.«

»Ich erinnere mich an diesen einen Winter, in dem wir

zusammen Schneemänner und Iglus gebaut haben. Sie hatte immer so gute Ideen.«

Vage regt sich zwischen all meinen verschütteten Erinnerungen eine an einen ausgehöhlten Schneeberg auf unserem Hof. Auf einer Seite hat er ein paar Stufen, auf der anderen eine kleine Rutsche. Zusammengekauert hocke ich mit einem anderen Kind zusammen im Inneren. Ich hätte angenommen, es sei Jasper, aber vielleicht war es auch dieser Kai. Mamas Gesicht erscheint im Eingang, ihre Nase ist ganz rot. »Braucht hier jemand eine heiße Schokolade?«

Ich schüttele das Bild ab und zwinge mich zum Lächeln. »Das hatte sie.«

»Wie ist sie denn gestorben? Wenn ich das fragen darf.«

»Ein Unfall.«

»Wie gesagt, mein tief empfundenes Beileid.«

Ihre Angestellte bringt Kaffee und meinen Ausweis.

Frau Gerken hält die Tasse, während ich den Ausweis verstaue. Dann öffnet sie einen Arm zu einer einladenden Geste. »Herr Großkreutz kommt sicherlich gleich. Wir können schon mit den Formalitäten anfangen. Wollen wir dann?«

Meine Schritte sind leicht, als ich auf den Hof zurückkehre. Auch mein Herz ist leicht.

Wie es so oft mit großen Entscheidungen ist, erscheinen sie einem vorher wesentlich bedrohlicher als in dem Moment, in dem es kein Zurück mehr gibt. Man kann keine Angst mehr haben, wenn das in diesem Augenblick Schlimmstmögliche schon eingetreten ist. So war es damals, als Mama starb, und so ist es heute.

Damals habe ich mich von einem Menschen verabschiedet, von meiner Unschuld, von Soeterhoop. Auch dieses Mal verabschiede ich mich von Menschen und von Träumen, von dem, was ein anderes Leben für mich bereitgehalten hätte. Und wieder lade ich damit Schuld auf mich.

Aber ich habe das Richtige getan. Das weiß ich, als ich auf das Grundstück der Sperlingskate einbiege.

Annes Fahrrad steht vor der Tür, aber sie selbst ist nicht zu sehen. Etwas ist anders, als ich das Haus betrete, als würde es selbst befreit aufatmen.

Ich klopfe auf die Zarge der Eingangstür. »Anne?«

Und da höre ich es. Ganz leises Kichern und gleich darauf ein kleines Klappern. Keine Geister, die Geister der Vergangenheit dürfen ruhen.

Vielleicht sollte ich verärgert sein, weil ich doch eindeutig klar gemacht habe, mit Abschieden überfordert zu sein. Aber ich bin nur froh, dass ich auch ein Kinderkieksen aus der Wohnküche höre. »Anne?«, rufe ich noch einmal.

Wieder dieses helle Kichern. Niki? Miles? Eins von Annes Kindern?

Anne steht am Herd, Jasper am Fenster, eine Flasche alkoholfreies Bier in der Hand. Auf dem alten Sofa kabbeln sich Jaspers Kinder mit den beiden von Anne. Sogar Herr Bartelsen ist hier. Thommy. Und Jaspers Eltern, beide. Ich versuche, Überraschung zu heucheln, dass sie alle in der Küche stehen, in meiner Küche, alle Menschen, die mir hier lieb und teuer geworden sind. Aber ich bin zu gerührt, um überzeugend Theater spielen zu können. Immerhin gelingt es mir, Jasper streng anzusehen. »Was tut ihr hier alle? Ich meine, das ist toll, aber …«

»Sorry«, sagt Anne. Sie wenigstens wirkt zerknirscht. »Ich weiß, du wolltest keine Abschiedsfeier. Aber wir konnten dich doch nicht einfach verschwinden lassen …«

Jasper löst sich, kommt zwei Schritte auf mich zu und nimmt mich in den Arm. »Das wirst du einsehen.«

Ich bin so gerührt, ich heule ein bisschen in sein T-Shirt. »Tu ich.«

»Jetzt lass uns die Kleine auch mal knuddeln, Junge.« Das ist Frank, Jaspers Vater. Seine Haare sind grau, und die Haut ist faltig, aber er ist immer noch derselbe Frank, der mir als Kind das Meer geschenkt hat. Er lächelt und breitet die Arme aus. »Maira. Ich wollte mich doch wenigstens von dir verabschieden, wenn wir uns schon vorher nicht gesehen haben. Komm uns bald wieder besuchen, ja? Du bist immer willkommen.«

Anstatt ihn nun auch noch zu umarmen, bleibe ich stehen und sehe in die Runde, in ein Gesicht nach dem anderen. Herr Bartelsen lächelt mir zu und ich lächle zurück.

Andrea huscht zu Anne und flüstert etwas.

Anne nickt. »Eigentlich musst du noch mal die Augen schließen, Maira.«

»Jetzt?«

»Ja!«, krähen mindestens zwei der Kinder. »Mama, kommt jetzt die Überraschung?«

»Soll ich dir die Augen zuhalten?«, fragt Jasper.

»Kriege ich schon selbst hin, danke.« Also kneife ich die Augen zu, während es um mich herum huscht und tuschelt und raschelt und zischt.

»Augen auf!«, sagt Nikita.

Alle vier Kinder stehen Weihnachtsengeln gleich nebeneinander und halten Wunderkerzen in den Händen. Dahinter trägt Anne eine riesige, rechteckige Torte mit den Worten *Auf Wiedersehen, Maira* in Zuckerschrift.

Die Wunderkerzen brennen knisternd runter. Als die letzte verloschen ist, räuspere ich mich. »Ich hab's nicht gemacht.«

Stille.

Anne und Jasper fragen gleichzeitig, was ich meine.
»Ich hab nicht unterschrieben. Ging nicht.«
Jasper lacht als Erster los, Miles stimmt krähend ein, obwohl er vermutlich noch nicht wirklich versteht, was seinen Vater so erheitert. Anne kiekst beim Lachen wie früher. Bäd Bartelsen lacht so dröhnend, wie ich es ihm nie zugetraut hätte. »Sie hat nicht unterschrieben.«
»Ging nicht.«
Wir essen Torte von den Flohmarkttellern, die ich für den Entrümpler zurückgelassen habe. Dazu trinken wir Sekt aus Tassen mit Sprung und Senfgläsern, die dasselbe Schicksal ereilen sollte.
»Und jetzt?«, fragt Jasper mit vollem Mund, als ich bereits so überzuckert bin, dass ich beinahe doppelt sehe.
»Kau runter«, sagt Anne und Nikita kichert.
Jasper hebt einen Daumen in Richtung seiner Tochter, dann sieht er wieder mich an. Abwartend.
»Keine Ahnung. Ich bin doch nur Gast bei eurer Party. Was macht ihr sonst zur Sonnenwende?«
»Lagerfeuer am Strand«, erklärt Kalle. »Aber wir waren uns alle einig, das heute lieber hier anzuzünden.«
»Okay.«
»Und du bist ja wohl kein Gast in deinem eigenen Haus«, sagt Anne. »Wär noch schöner.«
Jasper nickt. »Ich meinte, was wirst du jetzt tun? Mit dem Haus? Mit deinem Leben?«
»Ich bin mir nicht sicher«, gebe ich zu. »Glaube, ich kann jetzt auch nicht darüber nachdenken.«
Kalle und Herr Bartelsen, den ich wohl endlich Thommy nennen sollte, wechseln einen Blick und erheben sich gleichzeitig von ihren Plätzen.
Und weil ich finde, dass es Zeit wird, den Zugang von der

Küche zum Garten wieder zu öffnen, hole ich den Akkuschrauber aus dem Auto.

Dann steht die Terrassentür, die Jasper und ich vor so vielen Jahren verbarrikadiert haben, offen und lässt Innen und Außen ineinanderfließen. Kalle und Thommy diskutieren über die Windrichtung und Zunder und Rauch ziehen herein. Er legt sich über die alten Spuren von Brandgeruch und macht sie zu etwas, das schlicht zu einem Lagerfeuer am Mittsommerabend gehört.

Wir tragen Decken hinaus, Speisen, Getränke. Jemand klappt die alten Gartenstühle auseinander. Das Feuer brennt. Wir sitzen, und wir singen und wir reden, und ich gehöre dazu.

»Deiner Mutter hätte das gefallen«, sagt Thommy Bartelsens Stimme neben mir.

»Glaub ich auch.«

»Ich hätte mir damals gewünscht, dass wir so was auch gemeinsam erleben. Sie und ich. Und du natürlich. Wäre anders gewesen.«

»Das wäre es.« Doch was wissen wir schon, was in einem anderen Leben gewesen wäre. »Trotzdem kann ich mir … dich irgendwie nicht als meinen Stiefvater vorstellen. Aber wer weiß, vielleicht hätte ich mich dran gewöhnt.«

Er lächelt und erinnert mich dabei ein winziges bisschen an Ingmar. In einer anderen Welt wären wir uns näher. Jetzt gerade jedoch finde ich, diese meine Welt, so angekratzt sie auch sein mag, ist die schönste von allen.

Als die Sonne ihre letzten rötlichen Strahlen über die Baumwipfel schickt, legt Kalle noch ein Holzscheit aufs Feuer. »Das war's. Wer mehr will, muss sammeln gehen.«

Aber niemand rührt sich, bis auf Fritzi und Finn, die immer noch kreischend durch das hohe Gras der Obstbaumwiese toben. Miles ist, angelehnt an seinen Großvater, eingeschlafen. Nikita gähnt.

Nach und nach machen sich alle auf den Heimweg, auch wenn sich die überdrehten Zwillinge kaum einfangen lassen. Andrea und Frank nehmen ihre Enkel mit. Schließlich sind nur noch wir drei übrig, Anne, Jasper und ich.

Anne sitzt im Schneidersitz auf der Picknickdecke, meine Füße in ihrem Schoß. Mein Kopf liegt auf Jaspers ausgestreckten Beinen, die Erde trägt mich.

Wir sprechen über alles Mögliche, vom Bauen und Umbauen mit natürlichen Baustoffen bis zu meinen interessantesten Aufträgen, von den Kindern, denen Anne auf die Welt geholfen hat, bis zu Jaspers und Annes eigenen Kindern. Zwischendurch schweigen wir ein gutes Schweigen, während Schwalben und Möwen den dunkler werdenden Himmel durchmessen. Jasper und ich erzählen Anne von unserem Ausflug, und sie gibt beinahe überzeugend vor, nicht eifersüchtig zu sein.

Jasper krault mir die Haare, ich lasse es geschehen. Heute Abend ist es egal, was wir füreinander sind, waren oder sein könnten.

»Du könntest das Haus als Sicherheit für einen Kredit nehmen«, sagt Anne in die aufsteigenden Funken des verlöschenden Feuers hinein.

Ich murmele Unentschiedenheit. Ich habe keine Ahnung, wie es weitergeht. Ich weiß nur, dass ich nicht mehr so tun kann, als gehörte Soeterhoop nicht zu mir. Als gehörte das Mädchen, das ich war, nicht zu mir.

Jaspers Hand streicht mir die Haare aus der Stirn, sein Daumen fährt über mein Kinn.

»Du könntest bleiben.«

»So einfach ist das nicht.« Den ganzen Abend über habe ich

den Blick auf mein Smartphone vermieden. Es liegt im Auto, in der Seitentasche meines Rucksacks auf dem Beifahrersitz.

»Ich meinte es neulich ernst, als ich angeboten habe, dir zu helfen, Aufträge an Land zu ziehen, falls du dich hier selbstständig machen willst.«

»Das ist doch eine gute Idee!« Anne sagt das, als hätte Jasper soeben die Kernfusion erfunden.

Er betrachtet mich und ich betrachte ihn. Aus meiner seltsamen Perspektive hat er ein Doppelkinn, und das unregelmäßige Flackern der letzten Flammen wirft seltsame Schatten auf sein Gesicht.

Ich hebe die Hand, berühre seinen kratzigen Kiefer und denke, dass ich Jasper wirklich, wirklich gernhabe. Anne auch, natürlich. Aber anders.

»Bleib«, sagt er.

»Ich kann nicht. Bisher habe ich Ingmar nicht mal gestanden, dass ich vor der Unterschrift gekniffen habe. Ich wette, er hat den Sekt schon kalt gestellt und ich komme am Montag mit leeren Händen an. Er wird unglaublich enttäuscht sein. Er wünscht sich so, dass ich den Laden übernehme, und mit dem Geld aus dem Hausverkauf …« Das Feuer knistert und zischt.

»Wie gesagt«, nimmt Anne ihren Faden von vorher wieder auf, »du könntest es immer noch belasten.«

»Wahrscheinlich wird mir nichts anderes übrig bleiben.«

Sie gähnt und hebt meine Unterschenkel von ihren Beinen. »Ich muss los. Morgen früh ist die Nacht zu Ende. Tut nichts, was ich nicht auch tun würde. Jasper, wir sehen uns die Tage. Und Maira, ich brauche dringend noch eine sehr lange Umarmung, bevor du wieder verschwindest.«

Ich stehe auf und umarme sie. Lange.

»Lass von dir hören.«

»Du auch.«

»Und erzähl uns, was du mit dem Haus vorhast.«

»Mach ich.«

»Und schreib, wenn du angekommen bist. Und ...«

»Geh jetzt, sonst heule ich.«

Sie geht. Ich heule und flüchte mich zurück zu Jasper, der inzwischen auch aufgestanden ist.

»Niki und Miles sind bei meinen Eltern«, sagt er. Sein Atem ist warm an meinem Kopf. »Soll ich heute Nacht hierbleiben?«

»Weiß nicht«, sage ich und erkläre ihm, dass ich nur einen Schlafsack besitze, den ich bereits eingepackt habe. Dass ich nicht vorhatte, je wieder in diesem Haus zu schlafen.

»Gibt doch noch Matratzen, oder? Und Decken?«

Während wir die Matratze aus meinem alten Jugendbett auf den Boden legen und danach die aus dem Gästezimmer ebenfalls herüberschleifen, denke ich darüber nach, ob Jasper wohl erwartet, dass wir miteinander schlafen. Immerhin hat er mitbekommen, wie ich mit dem Typen am Strand was angefangen habe. Doch Jasper und ich haben gerade erst unsere Freundschaft wiedergefunden, ich möchte daran nichts ändern.

Wir bauen das Bettenlager wie früher unter der Dachgaube auf, mit Blick auf den Mond hinter dem Birnbaum. Doch weder blickt er hinaus noch ich. Stattdessen liegen wir beide einander zugewandt auf der Seite und sehen uns an.

Auf eigenartige Weise schwimmen Vergangenheit und Gegenwart ineinander.

»Ist es seltsam für dich, hier zu übernachten?«

»Nein.« Ich bin selbst erstaunt. »Letzte Woche hätte ich es noch für unmöglich gehalten. Aber es ist ein gutes Gefühl.«

Er liegt auf der Seite, den Kopf auf den Arm gelegt, und betrachtet mich aufmerksam, während ich nach den richtigen Worten suche.

»Wahrscheinlich hat es auch damit zu tun, dass ich nicht allein bin. Ohne dich wäre es vielleicht schwieriger. Aber …« Das Haus scheint zu summen, die Wände hüllen uns in die Wärme, die sie tagsüber eingesammelt haben. »Ich fühle mich hier geborgen.«

»Ich auch. Ich würde noch was dazu sagen, wenn es nicht so albern wäre.«

»Sag's.«

»Nein.«

»Jasper!«

»Du würdest dich kaputtlachen.«

»Würde ich nie.«

Er lächelt derart verschämt, dass ich ihn gleich noch dreimal lieber mag. »Okay. Ich wollte sagen, dass das Haus lange auf dich warten musste. Jetzt freut es sich bestimmt, dich beherbergen zu dürfen. Siehst du, du lachst.«

»Bestenfalls schmunzle ich. Ein bisschen. Der Jasper, den ich kannte, hätte sich eher die Zunge abgebissen, als so was Spinnertes zu sagen.«

»Er hat inzwischen Kinder. Die haben ihm was über Magie beigebracht.«

»Ich habe kürzlich was ganz Ähnliches zu Anne gesagt. Was das Haus angeht, meine ich. Dass es lange gewartet hat.«

»Ich auch.« Pause. »Achtzehn Jahre. Allerdings war mir das selbst nicht klar.«

»Ich weiß, was du meinst«, sage ich so leise, ich kann es wohl nur selbst hören.

Jasper hebt den Arm und streicht mir mit dem Zeigefinger über die Augenbrauen.

Meine normale Reaktion wäre, ihn meinerseits zu berühren, sein Gesicht zu erforschen, seine Schultern, seinen Bauch. Einen anderen Mann an einem anderen Tag würde ich küssen, hätte er so hübsche Lippen wie Jasper. Und dann würde ich mich an ihn schmiegen, die Grenzen niederreißen, und unsere Körper würden die Führung übernehmen. Sich aneinanderreiben, erregen, reizen, erlösen. Ich würde noch ein paar Minuten bleiben, vielleicht auch kurz einschlafen, und mich im Schutz der Nacht davonstehlen.

Aber dies ist Jasper, und ich will, was auch immer das hier ist, nicht zerstören.

Ich spüre der Zartheit seiner Berührung hinterher. Sein Finger kreist über meine Schläfe, zeichnet meinen Haaransatz nach. Die Nase hinunter. Verharrt an der Oberlippe.

Ich küsse seine Fingerspitze, er lächelt. Tief in meinem Körper springt der Autopilot an. Es wäre leicht, mit Jasper zu schlafen.

Mit einer schnellen Bewegung ziehe ich meine Decke höher, bis über unsere Köpfe. Jaspers Hand verschwindet. In der warmen Finsternis der Höhle flüstere ich: »Ich bin mir nicht sicher.«

»Worüber?« Im Dunklen höre ich das leise Kratzen in seiner Stimme umso deutlicher, spüre seinen Atem auf meiner Haut umso stärker.

»Normalerweise hab ich Sex mit Männern, mit denen ich zusammen bin. Oder mit welchen, die mir nichts bedeuten. Du passt nicht ins Muster.«

»Das heißt, ich bedeute dir etwas?«

»Ähm. Ja?«

Er schweigt.

Ich bedaure, sein Gesicht nicht sehen zu können.

Wir atmen in die Dunkelheit.

Nach einer langen Weile sagt Jasper: »Wir müssen keinen Sex haben. Ich bin gern einfach so hier mit dir.«

»Klar müssen wir nicht. Aber ich will. Und du willst, oder?«

»Ich war schon mit fünfzehn scharf auf dich. Ich will ziemlich … dringend.« Er lacht leise und ich lache auch in diese schützende Dunkelheit.

»Was sind wir, Jasper?«

»Freunde, die deine Abschiedsnacht feiern?« Er schlägt die Decke zurück, Mondlicht fließt über seine Schultern. Ich robbe nach vorn und küsse ihn. Bartstoppeln, Wärme, Verlangen. Jasper.

Er erwidert meinen Kuss. In einer fließenden Bewegung rollt er auf den Rücken und zieht mich auf sich.

Unsere Bewegungen passen zu der Traumlandatmosphäre hier in meinem alten Kinderzimmer unter dem Mondlicht. Wir berühren, streicheln, küssen. Wenn ich schneller werden will, wird Jasper langsamer. Die Lust baut sich allmählich auf, eine Welle, die anschwillt, erst zart und unmerklich, das Mondlicht glitzert auf ihr, schillernde Stichlinge schießen durch die Fluten, und die kleinen Krustentiere knistern. Dann braust sie gewaltiger, unaufhaltbar. Ich höre auf, kontrollieren zu wollen, ich gebe mich Jaspers Berührungen hin, seinen Küssen, dem Kratzen seines Barts zwischen meinen Beinen, lasse mich niederdrücken von seinem Gewicht, bis die Welle zusammenschlägt und mich weich und verwundbar zurücklässt.

Jasper sinkt auf mich, schwer und warm.

So liegen wir eine ganze Weile, bis ich ihn wegschiebe, weil er einschläft und mir die Lunge zusammendrückt. Ich schmiege mich an ihn, halb auf, halb neben ihm, und höre seinem Herz beim Schlagen zu.

»Würde ich nicht siebenhundert Kilometer weit weg wohnen, meinst du, wir wären mehr als Freunde, die meine Abschiedsnacht miteinander verbracht haben? Meinst du, wir hätten eine Chance?«

Er brummt schläfrig. »Das käme wohl darauf an, was wir beide wollen.«

Bevor ich die richtige Antwort darauf gefunden habe, schlafe ich ein, in Jaspers Arm.

Hamburg, vor acht Jahren

Ihr Onkel war blass unter der Sonnenbräune, die er aus Malawi oder von wo auch immer mitgebracht hatte. Ungefähr dieselbe Farbe hatte sein Gesicht wie die Urne, die er vor sich hertrug, als würde sie jeden Moment explodieren und Oma Gittis Asche in alle Winde verteilen.

Neben Mischa ging der Bestatter, ein großer Mann mit einem schwermütigen Gesicht. Dahinter zwei Nachbarinnen, die Maira erkannte. Eine Menge grauer und weißer Haare, vermutlich Oma Gittis Bridgeclub, Häkelclub, Buchclub, Turnverein. Eine Menge Taschentücher, Geschnäuze, Armtätscheln. Und dazwischen Maira.

Sie erreichten eine Wiese mit vereinzelten Gräbern und einem Loch, um das sich alle aufstellten. Der Bestatter in der Mitte.

»Lieber Herr Jakobs.« Er sah Mischa an. »Liebe Frau Jakobs.«

Sie seien hier zusammengekommen, um sich von Brigitte Jakobs zu verabschieden, die nach einem erfüllten Leben friedlich heimgegangen sei. Maira betrachtete die kleine weiße Urne in den Händen ihres Onkels. Brigitte Jakobs habe viel Trost im Glauben gefunden und ruhe nun bei Gott, möge das zum Trost dienen. Und Herr Jakobs wolle auch noch etwas sagen.

Mischa trat überflüssigerweise einen Schritt nach vorn. »Meine Mutter war kein einfacher Mensch.«

Murmeln rechts und links von Maira.

»Manche würden sogar das für eine Untertreibung halten und behaupten, in Wirklichkeit wäre sie ein Drache gewesen.« Er sah Maira an und lächelte unfroh. »Das klingt gemein, und man soll nicht schlecht über Tote sprechen, aber ich bin sicher, Mutter wäre die Erste, die es verstanden hätte, stolz und unbeugsam, wie sie war. ›Aber hallo, kann ich Feuer spucken‹, hätte sie früher gesagt. Seit dem Tod meiner Schwester hatte ich nicht mehr viel Kontakt zu Mutter, was wohl an uns beiden lag. Unser Verhältnis, das haben einige von Ihnen sicherlich mitbekommen, war nicht immer das Beste. Umso erfreuter bin ich, zu sehen, dass sie doch so viele Menschen um sich hatte, denen sie etwas bedeutet hat. Danke, dass Sie alle gekommen sind, um meiner Mutter das letzte Geleit zu geben.«

Schniefen und Schnäuzen von all den Menschen, die Maira nicht kannte. Sie selbst zog auch die Nase hoch. Die Urne in Mischas Händen war so klein.

Der Bestatter nahm sie von Mischa entgegen und senkte sie an Schnüren in den Boden. Es gab Blütenblätter in einem Korb. Mischa trat an das Loch mit der Urne, blieb kurz stehen und ließ ein paar Blütenblätter hineinrieseln.

Maira konnte seinen Gesichtsausdruck nicht deuten, als er wieder aufsah. Fragend blickte er sie an, sie schüttelte den Kopf. Oma Gitti und sie hatten sich das Leben immer nur gegenseitig schwer gemacht.

Eine nach der anderen der weißhaarigen Frauen folgte Mischa, hing einen Moment ihren Gedanken nach, streute Blütenblätter in das Loch.

Dann würde der Bestatter das Loch wieder abdecken, man würde Erde auf die Urne schütten, und das war's dann mit Oma Gitti. Aus einem Impuls heraus stellte Maira sich doch in die Schlange.

Als sie an das Loch trat, war von der Urne bereits nichts mehr zu sehen. Nur Blütenblätter. Auf der gegenüberliegenden Seite des Lochs, am oberen Rand von Mairas Blickfeld, Mischas Beine, schwarze Schuhe im Gras, schwarze Jeans.

Sie starrte in das Loch, auf die Blütenblätter, die die Urne mit der Asche verbargen. Die Blätter in ihrer Faust wurden schwitzig und weich, sie ließ sie in das Loch zu all den unversehrten Blütenblättern fallen. Drache, dachte sie. Und dann an das Gutenachtlied, mit dem ihre Mutter sie früher ins Bett gebracht hatte. Das, das Oma Gitti schon für ihre Kinder gesungen hatte. Auf Wiedersehen, Oma Gitti. Schlaf gut.

Die Melodie in ihrem Kopf trieb ihr die Tränen in die Augen. Um Mama, und um Oma Gitti und auch darum, dass Mischa ihr so fremd geworden war.

Jemand, eine von den Nachbarinnen, gab ihr ein Taschentuch. Mischa versuchte, sie zu trösten, aber er hatte sie schon einmal verraten, und sie stellte ihre Stacheln auf und weinte allein weiter.

Frankfurt, Ende Juni

Die Frankfurter Luft ist schwülwarm und klebrig. Meine Nase setzt sich beim Radfahren zu, und ich bin bereits das erste Mal durchgeschwitzt, als ich morgens halb sieben bei der Arbeit ankomme.

Das Werkstatttor ziert ein großes papiernes Banner mit einem der Logo-Entwürfe, die ich Ingmar neulich geschickt habe. *Jakobs Räume. Willkommen zu Hause, Maira.*

Ingmar sitzt mit einer Tasse Kaffee auf einem alten Stuhl und strahlt mir entgegen. Olegs Moped knattert hinter mir auf den Hof, Gabi kommt aus dem Laden.

Mir ist schwindelig und ein bisschen übel.

Warum habe ich Ingmar nicht sofort angerufen, als ich das Notariat verlassen hatte? Warum bin ich so ein elender Feigling?

»Hi.«

Ich stelle das Fahrrad ab.

»Macht sich gut, oder?« Ingmar deutet auf das handgemalte Logo.

»Ich muss dir was sagen.« Und dann heule ich einfach los, als wäre ich dreizehn und überfordert, vor Ingmar, vor Gabi, vor Oleg und vor Stefan und Thao, die jetzt ebenfalls dazukommen.

»Hey, Küken. Was ist los?«

»Ich kann die Firma nicht übernehmen.« Bis zu diesem

Moment wusste ich nicht, dass ich das sagen würde. Und weil das, was ganz tief aus der Seele kommt, oft besonders viele Gefühle mit hochschwemmt, schluchze ich gleich noch ein wenig lauter. Aber meine Worte sind klar. »Ich geh zurück nach Soeterhoop. Es tut mir leid, Ingmar. Ich will dich nicht enttäuschen, aber ich muss das tun.«

»Ach, Kleine.« Gabi umarmt mich und winkt Ingmar dazu.

»Es tut mir wirklich, wirklich leid. Ihr habt euch auf mich verlassen, und ich weiß euer Vertrauen auch zu schätzen und fühle mich jetzt wie die letzte Verräterin auf …«

»Du schnodderst«, sagt Oleg.

»Klappe.« Ich löse mich aus Gabis Umarmung und wische mir die Tränen ab. »Scheiße. Ich …«

»Ist doch alles gut«, sagt Ingmar, bevor ich erneut loslegen kann.

»Ist es nicht.«

»Ich würde sagen, wir setzen uns alle mal 'ne Runde in die Werkstatt, was?«, sagt Gabi.

Ingmar öffnet die Tür, und das Papierbanner weht traurig hinter uns her, als wir ins kühle Innere gehen. Meine Knie sind von dem Geweine ganz weich.

Gabi nötigt mich, auf einer Couch Platz zu nehmen, die bei meiner Abreise noch nicht hier war. Dann soll ich erzählen, also berichte ich von meinem Besuch bei der Notarin und davon, meine Freunde wiedergefunden zu haben. Anfangs kommen die Worte stockend, aber dann immer flüssiger.

Als ich alle mindestens eine halbe Stunde lang von der Arbeit abgehalten habe, zieht Ingmar mich ruppig an sich. »Die anderen gehen jetzt arbeiten. Und wir beide trinken ein Bier.«

»Es ist sieben Uhr morgens.«

»Dann einen Kaffee.«

So kommt es, dass Oleg und Stefan sich ohne mich an die

Arbeit machen, Gabi und Thao ins Büro verschwinden und Ingmar und ich uns mit Kaffee auf den Hof setzen.

»Ich weiß, dass ich dich enttäuscht habe. Und es tut mir so, so leid.« Offensichtlich bin ich immer noch nicht fertig mit der Selbstkasteiung, wenn das die ersten Worte sind, die mir einfallen.

Aber Ingmar hebt die Hand. »Jetzt ist es mal gut. Jetzt hörst du mir mal zu.«

»Okay«, sage ich piepsig.

»Gabi und ich, wir wollten nicht nur unser Geschäft in gute Hände legen, wir wollten auch – und vor allem! – dir etwas Gutes tun. Ich meine, wir können uns doch nicht einfach davonmachen, ohne dafür zu sorgen, dass es dir gut geht.«

Ich öffne den Mund und schließe ihn wieder.

»Als du damals zu uns kamst, warst du wie ein kleiner, struppiger, wilder Vogel, der zu früh aus dem Nest gestoßen wurde. Und sosehr du dich bemüht hast, ein bisschen was davon ist immer geblieben. Wir waren nie ganz sicher, ob du nicht irgendwann deine Schwingen ausbreiten und davonfliegen würdest. Gabis Worte übrigens, nicht meine.«

Ganz sicher bin ich mir nicht, ob ich die Vorstellung von mir als struppigem Jungvogel mag.

»Entgegen aller Erwartungen bist du geblieben und wir waren froh darüber. Aber wenn es dich jetzt zurück an die Ostsee zieht, Maira, dann wären wir die Letzten, die dich halten würden. Wir wollen doch nur, dass es dir gut geht. Was es ja nun, wie es den Anschein hat, tut. Wär ich ein bisschen poetischer veranlagt, würde ich sagen, du hast da oben was wiedergefunden, das du vor vielen, vielen Jahren verloren hast. Und das freut mich.«

»Wenn ich nicht schon den ganzen Morgen geheult hätte, würde ich gleich wieder anfangen.«

Ingmar lächelt.

Und ich muss erneut weinen. Denn ganz egal, was er sagt: Er hat gehofft, dass ich sein Lebenswerk weiterführe. Und jetzt lasse ich ihn allein.

Er kramt eine zerknautschte Taschentuchpackung aus der Brusttasche seiner Latzhose und reicht mir eins.

Ich schnaube, und dann noch mal, weil ich meiner Stimme noch nicht wieder traue. »Danke, Ingmar. Für alles. Für all die Jahre. Dafür, dass ihr mich damals aufgefangen habt. Ich werde euch das nie vergessen.«

»Na, na.« Er nimmt die Brille ab und wischt sich über die Augen.

»Kommt ihr mich in Soeterhoop mal besuchen?«

»Was denkst du denn? Es wird die erste Station auf unserer Reise werden. Sobald wir einen Nachfolger gefunden haben, natürlich. Und du fängst jetzt nicht wieder an mit Entschuldigungen.«

Dieses Mal nehme ich ihn in den Arm. Ein bisschen Kaffee spritzt auf meine Arbeitshose. »Danke, Ingmar.«

Abends treffe ich mich mit Caroline zu unserer Joggingrunde an der Nidda. Ich habe ihr noch nicht gestanden, dass sie die bald allein absolvieren muss. Doch um Caroline muss ich mir keine Gedanken machen; sie mag Menschen, sie findet die Leute, die sie braucht. Und, denke ich, die sie brauchen.

»Caro?«

»Hm?«

Wir laufen schnell heute, sie klingt außer Atem. Ich bin es auf jeden Fall. Und gleichzeitig seltsam rührselig.

»Danke.«

»Wofür?«

»Dass du meine Freundin bist.«

»Äh … gern.« Sie wird langsamer, und ich schließe mich ihr an, bis wir nur mehr gehen. Sie streckt die Arme über den Kopf. »Woher kommt der Gefühlsausbruch auf einmal?«

»Es musste einfach mal erwähnt werden«, sage ich, während ich meine Waden dehne. »Damit du weißt, wie wichtig mir deine Freundschaft ist, auch wenn ich es vielleicht nicht immer gezeigt habe.«

»Gott, bist du süß.«

»Süß.«

»Sehr.«

»Ich zieh nach Soeterhoop.«

»Was? Wie cool ist das, bitte? Auf diesen alten Hof, mit dem du angeblich nie wieder was zu tun haben wolltest?«

Ich nicke.

»Das nenne ich mal einen Sinneswandel.« Sie lächelt mich an, mit so ehrlicher Mitfreude, dass ich nicht anders kann, als zurückzulächeln. »Wie kam das? Und weiß Ingmar schon davon?«

Ich berichte von unserem Gespräch, vor dem ich so viel Angst gehabt habe und das dann so einfach ging. »Gabi und Ingmar haben versprochen, mich zu besuchen.«

»Das werde ich auch, da kannst du aber damit rechnen.«

»Das wäre schön. Und ich werde natürlich auch ab und zu in den Zug steigen.«

»Das hoffe ich.«

»Halt das Gästebett frei.«

Wir traben wieder an. So leicht fühle ich mich, auf einmal bin ich kein bisschen mehr außer Atem.

»Gibt's einen Mann in Soeterhoop?«

»Keine Ahnung.« Ich sprinte los. »Vielleicht.«

Eines Tages.

Soeterhoop, Anfang Oktober

Die Sonne ist noch warm, aber der Nordwind trägt den Herbst mit sich. Trotzdem trägt Jasper bloß ein T-Shirt zur Arbeitshose, und ich müsste lügen, würde ich behaupten, dass mich der Anblick seiner Arme nicht erfreute. Wir haben nicht wieder miteinander geschlafen. Manchmal denke ich, er will es, und manchmal denke ich, ich will es. Aber bisher sind wir … einfach befreundet. Ich habe Jasper sehr, sehr gern zum Freund, und ich bin mir immer noch nicht sicher, ob ich diese Freundschaft riskieren will, indem wir etwas anderes daraus machen. Er trägt eine Rolle mit altem Teppich aus dem Haus und wirft ihn mit Schwung in einen der bereitstehenden Container.

Mein Hof ist zur Großbaustelle geworden. In der Mitte stehen zwei Container, neben dem Gartenhäuschen lagern diverse Balken und Steine, die man vielleicht wiederverwerten könnte. Das Einzige, was den Baustelleneindruck empfindlich stört, sind die Kinder, die ebenso engagiert Dinge hin und her schleppen wie wir Erwachsenen.

Heute Nachmittag, habe ich Nikita versprochen, darf sie mit dem großen Hammer helfen, eine der Lehmwände herauszuschlagen, um das Arbeitszimmer für Jasper und mich zu vergrößern. »Die ganze Wand?«

»Nein«, habe ich gesagt. »Nur den Lehm und das Stroh zwischen den Fachwerkbalken. Aber erst, wenn das ganze Zeug da in der Ecke draußen ist.«

Umso engagierter ist Nikita nun dabei, Jasper und mir zu helfen. Eben schleppt sie ein Brett nach draußen, das in einem früheren Leben eine Tapetentür war. Miles versucht derweil, die Katze mit Leckerbissen zu sich zu locken.

»Wo soll das hier hin, Maira?«

Ich betrachte Nikitas Last und entscheide: »In den Bauschuttcontainer. Soll ich dir helfen?«

»Nein, das kann ich.«

Das Spannende an alten Häusern wie diesem ist: Man kann sie umnutzen und die Materialien fast alle wiederverwenden. Es gab noch keine Verbundstoffe, keinen Bauschaum, der sich nicht ablösen lässt, oder anderes Plastikzeug. Jasper ist ebenso begierig darauf, mein Haus zu einem Modellprojekt für zirkuläres Bauen, wie er es nannte, zu machen, wie ich es bin, die Scheune zu einer Werkstatt für *Jakobs Räume* werden zu lassen. Mit jedem Stoff, jedem Stück Holz, jeder Fuhre Steine zieht ein Stück Vergangenheit aus. Und mit jedem Plan für einen Raum zieht ein Stück Hoffnung ein.

»Maira, kann ich jetzt die Wand abreißen?«

»Nicht ohne Bauhelm«, sagt Jasper von der Tür aus, bevor ich »Ja« sagen kann. Der Bauhelm ist Niki so viel zu groß, dass ich den Sinn anzweifle, aber sie ist seine Tochter, und es gelten seine Regeln.

Um des guten Vorbilds willen setze ich auch einen Bauhelm auf, dazu hole ich noch zwei Schutzbrillen und Staubmasken. Als Niki und ich loslegen, sehen wir aus wie Außerirdische.

Die Langsamkeit beim Arbeiten mit Kindern ist etwas, an das ich mich erst gewöhnen muss. Ohne Nikitas »Hilfe« wäre ich wohl ungefähr dreimal so schnell. Aber ich hätte auch weniger Spaß. Ihr Stolz auf das, was sie mit ihren Händen und der Kraft ihres Körpers schafft, bringt mir die Magie meiner Anfänge als Handwerkerin zurück.

Mit Karacho lässt sie den Fünf-Kilo-Hammer gegen die Wand donnern, Lehm bricht und rieselt, und Nikita lacht unter ihrer Maske. Ich begnüge mich fürs Erste damit, das Heruntergefallene zusammenzufegen und mit der Kante des Zimmermannshammers die auf dem Holz verbliebenen Lehmreste abzukratzen. Ohnehin ist absehbar, dass ich den schweren Hammer bald übernehmen werde.

»Maira?«, ruft Jasper von unten.

»Was?«

»Kommst du mal eben runter?«

»Reicht es in fünf Minuten? Oder in zehn? Dann braucht Team Abrissbirne eh eine kurze Pause.«

Niki blinzelt hinter ihrer Schutzbrille zu mir herüber, ganz klar bezuckert von meiner Bezeichnung für uns beide.

Jasper murmelt etwas, das ich als Zustimmung nehme.

Ich zeige Nikita den hochgereckten Daumen und sie schwingt wieder den Hammer. Putz spritzt, es staubt.

Über ihren Kopf hinweg, durch den Staub, sehe ich, wie jemand zögerlich den Raum betritt und neben der Tür stehen bleibt.

Ich lasse den Hammer sinken, nutzlos baumelt er am unteren Ende meines Arms.

»Kann ich reinkommen?«, fragt Mischa.

Ich nicke, setze den Bauhelm ab und schiebe die Schutzbrille auf die Stirn. Nikita tut es mir gleich, und ich denke, wie lustig wir aussehen müssen, wir beide.

»Hi«, sage ich. Der Staub macht meine Stimme kratzig. Das Wort steht einen Moment in der Luft. »Lässt du uns mal kurz allein, Niki?«

Misstrauisch betrachtet Jaspers Tochter den Neuankömmling. »Wer sind Sie?«

»Ich bin Mairas Onkel.« Er hockt sich vor sie hin und ist

nun absurderweise ein paar Zentimeter kleiner als sie. »Und du?«

»Nikita.«

»Jaspers Tochter, hm?«

Sie nickt, immer noch misstrauisch.

Ich betrachte das Geschehen wie von außen, bis ich mich fange. »Sagst du Papa, wir kommen gleich runter?«

»Okay.« Sie geht, aber nicht, ohne meinem Onkel einen weiteren durchdringenden Blick zuzuwerfen. Vielleicht hat sie meine Anspannung gespürt.

Mischas ehemals dichte, dunkle Haare sind kurz und grau, auf dem Kopf sind nicht mehr viele davon übrig. Er ist immer noch drahtig, aber er hat Falten bekommen. Natürlich. Er muss fast sechzig sein.

Ich frage nicht, was er hier will, und er macht keine Anstalten, mich zu umarmen, wie wir es früher getan hätten. Er sieht sich um und tritt dabei in den Raum, bei jedem Schritt knirscht es unter seinen Füßen. »ne Menge Arbeit.«

»Ja.«

»Jasper sagt, du richtest dir auch eine Werkstatt ein?«

»Ja. Ich bin Restauratorin.«

Der blöde Hammer hängt immer noch an meiner Hand. Ich lasse ihn auf den Boden fallen. Mit einem dumpfen Geräusch schlägt er in dem Lehmhaufen auf.

Wieder sieht er sich um, vielleicht weil er auch nicht weiß, wie wir das Schweigen der vergangenen achtzehn Jahre überwinden können. Doch dann räuspert er sich. »Andrea hat erzählt, dass du jetzt hier bist. Meine Hoffnung war, mich mit dir aussprechen zu können. Ich hatte ja keine Ahnung, dass ich mitten in einem Umbau lande.«

Wir stehen in Mamas ehemaligem Arbeitszimmer. Ich werde mein Büro hier einrichten, besonders schöne Materialproben kommen hinter die durchlöcherte Fachwerkwand, wo früher das Gästezimmer war.

»Tut mir leid, Maira. Alles damals.«

»Du hast mich bei Oma Gitti geparkt.«

»War scheiße.«

»Und du hast mich alleingelassen.«

»Ich schäme mich heute noch dafür. Auch dass ich nicht gesehen habe, wie schlimm es wirklich war. Vielleicht wollte ich es auch nicht sehen.«

Er zögert, aber ich lasse ihn nicht vom Haken, indem ich ihm irgendwie aushelfe.

»Es ist keine Entschuldigung«, sagt er schließlich, »aber ich glaube, ich konnte es einfach nicht. Es zu sehen, hätte bedeutet, mir einzugestehen, dass ich meiner Schwester nicht helfen kann. Und dir auch nicht. Kannst du mir bitte verzeihen?«

Der Staub in meinem Gesicht kribbelt.

»Oder es zumindest versuchen? Ein bisschen?«

Die Staubkruste in meinem Gesicht bricht auf, als ich lächle. »Ich versuche es. Ein bisschen.« Denn sosehr ich in mir suche, die Wut von damals ist verschwunden. Ich trete auf Mischa zu und umarme ihn, dreckig wie ich bin.

Er drückt mich an sich, bis selbst meine Schadenfreude über seine Lehmstaubklamotten nicht mehr genügt, um die plötzliche Nähe auszuhalten. »Trotzdem hättest du mich mitnehmen können nach Afrika. Oder zumindest irgendwo eine Wohngruppe finden. Am besten mit Therapie. Ich meine, ich hab damals ganz schön einen abbekommen.«

»Ich weiß. Das war daneben. Aber ich war auch noch jung und blöd.«

»Bitte? Du warst fünf Jahre älter, als ich jetzt bin.«

»Das heißt ja nichts.«

»Du hast Kliniken aufgebaut. Erzähl mir nicht, du warst mit einem widerborstigen Teenager überfordert.«

»Ich war mit mir selbst und meinem schlechten Gewissen überfordert. Das hat ausgereicht.«

»Aber du warst der Erwachsene von uns. Du hättest dich kümmern müssen.«

»Hätte ich.« Er seufzt. »Weißt du, ich habe über die Jahre etwas festgestellt. Dieses ganze Erwachsensein, das ist ein Konzept, was sich Kinder ausgedacht haben. Letztlich stochern wir als Erwachsene doch immer noch genauso im Nebel herum und versuchen, irgendwie klarzukommen.«

»Dr. Michael Jakobs, Gründer diverser Kliniken, innovativer Kopf und Kulturbotschafter. Hab ich neulich gelesen.«

»Du hast mich gegoogelt?« Die Erkenntnis scheint ihn enorm zu erfreuen.

»Klar. Alle fünf Jahre oder so.«

»Maira?«, ruft Nikita von unten und Jasper sagt: »Lass Maira mal eine Weile, ja?«

»Sie hat dich adoptiert«, stellt Mischa fest.

»Na ja, ganz so weit ist es noch nicht.«

»Auf jeden Fall ist es schön, dich so zu sehen. Mit der Kleinen.«

»Ich bin gern mit ihr zusammen. Kinder sind nicht nur lästig.« So sinnlos es ist, in der Vergangenheit herumzuwühlen, und so vielversprechend die Zukunft, die Verletzungen von damals wollen ein letztes Mal ausgesprochen werden.

»Ich habe dich nie als lästig empfunden.«

Etwas, das Jasper vor Monaten gesagt hat, fällt mir ein. »Du hattest nur Angst vor der Verantwortung.«

»Auch dafür bitte ich dich um Verzeihung.«

Ich weiß selbst nicht, warum ich die Sache nicht ruhen lassen kann. Was geschehen ist, ist geschehen. Und niemand hat etwas von Vorwürfen. Dennoch höre ich mich sagen: »Wäre ich bei dir gewesen, hätte ich vielleicht irgendwie mit anpacken können. Bei Oma Gitti hatte ich nichts zu tun, als mich in meiner Schuld zu suhlen. Schuld wiegt schwer, wenn man siebzehn ist, weißt du?«

»Auch wenn man neununddreißig ist. Oder siebenundfünfzig.«

Ich versichere mich, dass mich keins der Kinder hören kann, dann sage ich: »Ich habe Mama umgebracht, Mischa. Ich habe die Sicherung an dem Tag nicht ausgeschaltet. Und sie ist gestorben. Damit musste ich jahrelang rumlaufen. Ich war verflucht allein damit. Ich hätte Hilfe gebraucht.«

Mein Onkel ist geschrumpft, während ich gesprochen habe. Und gealtert. »Das hast du …«

»Weißt du, was das wirklich Fiese daran ist? Ich erinnere mich nicht daran, ob es nicht vielleicht doch Absicht war. Ob ich wollte, dass sie stirbt.«

»Maira …«

»Und dann saß ich in diesem Haus, wo alles bürgerlich und abwaschbar war, und konnte mit niemandem reden und nur heimlich weinen … Muttermörderin. In Nienstedten im Kinderzimmer. Mutterseelenallein. Im wahrsten Sinn des Wortes.«

»Du hast …«

»Sag ich doch.«

»O Gott.« Er reibt sich übers Gesicht, sieht zur Decke. »Es tut mir so unendlich leid. Hätte ich das gewusst, ich … Ich bin nicht mal auf die Idee gekommen, du könntest das glauben, sonst hätte ich doch … Ich muss dir was sagen, Maira.«

Karonga, vor 17 Jahren und acht Monaten

Das Telefon klingelte, als Mischa sich eben auf den Weg in die neu gebaute Tuberkuloseklinik machen wollte. Die deutsche Vorwahl ließ ihn erst denken, sein Antrag auf weitere Finanzhilfen wäre endlich bewilligt worden, aber dann stellte er fest, dass es in Deutschland erst halb acht war. Und dass der Anruf aus Soeterhoop kam. Er drängte sein ewig schlechtes Gewissen beiseite und lächelte in das Telefon. »Maira, guten Morgen.«

»Hi.«

»Musst du nicht los in die Schule?« Als gäbe es in ihrem Leben keine anderen Themen als das. Warum fragten Erwachsene Kinder immer nach der Schule? Und warum tat sogar er das mit Maira, die ja nun wirklich anderes zu denken hatte? Genervt über sich selbst seufzte er. »Entschuldige, was für eine bescheuerte Frage. Du rufst kaum nur aus Spaß um die Tageszeit an. Ist alles in Ordnung auf eurer Seite der Welt?«

»Nein.« Sie klang unglücklich.

»Was ist passiert?«

»Nichts.« Von wegen. »Ich … ich muss los in die Schule.«

»Warte«, sagte er schnell. Vielleicht konnte er die Dienstpläne ein bisschen hin und her schieben. Louisa kam allein mit der Einarbeitung der neuen Ärztin klar, und wenn er sich in den nächsten zwei Stunden auf den Weg machte, konnte er morgen den Flieger nehmen.

Sie schwieg.

Er fragte: »Soll ich kommen?«

»Weiß nicht.«

»Wo ist Mama?«

»Schläft, glaub ich. Ich bin im Gartenhaus.«

»Okay.« Er schob die Zeitung zur Seite, um den Kalender freizulegen. »Hör zu, ich muss hier ein bisschen was organisieren, aber ich komme so schnell wie möglich. Spätestens übermorgen bin ich da. Schaffst du es bis dahin?«

»Hm, hm.«

»Wir kriegen das hin, hörst du?« Himmel, glaubte er eigentlich selbst, was er da von sich gab?

»Aber ich will hier nicht weg.«

Er schloss die Augen. Seine Mutter würde nicht begeistert sein, wenn er ihr die Verantwortung für Maira zuschob. Aber es war bloß ein Jahr, dann war Maira achtzehn. Und wer wusste schon, ob die gemeinsame Trauer um Kathi die beiden nicht sogar zusammenschweißen würde. »Darüber reden wir dann, ja?«, sagte er. »Erst mal gehst du in die Schule und hast ein bisschen Spaß.«

»Das ist ein Oxymoron«, sagte Maira.

»Ein was?«

»Es schließt sich gegenseitig aus.«

Er lachte gezwungen. »Pass auf dich auf, okay?«

»Klar.«

»Wir sehen uns bald.«

»Ich muss jetzt los, sonst komm ich zu spät.«

»Mathe?«

»Leider.«

Thom Bartelsen war auch so ein Thema, bei dem er das Gefühl hatte, sich nicht genügend angestrengt zu haben. Drei Gespräche mehr, fünf Gespräche mehr. Vielleicht hätte er sich dann über Kathis Geheimhaltungswunsch hinweggesetzt und Maira offen unterstützt. Hätte, hätte.

Mischa suchte den Flugplan heraus und griff erneut zum Telefon.

Er hatte niemandem von seinem Versprechen an Kathi erzählt. Nicht einmal Louisa wusste davon.

»Ich muss nach Deutschland«, sagte er nur.

»Ist was mit deiner Schwester?«

Er nickte, und sie küsste ihn und hielt ihn fest. Würde sie das auch noch tun, wenn sie wüsste, was er tun musste?

Eigentlich hatte er geglaubt, in den letzten Jahren genug um Kathi getrauert zu haben, aber je näher er Soeterhoop kam, desto dunkler wurde es in ihm. Graues, ungastliches Land, das seine Nichte doch so liebte. Nur ein Jahr, dachte er. Ein Jahr würde sie in Hamburg aushalten müssen, dann konnte sie nach Soeterhoop zurückkehren und trauern. Andrea würde sich um sie kümmern. Er würde dafür sorgen, dass das Haus gepflegt wurde, bis sie alt genug war zu entscheiden, was damit geschehen sollte. Das war er ihr schuldig. Und Kathi auch.

Vielleicht war es ja noch nicht so schlimm, wie Maira gesagt hatte. Vielleicht konnte er Kathi irgendwo in einem Pflegeheim unterbringen. »Versprich es mir«, klang ihre Stimme in seinem Kopf. »Versprich es mir.«

Aber galt ein Versprechen, wenn es ihm selbst ein solches Grauen war? Ich werde Leben schützen und bewahren. Ich werde niemandem willentlich Leid zufügen, sondern es abwenden, wo ich kann.

»Bitte«, hatte Kathi gesagt, und da war sie ganz und gar klar gewesen. »Du bist der Einzige, dem ich vertrauen kann.«

Er begegnete keinem anderen Auto, als er den Mietwagen auf den Parkplatz zweihundert Meter von der Sperlingskate entfernt lenkte. Draußen, jenseits seines kleinen, warmen Kokons, tobte ein Sturm. Mischa stieg aus und schlug die Kapuze hoch. Die Kopfweiden boten nur wenig Schutz, aber bald hatte er das hintere Ende der Obstwiese erreicht, wo er durch die Hecke auf Kathis Hof schlüpfen konnte. Maira hatte ihm den Geheimweg vor Jahren gezeigt.

Er streifte die OP-Handschuhe über und schloss auf. »Maira?«, rief er beim Hereinkommen, aber er bekam keine Antwort. »Kathi?«

Vielleicht war es ja gar nicht so schlimm. Übelkeit drückte ihm gallig gegen den Kehlkopf. Es war schon bei seinem letzten Besuch schlimm gewesen.

Kathi schlief auf dem Sofa in der Küche. Auf dem Herd stand eine Pfanne mit sichtlich benutztem Bratöl, darin lagen zwei Äpfel und eine Menge Salz. Mischa kniff die Lippen zusammen und schluckte gegen den Klumpen in seiner Brust an. Dann schüttete er noch ein bisschen Zucker in die Pfanne und legte Fetzen von Zeitungspapier dazu. Qualmen sollte es.

Seine Finger zitterten, während er die Insulinspritze aufzog. Er küsste seine kleine Schwester auf die Stirn und dann auf die Wange, die noch fast so zart war wie früher, als sie ein Kleinkind gewesen war. Sein Leben lang hatte er auf sie aufgepasst.

Der Zucker begann nach Karamell zu riechen, Mischa kniete neben seiner Schwester auf dem Boden und weinte. Erst als er sicher war, dass es keine Chance mehr geben würde, Kathi zurückzuholen, und das Papier im Topf anfing zu brennen, ging er hinaus und rief die Feuerwehr an.

Der wilde Strand, Anfang Oktober

»Das hat er achtzehn Jahre geheim gehalten?«

»Scheint so«, sage ich. »Ich bin mir nicht sicher, ob deine Mutter Bescheid wusste.«

»Was für eine enorme Last.«

»Ja«, sage ich und denke, dass ich sie auch getragen habe. Mischa und ich haben noch lange geredet. Und am Ende haben wir beide geweint und uns festgehalten und versprochen, dass wir die verlorenen Jahre aufholen werden, irgendwie.

Das Meer ist aufgewühlt wie vor achtzehn Jahren. Aber anders als damals ist mein Herz frei und leicht. Es ist bewölkt, wir werden keinen farbenfrohen Sonnenuntergang bekommen. Aber das macht nichts. Das Raue gehört zu Soeterhoop.

Wir gehen an der Wasserkante entlang, Jaspers Hand nah an meiner. Nur ganz wenige Menschen sind außer uns unterwegs. Ab und zu sehe ich ihn an, wobei mir die Haare ins Gesicht wehen. Meine Lippen schmecken nach Salzwasser, Sand und Zuckerguss. Niki hat mit Andrea Zimtschnecken gebacken, die wunderbar süß sind, aber beim Essen knirschen, weil der aufwirbelnde Sand am Gebäck kleben bleibt.

»Mischa meinte, Louisa und er wollten nach der Rente nach Soeterhoop ziehen.«

»Wie geht's dir damit?«

»Ich fände es schön. Meinetwegen können die auch bei mir einziehen, ist eh zu groß.«

Jasper lacht. »Du machst keine halben Sachen.«

»Wenn schon, denn schon.«

Wir gehen und reden, manchmal muss ich ein Stück rennen, weil ich die Ostsee viel zu lange vermisst habe. Und als wir die Stelle erreicht haben, an der früher Hein Meiers Boot lag, öffne ich den Reißverschluss meiner Jacke.

»Nicht dein Ernst.«

»Doch mein Ernst.« Ich ziehe das Sweatshirt aus und lege es auf die Jacke. »Kommst du mit?«

»Du bist crazy.« Kopfschüttelnd beginnt Jasper, sich auszuziehen.

»Deswegen magst du mich so.«

»Bilde dir nichts ein.«

Inzwischen bin ich nackt und der kalte Wind treibt mir Sandkörner gegen Bauch und Oberschenkel. »Ich dich auch übrigens. Sehr.«

»Ich weiß.«

Wir rennen ins Wasser, nur nicht anhalten, nicht zögern. Das letzte Mal, als wir Anfang Oktober gebadet haben, sind wir beide beinahe ertrunken. Jetzt schwimmen wir in Ufernähe herum, kurz nur, tauchen durch eine oder zwei Wellen, richten uns auf und stapfen zurück ans Land.

Meine Zähne schlagen aufeinander, ich lache vor Kälte. Jasper läuft los, ich hechte hinter ihm her. Wir jagen uns gegenseitig, bis wir wieder warm und trocken sind und in die Kleider schlüpfen können.

Dann stehen wir beieinander und schauen aufs Wasser. Jasper legt den Arm um meine Schultern, ich lehne den Kopf an sein Kinn. Ganz kurz bricht die Sonne irgendwo hinter uns zwischen den Wolken hervor und streichelt die Haut der Ostsee, unter der so viel unsichtbares Leben wirbelt.

»Ich bin froh, dich wiederzuhaben«, sage ich.

»Und ich dich.« Pause. »Du hast einen ziemlich weiten Weg zurückgelegt, um hier anzukommen.«

Ich schweige, denn er hat recht: Ich habe lange gebraucht, um anzukommen, aber jetzt bin ich an dem Ort, an den ich gehöre. Bei den Menschen, zu denen ich gehöre. Die Erkenntnis ist derart machtvoll, dass mir die Worte fehlen.

Minuten vergehen, in denen Wellen auf den Strand laufen, Möwen kreischend über unsere Köpfe segeln, Wolken neue Formationen bilden.

Irgendwann nimmt Jasper meine Hand und drückt sie kurz. »Ich würde gern noch bleiben, aber ich habe meinen Eltern versprochen, ihnen die Kinder rechtzeitig wieder abzunehmen, damit sie ins Kino gehen können.«

»Grüß sie lieb.«

Wir umarmen uns. Ich küsse ihn auf den Hals, ganz leicht. Dann geht er und ich bin allein mit all dem Leben um mich herum.

Da draußen irgendwo schwimmen Schweinswale. Robben. Haie. Kleine Krustentiere knistern und die großen Wale singen weit draußen ihr Lied. Mein Körper prickelt vor Leben, und ich fühle mich so eingebettet in alles, so umhüllt.

Ich werde still.

Und auf einmal spüre ich sie hinter mir. Meine Mutter. Meine Großmutter. Die Mutter meines unbekannten Vaters. All die Frauen, die vor mir kamen und zu denen ich gehöre. Ich bin wieder zu Hause.

Danke

Wie wäre es, wären Ideen nicht Elektronenimpulse an Synapsenenden, sondern eigenständige Lebewesen, unsichtbare, magische Geschöpfe, die wir nur wahrnehmen können, wenn wir uns ihnen öffnen? Die alten Griechen glaubten das (so ungefähr jedenfalls). Elizabeth Gilbert glaubt es auch. Und ich … kann es mir zumindest sehr gut vorstellen. Nach diesem Buch bin ich mir sogar beinahe sicher.

Manchmal, wenn eine Idee vorbeikommt, um zu fragen, ob ich gerade Zeit für sie habe, zwinkert sie mir nur kurz zu. Vielleicht stellt sich die Protagonistin vor oder eine bestimmte Szene blitzt vor meinem geistigen Auge auf. Dann kommt mein Teil der Arbeit, ich muss die Protagonistin kennenlernen, herausfinden, wie es zu der aufblitzenden Szene kam oder warum um alles in der Welt die Geschichte in Castrop-Rauxel spielen soll.

Bei diesem Buch war es anders.

Die Idee zu Mairas Geschichte stand eines Abends ausgehfertig und in voller Größe in meinem Arbeitszimmer – Figuren, Spielort, alles da – und bat um Aufmerksamkeit, bitte sofort. Mein erster Dank an dieser Stelle geht also an die Idee dafür, dass sie mir vertraut und sich mich als Partnerin gesucht hat, um in die Welt zu kommen. Danke.

Natürlich war die Geschichte damit nicht geschrieben, das ist mein Part der Abmachung, und er dauert Monate. Das

Schreiben wäre sehr einsam und nur halb so erbaulich ohne meine Schreibfreundinnen, die alle auf unterschiedliche Art mein Leben und mein Schreiben bereichern.

Am längsten begleiten mich schon meine Ink-Rebels-Kolleginnen (die allesamt ganz wunderbare und ganz verschiedene Bücher schreiben): Jennifer Benkau, Franziska Fischer, Kira Mohn, Daniela Ohms. Keine Ahnung, wo ich ohne euch wäre. Auf jeden Fall wäre mein Leben ärmer. Danke, Rebellinnen, dass ihr meine Kolleginnen seid. Und meine Freundinnen.

Silvia Konnerth (die so schöne Wohlfühlbücher schreibt), Partnerin in Bäckereibüro und Hundespaziergang und Heide. Danke für Soeterhoop.

Nina Kay (deren Bücher so besonders sind), ich danke dir für immer spannende Themen und Sichtweisen. Danke fürs Horizonterweitern.

Kristina Günak (die unter welchem Namen auch immer stets mit Witz und Weisheit schreibt), danke für Kaffee und Kreuzteich. Danke, dass du mit mir meine Stadt magst.

Ich könnte noch etwa einhundert Seiten so fortfahren, denn ich habe das große Glück, sehr viele tolle Kolleginnen und Kollegen zu haben. Aber erstens würde ich am Ende dennoch jemanden vergessen, und zweitens würde das Buch dann so dick werden, dass es die Verlagskalkulation sprengt. Daher einmal laut in die Runde: Liebe Leute, die ihr mein Berufsleben bereichert, sei es durch Foren, Chats, Sprachnachrichten oder Treffen (oder alles zusammen), fühlt euch aus tiefstem Herzen … nun, geherzt.

Apropos Verlagskalkulation. Schreiben allein genügt ja nicht, sondern es sind viele Menschen daran beteiligt, dass aus einer Idee ein Buch wird.

Danke an meine ehemalige Agentin Rosi Kern, die Mairas Geschichte auf die Reise geschickt und dann mit mir das beste

Zuhause ausgesucht hat, das Maira, Kathi, Ingmar, Jasper, Anne und die anderen finden konnten. Danke an meine derzeitige Agentin Andrea Wildgruber für die wunderbare Weiterbetreuung.

Danke an meine Lektorin Bettina Steinhage, die die Tür zu diesem Verlagszuhause weit öffnete und uns mit einem Lächeln hereinbat, die Idee und mich. Wir haben uns von Anfang an sehr wohlgefühlt und dafür ist vor allem dir zu danken.

Und natürlich gebührt auch dem gesamten Team des Limes Verlags, das uns so freundlich aufgenommen hat, Dank. Es ist selten, dass ein Team so hinter einem Buch steht. Ich weiß das zu schätzen.

Danke an Catherine Beck, Außenlektorin mit scharfen Augen und klaren Worten. Es war mir wieder ein Fest, mit dir zu arbeiten.

So, und das klingt jetzt vielleicht seltsam, aber … danke, Haus. Du warst das erste Haus, das ich »gebaut« habe, selbst wenn ich damals in Wirklichkeit vielleicht nur drei Brocken Putz von der Wand geschlagen habe, bevor ich unter den Forsythienstrauch schlüpfte, um mit Timo Räuber zu spielen. Du warst das erste Haus, für das ich so etwas wie Verantwortung übernommen habe. Ich habe gesehen, wie der Walnussbaum zu einem Riesen wurde und du älter. Dann warst du das erste Haus, das ich gehen lassen musste. Danke, dass ich bei dir im Wohnzimmer herumliegen und an die Decke starren und mich in Maira hineinfühlen konnte. Mach's gut, Haus.

Als aus der Idee ein Buch geworden war, mit so viel Engagement, mit so viel Liebe, brauchte es natürlich Menschen, die es kaufen und empfehlen. Danke deswegen an alle engagierten Buchhändlerinnen und Bibliothekarinnen (Männer sind mitgemeint). Ohne Sie, ohne euch, wäre das schon alles ziemlich trist hier.

Und nun ist Mairas Geschichte bei euch und bei Ihnen angekommen, bei denen, die sie lesen oder gelesen haben. Danke für Ihre, eure, Zeit. Ich stelle mir vor, wie Sie im Ohrenbackensessel sitzen, die Füße hochgelegt, neben sich eine Tasse Tee. Oder wie Sie vielleicht an einem der ersten warmen Tage im Park unter einer großen Eiche liegen. Einige nehmen dieses Buch vielleicht sogar mit an den Strand. Jedenfalls hoffe ich, Sie hatten Freude in Soeterhoop. Schreiben Sie mir gern dazu, wenn Sie mögen.

Last but not least geht natürlich wie immer ein dicker Dank raus an meine Familie samt Lieblingshund und Kratzekatze, einfach fürs Dasein. Gunnar, Janus (und Michelle), ihr haltet mich zusammen, emotional, mental und irgendwie überhaupt. Lasst uns mal wieder einen Spieleabend machen. Ernsthaft, ich weiß nicht, wie ich das letzte Jahr ohne euch überstanden hätte. Danke.